剑来 8 误入藕花渡

◎烽火戏诸侯 著

浙江文艺出版社
Zhejiang Literature & Art Publishing House

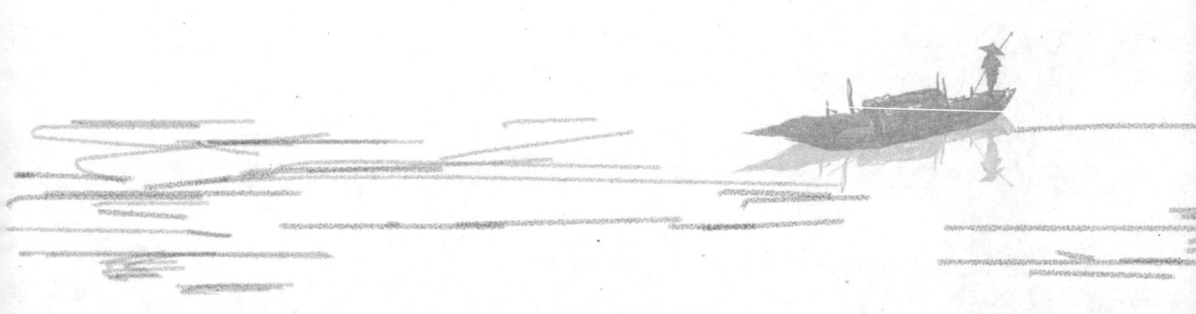

第一章 远观近看

陈平安看着这个眼神冰冷的枯瘦孩子，哪怕她还只是个孩子，远远不是朱鹿那般岁数，可陈平安心中还是由衷厌恶。

陈平安不再看她，转头望向宅邸后门。貌似和蔼孱弱的老管家刚好牵着小主人的手跨过门槛，转头向陈平安这边看来。

视线交汇，陈平安轻轻点头致意，那人略作犹豫，点头还礼。一切尽在不言中。

若是今天陈平安不出现，这个枯瘦孩子早就悄无声息地死了。而且这个老人显然也愿意对一位看不出深浅的同道中人主动给予善意，选择不再惩罚那个不知感恩的贫苦小杂种，任由陈平安处置。

陈平安收回视线，对孩子说道："以后别再来了，不然你会死的。"

小女孩咧咧嘴，不说话。陈平安转身离去。

枯瘦小女孩朝陈平安消失的方向狠狠吐了口唾沫，还不忘对高墙大门也吐了一口。只是做完这两个充满怨恨的小动作后，本就饥肠辘辘的她愈发饥饿，有些头晕目眩。她原路返回，尽量避开道路中央，沿着墙根行走。她甚至不会让路上的马车和行人多看自己一眼——惹恼了他们，才是真的会死。

至于那个身穿雪白袍子的男人，她不怕。她对于恶意，自年幼记事起，就拥有一种敏锐的直觉，谁可以惹，谁不可以惹，她掂量得很清楚。

陈平安其实没有远去，就在暗中默默观察这个浑身是刺的小女孩。

她一路走走歇歇，谨慎张望之后，等待片刻就娴熟翻墙，偷了一户人家的腌菜，狼吞虎咽，快步跑出小巷。之后口渴，便又偷翻入墙，蹑手蹑脚，从水缸里舀了水。重新盖上盖子之前，她迅速从地上抓了一把泥土撒入水缸，这才悄悄离去。

陈平安看出来，她的腿有点瘸，还经常伸手去揉肋部，多半是以往做这些坏事的时候吃过苦头。

就在陈平安打算离去的时候，小女孩来到了一处鸡鸣犬吠、满是粪泥的陋巷地带，有一拨站姿歪斜的男子在那边等着，好像就是在等她的到来。这些人岁数都不大，小的十三四岁，最大的也不过二十岁出头，吊儿郎当，流氓痞气。其中一人见到了小跑向他们的枯瘦小女孩，二话不说就一腿踹去，没轻没重的，若是踹结实了，估计能把小女孩踹飞出去。好在小女孩好像早有预料，却也不是躲避，而是在奔跑途中有意无意地放慢了一些速度，虽然被踹中了，但没多少力度。然后她毫无破绽地后仰倒去，挣扎一番，神色惨然地站起身，望向那些人的眼神和神态，充满了仿佛天生就会的谄媚和讨好。

一个应该是领头的壮硕地痞不愿意浪费时间，便让小女孩带路。一行人绕来绕去，花了不少时间才找到一间荒废已久的破宅子。小女孩往里头悄悄伸了伸手指，那痞子头目狞笑道："如果指错路，等下打断你的腿！"

小女孩使劲摇头，然后怯生生伸出双手，捧在心口。

痞子头目先是做了个江湖黑市的动作，身旁众人便开始去包围这栋宅子。但他自己没有掺和其中，丢了七八枚铜钱在小女孩手上，阴恻恻道："小贱种，剩余的一半铜钱，不巧了，哥身上没带，先欠着？要不要等下办完事情，跟哥回家拿去？"

小女孩使劲摇头，抖了抖，将所有铜钱滑到一只手心里，另外一只手拿起三枚，递给痞子头目。

痞子头目乐得不行：小丫头片子还挺上道啊。他挥挥手，没了继续戏耍她的兴致。

小女孩倒退而去，对痞子头目点头哈腰了数次，这才转头跑开。她身后的那栋宅子里，有人发出了震天响的哀号声。她一边奔跑一边快速摊开手心看着那几枚铜钱，稚嫩却枯黄的小脸庞蓦然笑开了花。

洞天下坠、天地接壤的龙泉郡就像一块灵气充沛的福地，引人垂涎。周边数以万计的妖怪精魅经过两年多时间的迁徙，逐渐开始依附各大山头，形势趋于稳定。其中仅是金丹境的大妖就有三只之多，无一例外，各自都曾是叱咤风云的一方巨擘。至于是否有元婴大妖隐匿其中，不愿过早暴露，暂时不知。

这些妖怪精魅中，因为各种原因半途夭折、暴毙的，以及不守规矩被大骊朝廷镇压斩杀的，总计接近一千之数。不过中五境妖魅死亡数目不大，死的多是刚刚踏足修行、只凭本性凶悍行事的末流妖族。

妖族之中，有资格获得大骊朝廷颁发的太平无事牌的屈指可数。为此，依附各大山头担任供奉或者山门护法的妖族，或是自掏腰包，削尖了脑袋与官府打点关系，或是祈求府邸主人向大骊示好，无非还是一个有钱能使鬼推磨。这项收益，让措手不及的大骊户部眉开眼笑，顺带着与兵部原本有些僵硬的关系也开始有所缓和。毕竟，袁、曹两大上柱国姓氏的各自山头势力就在兵、户两部衙门，而袁、曹两家近百年来的水火不容，朝野皆知。

作为此方小天地的圣人，出身风雪庙的阮邛创建了龙泉剑宗，地盘极大，囊括了神秀山在内的大量山头，但是入室弟子依然少得可怜：一个名叫徐小桥的风雪庙弃徒，负责小镇外的那间老剑铺，很少进入宗门山头；一个沉默寡言、终年只穿黑色服饰的年轻人董谷；一个出身骊珠洞天的长眉少年谢灵。哪怕加上独女阮秀，龙泉剑宗的香火依旧稀薄得可怕。可是阮邛对此似乎毫不在意，除了去龙脊山那座斩龙台石崖，以及跟风雪庙、真武山打交道之外，便不理俗事。无论是龙泉郡守吴鸢还是北岳正神魏檗，他几乎从不理睬，对几名弟子的传道一事更不上心，一般都是让女儿阮秀盯着。

神秀山今日云海滔滔，大日浮空，照耀得天海共红艳。

扎一根马尾辫的青衣少女——其实已经不能称呼为少女了，比起最早进入骊珠洞天那会儿，如今她身材修长，个头高了些，眉眼已经长开，出落得亭亭玉立——她身边站着徐小桥、董谷和谢灵，他们难得碰头。三人中，徐小桥称呼阮秀为"大师姐"，董谷称呼为"阮姑娘"，但是透着发自肺腑的尊敬，谢灵则一直喜欢喊她"秀秀姐"。

阮秀脚边趴着一条土狗，原本那条病恹恹趴在小镇街旁等死的老狗如今竟然变得精神奕奕，双眼充满了灵性。这要归功于阮秀经常丢给它几颗丹药，它们皆非凡品，每一颗都价值千金，曾经有路过的练气士看见那一幕，顿时心生凄凉，只觉得自己混得比狗都不如，恨不得一个飞扑过去，与狗争食。

绚烂云海之中，有稀稀疏疏的几座大山破开云海，高高耸立，宛如岛屿。

阮秀指了指一座山头："我爹说了，只要你们跻身金丹境，他就送出一座山头，昭告天下，并为你们举办开峰仪式。"

然后她望向董谷："你虽是精魅出身，相较我们三人破境更难，但靠着长寿，底子打得不错，早早就是龙门境，也该试试看了。"

董谷欲言又止，显然信心不大。中五境的金丹境是修士最难勘破的境界，挡下了不知多少龙门境练气士。董谷之所以离开家乡，舍了一国太师的伪装身份、悉数抛弃人间富贵，就是想要借助骊珠洞天超乎寻常的盎然灵气增加自己跻身金丹境的把握，至于成就金丹的品相高低、丹室图画的多寡，他绝不敢奢望。

"结成金丹客，方是我辈人。"这句话不知道吸引了世间多少练气士，年复一年，不问世事，只是孜孜不倦地修行问道。

"在你的破境过程中，我会用些手段，借助自家几座山头的山水气运帮你压阵。"阮秀说道，又指了指谢灵，“你师弟先前得了一件近乎仙兵的宝贝——一座玲珑塔，是一位高人赏赐下的，能够降低你破境的风险。”

谢灵哭丧着脸，想跳崖寻死的心都有了：我的好秀秀姐，这可是我压箱底的天大秘密，你怎么就这么随随便便说出口了！

常年好似面瘫一般的董谷终于流露出一抹激动神色，对着小师弟谢灵鞠躬致谢道：“谢师弟，这份大恩，董谷毕生难忘，将来必有报答！”

阮秀三两句话就打发了眼神幽怨的谢灵：“既然有这么好的东西，就要物尽其用，别总想着躲起来偷着乐。大道修行，归根结底，是修一个‘我’。太过依仗外物，无论是对敌，还是在心性上，都会有很大的麻烦。好些个老元婴为何闭关就默默死了？就在于修行过程中太过重视法宝器物。”

阮秀背书一般一鼓作气说完这些，谢灵笑了起来。

徐小桥和董谷的眼神也有些异样。

阮秀叹息一声，有些泄气：“这些道理都是我爹要我死记硬背的，难为死我了。”

谢灵笑得合不拢嘴，徐小桥和董谷也会心一笑。

阮秀叮嘱道：“董谷，回头你自己挑一个风水宝地和良辰吉日，到时候我和谢灵会准时出现。”

董谷使劲点头，心情激荡。

阮秀从袖中拿出一块绣帕包裹，没有打开，对三人说道：“都回了吧。”

谢灵就住在山上，董谷却是在山脚结茅修行，徐小桥更是住在龙须河畔的剑铺。阮邛订立规矩，不准修士随便御风远游，所以可怜徐小桥和董谷都要步行下山。

阮秀随口道：“龙泉剑宗弟子想御风就御风，想御剑就御剑，自家地盘，谁管你这些？我爹？他不管这些，他只管你们能不能跻身金丹境，以后能不能成为上五境修士。”

她又补充道：“这些话是我自己说的啊，可不是我爹教的。”

三人各自散去。

阮秀蹲下身，拈起一块桃花糕丢入嘴中，笑得一双眼眸眯成月牙儿，然后使劲睁开眼睛，尽量让自己严肃一些，望向那条土狗。她腮帮鼓鼓，含糊不清道：“要珍惜现在的好日子，别总在街上对人瞎嚷嚷，耀武扬威的，很好玩吗？听说有一次还差点咬伤了行人。要你老老实实看家护院，你为何擅自跑到这座山上来？希望我护着你？”她扬起一只手，“信不信我一巴掌拍死你？”

这条土狗立即匍匐在地，呜咽求饶。

阮秀依旧眼神冷淡：“如果不是他的缘故，我可以吃好几天炖狗肉了。”

土狗的背脊颤抖起来。

阮秀站起身，指了指下山的道路：“连那些个练气士都要夹着尾巴做人，你本来就是一条狗,要造反？下山看门去!”

土狗嗖一下,拼了命奔跑离去。之前灵智稍开的它只觉得她可爱可亲,直到这一刻,它凭借本能,才发现她对自己其实从未有过半点怜惜、亲近之意。

阮秀嚼着第二块桃花糕,一只手托在下巴附近,免得那些零碎糕点掉在地上。

这么好吃的东西,真是百吃不厌。就是不知道将来那些江河神祇吃起来的滋味比不比得上桃花糕。听爹说,他们的金身最是补益她的自身修为,嘎嘣脆。

这位秀秀姑娘有些嘴馋了,赶紧擦了擦嘴角。

作为曾经卢氏王朝的藩属之一,大骊王朝崛起之初曾经伴随着无数的屈辱和隐忍。而成功灭掉看似无敌的卢氏王朝,让大骊无论国力还是信心都显著增长,这才是大骊铁骑南下征伐的最大底气所在。但是在这期间又出现了一些意外,让打惯了死战、苦战的边关大将以及在京城运筹帷幄的兵部大佬们都有些哭笑不得。那就是大骊边军中的底层士卒,甚至是中层将领,最早对于这趟南下充满了百战老卒的谨慎。可先是北方头号大敌大隋高氏龟缩避战,然后是包括黄庭国在内数个藩属国的国王主动出城,向高坐马背之上的大骊武将交出传国玉玺,各地只有零零星星的反抗,这使得能征善战的大骊边军有些蒙,感觉自己毫无用武之地。

再往南,战事稍稍频繁起来,开始有了一股股数目可观的敌军人马,或在开阔地带集结精锐,主动与大骊边军决一死战,或依托雄关险隘、高城巨镇固守不出,或是数个小国之间结为联盟,共同对抗势如破竹的大骊边军。

大骊对此,除了几场硬碰硬的大战外,更多是用了挑虎相斗之计。在这期间,无数潜伏在各国的大骊死士、谍子发挥了巨大作用,无数的亲人反目成仇,至交好友挥刀相向,一股股江湖势力在国境内揭竿造反、蜂拥而起,一位位国之砥柱的文武重臣突然暴毙。于是大骊南下战功无数,曾经让人觉得遥不可及的灭国之功唾手可得。一支支锋芒毕露的大骊精锐在东宝瓶洲北方往南,齐头并进,以战养战,愈发势不可当。

大骊皇帝宋正醇颁布了一道密旨,纷纷传至各个大将军帐:在打到东宝瓶洲中部的彩衣国北方边境线之前,大骊兵马的攻城略地,诸位统兵将领一律便宜行事,无须兵部的文书勘定。

“诸位,马蹄只管向南踩去! 庆功一事,先以敌人头颅做碗,鲜血为酒,豪饮之!”

一向极少真情流露的皇帝陛下,竟然在圣旨上用了如此感性的措辞,这让那些本就杀红了眼的大骊武将如何能够不热血沸腾?

在阵阵雷鸣般的大骊马蹄之后,是藩王宋长镜带着一支嫡系大军不急不躁缓缓推进,以及更后边暗中南下的国师崔瀺亲自负责将一名名大骊文官安排进入各大更换了城头旗帜的城池。东宝瓶洲的北方诸国就像一摊烂泥,被人踩得稀烂。

历时三个月,西河国北方精锐的一座重镇终于被破。这场仗,大骊边军打得很辛苦,只说那些路上补充进入队伍的别国兵马,加上西河国北方投诚的驳杂势力,十不存三。但是攻破了这座足可称为雄伟的西河国第一边镇,西河国韩氏的国祚就算断了,这就是事实。

一场苦战好不容易打赢了,这支大骊兵马的气氛却有些沉重。不仅仅是伤亡一事,他们听闻另外一支由某位上柱国领衔的大骊兵马趁着他们啃西河国最硬的骨头之际,竟然越界进入西河国,以迅雷不及掩耳之势直接将十数座空虚城池给一锅端了,据说马上还要直扑西河国京城。

为他人作嫁衣裳,谁都高兴不起来。不少满身鲜血的武将跑到主将跟前诉苦抱怨,主将只是听他们发牢骚,并未表态。

在一队数十人的精锐扈从护卫下,一名披挂普通骑卒制式轻甲的男子缓缓入城,看着硝烟四起的城池景象,他脸色坚毅,并没有因为属下的群情激愤而影响心态。

这人叫宋丰,是皇亲国戚,年仅三十岁。其实他与当今大骊皇帝的那支正统血脉隔得有点远了,但是口碑极好,投军入伍已有将近十年,在那之后就很少返回京城。

宋丰不是那种亲身陷阵的猛将,毕竟身份尊贵。哪怕他自己愿意涉险,下边的人也要死死阻拦。因为一旦他死了,谁都担待不起。好在宋丰也不在乎那点虚名,在这种事情上,从未让麾下将领为难过。十年戎马生涯,朝夕相处,如今手握大权的麾下将领起先可能只是伍长之流,说他们愿意为主将宋丰抛头颅洒热血,半点不夸张。

这场攻城战,双方修士也厮杀得极为惨烈。宋丰麾下的练气士、大骊朝廷安排的随军修士和他自己招徕的供奉客卿总计三十余人,死了将近半数。这种惨痛战损,几乎抵得上之前南下的所有战事了。

宋丰当下身边只有两名练气士模样的人物贴身护送:一个袒胸露背的魁梧壮汉,身高九尺,手持两把摧城锤,胯下坐骑比重骑军的战马还要大上许多。他的腰间悬挂着扎眼的大骊太平无事牌,除此之外,还挂着两颗鲜血淋漓的头颅,是攻城战的战利品,头颅的主人生前都是西河国北境赫赫有名的练气士。

相较壮汉的威风八面,另外一人就要不起眼多了,是个瞧着比主将宋丰还要年轻的男子,身穿一袭灰扑扑的棉衣长袍,长了一张英俊的狐狸脸,对谁都笑眯眯的,腰间挎长短两把剑,剑鞘一黑一白。此时他双手拢袖,缩着脖子,意态懒散。

左前方的城中远处有剑光冲天,那壮汉哈哈大笑,纵马前奔,转头对宋丰道:“大局已定,难得还有漏网之鱼,去晚了可能连残羹冷炙都没了!将军自己小心,可别掉下马背啊。”

此人是近期进入这支军队的高手,传闻曾是某位宫中大人物的嫡系心腹,因为那位大人物失势了,才不得不离开京城捞点军功。他见惯了京城权贵,对于一个外放边关多年的宋氏宗亲，并不如何尊敬。

他转移视线，望向曹峻：“姓曹的小白脸，只要你洗干净屁股去找我，我就将接下来到手的这份军功白送你，如何？”

被如此羞辱，曹峻也只是眯眼笑着，还不忘对壮汉挥挥手掌，示意他赶紧赶赴战场，不要耽搁时间了。

壮汉哈哈大笑，在马背上高高抬起屁股，伸手绕后，狠狠一拍，摇晃了几下，这才落回马鞍，向那些剑光起始之地策马狂奔。

宋丰身边的精锐骑军人人恼火不已，唯独宋丰和曹峻都没放在心上。

这支骑队缓缓向城中大将军府而去。

靠近城门的一间简陋铺子内，有三人在这场大战中选择从头到尾隐匿气息，没有参与任何一场战事，任由城门被破，任由大骊王朝那帮王八蛋杀入城中，杀死一切胆敢手持兵器之人。他们之中一个是这座北边巨镇的修士第一人，其余两人一个是西河国山上仙家门派的执牛耳者，另外一个是邻国的皇家供奉，金丹境修为！

一个金丹境，两个龙门境，三人秘密隐藏在此，不为救下巨镇，事实上也挽救不了。包括西河国在内的附近六座小国，此番秘密筹划，为的就是刺杀宋丰！

在战场上斩杀一位大骊宋氏的皇族子弟，一旦成功，哪怕国破，也能够极大鼓舞人心，使得六国疆土哪怕被大骊铁骑碾压而过也依然会有无数义士奋然挺身，一定可以让大骊这帮畜生疲于应付，片刻不得安宁，短时间内无法顺利消化掉六国底蕴转为南下之资。至于他们的设想是否真的能够达到预期，在座三人，以及六国君主，恐怕都不愿意深思。

事已至此，顾不得了，山河破碎，生灵涂炭，总要做点什么！

一旦事成，扬名立万，舍了北方基业，直接逃亡南方，绝对身价暴涨，成为大王朝的座上宾又有何难？

破境无望，寿命将尽，在山上畏缩三百年，死前总该做一次壮举了。

在场三个山上人，各有心思。

队伍之中，宋丰看似闲散随意，其实攥紧马鞭的手心都是汗水。

曹峻对他微笑道：“有我在，你死不了。”

突然又说：“帮了你这次，你也得帮我一次。不难，在上报朝廷的战损名单里添加一个练气士就行了，如何？很简单，就说他死在那些躲起来的敌方修士手中，忠心护主，英勇捐躯。”

宋丰点点头。

曹峻双手从袖中抽出，分别按住长短双剑的剑柄，缓缓推剑出鞘。

砰然一声。坐骑背脊断裂，当场暴毙。

曹峻已经一掠而去，身形瞬间消逝不见，空中犹然挂着两条流彩不散的长虹。

一刻钟后，最后一名断手断脚的金丹境修士不得不选择悲愤炸碎那颗金丹，曹峻的棉衣长袍之上竟是一点血迹都不曾沾染，潇洒御剑而去，脚下方圆百丈的屋舍瞬间夷为平地，飞扬的尘土遮天蔽日。

宋丰抬头望去，如释重负，这才放心纵马前冲。

犹豫了一下，他没有径直去往大将军府邸，而是去了先前剑光冲天的战场。等他到了那边，在废墟之中发现了那名壮汉。他的尸体倒在血泊中，臀部附近被一杆长枪刺透钉入，曹峻就站在那杆长枪的顶部，正打着哈欠，见着了宋丰，笑着招了招手。

这天之后，曹峻就主动投身于一支寻常的斥候队伍，不再待在宋丰身边耗着。

队伍中有一名四处游弋、战功微小却连绵不断的龙门境天才修士，在邻国另外一处大骊兵马南下的战场上，不断悄然了结着大骊边军斥候的性命，每次出手都点到为止，并不泄露自己的身份，短短半年就杀掉了大骊斥候一百六十人。要知道，每一名大骊边军斥候都是精锐中的精锐。

由于先前一次次短兵相接的接触战并不集中在某一片战场，此人并未招来大骊修士的注意和围剿，但是大骊方面逐渐有所警觉，不断加重随军修士的数量，希望来一场螳螂捕蝉黄雀在后。但是当两名观海境随军修士都被斩杀后，大骊军方高层终于重视起这个家伙，结果他直接跑了，绕了一个大圈，转移到了宋丰领军的西河国战场上。

曹峻遇到他，是偶然。他遇上曹峻，则是某种必然。常在河边走，哪能不湿鞋。

曹峻眼睁睁看着他杀掉身边七名斥候，然后宰了他。

擅长杀伐的修士投军，看似建功立业、封侯拜将都是探囊取物，其实不然。一山还有一山高。

曹峻学着那个手持摧城锤的壮汉的样子割了那个原本前途无量的龙门境修士的脑袋，只是不挂腰间，而是悬在马鞍一侧，然后独自南下，要再学学此人，单枪匹马去刺杀那些西河国的军中大将。他没觉得自己的运气会比马鞍旁边那颗脑袋的主人更好，但是两人唯一的区别，是他曹峻有护道人，以身涉险，不用担心安危，只管痛快厮杀，不用想什么退路。他笑着低头，用手拍了拍那颗死不瞑目的头颅："可惜你没有。"

一个嗓音响起，带着一丝不满："为何不救下那些斥候？身在沙场，即是袍泽。"

曹峻笑道："我若不在其中，他们死了也是白死；有我在，好歹有人帮他们报仇，他们难道不该谢我吗？"

仙家无情。山上修道，远离人世，时间太久，距离太远。自然而然，久而久之，许多修士便会对人间无情，至多就是"我不为难这个人间，但莫要奢望我善待人间"。

南苑国京城某处，有个衣衫褴褛的小女孩站在肉包子铺前，流着口水盯着热气腾腾的笼屉——层层叠叠，泛着香味。

掌柜嫌弃她碍眼，怒斥赶人。小女孩挺直腰杆，摊开手心，示意自己有钱——五文钱。掌柜正眼也不瞧她，依旧让她滚蛋，见她还不愿意走，拎了一张板凳就要打她，吓得她赶紧跑开。

到了远处，小女孩眼神阴沉地望着那间铺子，咧咧嘴，转身走向一家卖烙饼的摊位，买了两张大饼，还余下一文钱。

其实她吃一张饼就能把今天对付过去，一开始她也确实只吃了一张。可是走着走着，她就开始天人交战，最后便找了一处墙根，将原本是明天伙食的烙饼给吃掉了。吃完之后，她似乎有些后悔，便狠狠拧了一下自己的胳膊，但是起身后，难得肚子饱饱的她就开始雀跃起来，一路撒腿飞奔，偶尔抬头望向京城上空的点点纸鸢，充满了艳羡。

这一夜，她没有回"自家"那处小窝。夏夜清凉，睡哪儿不是睡，不会死人的，就是蚊子多，有些恼人罢了。

有一家境还算殷实的富人门户，门口摆着一对手艺拙劣的石狮子，而且形制古怪，不是蹲坐姿势，而是四脚着地，仰头远望。石狮子不高不低的，刚好让小女孩爬到背脊上。她先是坐在上边看了一会儿夏夜的星空，掏出那枚仅剩的铜钱，透过那个小小的方孔，望着大大的星空。那一刻，她满脸笑意。

之后她便藏好铜钱，趴下酣睡起来，很快就发出轻微的呼噜声。

隔壁那只石狮子上，陈平安盘腿而坐，转头看了眼沉沉熟睡的小女孩，眉头紧皱，难以释怀。他不再多想什么，开始闭上眼睛，练习剑炉立桩。

小女孩趴在石狮背上，睡相香甜。

清晨时分，大门吱呀作响，小女孩瞬间醒来，跳下石狮背脊，蹑手蹑脚，猫着腰，沿着墙根逃离此处。

陈平安当然比她更早"起床"，在远处看着她离开后便不再跟随她的行踪，返回自己的住处。陈平安在京城南边租了一栋宅子的偏屋，附近有条状元巷，名头很大，其实比起家乡杏花巷都不如，住着许多赴京赶考的寒酸士子。这些人春闱落选，付不起返乡的盘缠，在京城又可与刚刚结识的朋友切磋学问，就这么定居下来。

陈平安只有房门钥匙而无院门钥匙，所以他是掐着点回来的。此时院门已开，他回到自己屋子，关上门，瞥了眼桌上的那叠书籍以及床上的被褥，发现都被动过了。一点点蛛丝马迹在陈平安眼中也十分突兀，他叹了口气，有些无奈，好在东西倒是没少。

陈平安之前不住这里，而是在一家客栈下榻，要了一间大屋子，可以随意练拳练剑。后来寻找道观无果，心境越来越烦躁，陈平安破天荒停了走桩和剑术，为了省钱，便搬来了这边，只会偶尔练习剑炉立桩。

陈平安躺在床上，看着天花板，怔怔出神。

总这么像一只无头苍蝇乱撞，不是个事儿。

受益于在剑气长城上滴水穿石的打熬，后边又有飞鹰堡两场大战，尤其是邪道修士丹室自爆，灵气倾泻如洪水，让陈平安那场逆流而行收获颇丰。陈平安如今武道四境有些瓶颈松动的迹象，但是总觉得还欠缺一点什么。他有一种模糊的直觉：四、五境的门槛，他只要愿意，可以很快就一步跨过。但他还是希望更扎实，实在不行，就像陆抬当初所说，去武圣人庙碰碰运气，要不就是寻一处古战场遗址，寻找那些战死后魂魄不散的英灵、阴神。

总得找点事情做做，不然陈平安都怕自己发霉了。他决定在南苑国京城待到夏末，再找不到那座观道观，就返回东宝瓶洲，把精力全部放在武道上。崔瀺的爷爷就在落魄山竹楼，陈平安对此信心很大，跟宁姚的十年之约说不定可以提前几年。

不过陈平安还是有些发怵，就怕那个心比天高、拳法无敌的老人扬言要将他打磨成什么最强五境、六境。当初三境已是那般大苦头，陈平安真怕自己被他活活打死，还是疼死的那种。

陈平安双手抱着后脑勺，缓缓闭上眼睛。

不知道阿良在天外天跟那位传说中真无敌的道老二有没有真正分出胜负。

不知道刘羡阳去往颍阴陈氏的遥远路途中，看过最高的山有多高，看过最大的水有多大。

不知道李宝瓶在山崖书院读书开不开心。

不知道顾璨在书简湖有没有被人欺负，记别人仇的小簿子是不是又多了一本。

不知道骑龙巷铺子的桃花糕，阮秀姑娘还喜不喜欢吃。

不知道张山峰和徐远霞结伴游历有没有认识新的朋友，可以一起出生入死、降妖除魔。

不知道范二在老龙城有没有遇上心仪的姑娘。

陈平安想着心事，竟然就这么睡着了。

有飞剑初一、十五在养剑葫内，其实陈平安这一路风餐露宿，并不太过担忧。

这栋宅子的主人家是三代同堂，有五口人。老头喜欢出门找人下棋，棋力弱，棋品更差，咋咋呼呼的。老妪言语刻薄，成天脸色阴沉沉的，很容易让陈平安想起杏花巷的马婆婆。年轻夫妇二人，妇人在家做些针线活，操持家务，每天给婆婆骂得脑袋就没抬起过。她男人，按照南苑国京城的老话，是个要包袱斋的，就是背着个大包袱，四处购买破烂儿，腰系小鼓，走街串巷大声吆喝，运气好的话能捡漏，得个值钱的老物件儿，再卖给相熟的古董铺子，一倒手，就能挣好些银两。

夫妇二人相貌平平，倒是生了个相貌灵秀的崽儿，七八岁，唇红齿白的，不像是陋巷里的娃儿，反而像是大户人家里的小公子。上了学塾，听说很受教书先生的喜欢，经常看他爷爷跟人下棋，一蹲就能蹲大半个时辰，一言不发，观棋不语真君子，很有小夫子的模样了。街坊邻里无论大小都亲近这孩子，经常拿他打趣，问他隔壁巷子的青梅丫头和学塾里的刘小姐他到底喜欢哪一个多些，他往往只是腼腆笑着，继续默默观棋。

在陈平安睡去后，一个小东西从地面冒出来，爬上桌子，坐在那"书山"旁边，开始打瞌睡。

莲花小人儿明显精通土遁之术，无声无息，速度极快。来到南苑国京城之前，陈平安几次跟他逗乐，或是策马狂奔，或是铆足劲一口气飞奔出数十里，等到停马、停步之际，脚边总会有小家伙从土里探出脑袋，朝他咯咯直笑。

无论陈平安是走桩打拳还是练习剑术，他从不打搅，总是远远看着，只有陈平安向他招手，他才会来到陈平安身边，沿着法袍金醴攀援而上，最终坐在陈平安肩头，一大一小一起欣赏风景。至于那枚雪花钱，则暂时寄放在陈平安处。

陈平安只是小憩片刻，很快就被院子里的动静吵醒。老妪絮絮叨叨，妇人嗫嗫嚅嚅，老头在吊嗓子，孩子在晨读，唯独那个青壮汉子没出声，应该还在呼呼大睡。

陈平安坐在桌旁，轻轻拿起一本书。

莲花小人儿也缓缓醒来，犯着迷糊，呆呆望向他。

陈平安笑道："睡你的。"

莲花小人儿麻溜起身，跑到陈平安身边，帮他翻开一页书。

陈平安习以为常。桌上书籍都是离开陆抬和飞鹰堡后新买的，当时陆抬说唯有读第一流的书才有希望当第二流的人。读书一事，不可求全，贪多嚼不烂，以精读为上，细嚼慢咽，真正把一本经典的精华全部吃进肚子里，将那些美好的意象、真知灼见、隐匿于句章之间的精气神一一化为己用，这才叫读书，否则只是翻书，翻过千万卷，撑死也就是个两脚书柜。

陈平安当时听得茅塞顿开，如果不是陆抬提醒，他真可能会见一本好书就买一本，而且都会细看慢看。但是书海无涯，人寿有限，陈平安既要练拳练剑，还要寻找道观，好不容易余下一点闲暇时光，确实应该用来读最好的书。

陆抬给过一份书单，但是陈平安珍藏好那张纸，却没有照着书单去买书，而是去买了儒家亚圣的经义典籍。

可惜文圣老秀才的书市面上根本买不到了，陈平安想要看"三四"，对比着看。

从情感上说，陈平安当然最倾向于老秀才，但是喜欢、仰慕和尊敬一个人，这没有问题，如果因此觉得那个人说的话做的事就全是对的，则会有大问题。

文圣老秀才的学问高不高？当然很高，按照崔东山的说法，曾经高到让所有读书人觉得“如日中天”。

那么陈平安有没有资格认为老秀才的道理不是最有道理的？看似蚍蜉撼大树，可笑不自量，但其实是有的，因为还有一位亚圣，还有亚圣留下来的一部部经典。

陈平安曾经跟宁姚爹娘说过，真正喜欢一个人，是要喜欢一个人不好的地方。也曾跟青衣小童和粉裙女童叮嘱过：“如果我错了，你们记得要提醒我。”不过陈平安内心深处，当然还是希望看过了三四之争的双方学问，自己能够由衷觉得文圣老秀才说得更对，那么下次再跟老秀才一起喝酒，就有的聊了。

陈平安正襟危坐，读书很慢，嗓音很轻，每当读到一页结尾处，莲花小人儿就会手脚利索地赶忙翻开新的一页，然后坐回原处，依葫芦画瓢，模仿陈平安的端正坐姿，竖起耳朵，安安静静听着头顶的读书声。

对于屋外充满市井烟火气的院子，白袍背剑挂葫芦的陈平安就像一个远在天边的奇怪人物，来了不亲近，走了不留恋，付钱就行。

状元巷旁边不远就有酒肆青楼，还有梵音袅袅的寺庙，虽然离着近，可就像是两个天下那么远。陈平安经常能够看到僧人们托钵出门，虽然身形消瘦，却大多面容安详，哪怕不身披袈裟，也能一眼瞧出他们与市井百姓的不同。而勾栏酒肆往往是夜间人声鼎沸，整条大街都流淌着浓郁的脂粉气，到凌晨时分才消停下来。虽然无论是喝花酒的客人还是敬酒的女子都穿着绫罗绸缎，可欢愉一旦落幕，他们大多神色憔悴。陈平安几次看到那些女子送客人们离开后，回去卸掉脸上妆容，天蒙蒙亮便走出青楼侧门，到了一条挤满摊贩的小巷，坐在那边吃上一碗米粥或是馄饨，有些女子吃着吃着便趴在桌上睡了——春宵一刻值千金，像是在跟老天爷借钱，要还的。

有些跟勾栏女子混熟了的摊贩最喜欢说荤话，有些女子不计较，敷衍几句便算了，为的是能少掏几枚铜钱；也有格外较真的，本该习惯了低眉顺眼、曲意逢迎的她们直接就破口大骂。摊贩当时畏畏缩缩，等到女子离去便开始骂她们不过是做皮肉生意的腌臜货色，有什么脸皮装那黄花闺女。

第二天，骂了人的勾栏女子照旧来，昨天挨了骂的摊贩则依然会偷瞥她们露出袖管的白白小手，白得跟案板上的猪肉似的，比起自家的黄脸婆真是一个天一个地，真不知道这些水灵灵的娘儿们是怎么生养出来的。只是想着要摸到她们就要花掉小半年的辛苦营生，便只能叹息。

南苑国已经数百年无战事，国泰民安，一代代君王垂拱而治，既无贤名，也无恶名，故而京城并无夜禁，江湖豪杰大大咧咧携刀佩剑，鲜衣怒马，官府从来不管，路上遇到了，马上马下，双方还会客客气气招呼几声，交情好的，便就近一起喝酒了，你说些官场上让人无奈的升迁，我说些江湖上荡气回肠的高手过招，一来二去，两三斤酒肯定打不住。

为了寻找观道观，陈平安每天都会游逛这座京城，见了市井百态，也见了隐于市井的一些古古怪怪的东西。只要它们不主动招惹，陈平安就不愿理会。

陆抬曾经说过一句话，当时感触不深，如今越嚼越有余味：

上了山，修了道，就会觉得世间的古灵精怪和鬼魅阴物好像越来越多。

一个时辰的时光就这样流逝，陈平安合上书本，准备出门继续逛荡。

虽然寻找道观期间，陈平安的心境越来越烦躁，但他不是没有尝试静下心来。事实上，他做了许多努力，去了那些大大小小的寺庙烧香拜佛，独自行走在静谧的小径树荫中，每到一处寺庙就记录在竹简上。

状元巷边上那座心相寺陈平安去的次数最多，寺庙不大，算上住持也就十几人，久而久之就混成了熟脸，陈平安每次心不静就会去那边坐坐，不一定会与僧人说话，哪怕只是独自坐在屋檐下，听着风铃的叮咚声，就能打发掉一个暑气升腾的下午。

南苑国崇佛贬道，京城和地方上寺庙林立，香火鼎盛，道观难得一见，京城更是一座也无。最近几天，一件骇人秘事在京城上下沸沸扬扬：南苑国京城四大寺之一的白河寺出了一桩天大丑闻，白河寺历来以住持佛法深厚、有金身活罗汉著称于世，历代高僧圆寂之后，都能够留下不腐肉身或是烧出舍利子，其余三寺在这一点上都要自愧不如，这也被视为南苑国佛法昌盛远胜邻国的明证。

但是前不久，一位在白河寺挂单修行的高僧，前年被推举为住持，风光无限，却在某天跑出寺庙，直接去了大理寺告官。听完他的陈述后，包括大理寺卿在内的诸位官员，人人面面相觑。原来，这位老僧告发白河寺在他的饭菜里下毒，还密谋要在他死后往他的尸体里灌注水银。不但如此，他还揭发白河寺僧人罪孽深重，诱骗重金求子的京城贵妇。如此种种，总计六桩大罪。

这个案子太过惊世骇俗，直接惊动了南苑国皇帝下令彻查。结果白河寺三百僧人有大半被下狱，其余被驱逐出京城，没收度牒，此生不得再做僧人。

其余三寺依旧地位超然，毕竟根深蒂固，可是连累了许多名声不显的小寺，比如心相寺，近期的香客明显少了许多。

心相寺的住持是一个慈眉善目的老和尚，高高大大的，入京三十年依旧乡音未改，也不爱与人唠叨佛法的精妙深远，多是家长里短地聊着，陈平安每次去寺里闲坐，得费很大劲才能听懂他说什么。他对这老僧印象很好，而且看破未说破，老住持是一个修行中人，只是尚未跻身中五境。

陈平安离开巷子去往心相寺，打算在那边静坐，练习剑炉立桩。

不过是两里路程，陈平安就走过了一间武馆和一家镖局。尤其是那悬挂“气壮山河”匾额的武馆高墙里边，每回路过都有一群汉子哼哼哈哈，应该是在练习拳架。镖局门外的大街上经常都是镖车簇拥的场景，年轻男女皆趾高气扬、意气风发，老人们则要沉默许多，偶然见着了陈平安，也会点头致意。陈平安起先是拱手还礼，之后再见就主动行礼，不承想一来二去，老人们便纷纷没了兴致，干脆看也不看他。等到事后陈平安想通其中关节，哑然失笑：多半是一开始将自己当成了过江龙，后来查清楚了住处，便看轻了自己。自己过于“客气”的礼数，更是让镖局老江湖们认定自己是个绣花枕头。

陈平安觉得挺有趣。京城武馆、镖局众多，那些闯出名头的江湖门派都喜欢在这儿弄个堂口，高门大院的，不输王侯公卿的府邸，不用忌讳什么礼制僭越。反而是有关练气士的传言极少，就连国师都只是一位江湖宗师。

不过最有趣的，还是一座不起眼的宅子里边的人物。进进出出的男女几乎人人都是江湖上的练家子，却刻意隐藏身份，穿着朴素，不苟言笑。陈平安有次还看到了一位极有可能是武道六境的高手，身边跟着一个头戴帷帽的年轻女子，看不清面容，但是身姿婀娜，应该是个美人。

不知不觉，陈平安开始用另一种眼光看待这个世界。

到了心相寺，寺内如今香客稀疏，多是上了岁数的附近街坊，所以寺里的僧人和沙弥们个个愁眉苦脸。

陈平安之所以最近串门有些勤快，最主要的原因，是感觉到了老住持大限将至。

今日老住持像是知道陈平安要来，早早等在了一座偏殿的廊道中。

随意放上两张蒲草圆座，两人相对而坐。

看到陈平安欲言又止，老住持开门见山笑道：“白河寺历代住持里，是出过真正金身的，不如外界传闻那般都是骗子，不用一棍子打死白河寺千年历史。”

看到了好，但前提是先看到了恶。

老住持又笑道：“只是贫僧死后，本来想着烧出几颗舍利子，好为这座寺庙添些香火，如今看来是难了，少不得还要刻意隐瞒一段时间。”

陈平安疑惑道：“这也算佛家的因果吗？”

老住持点头道：“自然算。放在南苑国京城，白河寺和心相寺向来没有交集，看似因果模糊，实则不然；放在佛法之中，天大地大，皆是丝丝缕缕的牵连了。”

这是他第一次在陈平安面前说“佛法”。

老住持犹豫了一下，笑道：“其实两座寺庙之间也有因果，只是太过玄妙细微，也太……小了，贫僧根本没把握说出来，还需要施主自己体会。”

两人闲聊，无须一板一眼。老住持以前经常会被小沙弥打岔，聊着寺庙里边鸡毛蒜皮的小事，就把陈平安晾在一边。陈平安也经常会带上几支竹筒或是一本书，读书刻字，也不觉得怠慢无礼。

今天陈平安没有带书，只是带了一支纤细竹简和一把小刻刀。

陈平安从不厌旧，刻刀还是当初购买玉牌，店家赠送的。

老住持今天谈兴颇浓，关于佛法，蜻蜓点水般说过后就不再多提，更多还是像以往那样随便聊，琴棋书画，帝王将相，贩夫走卒，诸子百家，都说一些，拉家常一般。

光阴悠悠。

老住持笑问："一个大奸大恶、遗臭万年的文人、官员，能不能写出一手漂亮的字、一首脍炙人口的诗？"

陈平安想了想，点头道："能的。"

"一个名垂青史的名士、名将，会不会有不为人知的阴私和缺陷？"

"有的。"

老住持笑道："对喽，万事莫走极端。与人讲道理，最怕'我要道理全占尽'。最怕一旦与人交恶，便全然不见其善。庙堂之上，党争，甚至是被后世视为君子之争的党争，为何还是遗祸极长？就在于君子贤人在这些事情上同样做得不对。但是朝堂上的党争，你要是软弱了，讲这套大道理，多半会死得很惨，委实怪不得那些做了官的读书人。既然如此，是不是可以说，贫僧这一通话，绕了一圈，全是废话？为何要说呢？"

陈平安笑着摇头道："有一位老先生跟我说过类似的道理，他教我要万事多想，哪怕想了一大圈，绕回了原点，虽然费心费力，可长远来看，还是有益的。"

老住持欣慰点头："这位先生是有大学问的。"

陈平安手指摩挲着那支翠绿欲滴的小竹简，轻声道："有次老先生喝醉酒了，醉眼蒙眬的，看似是在问我，可其实大概是在问所有人吧。他是这么说的：'读过多少书，就敢说这个世道"就是这样的"？见过多少人，就敢说男人女人"都是这般德行"？你亲眼见过多少太平和苦难，就敢断言他人的善恶？'"

老住持感叹道："这位先生定然活得不轻松。"

陈平安突然想起始终想不明白的一事，好奇问道："佛家真会提倡'放下屠刀，立地成佛'吗？"

老住持微笑道："回答之前，贫僧先有一问：是不是觉得此言既吓人，又别开生面，但细细咀嚼一番，总觉得是走了捷径，不是正法？"

陈平安挠挠头："我连一般的佛法都没读过，哪里清楚是不是正法。"

老住持哈哈大笑："放下屠刀，立地成佛。世人只看捷径，匪夷所思，殊不知真正的玄妙在于悟得'屠刀在我手'，是谓'知道了恶'。世间百态，很多人为恶而不知恶，很多人知恶而为恶，说到底，手中皆有一把鲜血淋漓的屠刀，轻重有别而已。若是能够真正放下，从此回头，岂不是一桩善事？"

他又说得远了些："禅宗棒喝，外人仍然觉得诧异，实则棒喝开悟之前的那些苦功夫常人看不见罢了，看见了也不愿做罢了。成佛难不难？当然难。知佛法是一难，守法、护法和传法便更难了。但是……”他突然停下叹了口气，“没有‘但是’，既然贫僧一个向佛之人自己都做不到，为何要与你说那么远的道理呢？”

陈平安笑道：“但说无妨，道理再远，先不说我去与不去，我能够知道它就在那儿，也是好事。”

老住持摆摆手：“容贫僧歇一会儿，喝杯茶润润嗓子，都快冒烟了。”

他喊了一声，不远处一座精舍内，有个看似低头念经实则打盹的小沙弥猛然睁开眼睛，听到老住持的言语后，赶紧去端了两碗茶水来。

不远处有一棵参天大树，树荫浓密，停着一只小黄莺，点点啄啄。

陈平安喝茶快，老住持喝茶慢。陈平安笑着将茶碗递还给小沙弥时，老住持还未喝掉半碗。于是陈平安低头拿起那支竹筒，其上左右两端都有一丝不易察觉的印痕。

陈平安左看右看，觉得竹筒就像一把小尺子。

老住持喝完了茶水，转头望去。炎炎夏日，骄阳炙烤人间，世人难得清凉，断断续续说着感慨：

“末法时代，天下之人，如旱岁之草，皆枯槁无润泽。

“道理，还是要讲一讲的。

“佛法，是僧人的道理。礼义，是儒生的道理。道法，是道士的道理。其实都不坏，何必拘泥于门户，对的，便拿来，吃进自家肚子嘛。”

陈平安的视线从竹筒上移开，抬头一笑，点头道：“对的。”

老住持望向廊道栏杆外的寺庙庭院：“这个世界一直亏欠着好人。对对错错，怎么会没有呢？只是我们不愿去深究罢了。嘴上可以不谈，甚至故意颠倒黑白，可心里要有数啊。只可惜世事多无奈，聪明人越来越多，心眼心窍多如莲蓬者往往喜欢讥讽淳厚，否认纯粹的善意，厌恶他人的赤诚。陈平安，你如何看待这个世界，世界就会如何看待你。”

然后他好似多此一举，重复道：“你看着它，它也在看着你。”

陈平安想了想，觉得有理，却未深思。

今天老住持说的话有些多，陈平安又是愿意认真思量的人，所以一时半会儿还没有跟着老住持走到那么远的地方。

老住持突然灿烂笑道：“陈施主，今天贫僧这番道理，说得可还好？”

陈平安心中有些伤感，笑道：“很好了。”

老住持笑道：“之前有一次听你讲了那‘先后’‘大小’‘善恶’之说，如今贫僧还想再听一听。”

陈平安第一次说得生疏晦涩，可是道理和真心话总是越说越明了的，如一面镜子时时擦拭，抹去尘埃，便会越擦越亮。

对错有先后，先捋清楚顺序，莫要跳过，只谈自己想要说的那个道理。

对错还分大小，用一把、两把甚至多把尺子来衡量大小，这些尺子可以是所有世间正法、善法，法家律法、儒家礼义、术家术算都可以借来一用。底线的律法、高高的道德、各地的乡俗、精准的术算都会涉及，不可以一概而论，钻研起来极为烦琐复杂，劳心劳力。

之后才是最终定下善恶。无形之中，人性是善是恶的三四之争不再成为读书人不可逾越的一道险隘，因为这是末尾来谈的事情，而不是读书之起始就需要做出决断的第一件事情。

最后是一个"行"字。教化苍生，菩萨心肠传法天下，独善其身修一个清净，都可以各凭喜好，随便了。

老住持神色安详，听过了陈平安的讲述，双手合十，低头道："阿弥陀佛。"

陈平安望向那只停在飞檐上的小黄莺，它正在打量着打扫寺庙的小沙弥。

陈平安收回视线，老住持微笑道："寺庙不在，僧人在；僧人不在，经书在；经书不在，佛祖在；佛祖不在，佛法在。便是心相寺没了一个僧人，剩不下一本经书，只要有人心中还有佛法，心相寺就还在。"

老住持转头再次望向幽静的院子，只有小沙弥扫地的沙沙声响。

他视线模糊，喃喃道："贫僧好像看到人间开了朵莲花。"

陈平安寂静无言。

老住持低下头，嘴唇微动："去也。"

远处小沙弥往廊道这边望来，怀抱着扫帚，跟老住持抱怨着："师父，日头这么大，我能不能晚些再打扫啊，要热死了。"

陈平安转过头，指了指好似酣睡打盹的老住持，然后伸出手指在嘴边嘘了一声。

小沙弥赶紧噤声，然后偷着乐：哈哈，我爱偷懒，原来师父也爱睡觉。

他蹑手蹑脚跑去大殿屋檐下乘凉，那只小黄莺壮起胆子，飞到小沙弥肩头。小沙弥愣了一下，故意转头，朝它做了个鬼脸，吓得小黄莺赶紧扑腾飞走。呆呆一人的小沙弥摸了摸光头，有些愧疚。

廊道里的蒲草圆座上，已圆寂的老住持保持着那个松松垮垮的坐姿，却像是为这方小天地提起了精气神。

陈平安没来由地想起陆抬的一句话：人死大睡也。

知道师父死了，小沙弥哭得很伤心，看不开放不下，一点都不像出家之人。但是陈平安当时看着号啕大哭的他使劲摇晃着师父的手臂，像是想要把师父从睡梦中摇醒，就觉得如此这般才是人之常情。

其后晓得师父圆寂后竟然烧出了佛经上说的舍利子，小沙弥又笑了，觉得师父的佛法大概还是有些厉害的。小沙弥仍是不像个出家人。

陈平安一直帮着料理寺庙老住持的后事，忙前忙后，私底下与心相寺新任住持说了老住持的想法，舍利子一事不要急着对外宣扬，免得在这个当下白白惹来市井非议，甚至有可能引起官府的揣测。新住持对此没有异议，对陈平安低头合十，以表谢意。

在那之后，陈平安就不再去心相寺静坐，但是跟新住持说过，若是心相寺有什么难处，可以去他住处知会一声，他能帮多少是多少。

新住持诵一声佛号，在陈平安离去后去了大殿佛龛，默默为这位心善的施主点燃一盏长明灯，喊来小沙弥，要他经常照看着。

小沙弥哦了一声，点头答应下来。新住持见小家伙答应得快，便知道他会偷懒，屈指在那颗小光头上轻轻一敲，教训了一句："木鱼，此事要放在心上。"

小沙弥苦着脸又哦了一声，事情记没记住不好说，不长记性的后果已经晓得了。

等到新住持离开大殿，小沙弥叹息一声：师兄以前多和蔼，当了住持，便跟师父一样不讲情面了，以后他就算能当住持也不要当，否则肯定会伤了师弟的心……咦，自己是师父最小的弟子，哪来的师弟？以后都不会有了，太吃亏了！想到这里，小沙弥嗖一下转身，飞快跑出大殿，追上新住持，殷勤询问师兄啥时候收弟子。

新住持知道小沙弥的那点小心思，哭笑不得，作势就要再拿小沙弥的脑袋当木鱼，本来他的法号就叫"木鱼"。小沙弥哀叹一声，转身跑开。

很奇怪，心境趋于安宁的陈平安，仍是没有重新捡起《撼山谱》和《剑术正经》，而是继续在京城游荡。这一次，他背着小小的棉布包裹缓缓而行，就着酒水吃干饼，居无定所，随便找个安静地方对付一下就行，可以是树荫之中、屋顶之上，也可以是小桥流水旁边。

那些高高的朱红色墙壁上有对着墙外探头探脑的绿意，墙内有秋千摇晃声和欢声笑语。有高冠博带的士子文人曲水流觞，盛世作赋，出口成章，一袭白衣就默默坐在树枝上喝着酒。

有临水的酒楼，在座俱是南苑国京城的青年才俊，指点江山，针砭时弊。书生治国，天经地义。陈平安坐在酒楼屋顶仔细听着他们的议论，满腔热血，嫉恶如仇，可是陈平安觉得他们的那些个治政方针落在实处有点难，不过也有可能是这些年轻俊彦喝高了，没有细说的缘故。

两拨地痞约好了干架，各自三四十人，兴许这就是他们的江湖，他们在走江湖，闯荡江湖。陈平安蹲在远处一堵破败矮墙上，发现二十岁往上的"老江湖"出手油滑，二十岁以下的少年则出手无忌，狠辣非常，事后鼻青脸肿、满脸血污，与患难兄弟勾肩搭背，已经开始向往着下一场江湖恩怨。

其中一帮人的带头大哥年纪稍长，将近三十岁了，则招呼他们去酒肆喝酒，浩浩荡荡杀去。姿容秀丽的沽酒妇人正是他的媳妇，见着了这帮熟脸面，只得挤出笑脸，拿出酒水吃食款待自己男人的兄弟，看着被人围住、居中高谈阔论的男人，妇人眉宇间有些生计不易的哀愁，可眼神中又有些仰慕的明亮。

她看着自己男人，而她男人麾下最得力、最敢冲杀的一个高大少年则偷偷看着她。

陈平安坐在离他们最远的地方，要了两壶酒，一壶倒入养剑葫，一壶当下喝。

年轻妇人一咬牙，报高了两壶酒的价格，多要了三十文钱。陈平安仿佛不知市井行情，毫不犹豫就掏了钱。妇人有些愧疚，便多给他拿了两碟自己做的佐酒菜，他起身笑着对她致谢。妇人红了脸，连忙拧腰转身，不敢再看那张俊秀干净的脸庞。

那边人满为患的酒桌上，年近三十的男人借着酒意说："兄弟们，总有一天，我们会在京城有一块真正的地盘，到时候人人喝酒吃肉，见着了腰间挎刀的班房官老爷们根本不用怕，人家肯定眼巴巴求着跟咱们称兄道弟。以后再向那个瞧不起咱们的马秀才讨要几副春联几个'福'字，且看他还敢不敢斜眼看人，有无胆识说一个'不'字……"

男人舌头打结，旁人听得心神荡漾，大声喝彩，唾沫四溅。尤其是血气方刚的少年们，喝了吐吐了喝，回到桌旁，醉眼蒙眬之间，依稀可见四周皆兄弟，只觉得人生这般活，痛快，好痛快！

陈平安默默离开街边酒肆，走远后，忍不住回望一眼，像是看到了当年的自己、刘羡阳和鼻涕虫顾璨。那会儿他还是黝黑似炭的龙窑学徒，应该会心疼酒水钱；刘羡阳一定在嚷嚷完了豪言壮语之后开始忧愁，埋怨着为什么稚圭就是不喜欢自己；从小就很早熟的顾璨大概会咬牙切齿，学着江湖中人的腔调，说要报仇雪恨就该快意恩仇，其余管他的。

陈平安收回视线，继续前行。

有一个眼尖的少年开玩笑道："方才那个小白脸停下来看了咱们这边很久，该不会是瞧上咱们嫂子了吧？"

已经醉醺醺的男人一拍桌子道："有这狗胆，老子砍死他！你们信不信，就算明天老子死了，你们的嫂子也会守一辈子寡，谁也不嫁！皇帝老儿都不嫁！一个细皮嫩肉的小白脸算个屁，背把剑了不起啊……"说着说着，他脑袋一磕，重重撞在酒桌上，彻底醉了过去。

年轻妇人低头擦拭酒桌，悄悄抿起嘴角，不知道为何而笑。

那个视线经常扫过妇人婀娜身姿的高大少年此时也低下了脑袋，有些慌张，也有些怨怼。少年喝了口酒，没滋没味。

有个市井坊间的憔悴妇人不知为何，逮住顽劣稚童就是一顿痛打，孩子嘴上干号，其实对着不远处的小伙伴们挤眉弄眼。衣衫寒酸的妇人打着打着就自己哭出声，孩子一愣，这才真哭了起来。

一场滂沱大雨过后，京城终于重新见着了暖洋洋的日头。一伙锦衣玉食的膏粱子弟纵马大街，扬鞭策马，踩得泥土飞溅。路旁一个老妪的摊子来不及撤离，上边摆了些做工粗糙的针织物件，不小心给烂泥溅得惨不忍睹，老妪顿时脸色惨白。末尾一骑是个眉眼倨傲的年轻女子，见着了这一幕，马不停蹄向前，却随手丢了一只钱袋子在摊子上边。只是由于她骑术算不得熟谙，太想着将那只沉甸甸的钱袋抛得有准头，一不小心就歪斜着坠马，好一顿驴打滚，哎哟哎哟叫着起身后，原本秀美的脸庞和昂贵的衣裙都不能看了。她踉跄着走向那匹停下的骏马，略微艰辛地爬上马背，扬鞭而去。眼角余光发现一个身穿雪白长袍的剑客正站在街边望向自己，忍不住转过头。

那人朝她抬起手臂，竖起大拇指。她翻了个白眼，没有放在心上。

陈平安就这样走走停停，看了许多士子风流和市井百态。

白河寺的丑剧只蔓延了不到一旬时间就已经迅速落下帷幕。白河寺的财产一律充公，至于谁会接收这颗烫手山芋，有说是京城其余三大寺里的高僧，也有说是地方上几个著名大寺的住持。

南苑国显然有高人在为皇帝陛下出谋划策，白河寺丑闻以一种拦腰斩断的方式迅速消停沉寂下去，因为朝野上下的注意力很快就转移到了另外一场盛事上：天下四大宗师之一的湖山派掌门俞真意闭关十年，如今成功破关，要召开武林大会，召集群雄，商议围剿魔教三门一事。届时，被誉为“天下第一手”的南苑国国师种秋、镜心斋童青青，以及号称能够在山雾云海中温养剑意的鸟瞰峰山主陆舫都会出现。四大宗师齐聚毗邻南苑国京城的牯牛山，这是江湖百年未有的大气象。

这四人皆是各自所在国家的武林魁首，跺跺脚就能让一国江湖掀起惊涛骇浪。尤其是种秋和俞真意，他们之间的恩怨纠缠了足足甲子光阴。两人是松籁国的市井出身，自幼就是街坊邻居，一对生死兄弟，机缘巧合下开始一起行走江湖，各有奇遇，成为当时江湖上最引人注目的一双武道天才，最终不知为何反目成仇。一场只有寥寥四五人观看的生死战后，两人都身负重伤，种秋这才来到南苑国。在那之后，两人老死不相往来，不谈恩情也不说仇怨。

黄昏中，陈平安回到了状元巷附近的宅子。此前，房主爷孙二人正在街角看别人下棋，见着了陈平安的身影，孩子脸色雪白，赶紧起身，招呼陈平安来看棋。陈平安走近跟他们一起看了会儿，孩子又说有事要先回家，撒腿就跑。陈平安犹豫了一下，没有观棋兴致的他站了一炷香工夫，这才缓缓走回宅子。

开门进屋后，对面屋的孩子踩在小板凳上，透过窗户望向陈平安，轻轻松了口气。

陈平安关了门，摘下包袱放在床上，莲花小人儿立即从地面蹦跳出来，咿咿呀呀，指指点点，好像十分气愤。

陈平安瞥了眼桌上的那叠书籍，一些不易察觉的细微褶皱比起自己离开宅子前显然多了些。他心中了然，蹲下身摊开手掌，让莲花小人儿走到自己手心，然后起身坐在桌旁。莲花小人儿跳到桌上，又轻轻跳到书山上，跪在一本圣人书籍的扉页上，用小胳膊仔仔细细抚平褶皱。

陈平安笑道："没关系，书就是给人看的，人家这不是已经还回来了嘛，不用生气。"

正在辛勤干活的小家伙转过头，眨巴眨巴眼，有些疑惑不解。

陈平安揉了揉他的小脑袋，掏出竹简和刻刀，轻轻放在桌上。

在这天夜色里，陈平安悄悄去往白河寺。之前就来烧过香，陈平安并不陌生。白河寺有一座大殿极为奇特，供奉着三尊佛像，有佛像怒目，也有佛像低眉，居中一座佛像竟然倒坐，千年以来，不管香火如何熏陶，佛像始终背对大门和香客。

白河寺最近有些萧条，大白天都门可罗雀了，深夜时分更是寂寥，加上那些以讹传讹的可怕传闻，衬托得往日宝相庄严的菩萨天王神像怎么看怎么阴森狰狞。前些天，有一伙毛贼来打秋风，结果一个个哀号着跑出去，全部疯疯癫癫的，直到进了牢房才安静下来，只说那白河寺闹鬼，万万去不得。

陈平安进入这座大门未关的偏殿前，特意点燃了一张阳气挑灯符，并无异样。他又悄悄换了几处地方，符箓始终是匀速缓缓烧尽。

陈平安正打算离开白河寺，刚走到殿门口附近就骤然倒掠，脚尖一点，下一刻就坐在了大殿横梁上，侧身而卧，屏气凝神。

从大殿外大摇大摆走入三人，毫无窃贼的模样，反倒像是月夜赏景的达官贵人。

陈平安皱了皱眉头：竟然有两人他都见过，其中一人正是状元巷一栋幽静宅子里的武道同辈。老人身材高大，相貌清癯，虽非道人，却头戴一顶样式古朴的银色莲花冠，相较于陈平安那次市井街道的远望，老人今夜不再刻意收敛气势，当他跨过门槛，就如一座巍峨山岳硬生生撞入了这座白河寺大殿。

另一人是名女子，她摘下遮掩容貌的帷帽，姿容动人；脱了笼罩住身段的曳地披风，色彩靡丽。最出奇之处，在于她穿了一双木屐，屐上赤足如霜雪。

一个俊俏公子则是生面孔，身材修长，一袭藏青色的宽袍大袖，手上缠绕着一串珊瑚念珠，行走之间，他会轻轻捻动珠子。

女子嗓音清脆，妩媚地瞥了眼俊俏公子，调侃道："我的簪花郎唉，你既然虔诚信佛，为何还不跪下磕头？到时候我往佛像身前一站，占了周公子这么大便宜，岂不是一夜之间名动天下？死也无憾。”

俊俏公子微笑不语，只是仰头望向三尊神像。

天地寂寥，偌大一座佛殿，唯有珠子滚动的细微声响。

老人笑道：“鸦儿，就别拿周仕开玩笑了，人家那是脾气好，不与你一般见识，不然撕破了脸皮打一架，到时候周仕的棺材钱，谁出是好？”

貌若少女，可气质风情却如妇人的“鸦儿”掩嘴娇笑，秋波流转，风情流泻，竟是让一座原本阴森吓人的大殿都有些春意盎然。

名为周仕、绰号“簪花郎”的年轻公子无奈一笑：“丁老教主就莫要欺负我这么个晚辈了。”

“湖山派的俞真意、南苑国的种秋、镜心斋的童青青、鸟瞰峰的陆舫可都是了不起的神仙人物，其中童青青那老婆姨更是跟师爷爷一个辈分的。反观咱们，势单力薄，真要玩这一出火中取栗吗？即便拿到了罗汉金身和那部经书，能否活着离开南苑国京城？”鸦儿掰着手指头，一个个点名道姓过去，说着江湖上最为帷幕重重的秘事，“虽说师爷爷你才是真正的天下第一，可是好汉双拳难敌四手，俞真意的徒子徒孙那么多，南苑国种秋又是地头蛇，童青青那个老妖婆最喜欢蛊惑人心，说不得上次簪花郎负伤归来，嘴上说是给她打得半死，其实是被老妖婆的美色迷得神魂颠倒，在跟咱们演一出苦肉计呢。尤其是那个陆舫，几十年来出手的次数屈指可数，江湖上都说他是走了正道的师爷爷，由此可见，天赋该有多好，经过这么多年潜心练剑，说不定都已经超过俞真意和种秋了吧？”

老人置若罔闻，默不作声，双手负后，望着那尊背对苍生的佛像。

鸦儿一跺脚，有些幽怨。木屐踩在石板上，响声清脆。

周仕出言宽慰道：“这四人并非铁板一块，真到了生死关头，恐怕没谁乐意舍生取义的。”

鸦儿笑道：“咱们中就有人愿意啦？”

周仕神色自若，继续道：“其实光是我爹，加上臂圣程元山和磨刀人刘宗，仅就顶尖战力来说，已经不比那四位大宗师联手逊色。我们这次是密谋行事，又不是沙场上的两军对垒，不用讲究兵力多寡，鸦儿你不用担心。”

其实四大宗师只是江湖正道的自家之言，故意撇干净了那些魔教中人和黑道枭雄，属于关起门来自己乐呵乐呵，真正服众的说法，是更有含金量的十大高手，刚好正邪各占一半。

四大宗师中，从武道一途转入修习仙家道法的白道第一人俞真意排第二，世间外家拳第一人种秋排第六，传言九十高龄却青春常驻的童青青排第九。都说在她之后，数个你方唱罢我登场的所谓第一美人的姿色、风韵加在一起，都不如她一人。隐世独居鸟瞰峰的剑客陆舫排第十，是四大宗师中最年轻的一位，如今还不到五十岁。几乎所有人都坚信，随着时间的推移，二十年前垫底的陆舫是最有资格挑战并且战胜那位第一人的存在，甚至有人认为如今的陆舫已经超过南苑国国师种秋，能跻身前五之列。

而簪花郎周仕所说的瞽圣程元山武功极高，对人对敌必分生死，所以不被名门正派认可，觉得他武德太差，不配享有宗师头衔。此人排在第八。

磨刀人刘宗是名副其实的顶尖邪道高手，纯粹喜好杀人，恶名昭彰，排第七。

至于周仕的父亲周肥更是无数正道人士做梦都想大卸八块的大魔头，武学奇高，品行极为低劣，创建了一座春潮宫，搜罗天下美女，自诩为“山上帝王，陆地神仙”。但让人无奈的是，周肥排第四，而且公认横炼功夫天下第一。年轻时的陆舫曾经以一把佩剑“龙绕梁”成功刺穿周肥身躯三次，周肥依然安然无事，战力折损几乎可以忽略不计，陆舫就此主动退去。

孤身一人仗剑闯入春潮宫的陆舫也为自己的意气用事付出了巨大的代价。在他一次出门远游的三年内，师门六百人被周肥半点不讲高手风范地亲手慢慢折磨殆尽，传言陆舫的师娘和十数个师姐师妹如今尚在春潮宫担任侍女。

至于为何陆舫游历归来，听闻噩耗，没有再度登山挑战周肥，就成了天底下最大的几个江湖秘密之一，与天下第一人的那个大魔头到底有多强、镜心斋童青青到底有多美、俞真意到底可以活到多少岁并称为“天下四大谜案”。

从南苑国京城到城外牯牛山这一路，处处波谲云诡。

有一个万里迢迢赶来的中年男子带着一身酒气进入南苑国京城后，如鱼得水，终日在街边酒铺酗酒，浑浑噩噩，以至于最后不得不将佩剑押在了酒铺，换了五两银子。那还是掌柜妇人看在他一身腱子肉的分上，可以趁他睡着了偷摸几把，不然给三两银子顶天了。

牯牛山顶，一个身材如稚童、面容纯真的人物，每天闲来无事就细细打磨一把玉竹折扇，而负责山脚下那八百御林军的南苑国武将见到此人后，却要毕恭毕敬地尊称一声“俞老真人”。

太子府第，一个多年来担任掌勺厨子的佝偻老人揭了一大缸时候未到的腌菜的盖子，酸味扑鼻，嘴上呢喃着“多事之秋，多事之秋”。

但这些人，都没今夜入白河寺而不烧香的三人分量重。这倒跟鸦儿和簪花郎周仕关系不大，只因为老人姓丁，八十年来在天下第一人的位置上屹立不动，杀人只凭个人喜好和心情：江湖名宿也杀，帝王将相也杀，罄竹难书的武林恶人也杀，路边的老幼妇孺也杀，连自己的弟子都杀到只剩一人。后来，他将教主之位传给了这唯一的弟子，从此消失。但是在之后的二十年一次的评选中，他依旧是毫无悬念的第一人。

有个听上去很可笑的江湖传闻，说专职收集江湖秘闻、评点宗师高低的敬仰楼先后两任楼主的至交好友都曾好奇询问为何不撤掉那个生死不知的丁魔头，两人都说过同样一句话："万一他没死，我就死了。"

此刻大殿之中，鸦儿笑问道："你爹只要樊仙子这么一个美人儿，明面上却是出力最大，如此兴师动众，当真不觉得亏了？"

周仕苦笑："我爹什么脾性你还不清楚？说好听点是爱美人不爱江山，说难听点就是见色忘命。如果不是种秋就住在南苑国皇宫旁边，他都能进宫去抢那位周皇后。"

鸦儿伸手揉着脸颊，自怨自艾道："樊莞尔，周姝真，一个当今第一美人，一个在二十年前颜色甲于天下，你爹的眼光真高，难怪我会难入他老人家的法眼，哪怕见了面，一起喝茶也是客客气气的，目不斜视。"

周仕苦笑不已。

鸦儿笑问道："你爹怎么不对童青青有念想？"

周仕仰头望向那尊对人间怒目的威严佛像，手指不停捻动珠子，轻声道："我爹说，一份美食，烫嘴不怕，烫得起了水泡都值得，但是注定会烫穿了肚肠的美食，嘴再馋，也莫要去碰。"

负手而立的丁老教主听闻此言，扯了扯嘴角，环顾四周，轻声道："走了，金身已经不在这边。"

鸦儿和周仕并无异议，也不敢有丝毫质疑。别看鸦儿口口声声"师爷爷"，十分娇憨亲昵，实则胆战心惊，生怕一个不留神就要被老人拍碎头颅。周仕也好不到哪里去，父亲周肥至多是一张可有可无的护身符，远远不足以成为真正的保命符。

一举一动都仿佛与天地契合的丁老教主跨出门槛的时候，脚步略作停滞。只是这么一个不起眼的小动作，就让鸦儿和周仕气息紊乱，胸口发闷，额头渗出汗水，停步站立不动。丁老教主又稍稍加快速度，跨过了门槛，走下台阶。两个在江湖上已经赢得极大名头的年轻武学天才又觉得气血疾速奔走，如牵线木偶一般，情不自禁地跟着老人一起快步前行。

丁老教主抬头看了眼月色，笑道："这南苑国京城，比起六十年前，有意思多了。"

身后两人视线交汇，都觉得大有深意。

夜凉如水，陈平安从卧姿变成了坐姿，先是双手合十，跟三尊佛像告罪一声，莫要怪自己的不敬，然后又想：那个姓丁的老者挺厉害的。

突然，陈平安又侧卧回去，很快就又有两道身影如缥缈青烟一闪而至。

好一对金童玉女，当下这女子的姿色气度比起先前那个鸦儿还要胜出一筹。

男子三十岁出头，玉树临风，穿着古雅，冠冕风流，一身帝王之家的贵气。

他用纯正的京城口音笑道："樊仙子，如你先前所说，这个丁老魔头性情果然古怪，刚才明明发现了咱俩，竟然都不出手。”

飘然出尘的女子就像一株生长于山野的幽兰，容貌出众得不讲道理。寻常美人应该第一眼看到她就会自惭形秽，寻常男子甚至生不出占有之心——得有自知之明。

听到男子的话后，她道：“他是不屑对我们出手。”

男子笑道：“难道我一招都挡不下？不至于吧，我师父好歹是那十人身后追得最紧的一小撮人物之一，如今我与师父过招，已经有两三分胜算了。”

樊莞尔摇头道：“太子殿下自然天赋极好，可是江湖宗师之间的生死厮杀，与切磋武艺有着天壤之别。殿下切莫小觑了这江湖，哪怕是面对一个二流高手，不到最后一刻，也不可掉以轻心。”

南苑国太子为这位仙子担忧自己而感到由衷喜悦，只是生在帝王家，早早养成了喜怒不形于色的习惯，便轻轻点头，微笑道：“我记下了，以后与人对敌之前，都会拿出仙子这番言语好好思量思量再出手不迟。”

樊莞尔莞尔一笑，不置一词。她已经独自行走江湖六年之久，男人这点小心思的含蓄轻佻，她不会在意，当然更不会动心。只是她突然冷笑道：“出来吧！”

南苑国太子脸色微变，心湖震动：能够隐藏到现在而不被发现，至少也是与他们两人实力相当的人物。

他们一起用视线巡视大殿各处，片刻之后，樊莞尔松了口气，笑道：“让殿下笑话了，行走江湖，小心驶得万年船。”

南苑国太子如释重负，忍俊不禁，微微侧身，学那江湖中人拱手抱拳道：“仙子教诲，小生受教了。”

樊莞尔也笑了起来。

两人之后在三尊佛像附近摸索探寻，并没有发现隐蔽机关，徒劳无功，只好与之前三人一样，离开白河寺。

一条横梁之上，涟漪阵阵荡漾，逐渐露出一抹雪白，原来是那件金醴法袍变大了许多，使得陈平安能够缩在其中，也算是陈平安自己琢磨出来的一门不入流的障眼法，对付江湖中人挺实用，就是不够高手气派、仙家风范。他刚要摘下养剑葫喝上一口酒，突然想起这是寺庙大殿，便收回手，飘然落地，就要离开白河寺。结果刚来到大殿门槛，就看到远处那个姓樊的漂亮女子正朝他冷冷看来。他停下脚步。

樊莞尔既不说话，也不出招，就只盯着陈平安，让陈平安有些郁闷：姑娘，你瞅啥瞅，我已经有喜欢的姑娘了，她可比你好看！反正我是这么认为的。

想到这里，陈平安咧咧嘴。其实……眼前这位姑娘，确实挺好看的。但是姑娘你长得好看是你的事情，可不是你傻了吧唧使劲瞪我的理由吧？

陈平安不愿再跟她耗下去，害怕飞檐走壁不太容易脱身，便干脆用了一张方寸符，直接离开了白河寺。

樊莞尔微微张嘴，满脸震惊：难道是江湖上哪位隐世不出的前辈宗师吗？

陈平安离开白河寺没多久，目光被一条彩灯连绵的热闹街道吸引，香味浓郁，便跑去找了家摊子，吃了碗又麻又辣又烫的玩意儿，结果陈平安发现自己身边又站了一个目瞪口呆的漂亮姑娘。

第二章
杀机四起

还是那个姓樊的女子，初看穿着素雅，但若是细看，便会发现衣裳绣有如意水云图案，在天上月辉和市井灯火的映照下若隐若现，富扎眼、贵雍容，不过如此。此刻她应该是覆了一张面皮，只有先前姿容的五六分神采，不至于让这市井坊间太过轰动。

见她还是使劲盯着自己，陈平安放下碗筷，不得不问道："你找我有事？"

樊莞尔突然伸手揉了揉额头，环顾四周，皱紧眉头。

隔壁桌上有食客与人起了争执，骂起街来，拍桌子瞪眼睛，气势汹汹地指着对方鼻子怒骂，浓郁的南苑国京师腔调，说得既难听又杂乱："你家一门老鸨娼妇，事不过三，你再敢扯这有的没的，老子就要直接在你家开妓院了。"

樊莞尔一手指肚轻轻揉捏太阳穴，恢复正常神色，以江湖武夫的凝音成线，眼中充满了好奇和憧憬的光彩，询问道："这位公子，你可是……谪仙人？"

陈平安哑然失笑："我只是个外乡人，来南苑国游历，不是姑娘说的什么谪仙人。"

樊莞尔有些遗憾，歉意道："多有叨扰，公子恕罪。"

陈平安摆摆手："没关系。"

樊莞尔犹豫了一下，还是提醒道："最近南苑国京城不太安宁，公子是人中龙凤，很容易被人盯上，希望公子多加小心"

陈平安拱手抱拳："谢过樊姑娘。"

樊莞尔也不是拖泥带水之人，就这样离开这条熙熙攘攘的宵夜闹市。一些个青皮流氓想要借机揩油，只是每次他们出手，她总是刚好躲过，如一尾鱼儿游弋在水草石块之间。

陈平安有些疑惑。按照崔姓老人的说法，武人天赋好不好，要看能否从低劣的拳架中养出最高明的拳意，当初他选择陈平安，这是原因之一。不过他死要面子，不愿承认《撼山谱》其实有着诸多可取之处，陈平安也不愿揭穿。

眼前这个素未蒙面却两次找上自己的奇怪女子，按照先前丁姓老者与那鸦儿、簪花郎周仕的说法，多半就是那个名动天下的樊莞尔，搁在家乡东宝瓶洲，可就是贺小凉的地位。她分明已经有点“近道”的意思，为何一身武道修为好像给压了一块万斤巨石，迟迟上不去？

一身气势可以隐藏，可以返璞归真，但是处久了，内在神意骗不了人，每一口呼吸的缓急，举手投足的韵味，往往都会泄露天机。先前丁老教主看似随随便便一步跨入白河寺大殿，陈平安就立即察觉到了天地异象。

陈平安可是从骊珠洞天走出来的，见过的山顶人物不算少了，能够让陈平安觉得“挺厉害”的人物，自然不简单。在落魄山竹楼的喂拳之人，曾是一位十境巅峰的武夫；在桂花岛上的喂剑之人，好歹也是一位老金丹。

陈平安在樊莞尔的身影消失后，想了想，也离开这处闹市。

南苑国京城分为大大小小八十一坊，大致格局与陈平安路过的许多王朝藩国都差不多。这座被誉为天下首善的城池，北贵南贫东武西文，白河寺位于西城，多是中层文官和殷实商贾的宅第所在，处处可见匠心。

此时陈平安就走在一座石拱桥上，夜深人静，他轻轻跳到栏杆上，望着脚下这条小河潺潺而流，下边立着一尊镇水兽，形状若蛟龙，亦是不罕见。东宝瓶洲许多繁华城池的栏板柱头或是拱券龙门石上都有这类用以压胜水中精怪的镇水兽。但是陈平安察觉不到这头古老的镇水兽有一丝一缕的残余灵气，好像就只是个装饰摆设。

在陈平安望水发呆的时候，出身镜心斋的仙子樊莞尔遇上了本该回到南苑国宫城的太子魏衍。此人虽是天潢贵胄，却是一个深藏不露的年轻高手，他的武道授业恩师是个从北方塞外流亡到南苑国的老一辈宗师，正如魏衍所说，是当今天下距离十大高手最近的一小撮人之一。这位宗师与魔教三门之一的垂花门有着不共戴天之仇，所以魏衍也被湖山派和镜心斋都认定为正道中人，并且有希望成为下一代的江湖领袖人物，镜心斋甚至有意将其扶持为下一任南苑国君主。而那个魔教中人鸦儿则暗中扶持魏衍的皇弟魏崇，双方尔虞我诈，相互构陷，在南苑国老皇帝面前争宠，已经打了五六年的擂台。

樊莞尔与魏衍散步于静谧夜色中，魏衍轻声道：“樊仙子，你要见那个人，其实不用瞒着我的。他能够躲在白河寺大殿，自始至终都没有让我们察觉到，肯定不是寻常的江湖莽夫。万一他是魔教中人,你出了事情,怎么办?”

樊莞尔不愿让魏衍这位未来南苑国皇帝心生芥蒂,微笑道:“殿下,你觉得我和你,还有魔教那个不知真实姓名的鸦儿、春潮宫的簪花郎周仕,加上其余六个差不多年纪的年轻高手,我们十人当中,谁的武道最高?”

魏衍对此早就心中有数,除了有个好师父,还是一国太子,谍报眼线遍布天下,哪怕没有走过江湖,也早就对江湖秘事烂熟于心,于是不用思索便娓娓道来:“谁为魁首不好说,但是前三早有定数。生死之战,一旦狭路相逢,谁生谁死,就看谁更擅长争夺冥冥之中的大势,天时地利人和,谁占据更多,谁就能赢。”

说到这里,魏衍瞥了眼樊莞尔身后。今夜出行,樊莞尔并没有携带兵器。魏衍笑道:“樊仙子精通镜心斋、湖山派以及失传已久的白猿背剑术,三家圣人之学兼容并蓄,当然可以位列前三。我师父由衷称赞过仙子:‘有无剑背在身后,是两个樊莞尔。’”

樊莞尔笑道:“殿下谬赞了。”

魏衍一手负后,一手手指轻轻敲击腰间玉带:“魔教那个鸦儿,当年她刚刚进入京城,心高气傲,竟敢跑去找种国师,还吃了种国师一拳。能够伤而不死,世人都觉得是她侥幸,但是父皇跟我说过,国师曾言:‘那个小姑娘,武学天资之高,可谓女子中的陆舫。’最后一人,应该就是那个来历不明的冯青白了,这十来年横空出世,他的身世、师门,所有都查不到任何蛛丝马迹,喜好游历四方,不断挑战各路高手宗师。看他挑选的对手就会发现,他从一个略懂三脚猫的外行,短短十年间就成长为当世第一流的高手。”

说完这些,魏衍转头问道:“樊仙子,其余七人当中,还有隐藏更深的?”

樊莞尔双手负后,走在一座寂静无人的小桥上,靠近栏杆,一次次拍打着其上雕刻的小石狮的脑袋,摇头道:“就算真有,至少我和镜心斋都不知道。”

魏衍笑容和煦:不承想樊仙子还有如此俏皮的时候。他看着那双水润眼眸,一时间有些痴了。他停下脚步,又骤然加快,与樊莞尔并肩而行,想要伸手牵住她的纤纤素手,可惜没有那份勇气。

樊莞尔停下脚步,侧过身,举目远眺,眉眼忧愁,缓缓道:“之所以聊起这个,就是想说一件我始终想不明白的怪事。”

魏衍好奇道:“说说看。”

樊莞尔揉了揉眉心,魏衍担忧道:“怎么了,可是那白袍剑客使了什么阴险手法?”

樊莞尔笑着摇头:“殿下,你从你师父那边听说过‘谪仙人’吗?

魏衍笑道:“我师父是个江湖莽夫,可不提这个。他老人家最不喜欢文人骚客,我年少时,只要聊天的时候说得稍稍文绉绉一点就要挨打,所以我就只能从诗篇中去领略谪仙人的风姿了。”

既然魏衍这边没有线索,樊莞尔就不愿多说此事,转移话题。她眼神深远,喃喃道:“殿下,你可曾有过一种感觉,当我们经历一事,或是走过一地、见过一人后,总觉得有些熟悉?”

魏衍点点头:“有啊,怎么没有。”他觉得有趣,“难道樊仙子也相信佛家转世一说?”

樊莞尔摇摇头。

京城外的牯牛山上,今夜站着七八人之多,其中颜色若稚童的湖山派俞真意神色凝重,远眺夜幕中的京城轮廓。

满身酒气,连佩剑都当给了酒铺妇人的邋遢汉子,名为陆舫。

南苑国国师种秋是一个不苟言笑的清瘦男子,气质儒雅,很难想象他会是那个天下第一手。

俞真意嗓音也如容貌一般稚嫩清灵,缓缓开口道:“除了丁老魔、春潮宫周肥、游侠冯青白、镜心斋童青青这既定四人,我们恐怕要多杀一人了。”

陆舫自嘲道:“不会是我吧?”

种秋冷冷瞥了眼他,他摊开手,无奈道:“开个玩笑也不行啊?”

除了这四大宗师中三人,山顶还有一些绝对不该出现在此地的人物。但是无一例外,要么是榜上有名的十大高手之一,要么是如魏衍师父那般的武学宗师。今夜的牯牛山,以及接下来的南苑国京城,注定会不谈正邪。

俞真意死死盯住京城某个地方,轻声道:“陆舫,你跟你朋友先解决掉那个最大的意外,至于是联手杀人还是独自杀人,我不管,但是只许成功不许失败。三天之内将那人的头颅带过来,他身上的所有物件,老规矩,杀人者得之。”

陆舫摸了摸后脑勺,叹息一声。

远处有人阴森而笑,跃跃欲试。

陈平安没有返回宅子,就这么孤魂野鬼似的独自夜游京城,其间潜入一家书香门第的藏书楼,随手翻阅书籍,在天亮之前又悄然离去,在京城国子监又旁听那些夫子授课,直到日头高照的正午时分才走回状元巷,有意避开了跟丁老教主、簪花郎周仕有关的那栋宅子。

状元巷有几间逼仄狭小的书肆,除了卖书,也顺带卖一些称不上案头清供的文房四宝,粗糙简陋,好在价格不高,毕竟这边的买主都是些进京赶考的穷书生。陈平安在一家铺子买了几本文笔散淡的山水游记,近期肯定不会翻看,只是想着让落魄山多些藏书而已。等陈平安走回住处的巷弄,刚好那个清秀的小家伙下课归来,两人一起走在巷子里,孩子像是有难言之隐,憋了半天也没好意思说出口。陈平安就假装没看到,回了宅院。

晚饭是跟孩子一家人在一张饭桌上吃的，按照事先说好的，这户人家为陈平安添双碗筷，每天多收三十文钱。老妪信誓旦旦地说餐餐必有鱼肉，事实上陈平安经常外出，要么错过吃饭的点，要么干脆一段时间没人影儿，老妪高兴得很。

今天桌上没什么油水，老妪笑着道歉，说："陈公子今儿怎么不早点打声招呼，才好准备食材。"

陈平安笑道："能吃饱就行了。"

老妪便问明天怎么说，当听到陈平安说明天要外出后，老妪又唉声叹气，埋怨陈平安太忙碌了，连吃顿家常饭菜都这么难，其实她儿媳妇的厨艺还是不错的，不敢说多好，肯定下饭。

一直低头扒饭、连菜都不敢多夹一筷子的妇人微微抬头，憨厚笑笑。婆婆夸奖自己，破天荒了。

陈平安吃过了饭，就搬了条小凳去那孩子爷爷经常跟人下棋的街角。难得是大条青石铺就的街面，世世代代住在这的人看着人来人往，与街坊邻居聊着家长里短，很能解闷。若是有富家子弟骑马疾驰而过，或是某个小有名气的青楼女子姗姗走过，都能让一整条街亮堂起来。

陈平安坐在棋摊子不远处，那边围了一大堆人。他突然发现，那个孩子也搬了条凳子坐在了自己身边。

之前他已经摘下那把"剑气"放在屋内，毕竟市井纳凉还背着一把剑，不像话。养剑葫带在了身边，但是让更为听话的飞剑十五留在了院子里，免得给人偷了去。如今南苑国京城不太平，藏龙卧虎，想必很快就都该起身了。

察觉到孩子的别扭，陈平安笑问道："有心事？"

上了学塾便知晓一些粗略礼仪的孩子低下头："对不起啊，陈公子。"

陈平安轻声道："怎么说？"

孩子坐在矮矮的板凳上，双手紧握拳头，放在膝盖上，不敢看陈平安："我娘经常趁着陈公子不在家就去翻陈公子的东西。"

陈平安愣了一下。本以为是那个言语刻薄的老妪经常去他房间"串门"，不承想是那个看着很老实的孩子他娘亲。

孩子心情愈发沉重："后来陈公子离开久了，娘亲就偷拿了陈公子放在桌上的书籍给我，我一个忍不住就翻开偷看了，我知道这样不好。"

陈平安本想说一个轻描淡写的"没关系"，但是很快就咽回肚子，改口道："是不好。"

之前游逛京城，某天在喧闹庙会上看到一对富贵气派的娘儿俩，身后暗中跟着一帮目露精光的扈从。五六岁的孩子瞧见了一个漂亮姐姐在摊子边挑选物件，便跑过去扯那少女的袖子。孩子自然并无恶意，只是为了吸引大人的注意而已。那少女起先并未理睬，只是孩子出身权贵高门，见这位姐姐竟然不理睬自己便有些恼火，手上的力气便越来越大。那少女被纠缠得不耐烦，倒也知书达理，并未跟不懂事的孩子计较，便抬头望向不远处站着的孩子母亲，后者便喊了孩子回来，不让他继续胡闹。

当时这一幕如果止步于此，陈平安看过也就算了。但是那位气质华贵的妇人说了一句话，让陈平安一直难以释怀，却想不出症结所在。

必然是从钟鸣鼎食之家走出的妇人教育自己孩子的那句话是："你看姐姐都生气了，别再顽皮了。"

乍一看，毫无问题。妇人的神态，一直当得起"雍容"二字，望向自己儿子的目光慈祥宠爱，对那少女的态度也绝无半点恶劣。直到这一刻，陈平安与这个孩子随口闲聊，才想明白了缘由。与梳水国宋雨烧老前辈有关的那桩惨烈祸事，相似又有不同。

妇人如此教子，是错的。难道那摊边少女不生气，孩子就可以如此行事了吗？

相较于宋雨烧前辈的那桩江湖惨事，市井上这种"无伤大雅的小事"好像说重不得，真要絮絮叨叨个没完，肯定会给人不近人情的嫌疑，说不定那妇人觉得是在得理不饶人，得寸进尺，真当家族姓氏是好欺辱的？甚至那少女都未必领情。

陈平安掏出那支竹筒，看着左右两端，视线不断往中间移动。上边已经刻了许多印痕。陈平安两只手的左右食指抵住如同一把尺子的竹筒两端，悬在空中，转头对那个忐忑不安的孩子笑道："你娘亲如此作为肯定是错的，你知错不改还是不太对，但是呢，在知道这个后，还要明白，世间事分大小，人生在世，除了对错，大是大非之外，终究是要讲人情的。比如你娘亲为何如此做？还不是想要你多读书，以后成为童生、秀才、举人老爷，甚至是考中进士。你娘亲那么能吃苦的人，难道是为了什么光宗耀祖，为了她穿得好吃得好？想来不是的，只是单纯想要你将来过得好，对不对？你娘亲为何做错事，你如果明白了，便可以不去多想。她的错，与对你的好，你已心中有数，接下来就该轮到你了。你读了书，学了书上的圣贤道理，便是知礼了，那么若是光阴倒流，再给你一次机会，你会怎么办呢？"

孩子一直听得很用心，因为陈平安将道理说得浅，他又聪慧，便听懂了，认真思考后，道："我应该将娘亲偷来的书本默默放回陈公子的屋子，然后光明正大地跟你借书，这样对吗？"

陈平安点头："我只敢说在我这儿已经对了，换作其他人，你可能还得多想一些。"

孩子雀跃道："陈公子，那你不会怪罪我娘了吧？"

陈平安揉了揉那颗小脑袋："有些错是可以弥补偿还的，你就这么做了。"

孩子使劲点头："所以先生告诉我们，知错能改，善莫大焉！"

跟人打生打死都不讲几句话的陈平安，今天竟然跟一个孩子讲了这么多，连他自己都觉得惊讶，不过心境又静了几分，感觉就算现在马上去走桩和练剑都已经没有问题。他收起了那支竹简放回袖子，便干脆再多说了几句："每天必须吃饭，是为了活下去。在衣食无忧的前提下，读书讲理不一定是为了做圣贤，而是为了让自己活得更好一些。当然，不一定真的更好，但是儒家圣人们的经典教诲，世世代代君子贤人们的金玉良言，最少最少，给了我们一种最'没有错'的可能性，告诉我们原来日子可以这么过，过得让人心安理得。"

孩子迷迷糊糊道："陈公子，这些我就有些听不懂了。"

陈平安笑道："我有许多事情其实也没想透彻，就像搭建一间屋子，只是有了几根柱子，离能够遮风避雨还差得很远。所以你不用当真，听不听得懂都没关系，以后有问题想不明白，可以多问问学塾先生。"

孩子笑着起身，拎着小板凳，给陈平安鞠了一躬后，说要回家抄书写字了，教书先生可严厉了，稍稍偷懒就会挨板子的。

陈平安笑着挥手道："去吧。"

等孩子离开，他没有转身，突然道："把手里的石头丢掉。"

身后响起一个稚嫩嗓音，哦了一声，然后就是石子摔在地上的响动，似乎石子还不小。

一个枯瘦小女孩拍拍手，大摇大摆地走到陈平安身边蹲下，转头问道："凳子借我坐坐呗？"

陈平安置若罔闻，摘下养剑葫开始喝酒。

小女孩又问道："你这么有钱，能不能给我一些？你刚才不是说了吗，要每天吃饭，才能活下去。"

陈平安不看她，反问道："你怎么找到我这里的？"

两人的对话牛头不对马嘴，小女孩可怜兮兮道："我知道你不缺钱，给我几两银子，你又不心疼，可是我能买好多干饼和肉包子呢。到了冬天，每年京城都会冻死很多老乞丐，他们身上的那点破烂衣服我扒下来要费好大的劲，你瞧瞧，我现在身上这件就是这么来的。我要是有了钱，肯定就能熬过去了。"

陈平安还是不看她："身上这件是这么来的，可是上次穿的呢，是那个小姑娘偷偷拿出来送你的衣裳吧？今天怎么不穿了，就为了见我？"

小女孩看似天真无邪，完全没听懂陈平安的言下之意，娇憨笑道："大夏天的，衣服破一些反而凉快，她送我那件我一般舍不得穿，到了冬天再拿出来，穿在身上特别暖和。"

陈平安突然站起身，左右各看一眼街道两端的尽头，话语却是对那个蹲着的小女孩说的："去贴着墙根站着，接下来不管发生什么，都不要出声。"

小女孩是个心思活络的，时时刻刻都在偷偷观察着陈平安，所以早早顺着陈平安的视线瞥了两眼，然后嘟嘟囔囔，抱怨着起身，就要跑去墙边避难，突然听到那人说："拿上板凳。"

她不乐意了:"凭啥帮你拿,你是我失散多年的野爹啊?"

陈平安直截了当道:"十文钱。"

"好嘞,爹!"小女孩黝黑脸庞上立即笑出一朵花来,拎起了小板凳就跑。

长条青石铺就的街道两头,有两人相向而行,陈平安和棋摊子刚好位于中间位置。

陈平安左手边是一个面罩白纱的女子,一身青色衣裙,红锦裹身,系以玉带,怀抱一只琵琶,分外妖娆,摇曳生姿。陈平安右手边则是一个身高八尺的汉子,赤手空拳,上身裸露,肌肉虬结,却穿了条粉色长裤。

这一对男女,怎么看都不像是跟鸡鸣犬吠做伴的市井百姓。

那汉子杀气腾腾,毫不遮掩自己的昂扬战意。比起寻常南苑国青壮男人,这家伙的个子还要略高一些,虽然面容清秀,可也算不得什么少年郎了。

汉子朗声笑道:"外乡人,我叫马宣,来自塞外,有好事之徒给了一个'粉金刚'的绰号。昨儿有人花了黄金千两要买下你的脑袋,还说你武功深不可测,别看长得面嫩,极有可能是俞真意那般的老妖怪,我便喊了姘头一起。今儿你是自尽好留个全尸,还是给我双拳砸得粉碎?"

汉子嗓门大,一番言语说得震天响,棋摊子那边的众人哗然,顾不得棋盒板凳,四处逃散。这可是要当街杀人,他们哪敢凑热闹。按照状元巷老一辈人神神道道的说法,南苑国京城历史上有过几次江湖高人的厮杀,打得天翻地覆,几座大坊直接就给打成了废墟,事后披麻戴孝的门庭少说也有几百户。

透过轻薄面纱瞧着那些作鸟兽散的街坊百姓,琵琶女嘴角翘起,右手就要挑弦,以音律杀人割头。但是她蓦然停下了挑弦动作,嫣然一笑:"既然这位公子不喜欢助兴,奴家就不多此一举了。"

原来那个白袍外乡人盯上了她,感觉像是只要她敢手指触弦,他就会撇下粉金刚先找上她。她是来帮老相好一起挣千两黄金的,可不是来担任吃力不讨好的厮杀主力,之所以愿意接这笔买卖,就在于她和粉金刚马宣是江湖上少有的绝佳搭档,一人近身厮杀肉搏,一人远远牵扯袭扰,天衣无缝,只要是那十人之外的江湖宗师,两人配合,哪怕打不过,也能逃得掉。

陈平安觉得有点莫名其妙。为何要找上自己?先是樊莞尔所谓的"谪仙人",现在又有人出价黄金千两,于是光天化日之下蹦出这么两个满身血腥煞气的家伙,如果不是自己阻拦,恐怕那些四处逃窜的百姓就已经死了。

相较于声势吓人的魁梧大汉马宣,陈平安的注意力更多还是在琵琶女身上。

那把以整块紫檀制成的华美琵琶,落在陈平安眼中,又有玄机。琵琶弦附近丝丝缕缕的血腥气和浓如墨汁的死气相互缠绕,向四周散发流溢。只是琵琶上没有任何怨灵厉鬼产生,陈平安对此有些奇怪。按照自己行走东宝瓶洲和桐叶洲各地的经验,死于琵琶之下的亡魂如此多,怨气凝聚,应该会有灵异古怪的东西产生才对。

枯瘦小女孩坐在墙根的板凳上,碎碎呢喃着:“谁都看不到我……看不到我……”

至于为何不跟随那些百姓一起逃入远处街巷,她先前不是没有犹豫,但是总觉得待在这边更安心一些。

陈平安问道:“我如果出两千两黄金,你们能否告诉我幕后主使?”

琵琶女低头掩嘴娇媚而笑,由于怀抱琵琶,做出这个动作后,胸脯便被挤压得厉害了。马宣只是瞥了眼她便眼神炙热,笑骂道:“骚娘儿们,几年不见,见着了俊俏男子还是走不动路!做完这桩买卖,咱们找个地儿打架去。能不能便宜一些?一次就要百两黄金,天底下谁吃得消?”

陈平安叹了口气道:“没得谈?”

马宣大步前行,哈哈大笑道:“拧下你的脑袋,我们再来谈,该说不该说的,大爷都告诉你,咋样?”

琵琶女缓缓而行,在距离陈平安尚有百步之遥时就停下身形,轻轻摇晃手腕,蓄势待发。

马宣猛然一蹬,脚下青石地面砰然碎裂,魁梧身形瞬间就来到陈平安身前不足一丈处,粉色长裤紧贴大腿,由于速度太快,发出猎猎声响。

一丈距离而已,那个像是被吓傻的家伙依然一动不动。马宣嗤笑道:“敢惹老子的姘头发骚,死不足惜!”他不再保留实力,一拳骤然加速,砸向陈平安头颅。

陈平安心思急转,不耽误躲避这一拳,身体轻飘飘后仰倒去,双脚扎根大地。

这边的纯粹武夫貌似胆子有点大啊,对阵迎敌还有闲情逸致跟人聊天?就不怕那一口气用完,在新旧交替的间隙被对手抓住破绽?

一拳落空,马宣心知不妙,立即散气全身。虽然是外家拳的宗师,可小心起见,仍是害怕自身横炼的体魄未必扛得住,不得已放弃了攻势,全部转为防御,气走周身窍穴之后,肌肤熠熠生辉,像是涂上了一层金漆。

陈平安一脚向上踹去,踹中马宣腹部,马宣整个人被踹得砰然升天。

一个拧转翻身,陈平安猛然站直,脚步轻挪,左右各自摇晃了一下,恰好躲过四根凝聚成线的“琴弦”。

琵琶女以捻、滚、挑三势触动琴弦,右手五指眼花缭乱,琵琶却无声无息,但是身前有一丝丝晶莹亮光骤然出现,转瞬即逝。

陈平安在街道上飘来荡去,每次都刚好躲过琴弦迸发而出的冷冽丝线,那些如锋刃的丝线在空中纵横交错,杂乱无章,像是几十张强弓激射而出的连珠箭,笼罩四方。

马宣使了一个千斤坠轰然落地,双手作锤状,凶悍压下街面。

显然琵琶女也在时刻关注着马宣的动向,掐准时机,在马宣落下之时,从琵琶那边激荡而出的丝线就缓了缓,以免耽误了马宣的进攻势头。

陈平安在原地凭空消失,马宣愣了一下,拳势已经来不及收回,便重重砸在街道上,砸得青石板不断碎裂飞溅。

陈平安出现在马宣身侧,一手按住马宣肩头,微微加重力道,按得马宣轰然下沉,双膝没入青石条板。

马宣怒喝一声,想要顶开那只重达千钧的手掌。但是陈平安只是再一按,就压得他一屁股坐在地上,肌肤上那层意味着一身横炼外功几乎已至江湖巅峰的金色竟然开始自行消散,体内气息不由自主地紊乱流转,马宣给惊骇得肝胆欲裂,魂飞魄散。

经过“切磋”,陈平安终于发现一个真相:这名走外家拳路数的武夫体内那口纯粹真气太散了。他一身外泄流淌的气势和拳意都是真的,是实打实的武道炼气境界,但就像一间屋子的栋梁木材不够好,寻常风和日丽不会有问题,可一旦遇上真正的大风大雨就容易垮塌下去。一口气杂且乱,求多而不求精,根本就与“纯粹”不沾边,反而像是一名武夫走了练气士的道路。

琵琶女干脆就停下了十指动作,面纱后有一声幽怨叹息。

双方实力悬殊,这次她和马宣算是撞到铁板了。

眼前这个貌似年轻的白袍公子哥极有可能是无限临近“天下十人”的隐世大宗师。

是魔教中人?丁老魔之后又一位横空出世的天之骄子,要一统江湖?还是老神仙俞真意精心调教出来的嫡传弟子,是为了针对丁老魔重出江湖的杀手锏?

形势一团乱麻,琵琶女心中也是如此,自己和马宣不该掺和进来的。

墙头上有人轻轻拍掌:“厉害厉害,不愧是被临时放到榜上的家伙,确实值得我们认真对付。”

琵琶女抬头望去,顿时如坠冰窟。墙上蹲着一个笑容僵硬的男子,他这副尊容万年不变,就像戴了一张蹩脚低劣的面具,戴上去就生根发芽,这辈子再也摘不下了。

笑脸儿,钱塘。

那十人之外,此人堪称天底下最难缠的宗师,甚至没有之一。他也是性情最古怪的邪魔外道,不太滥杀无辜,但是遇上相同境界的高手,一定会死缠烂打。老一辈十人之列的八臂神灵薛渊虽说因为上了岁数,拳法巅峰已过,跌出了十人行列,但是瘦死的骆驼比马大,魔教三门之一的某位枭雄就差点死在他的八臂神通之下。但是面对笑脸儿,被足足纠缠了整整一年,差点给逼得失心疯。

钱塘蹲在墙头,一手抓起一块泥土轻轻抛掷,嘿嘿道:“如果还要故意保留实力,你会死翘翘的,不是死在他手上,而是死在我手上。对吧,马宣?还有那个大胸妇人。对了，你姓甚名谁来着？”

被陈平安数次以手掌压在肩头的马宣，一身雄浑罡气突然炸裂开来，气势比起之前暴涨了无数。琵琶女也戴上了一副假指甲，泛着幽光，再无半点炫技的嫌疑，开始重重拨动琵琶弦。

马宣反手凶悍一拳，陈平安伸出一只手掌在身前挡下那一拳，身形借势倒滑出去，双脚像是两颗棋子在镜面上轻轻滑过。

在马宣和陈平安之间，方才有两道粗如拇指的莹绿色丝线交错而过，两侧墙壁崩裂出两条裂缝。若是陈平安撤退稍晚，就需要直面这次偷袭。

马宣转过身，先抬头瞥了眼墙头上笑脸依旧的家伙，冷哼一声，死死盯着安然无恙的陈平安，吐了口血水在地上。先前被陈平安一脚蹬上天，五脏六腑其实已经受了伤。他提醒身后的女子：“骚婆娘，不来点真本事，今天咱俩很难糊弄过关了。”

琵琶女恶狠狠道：“都怪你，天底下哪有这么难挣的钱！”

马宣咧嘴道：“老子事先哪里知道这黄金如此烫手，说好了都去对付丁老魔的，本以为这个家伙就是小鱼小虾而已。”

陈平安的注意力更多还是放在墙头那个人身上。他在试探他们，或者说在试图看穿这江湖的深浅，他们又何尝不是在查看陈平安的真正底细。

钱塘再次拍手：“有趣有趣，大伙儿想到一块儿去了？”

就在此时，街巷交叉的路口缓缓走出一个玉树临风的年轻男子——头簪杏花，手中拎着两颗鲜血淋漓的脑袋——簪花郎周仕。他站在拐角处远远望着陈平安，笑着将手中脑袋轻轻丢在地上。

他身后又姗姗走出一名脚踩木屐的绝色女子，手中也拎着两颗头颅，随手丢在街面上，嫣然而笑：“这位公子，我家师爷爷说了，只要你交出酒葫芦，那个孩子就能活命。不然，他们一家五口可就要团团圆圆了。这些日子，公子逛遍了南苑国京城，一看就是个心肠好的人，忍心吗？”

在巷子深处的那栋宅子里，头戴一顶银色莲花冠的老人正坐在板凳上晒着太阳，旁边有个孩子瑟瑟发抖，满脸鼻涕眼泪。

丁老教主微笑道：“不用害怕，你的天赋很好，我打算破例收你为徒，说不定能够成为下一任魔教教主。哭什么呢？没了几个亲人而已，却有希望拥有一整座江湖，娃儿你读过些书，应该已经能够算清楚这笔账了。再哭的话，害我分心，无法困住屋子里的那个小家伙，我可就要连你一起杀了。”

他抬头望向远处：“俞真意，种秋，不妨实话告诉你们，周肥我已经答应保下，劝你们还是先杀童青青和冯青白，之后再来对付老夫。再说了，多出一个外乡人就是多出一份机缘，杀不杀我已经没那么重要。你们真以为我会对一副罗汉金身动心吗？那你们也太小看我丁婴了。不过我可以告诉你们一个天大的好消息:杀了街上那人,可就不是十了。一条性命之外,加上那只酒葫芦和我身后屋内传说中的仙人飞剑,那么最少是十三。"他有些懒洋洋的,"不如你我双方都顺势改变策略吧,宰了那小子,就可以多出很多选择的机会。"

大概是已经得到确切回复,他嗤笑一声。

街上,陈平安环顾四周,沉声道:"不用再算计我的心境了。"

钱塘和周仕都觉得匪夷所思,不知为何要冒出这么一句。唯独远处一个抱剑立于树荫中的中年汉子原本一直在打盹,这会儿睁开眼,不再有半点惫懒神色,冷笑道:"果然如此。"他缓缓走出树荫,握住剑柄。剑柄朝下左右摇晃着,这哪里像是个剑客,倒像是个手持拨浪鼓的顽劣稚童。

当他出现在众人视野,马宣、琵琶女、钱塘、周仕及鸦儿都变了变脸色。

陆舫不去看这些在江湖上声名赫赫的顶尖高手,只是对陈平安笑道:"想多了,你还没有这么大的面子,这里的江湖百年,估计也就只有丁婴一人够格。你……"他伸出空闲一手,摇动手指,"还不行。"

众目睽睽之下,他将长剑往地面一戳,掌心抵住剑柄,意态懒散,对几拨人笑呵呵道:"别发呆啊,你们继续,如果实在杀不掉,我再出手不迟。放心,我今日出剑只针对那小子,保证不会误伤你们。"

马宣吐了口带血丝的唾沫,肆意笑道:"不承想还有机会让陆剑仙压阵,这趟没白来。不管结果如何,以后江湖上只要聊起这场大战,总绕不过'马宣'这个人,可以放手一搏了!"他微微弯腰弓背,一头下山虎的文身图案瞬间出现,一直从肩头蔓延到手臂,气势惊人。不但如此,高高隆起的后背上还文有一幅好似门神的画像,一个手持长刀的青袍长髯汉子作闭眼拄刀状,散发着一股浓郁的冷冽气焰,比起肩头下山虎更是触目惊心。

钱塘笑容更浓,双指拈着不知从哪里拔来的草根轻轻咀嚼。

周仕对身边的鸦儿轻声解释道:"显然马宣也有奇遇,得了些零碎机缘。我爹说过这叫请神之术,在三百年前那次甲子之约中,有人就靠这个在塞外大杀四方,追着两千草原精骑杀了个一干二净。"

瞧见了琵琶女的晦暗眼神,一身气势节节攀升的马宣嘿嘿笑道:"没点新鲜本事哪敢蹚这浑水,你真以为老子在乎那点黄金?"

琵琶女冷冷道:"我只为黄金而来,这钱,干净。"

马宣讥讽道:"咋的,该不会真对那个穷书生上了心吧?读书人有几个不要脸皮的,给他晓得了你的过往事迹还不得悔青肠子,少不得要骂你一句连娼妓都不如。人家可没冤枉你，从头到脚，你身上有哪一处是干净的？赶紧滚，回头你与那穷书生成亲的时候，大爷一定赏你们五百两黄金，就当嫖资了。”

周仕笑道：“口口声声姘头，原来是真情实意。”

琵琶女露出一丝犹豫。

钱塘突然道：“成亲？我来这里之前与某个姓蒋的读书人相谈甚欢，聊了好些江湖趣闻，其中就说了些琵琶妃子的江湖往事。那书生约莫是读书读傻了，只说世间怎会有如此恬不知耻的放浪女子，竟是到最后都没想到那位琵琶妃子就是自己的枕边人。唉，既然是个糊涂蛋，那么想来这桩亲事还是能成的。”

琵琶女神色哀恸，随即变得毅然决然。

陈平安一直在用心看，用心听，没有丝毫焦躁。不仅仅在于如今身处街上，陷入重围，更在于住处那边，飞剑十五好像再次陷入了被“井”字符禁锢的境地。

陆舫是陈平安见到的第三个“近道”武夫，之前两人分别是丁婴和樊莞尔。陆舫的武道修为比樊莞尔要高出不少，就目前来看，与丁婴的差距应该不大。但是一个马宣都有压箱底的本事，这江湖显然没想象中那么浅。如果养剑葫内是方寸物十五而不是初一，情况会更好一些，不过事已至此，多想无益。

名副其实的腹背受敌。

周仕微笑道：“鸦儿姑娘，有劳了。”

鸦儿无奈道：“师爷爷都发话了，我哪敢偷懒，但是你可要记得救我。”

周仕点头道：“辣手摧花是世上第一等惨事，我绝不会让鸦儿姑娘失望的。”

钱塘丢了草根，也站起身，舒展筋骨后，双手揉了揉脸颊，露出一个不再死板的真诚笑容：“我要亲手掂量一下谪仙人的斤两。”

陆舫喂了一声，笑着提醒道：“大战在即，你还要想那些有的没的？一个东躲西藏的童青青，一个一往无前的冯青白，加上一个浑浑噩噩的你，其实都没什么，各有各的活法，只不过数你运气最差就是了。知道你一直在刻意隐藏实力，小心玩火自焚。”

马宣已经一鼓作气，将气势升到了武学生涯的最高处，就再无拖曳的理由。他对琵琶女的怨恨和眷念未必假，借机蓄势、全力一搏更是真。

那头下山虎犹如活物，身躯抖动，随之在马宣肩头和胳膊上带起阵阵金光，使得马宣左手握拳之时，指缝间渗出金色光芒。

一步踏出，马宣瞬间来到陈平安身前。一拳砸出，空中震起风雷声。

陈平安不退反进，脑袋倾斜，弯下半腰，以肩头贴靠而去，同时右手按住对方膝盖一送，马宣整个人被当场摔出去七八丈，踉跄数步，每一步都在街面上踩出坑洼，这才止住身形。

琵琶声响，两根雪亮丝线从马宣两侧画弧而来，直扑陈平安。

马宣猛然一踩，再次前冲。

陈平安身形一闪而逝，躲过了琴弦刺杀，除了身法极其敏捷之外，还像是被什么东西猛然拖曳向前，快到了不合常理的地步。

陆舫眼前一亮，高声笑道："马宣，注意身前。"

马宣骤然停步，以至于街面上被犁出两条沟壑，双脚重重踩踏，双臂格挡在身前。

果真有匪夷所思的一拳砸中他手臂，他怒喝一声，背后所绘长髯青袍的持刀儒将猛然睁眼。

"去死！"马宣只是微微后仰，一脚向前踩去，抡起一臂就是一拳挥出，金光流溢的整条胳膊在空中画出了一道金色扇面。

在钱塘眼中，只见陈平安一只手按住马宣拳头，轻轻向下一压，身形拔地而起，直接越过了马宣头顶，并且一脚点在了马宣后脑勺上，向那躲在后方鬼祟出手的琵琶女一跃而去。琵琶女见大事不妙，手指在琵琶弦上飞快滚动，在两人之间交织出一张碧绿色的蛛网。

陈平安突然皱了皱眉头，刹那之间改变方向，弃了琵琶女，直接向左手边一掠而去，正是那个阴森森的笑脸儿钱塘。除去陆舫不提，目前露面的两拨人当中，陈平安最忌惮这个怪人。

钱塘嬉笑道："都说拣软柿子捏，你倒好。"

他张开双臂笔直向前倒去，下一刻，他的身影瞬间消失。

陈平安在空中拧转方向，伸手去抓莫名其妙出现在身后、打算无声无息踹他一脚的钱塘，竟然一抓而空，就像是用了缩地符。

钱塘再次神出鬼没地出现在后方，这次他身躯蜷缩，双臂摊开，双拳分别敲向陈平安两侧太阳穴。陈平安刚要有所动作，陆舫的话语刚好早先一步，大大方方说给钱塘："小心，他要发力了。"

钱塘稍作犹豫就主动放弃了双拳捶烂陈平安头颅的大好时机，瞬间站在了青石板街道上。

陈平安差不多跟他互换了位置，此时正站在墙头，瞥了眼两次坏他好事的陆舫："你为什么不干脆自己动手？"

陆舫掌心轻轻拍击剑柄，乐呵呵道："跟这么多人合伙围殴一个晚辈，传出去不好听呢。"

陈平安默不作声。养剑葫内死气沉沉，像是原本打开的酒壶给人堵上了，再也闻不到半点香味。初一如同泥牛入海没了动静，与陈平安断了那份心意牵连。不但如此，他身上那件法袍金醴也失去了功效，这意味着他不能再无视兵器加身。不过他的手脚也因为没了无形束缚，出拳只会更快。

初一失踪，十五被困，金醴没了任何法宝神通，换来一个酣畅淋漓的出拳。

出拳讲究收放自如，陈平安其实一直在“收着”。因为他实在对这个江湖，以及整个南苑国京城，还有所谓的天下十人充满了疑惑。

只是想不通归想不通，有些事情还是得做。

陆舫又开始指点江山：“马宣，别死啊。”

马宣摆出一个拳架，左右双臂都已经变成金色，呼吸之间吐露出点点金光。他背后那尊长髯绿袍武圣人睁眼之后更是栩栩如生，从刀尖处亮起一粒雪白光球，丝丝缕缕散布百骸，很快，马宣双眼就泛起淡淡的银光。宛如一尊大殿供奉神像的他咧嘴道：“这副不败金身本来打算用来试一试种国师的天下第一手，小子，算你狠，来来来，只管往爷爷身上捶，皱一下眉头就算我输……”

“好的。”陈平安一蹬而去。

众人视野出现一种错觉，整条大街都像是给这一脚踩得塌陷几尺。

一拳再无留力的铁骑凿阵式轰然砸中马宣胸膛，砸得他后背长髯绿袍武圣人图像一瞬间就支离破碎。

马宣的魁梧身躯砰然倒飞出去，陈平安如影随形，又是一拳击中，马宣身躯已经扭曲成一张弧弓。这一次陈平安出拳的角度微变，使得马宣刚好撞向身后同伴。

“陆舫救我！”琵琶女脸色剧变，惊骇出声后，也没有束手待毙，脚尖一点，迅猛向前，试图躲在拥有金刚不坏之身的马宣身后，心想那个家伙总不能一拳打穿马宣体魄，只要他稍作停滞，相信陆舫就要出剑了。

陈平安仿佛看穿了她的心思，第三拳竟是再度击中马宣的腹部。马宣的金身被震荡得粉碎不说，原本淡银色的双眼立即变得通红，布满瘆人的血丝，后背也和弄巧成拙的琵琶女狠狠撞在一起，撞得琵琶弦一阵乱响。

琵琶女喷出一口鲜血后，双脚交错踢出，凌空虚步，向后倒退。

仍是太慢了。陈平安一拳打穿她怀中的琵琶，重重打在她腹部，手臂抡出半圈。琵琶女连同破碎琵琶一起在空中被拳势带着拧转，之后猛然撞向一侧墙壁，那具丰腴娇躯几乎全部嵌入墙壁，生死不知，怀中琵琶颓然摔在地上。

远处的陆舫面带微笑，依旧没有出剑，哪怕陈平安好像将他当成了真正的敌人。他再次懒散开口：“笑脸儿，记住，千万别被他当下的出拳速度迷惑，他还可以更快。尽量别被他近身，暗器毒药什么的，不妨试试看。”

他又故作恍然：“哦，对了，他真正想杀的人，其实是鸦儿姑娘和周大公子。”

被陈平安拳法震慑，鸦儿连硬着头皮凑热闹的心思都没了，哪怕事后被师爷爷追责，也好过现在就沦落到跟马宣一样的凄惨下场。周仕更是早早做好了作壁上观的打算，结果陆舫这么一说，两人皆是惊悚异常。

果不其然，陈平安一个横向转移，面朝之人正是脚踩木屐的鸦儿。

她刚要有所动作，却蓦然瞪大眼睛，满脸痛苦之色。背后墙壁毫无征兆地炸裂开来，出现了一把极其纤细的长剑。刺客双手持剑，快若奔雷，剑尖从鸦儿后背一穿而过，刺客握剑的双手贴在她后背，继续前奔。可怜的鸦儿就这样被推着向前，腹部就像长出了一把三尺无鞘剑，剑尖直刺陈平安，直指中庭。

中庭穴别称“龙颔”，位于陈平安身前那条正中线上。

陆舫悄然握住了剑柄，但是很快又松开。

千钧一发之际，陈平安凭空消失，用去了最后一张方寸符。

刺客松开一只握剑之手，按住鸦儿后脑勺，使劲往前一推，她的娇躯就从剑身上滑了出去，扑倒在数丈外的地面上，背脊微微松动，应该是在呕血不止。一摊鲜血浸透了后背衣襟，鸦儿挣扎了一下，试图翻转身躯，但是手肘刚刚弯曲些许就重重摔在街面上。

刺客是一个赤脚、袖管卷起的年轻男人，他转头望向正在调整呼吸的陈平安，笑容灿烂道：“听人说只要宰了你就有法宝可以拿，我就来了。”他抖出一个绚烂剑花，“我叫冯青白，剑修。跻身十人之列是一份，加上你人头换来的那份，就赚大了。”

他随即无奈道：“可惜没能一剑杀了你，估计正面交锋未必是你的对手。不过没关系，我可以配合陆舫，他可是这里唯一的剑仙之资，板上钉钉要回去的。”

只会半吊子请神降真的马宣金身已破；陷入墙壁的琵琶女纹丝不动，断断续续有碎石坠地的声响；鸦儿这个秘密扶龙数年的魔教著名妖女倒在血泊中，木屐跟那双如霜雪白皙的脚丫都很扎眼。但是还有陆舫、自称剑修的冯青白、钱塘和周仕。

枯瘦小女孩缩在小板凳上，心中默念：“一拳又一拳，打爆他们的狗头，我好扒下他们的衣服和靴子，一看就值很多银子。”她看着远处鸦儿的惨状，尤其是那双木屐，心想：穿得这么花里胡哨，难怪死得快。

陈平安双拳紧握，然后松开，以此反复数次。

练拳这么久，是该放一放了。

牯牛山之巅，种秋脸色肃穆，有些不敢确定，沉声问道：“当真如此？斩杀那人，除了获得一个崭新名额之外，还能够获得三桩福缘？为何会如此，根据各国秘史记载和敬仰楼的秘密档案，历史上在每个甲子之约临近的时候从未出现过这种情况。会不会是丁婴的诡计？”

俞真意正在用刻刀仔细雕琢一支玉竹扇骨，细细摩挲，如痴情人善待心爱女子的肌肤。面对种秋的询问，他并没有回答，而是目不转睛地盯着竹枝上的细微纹路，额头上渗出丝丝汗水，这对于武道境界已经返璞归真的他而言绝对不合常理。

俞真意作为仅次于丁婴的大宗师，早已寒暑不侵，而且传言在古稀之年获得一本仙人秘籍，体悟天意数十载，精通术法。甚至有人言之凿凿，曾经亲眼看到俞真意腾云驾雾、骑鹤跨鸾。正是那个时候，俞真意的体形外貌开始由白发老者一步步转为青壮、少年，直到如今的稚童。他经过十年闭关，如今成功破关而出，终于天人合一，世人皆憧憬正道魁首俞真意能够与丁婴一战，最好是将其击毙，从此河清海晏，几位皇帝可以不用再担心在睡梦中被他割走头颅，正邪两派宗师都可以不用仰人鼻息，就连魔教巨擘都巴不得这个性情古怪的老祖宗要么早点死，要么赶紧做到传说中的飞升壮举，总之，莫要在人间待着了。八十年了，也该换个人来坐一坐头把交椅了。

除了俞真意和种秋，牯牛山顶还有个身穿尊贵袆衣的绝色女子。袆衣深青色，是南苑国皇后的第一礼服，只在朝会、谒庙等盛典穿着。此刻山顶有一个最为遵规守矩的南苑国国师，那么这女子就只能是南苑国皇后周姝真了。她还有一个秘不示人的身份，就是敬仰楼现任楼主，负责为天下高手排名，每二十年一次。

俞真意放下手中那支玉竹，抬起手臂擦了擦额头汗水，轻轻吐出一口浊气，如云雾袅袅，在那张孩童脸庞附近经久不散。他先回答了种秋的问题："应该不假。但是丁婴此人心思难测，比起合力斩杀那名突兀出现的年轻剑客，他的后手更值得我们小心。"

俞真意加重语气："我不放心状元巷那边的形势，种国师你最好亲自去盯着。"

他称呼种秋为"种国师"，看来两人关系确实很一般。

种秋皱眉道："状元巷围杀之局有丁婴坐镇不说，陆舫还带了剑去，有什么好不放心的？"

俞真意摇头道："我不放心丁婴，也不放心陆舫。"

种秋神色有些不快："陆舫此人光明磊落，又有什么好不放心的？只因为他跟那剑客是一路人？"

眼前这位享誉天下的正道第一人、湖山派的掌门、松籁国的帝师、世人眼中的老神仙，从来都是这样，虽然处处行事光明正大，但是骨子里透着一股疏离和冷漠，谁与他走得越近，感触便越深。

俞真意淡然道："你要是不去，我去好了。"

种秋冷哼一声，看也不看周姝真一眼，如一头鹰隼掠向山脚，变作一粒黑点，几次兔起鹘落，很快远离了牯牛山。

周姝真感慨道："强如种秋，仍是无法如同古籍上记载的那般仙人御风。你呢，俞真意，如今可以做到了吗？"

俞真意沉默不语。

周姝真笑了起来："哪怕不是乘云御风，可怎么看，还是很飘逸潇洒的。"

她还是少女时，在他国市井中初次见到种秋和俞真意，前者锋芒毕露，后者神华内敛，可都让她感到惊艳。

俞真意站起身，个头还不到周姝真胸口，但是周姝真就像一下子被撵到了山脚，只能高高仰望山巅此人。

俞真意问道："天下十人，确认无误了？"

周姝真点头道："已经完全确定。"

她突然忍不住感叹："挺像一场朝廷对官员的大考，就是没那么残酷。"

俞真意双手负后，举目远眺，意态萧索。

周姝真问了一个问题："童青青到底躲在哪里？"

俞真意沉默片刻："想必只有丁婴知道吧。"

周姝真转过头，望向这位高高在上的神仙人物："丁婴的武学境界到底有多高？"

俞真意说了一句怪话："不知道我知不知道。"

小院里，房东家的孩子畏惧到了极点，反而没那么怕了。如今世间只剩他孤零零一个人，他不过是个刚读过几本蒙学书籍的孩子，还不懂什么叫委曲求全，此刻满脸仇恨、咬牙切齿地问道："你叫什么名字？"

丁婴笑意玩味。

孩子补充道："我一定会杀了你的！我要给爹娘、阿公阿婆报仇！"

丁婴指了指自己，笑道："我？世人都喜欢喊我丁老魔，正邪两道都不例外。教中子弟见着了我，大概还是会尊称一声'太上教主'。至于我的本名，叫丁婴，已经好多年没用了。"

他又问："那你叫什么名字？"

孩子嗓音颤抖，却尽量高声道："曹晴朗！"

丁婴打趣道："你这名字取得也太占便宜了，加上你这副皮囊，以后行走江湖，小心被人揍。"他随手一挥袖，罡风拂在侧屋的窗纸上，嗡嗡作响，纤薄窗纸竟是丝毫无损，屋内好像有东西被打了回去。

曹晴朗发现不了这种妙至巅峰的手腕，只是气得脸色铁青："放你的屁！"

亲人已经死绝，爹娘给的姓名就成了他最后的一点念想。

丁婴不以为意，眼见着院中有几只老母鸡在四处啄啄点点，起身去了灶房，在米缸里掏了一把米出来，坐回位置后，随手撒在地上，老母鸡们飞快扑腾翅膀赶来，欢快进食。丁婴笑道："世人都怕我，但是你看看，它们就不怕。"他弯下腰，身体前倾，"这是不是意味着所谓的高手宗师、帝王将相，都不如一只鸡？"

曹晴朗太过年幼，满脑子都是仇恨，哪里愿意想这些，只是盯着这个杀人不眨眼的大魔头，只恨自己力气太小。他心思微动，想起灶房里还有把柴刀，磨得不多。京师之地，像曹家这种还算殷实的小门户，是有底气去让吆喝路过的卖炭翁停下牛车的，家中柴刀不过是做个样子。

丁婴望向天空，自问自答道："当然不是这样，无知者无畏罢了。有些时候，一只雄鹰掠过天空，田地里的老鼠赶紧护住爪下的谷子。我们这个天下，这样的人不多，可也不少，比凡夫俗子好不到哪里去，只是能够看到那道阴影。比如松籁国转去修仙的俞真意、你们南苑国太子府里的那个老厨子，还有金刚寺的讲经老僧。"说到这里，丁婴站起身，抖了抖双袖，手指轻弹，一次次罡气凝聚成线，击向侧屋窗户。他出手太快，幽绿色的罡气不断在窗户边凝聚，星星点点，就像一幅星河璀璨的画面。

"还有一些外乡客，来者不善善者不来，一律被我们称为'谪仙人'。游戏人间，如彗星扫尾，来也匆匆去也匆匆，至于这人间变得如何，捅了多大的娄子，变成了多差劲的烂摊子，他们从来不在乎，不在乎人世间的悲欢离合。"丁婴笑着做了一个翻书页的动作，然后轻轻拍掌，好似合上一本书，"这些人就像闲暇时分看了本闲书，翻过去就翻过去了，书页上是否写了'礼乐崩坏''流血千里''生灵涂炭'，都不在乎。传承千年的礼义之家、书香怡人的圣人府邸出了个怪胎，给他淫乱得一塌糊涂。偏居一隅的小国出了个野心勃勃的皇帝，根本不谙兵事，却偏偏穷兵黩武，二十年间，半国青壮皆死。"

曹晴朗哪里听得懂这些，只是沉浸在仇恨当中："那你做了什么？你只会杀我爹娘、阿公阿婆……"他带着悲愤哭腔，"你算什么英雄好汉，你就是个十恶不赦的大魔头！"

丁婴好像故意要捉弄他，学他呜呜呜了几声，然后哈哈大笑。真不知道这算是童心未泯，还是丧心病狂。

曹晴朗气得浑身发抖，丁婴笑道："其实那些谪仙人做了什么跟我有关系吗？没有，我只是给自己找个借口杀人，杀一些有意思的家伙。"他抬起手臂，做了一个手掌做刀、一次次提起落下的剁肉姿势，"一个谪仙人，两个谪仙人，三个四个，剁死他们。除了他们，还有那些什么除我之外的'上十人'，以及之后的'下十人'，有意思的留着，不顺眼的一并杀了。"

在曹晴朗的呜咽声中，丁婴瞥了眼天幕。

这次，跟六十年前那次，不太一样。所以他才选择留在这里，而不是亲自出手。他毕竟还没疯，试图去一人挑战九个甚至是十多个顶尖高手。六十年前就有人试图这么做，想要独占天下武运，结果输得很惨。

如果那个飞剑的年轻主人能够活下来，会让所有人都觉得意外。

那他丁婴到时候就会离开，让那个人变得不意外。

丁婴知道这个天下就像是在养蛊，他内心深处藏着一个不为人知的秘密，为了揭开这个谜底，他只在意一件事：若是自己让这六十年的养蛊成了竹篮打水一场空，那人会不会来见自己，到底会是谁走到自己身前。

在这之前，有两个关键：一是周仕必须死在街上，让陆舫和周肥都主动入局。二是飞剑的主人也要死。

丁婴回望一眼窗口，笑了笑，觉得没什么难的。

一个鹰钩鼻老者行走在南苑国京城的繁华街道上，不怒自威，应该是北地人氏，身材极高，鹤立鸡群，引来不少百姓偷偷打量。老人身边有数名眼神湛然、步伐矫健的男女护卫，他们只是斜眼一瞥，就将那些好奇打量的目光压了回去。老人身处这座天下首善之城，感慨颇多，习惯了塞外的天高地阔，苍茫寂寥，实在是不太适应这边的人山人海。就在老人心情有些糟糕的时候，一个精悍汉子从远处快步走来，以草原方言告诉恩师，说他找到了那人，就在一个叫科甲桥的地方，距离此处不远。

老人让这名弟子带路，很快就走过了一座历史悠久的石桥，来到一间临水的绸缎铺。老人让弟子们在外边候着，铺子生意冷清，没有客人光顾，老人独自跨过门槛，看到不高的柜台后边只露出一颗脑袋，头发稀疏，长得歪瓜裂枣。

掌柜见到了老人，笑道："哟，稀客稀客，最近见着谁我都不奇怪，可唯独看到你，真是太阳打西边出来，想不明白了。虽说周肥那儿子事先跟我通了气，说你要来，我其实是不太相信的，只当是诈我出山，好帮他老爹挡灾呢。"

掌柜绕过柜台，伸手示意鹰钩鼻老者随便找个地方坐下，言谈无忌："程大宗师，您老人家赶紧坐下说话，不然我跟您聊天总得仰着脖子，费老劲了。"

远道而来的老人不以为意，坐在了一把待客用的粗劣椅子上，开门见山道："如果不是信不过敬仰楼的十人名单，我不会来这里冒险。你我二人的名次都不在前五之列，很有可能出现意外。谪仙人身份无疑的冯青白、丁老魔的徒孙鸦儿、周肥的儿子周仕，现在就有三个了，谁知道还有没有偷偷躲在水底的老王八小乌龟。"

掌柜点点头，深以为然。

俞真意、种秋在内的四大宗师聚首牯牛山，这是台面上的消息，给天下人看热闹的。敬仰楼这次选择在南苑国京城颁布十人榜单，这才是真正暗藏玄机的关键所在。

老人冷笑道："我使枪，你使刀，跟种秋一样，都是外家拳的路子，跟俞真意那只老狐狸不同，只要是一场死战，或多或少就会留下点伤势隐患。我们三人肯定撑不到六十年后了，为了这次机会，我一路拼杀到今天，身上那些大大小小的暗疾，总得有个交代！"说到最后，老人轻轻一拍椅把手，椅子安然无恙，可是椅子脚下的地面已经出现了密密麻麻的龟裂缝隙。铺子外边那些他的入室弟子察觉到屋内的气机流转，一个个如临大敌，呼吸沉重起来。

掌柜笑道："你这些弟子资质不咋样啊。不是听说你很多年前在草原上找到个天赋惊人的小狼崽儿吗？你精心调教这些年，不会比鸦儿、周仕那些天之骄子逊色吧？"

老人漠然道："死了。天资太好，就不好了。"

掌柜愤愤道:“程元山！虎毒尚且不食子,你还有没有点人性了?”

这位千里迢迢从塞外赶来南苑国的老人正是天下十人之中排名第八的臂圣程元山,在二十年前跻身敬仰楼排出的十人之列后就悄悄去了塞外草原,很快成为草原之主的座上宾。

程元山斜眼看着这个在南苑国隐姓埋名的矮小老头儿:“刘宗,就你也好意思说我？磨刀人磨刀人,你刘宗最喜欢拿什么磨刀?”

磨刀人刘宗嘿嘿而笑。

程元山疑惑道:“我才来,南苑国又是种秋苦心经营的地盘,这次种秋到底站哪一边？起先我以为是俞真意,现在看来,不一定？丁老魔又想做什么？他才是天底下最不用做什么事情的,却偏偏来到了南苑国京城,图什么?”

刘宗在被程元山提及“磨刀人”之后有过一瞬间的气势暴涨,当下又松垮下去,整个人又成了蝇营狗苟的铺子小老儿,指了指程元山,调侃道:“你啊,就是喜欢想太多。”

但是程元山心知肚明,刘宗这些年半点没耽误修为,甚至还百尺竿头更进一步。可南苑国一带,这么多年有种秋坐镇皇宫周边,并未有惊世骇俗的传闻,刘宗的武学没了磨刀石,怎么竟能不退反进？程元山这些年除了暗中屠戮塞外高手,还多次潜入南方,杀掉了两名有望跻身前十的江湖宗师,为的就是在凶险厮杀中砥砺心境,不敢有丝毫懈怠。程元山道:“周肥此人行事从无忌讳,太像历史上那些谪仙人了,这次又靠上了丁婴,是福是祸,你透个底给我。刘宗,别人我信不过,你是例外。”

刘宗笑道:“凭什么相信我?”

程元山郑重其事道:“江湖上被称为武痴的家伙多如牛毛,但是在我心中,真正的武痴只有你刘宗一人。你和丁婴、种秋、俞真意一样,是当年那场乱战中少数几个活下来的人,那十人死的死,消失的消失,只有你们这些局中的边缘人反而各自获得了机缘。丁婴得了那顶仙人遗留下来的道冠,俞真意得了一部仙家秘籍,种秋拿到了什么我不清楚,但是你刘宗当初主动舍了那把妖刀不要,只为了身边已经有的一把刀。这种选择,天底下就只有你做得出来。”

刘宗捻着稀疏胡须,笑眯眯道:“这等秘事,你一个没有亲身参与那桩祸事的外人,如何知道的?”此事可谓刘宗生平最瘙痒之处,与常人说不得,但是当程元山今天主动道破,他仍是有些扬扬自得。

程元山坦诚以待:“那把妖刀‘炼师’选择的新主人是我亲手杀掉的,只是我没能留下它。”

程元山一向心高气傲,对于身在榜上的镜心斋童青青之流是半点都瞧不起,至于好事者评出的十人之外的又十人,程元山曾经直接放话出去,说这些人中的某某可以给他端茶送水,某某可以给他脱靴,某某可以帮他看门护院。十个名动天下的顶尖高手，就没一人入他程元山的法眼。但是今天来见刘宗，他却极为客气，甚至无形中还愿意矮人一头。由此可见，这次程元山来到南苑国京城，没有半点信心。

刘宗伸出一根手指放进嘴里，从牙缝剔出上一顿饭的残留肉丝，随手一弹："一个屠子的手艺好不好，就看他用得最顺手的那把刀剥皮剁肉剔骨可以用多少年，最差的两三年就得换新刀，好一点的用个七八年。我那一把，从我在江湖出道起就一直在用了，到今天为止，已经用了将近四十年。"他笑呵呵道，"杀那些个遮遮掩掩的谪仙人才够劲，磨了几十年的刀，可莫要成了那书上的狗屁屠龙技。来了好，来了正好。"

一个进京赶考的寒族书生还在等着他的美娇娘回去。为了她，他连圣人教诲的君子远庖厨都不管了。

路上偶遇，相逢于江湖，她虽然年纪大了他六岁，还经常喜欢开玩笑，说自己不是什么好女人，他都觉得没关系。能够弹出那么美妙的琵琶的人，坏不到哪里去。

有个莫名其妙的家伙来他这里，说了一名江湖女子的事情。

他觉得那家伙说的如果是真话，那么那个女人确实坏透了心肠。但是呢，他觉得自己认识的她不一样，她是一个好女人，知书达理，温柔贤惠，还长得那么漂亮，可以娶进家门，白头偕老。

他在等她回家，想着见到她后，要跟她说说这些心里话。

金刚寺，南苑国京城第一大十方丛林，也是这个天下规模最大、僧人最多的佛家圣地。

寺庙内位置僻静且偏远的一座简陋茅庐内，大门打开，空荡荡的屋子里除了一位老僧和一张蒲团，竟然就再无其他。

一个清瘦英俊的公子哥被十数个绝色佳人众星拱月，缓缓走向这座不起眼的小茅庐。茅庐四周有幢幡林立，年轻人像是携美游历的王公子弟，一路走来，为她们解释各个佛家词汇的渊源和由来。这些女子大多出身优越，其中不乏学识渊博之辈，便有人娇笑着指出年轻人的几处纰漏，他也不解释什么，只说各地乡俗不同，他家乡那边的说法更符合佛家宗旨。

打坐老僧睁开眼，笑问道："周施主，既然已经得到丁婴的承诺，稳稳占据一席之地，为何还要来此？"

年轻人抬起手，示意美人们不要跟随，独自走向茅庐，笑道："为我那不成器的儿子，跟法师讨要一副罗汉金身。"

他临近门槛，抬了抬脚，客气询问："要不要脱靴子？我怕脏了法师的洁净精舍。"

老僧笑道："靴子沾上的泥土无垢，垢在周施主心上，脱不脱靴子，有区别吗？"

年轻人无奈道："你们这些光头，在哪里都喜欢说这些没用的废话，美其名曰禅机，我真是喜欢不起来。"他指了指家徒四壁的屋舍，"看似空无一物，可你还在这里嘛。"

老僧叹息道："周施主是有慧根的，万般道理都懂得，只可惜自己不愿回头。"

年轻人仍是脱了靴子，跨过门槛后，一屁股坐在门边，抬起一条胳膊，指了指身后环肥燕瘦各有千秋的美人："如果她们就是我所求的佛法，和尚你又该如何劝我？"

老僧苦着脸道："与你们这些谪仙人打机锋，真累。"

年轻人装模作样，低头合十，笑眯眯佛唱了一声"阿弥陀佛"。

老僧本就是枯槁苦相的面容，此刻愈发皱巴巴，愁眉不展。

若是寻常混子，进不来金刚寺；就算是南苑国的达官显贵，仍是找不到这座茅庐；可眼前这个看似弱冠的年轻男子，叫周肥。他是天底下排第四的大宗师，一身高深武学说是登峰造极也不过分，而且琴棋书画样样精通。那些女子喜欢他，千真万确。兴许一开始是被逼无奈，要么早有心仪男子，要么早早嫁为人妇，却被周肥或是春潮宫爪牙强掳到山上。但是朝夕相处后，或短短数月，或长达三五年甚至十数年，始终尚无一人能够不对周肥心软动真情，这本就是很没道理可讲的一桩江湖怪事。

底层江湖总喜欢将春潮宫这位"山上帝王"说成是臃肿如猪的丑八怪，或是动辄杀人的暴戾之徒，实则不然。不论江湖仇杀，只说对于他看上眼的女子，周肥不但风流倜傥，而且容貌一直年轻。

此时周肥笑道："父子二人联袂飞升，是不是很值得期待？"

老僧叹息道："白河寺的金身之前确实在贫僧这儿藏着，只是丁施主时隔六十年再度现身京城后，就立即搬去了南苑国皇宫。周施主，你来晚了。"

周肥凝视着老僧的那双眼睛，片刻之后，转移话题，问道："听说京城有一件四处飘荡的青色衣裳，肉眼凡胎看不见，老和尚你瞧见了吗？"

不等老僧回答，周肥眯起眼眸，加重语气道："我希望你瞧见了！"

杀机毕露。

老僧像是修了闭口禅，也有可能是在权衡利弊。周肥此人，一旦开口说要将金刚寺杀个一干二净，就一定说到做到，绝不会剩下一个小沙弥或是扫地僧。

周肥爽朗一笑，收起了那份犹如实质的浓郁杀机："南苑国的罗汉金身和飞天衣裳，松籁国的护身宝甲，塞外那把可破一切术法的妖刀。这六十年来，世间总计出现了四件宝贝。得手之人如果本就是十人之一，地位自然更加稳固；若是接近十人之列的高手，则如虎添翼，有望挤掉某个运气不佳的可怜虫。"

老僧像是下定了决心，放下了所有担子，神色从容许多，拉家常一般问周肥道："周施主，在你家乡那边，佛法昌盛吗？"

周肥扯了扯嘴角："那边啊，不好说。"

老僧又问:“有些书上记载了你们谪仙人提及的琐碎言语,说得道之人能够出手焚烧大泽,一拳破山岳,呵一口气就能变成飞剑,取人首级于千里之外,御风掠过大江大海,能够单手擒拿蛟龙,是真的吗?”

周肥正要说话,一名白衣女子飘掠而至,直接落在了茅庐外边,满脸惶恐:“公子在状元巷受了重伤。”

周肥满脸不悦:“什么?”

姿容清冷动人的年轻女子欲言又止,扑通一声跪下,浑身颤抖。

周肥嘴角抽搐,缓缓伸手,捂住额头:“陆舫,陆舫,你不但是个蠢货,还是个废物,连我儿子都护不住……”

额头上那只洁白如玉的手掌五指如钩,仿佛恨不得揭开自己的天灵盖。

周肥收起手指,轻轻拍了拍膝盖,猛然挥袖向后,屋外跪着的那名绝色女子如破布袋一般砰然倒飞出去,不等落地,就已经在空中粉身碎骨。更后边的女子让出道路,但是很多人都被溅了满身血水,却没有一人胆敢流露出丝毫怨气。

“未必是坏事。”周肥重重呼出一口气,笑道,“老和尚,咱们继续聊咱们的,聊完了,我再去解决一点家务事。”

老僧哑口无言。

周肥也不强人所难,问道:“是怎么受的重伤?”

问完才意识到来报信的女子已经死了,周肥一手探出袖子快速掐诀,是这个天下所有佛门道门都不曾记载的法诀。

屋外依稀出现一名女子的缥缈身影,死后犹然畏惧万分,怯生生飘向周肥,嘴唇微动,并无声音,但是唯独周肥一人明显“听得见”。

老僧叹了口气。人外有人,天外有天。

第三章
误入藕花深处

周肥双指一捻，女子魂魄在他指尖凝聚为一粒雪白珠子，被他轻轻放入袖中，抬头望向金刚寺老僧，没了先前的清谈意味，直截了当道："说回那件衣裳的事情。我知道与你有关，种秋为此还来寺里找过你。"

可是老僧还是不愿说正事，眼神充满缅怀之意，望向屋外绿意葱葱的茂林："贫僧有个师弟，年轻的时候一起修佛法，说他最看不得人间悲伤的故事，看到了就难免会想，世间本来就有佛，人间还是如此这般，就算他修成了佛又能如何呢？后来我离开了家乡那座小寺庙，不知那位师弟如今……"

"成佛了没有？"周肥压下心中怒意，轻轻摇头讥笑，"那么小的地方成得了什么真佛，老和尚，你想太多了。"

老僧摇头："我只是想知道师弟是否还在世，这么多年，很是想念师弟做的米粥。"

周肥就要站起身："不陪你绕来绕去了，送你一程，自己去下边问你师弟现在还会不会做粥。"

老僧脸色淡然，微笑道："我若是帮你拿到罗汉金身，你能不能答应我一件事？"

周肥重新坐下，觉得有趣："'我'？"

老僧伸出手掌摸了摸光头，感慨道："我不打算当和尚了。自幼被丢在寺庙门口，被师父好心收留，当初跟师弟两个人成天想东想西，其实一直很想要一把梳子来着。"

周肥捧腹大笑。

老僧摘了外边袈裟，整齐叠好，放在一边，轻声道："请你帮她找出一个脱身之法，不要再被禁锢在这个‘小地方’了。”

一件大袖飘荡的青色衣裙出现在屋内一角。屋外那些美人侍奉周肥多年，见多识广，可是亲眼看到这件飘摇在空中的衣裙，还是觉得惊艳。

衣裙飘到老僧身边，裙角缓缓落在地上，最后依稀可见是一个跪坐姿势。

老僧脱了袈裟后，言语便不再那么讲究：“这么多年，担任这金刚寺的续灯僧和讲经僧，日复一日，年复一年，说了万千句经文佛法与他们听，各色人物，三教九流，他们听了也就只是听了，沙场大仗还是要打，江湖仇杀还是照旧，难不成要我一个和尚拿起刀去除暴安良，以杀止杀？拿刀架在脖子上，逼着他们向善向佛？”

衣裙一只袖子抬起，遮在领口之上，摆出掩嘴娇笑状。

老僧盯着周肥：“办得到吗？”

周肥没有急于给出答案。眼前金刚寺老僧是这方天地的佛门圣人，擅长榜书，字如金刚杵，气势磅礴。他叹了口气：“买卖人还是要讲一点诚信的，你这老和尚当真不知道得了这类认定的福缘就可以离开此地？”

老僧转头看了眼青色衣裙，无奈道：“她不一样啊。”

周肥虽然是个开窍极早的谪仙人，但是也不敢自称通晓所有规矩，毕竟下来之前，挨上一些个神魂禁锢的真正仙家秘术是必不可少的。镜心斋，金刚寺，敬仰楼。这三个地方的当家人，经过一次次浩劫和积淀，未必知道得比他少。

老僧笑了笑：“周施主能有此问，我就彻底放心了。”

周肥自言自语道：“对于我而言，最好的情况，当然是带着周仕一起离开。但是万一有意外呢？比如当下。周仕给人打成重伤，几乎没有浑水摸鱼偷偷跑进十人之列的机会了，我就需要保证自己离开后再六十年，周仕可以多出一些把握。周仕、鸦儿、樊莞尔，这些人，不管是谁，去了更大的天地，只要有人愿意照拂他们，一定可以大放光彩。”说到这里，周肥难掩愤懑，“陆舫这个笨蛋，明明看破了，却不曾真正勘破。老子上哪儿再去给他找什么师娘师妹的！当年也好意思拿剑戳我……”

老僧抬头望去，周肥突然抬起一手，手指间多出一封信笺。低头一看内容，周肥放声大笑起来：“天助我也。”

他转头看了眼那些各有千秋的绝色美人，心中唏嘘不已，心头满是遗憾。不提那不用奢望的同道中人童青青，只说比起南苑国皇后周姝真、镜心斋樊莞尔和魔教鸦儿这三人，眼前她们的武学资质还是差了太远。

身穿便服的南苑国太子魏衍带着两人一起在太子府穿廊过道。其中一人是魏衍的恩师，身材矮小，跟瘦猴似的，却是当今天下名副其实的武学宗师。另一人则是被南苑国江湖子弟奉若女神的樊莞尔，从武林圣地镜心斋走出来的仙子。

魏衍神色古怪，有些尴尬，但更多还是庆幸，只是碍于恩师在旁，不好流露出来。

传授魏衍一身高深武学的老人气呼呼道："好家伙，就躲在我眼皮子底下，这么多年我都没能发现，见着了面，我倒要讨教讨教这天下十人的真本领。种国师是世间少有的豪杰，我素来服气，可我就不信一个烧火做饭的厨子能厉害到哪里去！"

原来，敬仰楼出炉了一份最新的天下十人名单，每个人身处何方及武学高低都有简明扼要的描述。丁婴、俞真意之流都是老面孔，但是其中有一位就像是突然冒出来的，而且藏匿之地就在这南苑国京城的太子府，身份竟然是一个厨子。

一个满身烟火气和油盐味的高大老人忙里偷闲，蹲坐在井然有序、一尘不染的灶房外头，拿着一把金灿灿的炒黄豆，一颗颗往嘴里丢，里边那些他一手带出来的徒子徒孙正在忙碌地准备着今天的午餐。

老厨子见着了太子魏衍的身影，哀叹一声，皱着一张老脸：清净不得了。

魏衍下令让闲杂人等都散去，老厨子也不出声阻拦，认命一般蹲在原地，长吁短叹。

先前气势汹汹的矮小老人真遇见了这位榜上宗师，一下子就没了兴师问罪的气焰，沉默寡言，死死盯住这个大隐隐于朝的老家伙。

老厨子则一直斜眼瞥着樊莞尔，先是迅速看一眼后立即收回视线，后来好像忍不住，又再看了一眼，便是樊莞尔都有些奇怪。

魏衍也有些犯嘀咕：难不成还是个老不正经？

历代天下十人，除了春潮宫周肥和本身就是女子的童青青，其他人对于人间美色早就不会上心了。

老厨子第一句话就很能唬人："你们知道谪仙人分几种吗？"

魏衍和瘦猴老人面面相觑，樊莞尔因为出身镜心斋，知道一些内幕。

老厨子丢了一颗炒黄豆到嘴里："天底下只剩下美食不曾辜负了，要是连这个还要夺走，那我就……就只能去当个酒鬼了！"

老厨子不再多看樊莞尔，将半数炒黄豆一股脑丢入嘴中，拍拍手站起身："谪仙人下凡历练红尘，一种是周肥和冯青白这般，早早自知来此人间所求为何，所以行事作风在我们眼中惊世骇俗，在他们看来却是天经地义。不过这类谪仙人所求之物不会太深，还有就是你那镜心斋的祖师童青青似乎在躲着什么。

"第二种是陆舫这样的，开窍比较晚，但是一定会在某个节骨眼上醒过来。

"再有一种只是我的猜测：他们一辈子都未完成心愿，故而始终无法清醒，浑浑噩噩，过完一世又一世，久而久之，家乡成了故乡，异乡反而成了家乡。这类人比较特殊，往往皮囊出彩，武学天赋很高，但在外人眼中，成就每次距离最高点都差了那么一点。"

老厨子又盯着樊莞尔："但是这类人有些时候身上难免会带着'不合规矩'的味道，

市井坊间的所谓‘魔怔了’‘鬼上身’,有一小撮就跟这个有些关系。你这小女娃儿近期有没有觉得自己哪里古怪?”

樊莞尔犹豫了一下,点头道:“两次。”

老厨子点点头,笑眯眯道:“丁老魔厉害啊,人间无不可杀之人,人间无不可恕之人,已经不比当年那个疯子差了,而且更加聪明,我看这次他多半要得偿所愿。俞真意要护着这方人间,在我看来,自然也厉害,可在某些人眼中,估计格局还是小了些。反而是一直被俞真意压一头的国师种秋,前些年独自一人走遍四国山河和八方蛮夷之地,我看出息会比较大。”他叹了口气,“至于我嘛,说多做多错就多,不闻不问等个死。以前还想着折腾一番,越到后来,看得越多,就越没心气了。这次乱局,丁老魔和俞真意是死对头,有他们两个盯着,这回只要是榜上的,没谁逃得掉。我呢,谪仙人到底是什么东西已经不好奇了,只想着能够多活个二三十年就很满足了,所以……”

老厨子骤然出手,双指并拢作剑诀,刺穿了自己数个关键窍穴,顿时鲜血淋漓,一身落在俞真意或是“谪仙人”陈平安眼中近乎“合道”的气息瞬间破功,从这个天下最顶尖的宗师一路下坠,沦为比瘦猴儿还逊色一筹的高手,主动退出这场风起云涌的乱局。

老厨子脸色惨白,但是笑容释然,问太子魏衍:“这么大一座太子府,再养一个糟老头子二三十年应该没问题吧?当然,真有需要我出把力的时候,殿下也可以开口。”

魏衍点点头:“先生只管在府上静养,我绝不会随意打搅先生的清修。”

牯牛山之巅,刚刚走到山脚又去而复还的周姝真拿着一封密信苦笑不已,递给俞真意。俞真意接过之后,看了信上内容,皱眉问道:“怎么回事?”

周姝真无奈道:“肯定是来自敬仰楼,但绝对不是我们敬仰楼的手笔。”

俞真意抬头看了眼天幕。当站到足够高的地方,神人观山河,人间即是星星点点的壮观景象,但是很难盯着某一个人仔细瞧。

俞真意对此深有体会。比如他眼中看得到状元巷的丁老魔、陈平安、陆舫,三人光点尤为刺眼。更远处,比如有金刚寺两点、太子府四点,其中最亮的一点骤然黯淡下去。

这种远观无须消耗俞真意积攒多年的灵气,可如果俞真意想要仔细“近看”某一人,就要付出不小的代价。

状元巷附近那栋宅子,头戴银色莲花冠的丁婴突然收到一封来自敬仰楼的密信。

看到末尾处,他眼睛一亮:还有这等好事?便是他都有些心动了。

他瞥了眼曹晴朗,啧啧道:“小娃儿,你倒是好运道!”

至于那个外乡人,绝对是被谁狠狠坑了一把,不然绝对不至于惹来这么大的打压。在丁婴所知的历史上,每一次甲子之期,几乎没有过这样光明正大的插手,没有哪位谪仙人被如此敲打。

不管各自初衷为何，围剿陈平安的几拨人，七个大名鼎鼎的江湖高手，其中粉金刚马宣、琵琶女、魔教鸦儿已经折在了这条街上。

以游侠身份闯荡天下的冯青白是个疯子，为达目的不择手段，破墙偷袭，没能一剑刺杀陈平安，反倒是赔上了鸦儿的大半条命。那个有望以女子身份继承魔教教主之位的木屐美人至今还没能翻转过身，一侧脸颊贴在冰凉街面上，一只纤纤玉手的秀美指甲轻轻滑动着青石，视线对着簪花郎周仕，眼神充满了痛苦和哀求。之前虽是戏言，要周仕答应不许她死在这边，可他终究是答应了的，为何迟迟不愿出手？

簪花郎周仕没有任何愧疚，甚至还与她对视了一眼，微笑致意。

陆舫始终没有出手，神出鬼没的钱塘已经跟陈平安交过手，没有占到半点便宜。

周仕手持那串猩红色念珠轻轻捻转："现在站着的人就数我周仕最拖后腿，但是接下来我保证会竭尽全力对付此人。陆先生、笑脸儿、冯青白，我们今天能否抛开成见，一致对敌？"

钱塘笑脸瘆人，点点头："不管最后是谁宰了此人，我只要他身上的一样本事——那门缩地成寸的仙术，如果拿不到，报酬另算。"

冯青白眼神炙热地望向陈平安："杀他的最后一剑必须由我来出，至于他身上的所有家当，我一件不取，斩杀谪仙人之后的那件法宝我一样可以交出来，由你们决定怎么分赃。"

周仕看了眼奄奄一息的鸦儿，笑道："我只要她。"

陆舫一锤定音："那就这么说定了。"

冯青白横剑身前，手指弯曲，轻轻弹击剑身，笑容玩味："陆剑仙，您老人家可别再袖手旁观了，小心偷鸡不成蚀把米，最后咱们一个个成了此人的武道磨刀石。你作为咱们这边最拿得出手的高手，若还是藏藏掖掖，拿我们的性命去试探深浅，我可不乐意伺候，大不了就不搅和这一摊，你们爱咋咋的。"

陆舫笑道："只管放心。"说完这句话，手心抵住剑柄的鸟瞰峰剑仙以握拳之姿将那把"大椿"连剑带鞘一起拔出了地面。

仙家术士曾在书中记载，上古有树名为大椿，八千年为春，八千年为秋，结实之后，凡人食之可举霞飞升。

陈平安一直在默默蓄势，而且也要适应没了金醴法袍束缚后的状态。

崔姓老人传授的拳法当中，云蒸大泽式或是铁骑凿阵式还好说，无非是出拳轻重有别。可像神人擂鼓式这种拳架，差之毫厘谬以千里，而且需要时刻提防那个陆舫，陈平安必须拿捏好每一拳的分寸。这是陈平安自习武以来的拳法巅峰，体魄、神魂和精气皆是如此。

“来了，小心。”陆舫微笑提醒众人，“也真是的，动手之前都不打声招呼，太没有宗师气度了。”与此同时，手腕拧转，陆舫第一次正儿八经握住剑柄。由于他一身剑气过于充沛，哪怕有意压制收敛，仍是不断向外倾泻，使得一身衣衫无风而飘荡，尤其是握剑那只手的袖管，剑气充盈，鼓荡不已，袖口大开，里边竟然传出丝丝缕缕的嘶鸣声。

刹那之间，钱塘心弦紧绷，二话不说，使了偶然所得的那部仙家残本秘术，以玄之又玄的奇门遁甲，由震位瞬间转移到了坎位。只是不等他查看陈平安身形，拳罡已至身前，扑面而来，脸上一阵刺痛。

一抹剑光突兀地横在他的头颅与拳罡之间，锋锐无匹的剑刃横放，落在他的眼中，就像眼前摆放着一根雪白丝线。

那一拳被剑刃所阻，为钱塘迎来一丝回旋余地，几次身形消逝，一退再退，好不容易才摆脱那份令人窒息的压迫感。

钱塘自出道以来，驰骋江湖三十年，原本最喜欢与外家拳宗师对敌。他进退自如，逗弄那些辗转腾挪略显迟钝的所谓宗师如遛狗一般，这也是他“难缠鬼”绰号的由来，数位以横炼功夫著称于世的老家伙硬生生被鬼魅出没的他活活耗死。这是他第一次碰到比自己还能跑的拳法高手。他心知冯青白救得了自己一次、两次，未必会有第三次，便不再留后手，退转躲避间，双手隐藏于大袖之中，指缝之间俱是小巧玲珑却刀光森寒的无柄飞刀，刀锋之上涂抹了幽绿剧毒钩吻，最能破解武人罡气。

离着陈平安五六丈外，钱塘见冯青白一剑为自己解围后也付出了代价，被那人死死盯上，三两回合之后，冯青白就落了下风，被一腿横扫砸中肩头，砰然横飞出去。

一袭白袍如影随形，一条胳膊颓然下垂的冯青白显然处境不妙。

投桃报李，钱塘袖中飞刀迭出。

那人也真是个怪物，此次出拳，每一步都显得十分轻描淡写，踩在街面上，别说是粉金刚马宣请神后那种脚裂砖石的气势，钱塘简直要以为那人的靴子根本就没有触及地面。他也没奢望六把钩吻能够刺中那人，只是为了给冯青白赢得一丝喘息机会。

冯青白咧嘴一笑，五指张开，竟是松开了那把长剑。

一名剑客，弃剑不用？钱塘看得心里一阵发虚：难道十年间从北向南差不多一人仗剑杀穿半个武林的游侠冯青白就只有这点斤两？

冯青白的长剑没有坠地，没了主人驾驭却剑身微颤，漾起阵阵涟漪，然后骤然紧绷，悬停在空中，剑尖翘起，直指那一袭白袍，一闪而逝。

冯青白抖了抖左边肩头，被鞭腿扫中，一阵刺骨之痛，不过不碍事。

他的右手则双指并拢作剑诀。在这方狭窄压抑的小天地，剑修神通无法施展，但是相对下乘的驭剑术，冯青白已经可以耍得炉火纯青。

冯青白这次下来,是为了“淬剑”,以一切方法,尽可能淬炼剑意和剑心。

攻守转换。街道之上,一团白雪,一抹白虹。

簪花郎周仕先是小心翼翼将鸦儿扶起,让她靠坐在一侧墙根下,免得她莫名其妙就死在交手双方的剑气拳罡之下。

冯青白穿透她后背心的那一剑真是凌厉狠辣,竟是直接打烂了鸦儿的丹田牵连。不但如此,还有一缕剑气滞留在她体内,使得她无法运气疗伤,如果没有高人相救,帮她剥离出那缕剑气,她就只能等死了,哪怕是金刚寺的疗伤圣药一样毫无裨益。

周仕当然没有在大战之际跟她卿卿我我,蹲在墙根阴影中,拇指微微加重力道,那串缠绕拳头的念珠被推出去一颗。猩红色的珠子没有随意滚落,在青石板街面上弹了两次就凭空消失。

周仕不断将念珠散出去。这是他爹周肥交给他的一件护身符,说是运用得当的话,面对天下“上十人”可以保命,面对“下十人”则能杀敌。当然,那位春潮宫宫主也叮嘱过周仕,遇上丁婴和俞真意,能跑就跑,跑不掉就下跪磕头求饶,不丢人。

冯青白闲庭信步,缓缓走动,以酣畅淋漓的驭剑术追杀那一袭白袍,陈平安几次想要摆脱,仍是被风驰电掣的飞剑缠上。飞剑之快,让人只能看到剑光流转。

钱塘不敢画蛇添足,默默在远处调整呼吸,见到这一幕,既松了口气,也有些悚然:若是自己遇上冯青白,该如何应对?

那一袭如雪花翻滚的白袍突然停下,伸手握住了飞剑的剑柄。

冯青白怡然不惧:“哪有这么简单的事情,你肯定抓不住的……”

不等冯青白把话说完,陈平安右手握住剑柄,左手一记手刀砍在剑身之上。

剑身并未折断,但是剑尖那端高高翘起,弯出了一个巨大弧度。

冯青白双指剑诀微顿,陈平安亦是双指并拢,在剑身之上迅速一抹,刚好抚平长剑。横剑在身前,然后松开了握剑五指。

冯青白在愣神之际被人拎住后领往后一拽,丢出十数丈,剑尖只差丝毫就要戳破他的心口。

陈平安双指微动,飞剑掠回,萦绕身体四周,如小鸟依人。

剑师驭剑,我也会的。

冯青白不但被夺了兵器,还差点被人家以驭剑手法戳穿心口,非但没有觉得受了奇耻大辱,勃然大怒,反而眼神泛起异彩,觉得总算“有那么点意思”了。

江湖规矩还是要讲一讲的,冯青白被陆舫所救,站在这位大名鼎鼎的“半个剑仙”身后,道了一声谢。

望着这个剑气满袖的潇洒背影,冯青白有些羡慕。自己不过是仗着家世和师门才有今天这番光景，虽说本身天赋不俗，却还当不起“不世出”“百年一遇”这类美誉。

陆舫不同。他这种人，在任何一座天下都会是最拔尖的用剑之人。

背对冯青白的陆舫笑了笑：“不用客气，你要是愿意的话，我可以继续帮你压阵，前提是你有胆子夺回那把剑。”

冯青白伸手揉了揉左边的肩头，有些无奈，摇头道：“在上边自然不难，可惜在这里，那把剑我是注定抢不回来了。”

陆舫点点头：“那你接下来可以就近观战。”

冯青白会心笑道：“山高水长，将来必有回报。”

他这趟下来，耗费师门一份天大人情，帮自己轻舟直下万重山，做了十来年开窍自知的谪仙人，舍了剑修身份，窃据一副底子尚可的皮囊，再以一名纯粹武夫的江湖剑客身份从头来过，挑战各路高手。裨益，有，但还远不到师父所谓的“由远及近”。

下来之前，冯青白与师父有过一番促膝长谈，剑修除了佩剑，更有本命飞剑，是为远，哪怕隔着数十丈千百丈，仍能杀人于无形；江湖剑客讲求一个“三尺之内我无敌”，是近。所以冯青白是要从近处悟剑道。好在看那白袍剑客和陆舫出剑也是一场修行。

冯青白这份眼界和心性还是有的，至于今日胜负，他并不放在心上。

事实上，绝大部分谪仙人都不是冲着“无敌”“全胜”来到这处人间的，更多还是跟个人的心境关隘有关。

鸦儿瘫坐在墙根，大汗淋漓，堪堪止住了鲜血泉涌的惨状而已，她甚至不敢低头去看那处伤口。

那个被砸得嵌入墙壁的琵琶女满脸血污，一番挣扎，好不容易才摔落在地，背靠着墙壁，一点点借力站起，看了眼心爱的琵琶。一同行走江湖这么多年，它竟成了破烂儿。实在是无力去拿起，她看也不看街上的战况，一手按在墙壁上，蹒跚前行。她的脸色惨白得可怕，像是要去一个必须要去的地方。

马宣尚未清醒过来，也有可能这辈子都没机会了。

周仕额头渗出一层细密的汗水，仅是眼角余光瞥见那白袍剑客驭剑就让他心头如压巨石，几乎要喘不过气来。

催动那些珠子落地扎根并不轻松，需要先截断、捞取一缕体内气机，小心翼翼灌入珠子，然后按照父亲私下传授的仙家阵图，以命名为“屠龙”的手段，将珠子好似摆放棋子一般摆出一个棋势才算大功告成。在此期间，一步差不得，每一颗珠子都蕴含着父亲从四处搜刮、收集而来的“仙气”。父亲曾经让他手持神兵利器随便出手，可他如何都伤不到珠子分毫。这次跟随父亲一起来到南苑国京城，总以为稳操胜券，是以多是凑热闹的心态，觉得只要躲在父亲和丁老魔身后坐山观虎斗，看别人的生生死死就行了。但是丁婴不按常理行事，逼得他不得不陪着鸦儿一起亲身涉险。

父亲死了，犹有转机。可他周仕死了，再想还魂，以原原本本的周仕重返人间，实在是难如登天。而且以父亲的脾气，他周仕只要夭折在半路，可能连自己的尸体都懒得多看一眼，绝对不会多花一丝一毫的心思。

陈平安之所以没有乘胜追击，除了陆舫从中作梗之外，还是在熟悉那把长剑的重量以及它各种飞掠轨迹所需的真气分量——越精准越好。剑师驭剑，所谓的如臂指使，只是刚刚跨过门槛，更重要的是跻身一种“灵犀”的境界。这是一种模仿剑修驾驭本命飞剑的伪境，就像粗劣的摹本拓本。不过赝品也有真意，一样大有学问。

陆舫其实一直在犹豫，因为丁老魔就在附近。一旦选择全力对付白袍剑客，就很容易被性情乖张的丁婴暴起行凶。丁婴出手可从来不管什么规矩和身份，说不定对付一个瞧不顺眼的末流武夫都会倾力一拳。再者，陆舫担心簪花郎周仕的安危。

就在此时，陆舫和陈平安几乎同时望向同一个地方。那里有一个身材高瘦的青衫老儒士，行走间气度非凡，分明就是这个天下屈指可数的山巅宗师。他却没有插手陈平安与陆舫的对峙，而是由街道转入巷弄，去了陈平安暂住的那处院子。

国师种秋，对上了丁婴。

若说世间谁敢以双拳硬撼丁老魔，并且还能够打得荡气回肠，死战不退，不是隐约之间高出武学范畴一个层次的神仙俞真意，更不是他鸟瞰峰陆舫，而是种秋，只有种秋。

如此一来，陆舫便真正没了顾忌。他缓缓拔剑出鞘，大椿每出鞘一寸，世间便多出一寸璀璨光彩，刺眼夺目，连钱塘都要眯起眼。然而一直缩在板凳上恨不得所有人都见不到她的枯瘦小女孩反而瞪大了眼睛，仔细凝望着剑光从一寸蔓延到两寸，满脸泪水都没退缩，直到大椿出鞘一半才猛然转过头，感觉像是要瞎了一样，哪怕闭上了眼睛，“眼前”仍是雪白一片。她伸出瘦如鸡爪的小手轻轻擦拭脸庞。

她之所以会盯着那人拔剑，只是纯粹觉得那份景象很好看，很想要一把抓在手心。

她每次大清早走在香气弥漫的摊子旁边，眼馋加嘴馋地看着那些笼屉里的各色美食，想要抢了就跑，找个地方躲起来，吃饱了就扔，最好别人都吃不上，一个个饿死拉倒。

种秋来到宅子外边，院门没关，他径直走入其中。

丁婴见着了这位被誉为“天下第一手”，将外家拳练到极致的武人，微笑道：“一别六十年，这么算来，种秋，你今年七十几了？”

种秋看了眼窗户上的景象以及偏房内的动静，皱了皱眉头。

丁婴站在台阶上，对于种秋的一言不发没有半点恼火，仍是主动开口：“当年你不信我说的，现在相信了吧？”

丁婴看遍天下，百年江湖，入得法眼之人屈指可数，种秋就是之一。

世人都高看俞真意，觉得南苑国国师种秋高则高矣，比起离了山顶入云海的神仙中人俞真意仍是要稍逊一筹。可丁婴却从来看不起俞真意，唯独对种秋赞赏有加。

六十年前的南苑国乱战，丁婴从头到尾都是局中人，俞真意和种秋当时都只是浑水摸鱼偶得机缘的少年而已。大战落幕后，丁婴曾经偶遇形影不离的两人，扬言种秋以后必是一方宗师。

种秋问了丁婴两个问题：

“你到底要做什么？”

“我们在做什么？”

“坐下聊吧。”丁婴坐在小板凳上，随手一挥袖，将另外一张小板凳飘在种秋身旁。

种秋落座后，丁婴缓缓道：“回答你这两个问题之前，我先问一句，你知道自己身处何方吗？”

种秋神色肃穆：“天外有天，我是知道的。”

丁婴笑着点头：“比起你们从秘档上寻找谪仙人的蛛丝马迹，我要更直接一些，六十年间亲手杀了好些谪仙人，有些已经开窍，有些尚未梦醒，从他们嘴里问出不少事情。”他跺了跺脚，“咱们这儿叫藕花福地，是七十二福地之一。四国疆域，加上那些尚未开荒的版图，我们觉得很大了，谪仙人们却觉得太小。依照他们的说法，咱们这藕花福地只能算是一块中等福地。他们勘定福地的等级，除了最主要的灵气充沛程度，人口数量也很重要。藕花福地其实地域并不广阔，但是这片土地上武学英才辈出，一向是谪仙人历练心境的绝佳之地。”

种秋虽然追求真相多年，早有揣测，可亲耳听到丁婴道破天机，古井无波的宗师心境也起了变化，脸上还有些怒意。直到这一刻，才开始理解俞真意的那份压力。

因为修行了仙家术法，除了丁婴之外，俞真意比谁都站得高、看得远，所以他对江湖纷争，甚至是四国庙堂的风云变幻怀有一种外人无法想象的漠然。

丁婴笑道：“不过这块藕花福地真正奇怪的地方，还是因为一个……”说到这里，他哑然失笑，抬头望天，“人？仙人？”

他继续道：“据说想要进入咱们这儿，比起其他福地要难很多，得看那个家伙的心情，或者说眼缘。在那些所谓谪仙人的家乡，相对于一个叫玉圭宗的宗门所掌握的云窟福地，桐叶洲这块藕花福地名声不显，很少有事迹传出。如果说周肥、陆舫之流是外放地方为官的世家子弟，他们的仕途一步步按部就班，那么更多的是一些误闯进来的家伙，能否出去，只看运气了。”

种秋指了指天空：“如此说来，那个天外天，是叫桐叶洲？”

丁婴笑容玩味：“谁跟你说一定在咱们头顶上边的？”

种秋沉思不语。

丁婴难得遇上值得自己开口说话的人物，非但没有天下第一人的宗师架子，世人以为的桀骜无匹也半点看不出来，反倒像是一个耐心极好的老夫子在为学生传道授业解惑："现在可以回答你第二个问题了。我们在做什么？每六十年，登了榜并且活到最后的十大高手就可以被那个家伙相中离开此地，并且之后人人有大机缘——上等以完整肉身和魂魄共同飞升，下等只得以魂魄去往别处。"

种秋问道："所以敬仰楼就算挖地三尺也要找出真正的天下十大高手，点评上榜，以免有人瞒天过海、蒙混过关？除此之外，又为了防止有人躲藏太深，就故意添加了那些能够让修为暴涨的福缘之物，以及斩杀谪仙人就能够获得一件神兵的规矩，为的就是促使前二十人聚集起来自相残杀？"

"关于那个兴风作浪的敬仰楼，内幕重重，比你我想的都要更深不见底。没有敬仰楼每二十年一次的'敲打'，天下不会这么乱。"丁婴呵呵笑道，"但是，其间其实是有漏洞可钻的。"

种秋不愧是南苑国国师，一点就透："强者愈强，抱团取暖，争取合力行事，最后瓜分利益。不说以往，就说这一次，俞真意正是如此行事，不分正邪，尽可能拉拢前二十的高手，为的就是针对你丁婴，同时围剿谪仙人。"

说到这里，种秋又皱了皱眉头，望向丁婴，似有不解。

丁婴哈哈大笑："你想得没有错，真正最稳妥的方式，是前十之人识趣一点，早早向我靠拢，寻求庇护，只要我脱离魔教，行事公道，兢兢业业，为整个天下订立好规矩，然后有望登榜之人，大家各凭本事和天赋，最终再由我来评点你种秋排第几，他俞真意有没有进前三，那么最少这六十年内，天下太平，哪里需要打得脑浆四溅，相互切磋就行了。"

种秋仔细思量，确定并非是丁婴大放厥词。

丁婴以手指轻轻敲击膝盖，显得格外悠哉闲适："但是我觉得这样没有意思。"

种秋再问了相同的问题："你到底要做什么？"

丁婴摆摆手，依旧没有回答这个问题，而是转移了话题："你只需要知道，这次形势有变，没有什么十人不十人了，活到最后的飞升三人能够分别从这个天下带走五人、三人和一人就可以了。"他加重语气，"是任意三人。"

种秋神色如常。

丁婴扯了扯嘴角："死人都可以，只要是在历史上真实出现过的，都行。若是选了那些死人，他们会活过来，灵智恢复正常，却偏偏会成为忠心耿耿的傀儡。你说，是不是很有趣？"

种秋脑海中立即浮现出数人：南苑国的开国皇帝魏羡，枪术通神，被誉为千年以降陷阵第一；创立魔教的卢白象，近五百年来凶名最盛的魔道魁首；能够让俞真意都崇拜不已的剑仙隋右边；丁婴之前的天下第一人，那个彻头彻尾的疯子朱敛。

这些人，都曾是当之无愧的第一人，但是无一例外，有据可查地死在了人间：魏羡老死于一百二十岁；卢白象死于一场数十位顶尖高手的围杀；隋右边死于众目睽睽之下的御剑飞升途中，无数人亲眼看到她坠落回人间的过程，血肉消融，灰飞烟灭；重伤后的朱敛则死在了丁婴手上，那顶银色莲花冠也是从朱敛脑袋上摘下来的。

种秋问道："为什么?"

丁婴笑道："你问我，我去问谁?"

种秋直视丁婴眼睛："你、周肥、陆舫，就已经有三人了。"

丁婴笑了："所以你现在有两个选择：去宰掉陆舫，或是联手俞真意尝试着杀我。"

种秋默不作声。

丁婴玩味道："不过我劝你可以再等等，说不定陆舫不用你杀。"

种秋问道："如果你要离开，会带走哪三个人?"

丁婴指了指站在灶房门口的曹晴朗："如果我要走，只会带走他。"

种秋瞥了眼那个孩子，疑惑道："资质并不算出众。"

丁婴一笑置之。

没了约束的陆舫递出第一剑。一剑过后，从陆舫站立位置到这条大街的尽头，被劈开了一道半丈高的极长沟壑。别说是鸦儿、周仕这样土生土长的家伙，就是冯青白都看得目瞪口呆，恍若置身于家乡桐叶洲。

笑脸儿钱塘的笑脸更加生动。背靠大树好乘凉，早年因缘际会，跟最落魄时候的陆舫成为朋友。当时他是热血上头，便陪着他一起去了春潮宫，在当时的情形下，算是陪陆舫一起慷慨赴死了。然后陆舫在山脚敲晕了他，独自登山挑战周肥，等到他清醒过来，陆舫就坐在他身边，不再是那个成天借酒浇愁的失意人。

在那之后很多年，陆舫的鸟瞰峰就只有钱塘一人能够登临，并且活着下山。

周仕最是无奈，自己辛辛苦苦布下的阵法，岂不是毫无用武之地?

美中不足的是，那个年纪轻轻的白袍剑客竟然跑了。在陆舫出剑的瞬间，好像就已经确定挡不住这一剑的浩荡威势，横移出去，然后直接撞开墙壁，就那么消逝不见。

陆舫环顾四周，不觉得那人已经退去。

看似随意一剑斩去，将那堵墙壁当场劈出一扇大门来。

尘土飞扬，依稀可见一袭白袍躲开了洪水般的剑气，再次消失。

陆舫心知肚明，这么持续下去，谁也伤不到谁，自己杀力胜过他，但是那人又躲得掉自己的每次出剑。

除非有人下定决心跟对方换命。比如陆舫收起大半剑气给那人近身的机会，又或者那人愿意豪赌一场，扛住陆舫杀敌、护身的两剑，然后一拳打死陆舫。

陆舫一剑上扬，空中出现一道巨大的弧月剑气，呼啸而去。

一袭白袍匆忙放弃前冲，迅猛下坠才躲过那道剑气。

陆舫一步飘掠上了墙头。那人几次躲避，陆舫都不曾见到冯青白的那把佩剑，有些古怪。他只看到那人站在远处一座屋顶翘檐上，大袖微晃，加上腰间那只朱红色的酒葫芦，不单单是看着飘然出尘那么简单，一身浑厚拳意与天地合，拳意重且清，极为不易。便是在桐叶洲都大名鼎鼎的陆舫也不得不承认，这个一身武学驳杂的年轻谪仙人只要能够活着离开藕花福地，未来成就一定不低。

一根钓竿钓不上鱼，那就换一种法子，广撒渔网好了。陆舫抬臂抖了一个剑花，除去手中握的那一把，他身前还悬停了三十六把一模一样的名剑大椿，如步卒结阵，井然有序，戒备森严。

一把把长剑缓缓向前，然后骤然加速，破空而去。

陈平安在一座座屋顶上空飞奔，辗转腾挪，一道道化为白虹的剑气如附骨之疽在他四周先后炸裂开来。

陆舫驾驭三十六把剑气大椿，以为弩箭使唤，并且只要陈平安拉开距离，他就会适当往前推进，始终让两人保持在三十丈距离内，不给陈平安一鼓作气冲到身前的机会。陆舫当然是为了杀陈平安而出剑，不是为了玩猫抓老鼠的游戏。陈平安什么时候可以欺身靠近，什么时候会误以为能够一拳分出胜负，陆舫都会设置好陷阱。

只是不等三十六剑用完，陈平安就开始向陆舫奔来，轻灵脚步左踩右点，不走直线。陆舫微微讶异，心中冷笑：这就来了？他五指微动，最后六把飞剑蓦然散开，在空中画弧，最终剑尖汇聚在某一个点上。那个地方，刚好是那人出拳的必经之地。

一闪而过，六把飞剑在陈平安身后轰然炸在一起，声势浩大。

果然还能更快。陆舫没有半点惊讶，更没有丝毫慌张，手中真正的大椿横扫，剑气凝聚一线。

这一剑仿佛直接将南苑国京城分出了上下两层，陈平安不退反进，一往无前，一拳劈向那道剑光。

鲜血在身前溅射开来，陆舫眼神淡然，一剑劈下。先分上下，再分左右。

只是陆舫在一瞬间，完全是凭借本能踩踏屋顶，头顶一把飞剑从陆舫先前的身后飞向陈平安。

陆舫心有余悸。冯青白的那把佩剑肯定一直就被留在墙壁附近，看似莽撞地撞开横扫一剑根本不是为了出拳，而是要耍一手剑师驭剑，首尾夹击。

陈平安伸手握住长剑。只差一点，就能够给那陆舫来一个透心凉。但他并无什么遗憾神色，心中默念一声："去！"

陆舫心中骇然，来不及出声提醒大街上的周仕，紧随其后，丢出手中大椿去往墙壁那边。他稍稍分神，用上了真正的驭剑术，以免再出纰漏，救人不成反杀人。

冯青白的佩剑穿过墙壁，刚好刺向周仕的后脑勺。

几乎同时，陆舫的大椿微微倾斜钉入墙壁，从更高处撞向那把飞剑。

千钧一发之际，大椿狠狠撞在了飞剑之上，使得那把飞剑出现下坠，只是穿透了周仕的肩头，巨大的贯穿力使得这位簪花郎踉跄向前。

陆舫猛然抬头，一袭白袍如流星坠落，从屋顶窟窿来到陆舫身前，一拳已至。

陆舫整个人被打得倒滑出去，撞碎了墙壁，第二拳又到——神人擂鼓式。

陆舫在这一条直线上结结实实吃了九拳神人擂鼓式，一路倒退，先前钱塘和陈平安都站过的墙壁也给陆舫后背撞得稀巴烂。

陆舫试图驭剑自救，但是发现根本不行，只能凝聚一身气机竭力庇护体魄。而大椿毕竟只是这方天地的神兵利器，不是陆舫滞留在桐叶洲的本命飞剑。

第十拳陈平安毅然决然递出，陆舫砰然撞开街道上的建筑，与先前的琵琶女如出一辙，最终嵌入了墙壁之中，七窍流血，狼狈至极。

但是陈平安也为这次执意出拳付出了代价。

一人出现在他身侧，一拳打在了他的太阳穴上。

如同被撞钟敲在了头颅上，陈平安倒飞出去十数丈之远，半蹲在街道上，脚边就是先前被陆舫剑气裂开的沟壑。

那个出手打断陈平安神人擂鼓式的家伙，一袭儒士青衫，就站在那边，一手负后，一手握拳在身前，气定神闲。

陈平安转头吐出一口黑青色的淤血，伸手擦了擦嘴角。

刚好位于种秋和陈平安之间的枯瘦小女孩从头到尾都蜷缩在墙根的小板凳上，她悄悄看了眼那个身穿白袍的家伙，厉害是厉害，但这会儿就有些可怜了。

不知道是不是错觉，她发现那个给人一拳打得惨兮兮的家伙缓缓站起身后，跟学塾先生一样的老头子对视的同时也在与自己对视，大概是说，别怕?

她明明知道自己的性命跟他挂了钩，他一旦身死，自己多半也要死翘翘。可是她就是忍不住戾气横生，恨不得他下一刻就给那个老王八打死算了。

这种情绪，说不清道不明，就像当初她看到小木箱子里的那个小雪人一样。她那么喜欢它，既然得不到，那就摔掉，毁掉，死掉。她觉得这没有什么不对的。

先后两把飞剑破墙而至，重伤了刚好收回全部念珠的簪花郎周仕。紧接着，占尽先机和上风的陆舫被一拳拳打回这条街道，最后一拳更是打得陆舫陷入墙壁。最后便是南苑国国师种秋前来收官，被誉为天下第一手的种秋一拳击退陈平安，救下了已经没有还手之力的陆舫。

冯青白借机收回了自己的佩剑，不但如此，还曾试图找机会将大椿还给陆舫。只是因为种秋的横空出世，冯青白打消了念头，以免画蛇添足。他长长呼出一口气，若是种秋这一拳打在自己太阳穴上，估计就要靠着师门花钱捞人了，否则就只能在藕花福地一次次转世投胎，修道之人的根本不断被消磨熔化，融入这方天地。天地为炉，万物为铜，即是此理，而那个人的座下童子就是负责煽风点火之人。

那个人从来不现身，不愿见世人，只有一个手持芭蕉扇的小道童具体负责整块藕花福地的运转，当然也与各方有资格接触福地内幕的桐叶洲地仙打交道。冯青白下来之前，在祖师的带领下见过那个童子，玉璞境的开山老祖都要对那个说话很冲的小家伙持平辈之礼。

来到藕花福地短短十数年过后，已有恍若隔世之感。冥冥之中，冯青白生出一种直觉：自己这次砥砺大道剑心，多半到此为止了，运气好的话，撑死了获得一件法宝品秩的仙家重器。毕竟他现在战力完整，反观陆舫已经落幕，说不得道心都要受损，哪怕回到桐叶洲都是大麻烦。

谪仙人谪仙人，听着很是美好，实则不然。只有推崇“人生不享福，与草木畜生何异”的周肥下来之后根本不涉修行根本，自然轻松惬意。可像冯青白、陆舫他们这些人就十分凶险了，前辈童青青哪怕已经贵为镜心斋掌门，身为天下四大宗师之一，仍是东躲西藏了数十年，至今尚未露面，就是一个绝佳例子。

收敛杂乱思绪，冯青白开始复盘这场战事，尽可能多琢磨出些门道。

他先前一直在远远观摩这场巅峰厮杀，他山之石可以攻玉，这是修道路上的心境借势，与佛家观想之法有异曲同工之妙。

在冯青白眼中，藕花福地的山巅之战其实比起桐叶洲的金丹、元婴之争并不逊色。白袍年轻人和陆舫的交手已是如此精彩，若是正邪双方压轴的丁婴、俞真意最终出手，又是何等气象？冯青白原本并不看好陈平安，因为陆舫是名动桐叶洲的剑仙坯子，已经在重重压制之下，在灵气稀薄的藕花福地逆流而上，另辟蹊径，再次摸着了剑道门槛。陆舫的剑，远攻近守，不在话下。

可是结果出人意料。破局的神仙手，在于那人竟然看出了陆舫必救周仕。

江湖传闻，陆舫与周肥是不共戴天的死敌，陆舫还曾仗剑登山，在春潮宫跟陆舫有过生死战，做不得假。

冯青白已经来到藕花福地十余年，而那个年轻人才来不久，照理说应该对这个天下的山顶风光更加陌生才对。冯青白实在想不明白，一场交手，本该旁观者清当局者迷，那个年轻人难道不单是以完整肉身、魂魄降下，还熟谙诸多内幕？故而才坏了规矩，被这里的天道视为乱臣贼子，必须压胜，除之而后快？

周仕整个肩头都变得稀巴烂，所幸是外伤，他以周肥烧制的春潮宫疗伤圣药勉强止住了血，与鸦儿并排靠在墙根下，笑容惨淡道：“我已经尽力了。”

风流倜傥簪花郎，引来无数娇娘尽羞赧，可惜此刻没了风流，只有落魄。

鸦儿正在竭力以一门魔教秘法压抑紊乱气机，这是魔教三门之一垂花门的武学宝典，有枯树开花之功效，传闻是垂花门某一代门主诱骗了那一代镜心斋的圣女，得以偷窥到半部《返璞真经》，真经能够让人返老还童，垂花门门主可谓天纵奇才，逆推真经化为己用，编撰了这部魔教秘典。但是后遗症巨大，使用之人虽然能够强行压下重伤，可是会迅速衰老，加快肉身腐朽，垂花门历代枭雄只有在没了退路的生死战中才会使用此法。此时鸦儿脸色铁青，鬓角竟然出现了丝丝白霜之色。

周仕叹息一声，若是递过去一面铜镜，最是自傲姿容的鸦儿姑娘会不会直接走火入魔？周仕不知是安慰她还是安慰自己："放心吧，我爹很快就会赶来，到时候我安全了，你也不会死。"

远处墙根下，有把破损的琵琶孤零零地躺在地上，它的主人已经不知所终，每隔一段路程，地上就会有点点滴滴的鲜血。

当陈平安站起身，手持长剑的冯青白、瘫坐在地的周仕，还有前去查看陆舫伤势的钱塘同时心里一紧。

陆舫将自己从墙壁中"拔"出来，轻轻落地，身形不稳。钱塘想要伸手搀扶，陆舫摇摇头，一伸手，将那把大椿驾驭回来。途中剑鞘合一，再次长剑拄地，陆舫一身在藕花福地可谓通天的深厚修为跌落谷底，十拳神人擂鼓式连绵不绝，打得体魄并不拔尖的陆舫差点魂飞魄散。他眼神晦暗，转头对钱塘道："容我稍作休息，你陪我去喝酒。"

钱塘黯然点头。一如初次相逢于江湖，又是那个失意人。

陆舫这次选择率先出手，除了庇护周仕，更多是为了他钱塘。他不在天下二十人之列，来到南苑国京城之前，陆舫却说要带着他去家乡看一看，去见一见真正的御风仙人。当时陆舫虽然言语平淡，可是那乌瞰峰剑仙独一份的飞扬意气，钱塘就是瞎子都感受得到。

两人一起离开这条街道。

陆舫离开之前，向种秋抱拳致谢，然后对周仕撂下一句"好自为之"。

到了那间妇人沽酒的酒肆，妇人见着了偷走那把剑的汉子，纵是他有一身精壮肌肉也不管用了，骂骂咧咧。陆舫好说歹说，她才拎了两壶最差的酒水上桌，狠狠一摔，笑脸儿钱塘差点没忍住一巴掌拍死这长舌妇。

陆舫从怀中摸出一支古朴小篪，递给钱塘，沉声道："接下来二十年，可能要劳烦你做两件辛苦事。一是随身携带此物，找到我的转世之身，若是靠近了我，小篪就会滚烫，让你心生感应。二是寻找一把名为'朝元'的长剑，这件事不强求，说不定就会像这把大椿一样成为别人的佩剑吧。"

钱塘一脸诧异。

“我意已决。”陆舫没有解释更多，“拿好小篪，喝过了这壶酒，赶紧离开南苑国。你留在这里，只会让我死得更快。”

钱塘从未见过如此郑重其事的陆舫，只得仔细收好那支小篪，点头答应下来。

喝过了闷酒，钱塘看了眼这位至交好友，陆舫只是淡然道：“如果真被你找到了我，什么都不用管，尤其是不要刻意传授我武学。”

“我记下了。”笑脸儿钱塘再也不笑了，嗓音带着哭腔。

陆舫却没有什么伤春悲秋之感，默默将钱塘送出酒肆后，转头望向一处，嗤笑道：“可以现身了，我这颗谪仙人的头颅，凭本事拿去便是。”

拐角处走出一个身形佝偻的耄耋老人，边走边咳嗽，若是钱塘还留在陆舫身边，一定会认得这个风吹即倒的老者就是老一辈天下十人之列的八臂神灵薛渊。他二十年前被挤出前十人，江河日下，只在后十人垫底，曾经被钱塘凭借身法纠缠了一年，沦为江湖笑谈。

陆舫心中叹息，不承想自己在牯牛山一语成谶。

俞真意秘密聚集群雄，点名要围剿丁婴、周肥、童青青和冯青白四个谪仙人，陆舫当时还笑言算不算他一个。现在看来，答案很显然，未必是俞真意初衷如此，但是眼见着陆舫重伤落败，以俞真意的冷漠心性，自然不会错过这个千载难逢的机会。

“鸟瞰峰剑仙沦落到这般田地，真是让人心酸。如果不是亲眼所见，老夫万万不敢相信。”薛渊咧嘴而笑，调侃着陆舫。他牙齿缺了好几颗，缓缓走向酒肆。很难想象，这是种秋之前的天下外家拳第一人。

陆舫笑道：“俞真意倒是大方，舍得让你来捡人头。”

薛渊弯着腰，停在酒肆门口二十步外：“俞真人是当世神仙，又不是老夫这种凡夫俗子，可瞧不上这点机缘。再说了，陆大剑仙犹有三四分气力，对付一个垂垂老矣的薛渊，还是有些胜算的嘛。”

陆舫冷笑道：“大剑仙？你见过？你配吗？”

薛渊还是笑呵呵：“不配不配，陆大剑仙说什么就是什么。”

陆舫眼神充满了讥讽。

薛渊对上了陆舫的视线，摇摇头。随着这位八臂神灵一抖背脊，如蛟龙抬头，其气势浑然一变，这才是曾经跻身天下十人该有的宗师气度！

薛渊脸色变得阴沉恐怖，勃然大怒，言语之间充满了积怨和愤懑：“你们这些高高在上的谪仙人全部该死！对，就是你陆舫现在的这种眼神，哪怕明明掉毛凤凰不如鸡了，看待天下所有人还都是这样，如同蝼蚁一般！”

陆舫不置可否，不够尽兴。先前与那年轻人是如此，与趁人之危的薛渊捉对厮杀更是憋屈。

就在此时,刚刚撤了遮掩的薛渊宛如神灵降世,却一瞬间身体僵硬,竟是给人在身后掐住了脖子,一点一点往上提,像是一条被打中七寸的蛇,连挣扎的动作都没有,双脚离地越来越高。那个偷袭他的家伙嗓音温醇,笑道:“视你们如蝼蚁怎么了,没有错啊,你们本来就是。”

咔嚓一声,薛渊被扭断脖子,给那人轻轻丢在一旁街上。

沽酒妇人尖声大叫起来,酒肆客人嚷嚷着“杀人了杀人了”,顿作鸟兽散。

没了薛渊阻挡视线,偷袭之人露出了真容——一个翩翩公子哥,正是从金刚寺赶来的周肥。

周肥手中还拎着一颗死不瞑目的头颅,向前一抛,丢在了陆舫身前。头颅滚动,鲜血淋漓,竟是笑脸儿钱塘。随后,周肥又随手丢出那支小篪。

陆舫缓缓蹲下身,轻轻在那颗脑袋的面容上一抹,让好友闭上眼睛。他没有去看周肥,也没有捡起那支小篪,只是颤声问道:“为什么?”

周肥沉默片刻,答非所问:“什么时候你陆舫成了一个拖泥带水的废物?来这里是为了破情关,结果到头来看破勘不破。这也就罢了,大不了无功而返,可你如今是拿不起,放不下。陆舫,你就算回了桐叶洲,别说跻身上五境,我坚信你连元婴境都待不住!”周肥蹲下身,“你自己说说看,来这一遭,图什么?老子堂堂玉圭宗姜氏家主,陪你在这藕花福地耗费这么多年光阴,又图什么?”

不知何时,佩剑大椿在陆舫脚边安安静静搁着,加上一支小篪和一颗头颅,都躺在这条街面上。周肥身后隔着一段距离站着那些倾国倾城的绝色美人,有人身段纤细如杨柳,有人体态丰盈像秋天的饱满稻谷。

陆舫抬起头:“怎么不先去找周仕?”

周肥气笑道:“儿子死了,再生便是。可你陆舫死在藕花福地,我难道再浪费六十年光阴?”

他站起身,招了招手,将一个风韵犹存的美妇人喊到身边:“去,陪你这位当年最敬重仰慕的陆师兄喝喝酒,这么多年没见了,你们一定会有很多的话要讲。”

妇人脸色发白,周肥拍了拍她的脸颊:“乖,听话。”

地面一震,周肥身形消逝不见,那些女子也如振翅而飞的鸟雀纷纷掠空而去,衣袂飘飘,彩带当空,这一幕旖旎风景,看得附近街道的行人如痴如醉。

陆舫站起身,对着那个面容陌生又熟悉的女子道:“坐下聊?”

妇人战战兢兢点点头。

两人对坐,酒肆老板娘躲在柜台后边蹲着,陆舫就自己去拿了两壶酒。不等陆舫倒酒,在春潮宫待了多年,早已习惯了伺候人的妇人赶紧起身为陆舫斟酒,之后才给自己倒了一碗。

陆舫没有看那张曾经令人心碎的容颜，只是瞥了眼那双保养如少女的青葱玉手，端起酒碗，笑了笑。

妇人微微松口气，想了想，又起身去酒肆外边的街上，帮陆舫取回了那支小篪和大椿剑，就连钱塘的头颅也被她拿起，只是放在了另外一张桌上，落座后，这才嫣然一笑。

陆舫一手端着酒碗，转头望向空落落的街道，好像看到了一对天作之合的少年少女在追逐打闹。

种秋眼中只有陈平安："你我交手之时不会有人插手，所以你只管全心全意出拳。"

而后又补充了一句："如果有人依然对你暗中出手，我种秋肯定拼死杀之，不管是丁婴还是俞真意。"

陈平安抬起手背擦了擦嘴角血迹，胳膊上露出一道伤口，可见森森白骨。为了挡住陆舫那一剑，他雪白长袍的袖子被撕裂出一条大口子。这是金醴法袍第一次破损，虽说被禁锢了法宝功效，但是韧性还在，足可见陆舫剑术的上乘杀力。

种秋说完之后就开始向前走去，看似步伐缓慢，其实一步飘出两三丈，而且没有丝毫气机波动。他是南苑国国师，更是书画俱佳的名士。一字一句，必合规矩；一拳一腿，皆合法度。

登峰造极者，是为文圣人、武宗师。种秋两者皆是。

丁婴看轻天下武人，却对种秋青眼相加，当然有其理由。

陈平安站在原地，纹丝不动。种秋的"闲庭信步"，让他想起了当初丁婴迈入白河寺大殿的场景。

落魄山竹楼的老人，那种无敌之姿，陈平安只可粗略意会几分，实在是修为悬殊，双方距离太远，陈平安琢磨不透其中宗旨。

老人武道太高，虽然不是对陈平安拔苗助长，但是陈平安在跻身四境后的每一境攀爬，具体到每一步的行走，反而裨益不大。但是丁婴和种秋这种天人合一的独到意味，陈平安虽然第一次感触不深，但第二次就有了嚼劲，尝出了些许味道。

种秋就这样简简单单地迎面而来，没有粉金刚马宣的气势汹汹，没有笑脸儿钱塘的诡谲阴险，更没有冯青白那刺杀一剑的一往无前和锋芒毕露。

种秋不易察觉地双肩微晃，他一袭青衫，肩头的玄妙，如古松侧畔行云掠过。

种秋一拳至陈平安身前，没有半点拳罡外泄，没有风雷作响的巨大动静。

由于种秋出拳太过古怪，陈平安破天荒出现片刻分心，犹豫是该以神人擂鼓式迎敌，争取一锤定音，还是以从《剑术正经》中镇神头化用而来的一拳防御。好在陈平安第一时间放弃了两种选择，身形倒滑出去，与此同时，凭借本能抬起手臂，手掌遮在面门之前。

种秋一拳打在陈平安手心，点到即止，可陈平安却被自己的手背狠狠拍在脸上，砰然倒飞出去，身形一拧，两只雪白大袖在空中翻摇，重新站定在三丈外。

种秋依然一手负后，淡然道："分心可要不得。"

陈平安左手攥紧又松开，好似被雷劈中的手心酥麻感觉这才一扫而空。

种秋笑道："你这家伙也太聪明了，如果没有这一试探，我都不敢确定你是不是左撇子。打那陆舫的十拳，你大概是可以确定陆舫必死无疑，所以其间故意左右拳互换，左六右四，想来是那会儿就开始准备下一场大战了吧？"

陈平安没有说话，种秋不以为意："之所以拗着自己的心性与你说这些有的没的，是因为先前为了救下陆舫，我那一拳很不厚道，所以刚才你分心，我是手下留情了的，并未痛下杀手，接下来，可就不跟你客气了。"

种秋又转头对冯青白他们说道："板凳上那个小丫头，谁都不要动她，不然别怪我翻脸……"

陈平安转瞬即至种秋身后，抡大臂，然后骤然抖小臂，一拳劲出如箭矢，打在种秋后脑勺上。

种秋一弓背，背脊如山岳隆起，左右肋骨如蛟龙游动，整个人竟是一步都没有挪开，强吃了陈平安这势大力沉的凶猛一拳。

陈平安因为没有用上神人擂鼓式，拳架太大，声势就大，对付种秋这种功夫极深的大宗师，恐怕这一拳都要落空。

一名纯粹武夫，功夫练得深厚了，便可以不见不闻，觉险而避，甚至可以在梦中杀死靠近床榻之人而不影响其酣睡。

陈平安只是寻常的倾力一拳，加上种秋出乎意料地做到了站定如山，如此一来，想要一拳得逞见好就收就难了。种秋反手一拳砸在陈平安肋部，打得陈平安横飞出去。只是种秋第二拳被陈平安一腿踢中，种秋也没了痛打落水狗的良机。

两人再次分开站定。种秋扯了扯嘴角，原来是这位南苑国国师故意如此，为了弥补自己那偷袭一拳，当然亦是诱饵。

两人几乎同时对冲。经常是方寸之地，双方拳头要么相互落空，要么看似蜻蜓点水地互换一拳。

这场架，打得竟是无声无息，与之前陈平安跟陆舫那一战的惊天动地截然相反。周仕完全看不懂，冯青白略好一些，因为接触过一些桐叶洲的武道宗师。

真正称得上气壮山河的一拳打在人身上，要像巨石投湖，以涟漪带动外伤，激起内伤。种秋曾经只用一拳就打得一位横炼宗师在病床上躺了数年之久，衣衫之下，肌肤如瓷器碎裂，更别提内里的五脏六腑。

板凳上的枯瘦小女孩听到那个"学塾先生"的言语后如获大赦，笑逐颜开，这会儿没心没肺地张牙舞爪，学着陈平安和种秋出拳。

终于分出第一次小胜负。陈平安被刁钻一肘撇开自己拳头，给种秋一掌推在胸口，身形跃过沟壑，撞在对面那堵墙壁上。他却没有像先前琵琶女、陆舫那样一蹶不振，而是抖肩振衣，被后背撞碎的墙壁石块哗啦啦落下。陈平安正要有所动作，种秋一步跨过被陆舫一剑划出的沟壑，出拳蓦然变快了极多，一拳至，拳拳至，刹那之间就是十拳，左六右四，正是种秋模仿而来的神人擂鼓式拳架，就连左右手的出拳顺序都一模一样。更奇怪的是，种秋十拳过后，高墙依旧没有彻底破开，陈平安依旧被困在墙中。他没有束手待毙，太过熟悉神人擂鼓式，以及与种秋一番搏杀，大致清楚了出手路数，种秋十拳，有四拳被他出手挡住。可另六拳结结实实砸在身上后，陈平安嘴角渗出鲜血。尤其是最后一拳，打得陈平安的身躯弹了一弹。哪怕是第一次模仿别人拳架，可依旧出拳从容、章法有度的种秋正要以十拳再来一趟的瞬间，立即后退数步，再后退，掠过了沟壑。原来，在陈平安看似力竭的一刻，墙壁中的身躯微微反弹些许。就是那一瞬间，种秋如爹汗毛，念头一紧，根本不用多想就主动放弃了大好形势，选择收手撤退。

种秋心中警惕异常：还是小觑了这个年轻人吃痛的本事，差点就着了道。

陈平安有些遗憾：只差毫厘，就能够成功递出一拳神人擂鼓式。

所以，种秋那好似赝品的十拳算是白吃了。

陈平安飘然落地后，缓缓走向那条沟壑。

种秋哑然失笑：我学你的拳架，你学我的步伐？

但随即他又眯起了眼：他自己悟出的这个大拳架与拳法招式无关，而是练背如山岳，肩头如行云流水，再到肘尖如鹰嘴儿，最后才到手和拳，一气呵成，浑然一体。这样的架子一旦搭起来，不断打熬，就像山岳扎根大地，对手一拳或是一剑，再凶悍再精妙，始终都是在与他的整个精气神为敌。这样一个被他私下命名为“峰顶”的得意拳架，哪怕是由着像八臂神灵薛渊这样的外家拳大宗师瞪大眼睛旁观偷师，看了一遍又一遍，恐怕也无法真正看出内在精髓。形似不难，可没有几年的潜心钻研，神似休想，但是眼前这个年轻人竟然已经有了几分自己拳架的神意！

两人隔着一条沟壑，再次对峙。陈平安深吸一口气，难得在与人厮杀的过程中主动开口说话：“你这个拳架，有名字吗？”

种秋点头笑道：“名为‘峰顶’，悟出它来时我正是年轻气盛的岁数，觉得练下去一定可以站在人间之巅，后来就懒得改了。我十个嫡传弟子当中，绝大多数练了二三十年，结果还没有你随便看几眼来得登堂入室，不愧是谪仙人。”

陈平安突然笑道：“我最早练的拳谱叫《撼山谱》。”

种秋笑道：“是我拳高众山，还是你拳能撼山，试试看？”

种秋一步后撤，双膝微蹲，一手高高抬起，手腕微微倾斜，手掌如揽物，一手握拳收在身前。哪怕静止不动，他在这一刻依然让整条街道的观战之人都感觉到了一股山雨欲来的窒息——这是天下第一手第一次正儿八经地摆出真正意义上的拳架。

陈平安心如止水。这趟在南苑国京城寻找那座观道观，逛荡了这么久，以至于最后都能让他心烦意乱，连拳和剑术都耽搁放下。其间很多人和事，看过了就只是看过了，但是有一些东西，当时并未上心，却在对敌种秋之后，既是灵犀一动，更是厚积薄发。

刚在那栋宅子住下的时候，因为经常要路过邻近的武馆，陈平安闲来无事，就默默坐在无人察觉的阴影处，偷看那些市井百姓眼中的"练家子""老把式"练拳。

教拳师傅是一个老人，被弟子们奉若神明，除了藏藏掖掖传授站桩、步伐和拳架，也会数他当年闯荡江湖的事迹壮举。可在陈平安看来，老人的拳法当真不入流。那一次，陈平安很快就悄然离开。

后来寻找道观没有任何头绪，又去了一趟武馆，算是散心。当时老人一边看着弟子们站桩，一边双手负后，嘴上说着很空泛的武学道理，什么"一枝动百枝摇，咱们内家拳不听音不看形，而是听劲，到了这一步，才算到家了"，什么"筋骨要松，皮毛要攻，曾经有人背后偷袭，我纯粹是出乎本能，转身一拳就出去了，打得他半死"，听得陈平安有些好笑。

最后，老人做了件陈平安头回见到的稀罕事，让他第一次对老人刮目相看。

老人让一个刚刚成为入室弟子的年轻人站定，然后让两人抓牢他的双手，使得他双臂绷紧拉直。又有两人蹲在地上，死死抱住那人的双腿膝盖，之后老人开始正脊骨，不是捏肌肉的虚架子，而是由弟子的脖颈颈椎依次一路往下捋顺，在江湖上，这叫拳不分内外的"校大龙"！最后，当老人按至尾闾，猝然以柔劲一按，弟子一惊，打个寒战，浑身汗毛倒竖，根根立起如茂林。两个拉直他胳膊的师兄晃了一晃，被他扯得踏出一步，而抱住双腿的两人只是身形微动而已。

老人有些失望，但是没有说什么。若是按住四肢的四人全部没能稳住身形，才算习武良材。那个被"校大龙"的入室弟子资质尚可，却肯定没有大的前程。

陈平安当时看得津津有味，事后却未深思。直到今天这一刻，莫名其妙给人堵在这边，一场场接连不断的厮杀，身陷重围，几乎是必死之境，陈平安蓦然开了窍。

与陆舫为敌之前，他的拳法做到了收放自如，可是心境并未跟上。但是与种秋搏杀之后，心境也补了一补。尤其在学了种秋的大拳架，并且记起了"校大龙"后，陈平安便心弦一动，念头一起，不由自主地以最初的撼山拳六步走桩径直向前，拳意是收是放已经全然不在意，不知不觉中步步凌空。

练拳百万之后的陈平安在走出第五步后，整条脊骨如同自行"校大龙"，发出一连串的黄豆崩裂声响。种秋身形暴起向前，一拳递出，要将那个气势暴涨的年轻人从沟壑上空打退回去！

如御风而行的陈平安亦是一拳递出，两人相距一臂，拳头几乎同时砸在对方胸口。

种秋一袭青衫凌乱飘荡，瞬间消失在街道上，轰隆隆作响，若是有人在空中俯瞰南苑国京城，就会发现此地被撕开了一条长长的直线，而被一拳打退二十丈的种秋在好不容易止住后退势头后，双腿已经深陷地面。

虽然只是身受轻伤，但种秋终究是输了。

那一袭白袍，则站在街上那条沟壑旁边，一步不曾后退。

如果只说这一座天下，种秋已经不算天下第一手了，而是一臂之内陈无敌。

第四章

出剑而已

见过了那位隐姓埋名的老厨子，太子魏衍和瘦猴似的师父，还有镜心斋的樊莞尔一起离开。矮瘦老人之前真见着了十人之列的老厨子，一个屁都没敢放，这会儿又开始絮絮叨叨："那老厨子真是白瞎了一身通玄武学，心性太不堪，竟然为了一份安逸生活自废武功！"魏衍对此无可奈何，不附和不反驳，由着师父唠叨。

老人双手负后，摇头晃脑，要太子殿下引以为戒，切莫学那不知上进的老厨子，否则武功再高，一辈子还是个窝囊废。说得过瘾了，才发现身边这对金童玉女一直沉默，根本不捧场，愤愤然离去，撂下一句"不耽误你俩卿卿我我"。

魏衍和樊莞尔相视一笑，然后两人几乎同时抬头望向南方天空。魏衍说了句"随我来"，率先掠上一座碧绿琉璃脊刹的屋顶，正是太子府最高的建筑。樊莞尔尾随其后，两人并肩而立，刚好依稀见到了远方陆舫分开天地的那一剑，气势恢宏，叹为观止。

魏衍心中震撼不已，感慨道："不愧是鸟瞰峰剑仙，这一剑恐怕已经不输历史上的那个隋右边了。不知是谁能够让陆舫如此认真对待，难道是跟丁老魔对上了？"

樊莞尔摇头道："不太像。"

魏衍有些歉意："樊仙子，本该陪着你就近观战，但我的身份，由不得我任性而为。"

樊莞尔点头道："太子殿下是千金之躯，以后要继承魏氏大统……"

不等樊莞尔说完，远处矮瘦老人飘掠而来，对魏衍叮嘱道："可别凑过去找死，既然陆舫出剑，那就没几个人能够让他收手了，这种神仙打架，本就忌讳外人鬼鬼祟祟偷看，何况丁老魔就最喜欢肆意打杀观战之人。"

魏衍笑道:“师父,你方才还说老厨子胆小如鼠,不符合武学勇猛精进的宗旨。”

老人气笑道:“那家伙多大岁数了,你这小崽子才多大?老厨子该享的福都享差不多了,又有一身本领,就该找个厉害的对手,轰轰烈烈战死,好歹能够像那飞升失败的隋右边,在江湖上捞个流芳百世的好名声!你还年轻,武艺不精,找死一事,还早着呢。”

魏衍与老人关系极好,既是严厉的师父,更像刀子嘴豆腐心的自家长辈,平时相处则又如朋友一般,便调侃道:“对对对,师父你说得都对,天底下道理都是你说了算。”

老人咦了一声,惊讶道:“不对劲,那边怎的如此雷声大雨点小,不像鸟瞰峰陆剑仙的作风啊。”他有些好奇难耐,“心痒心痒,我得过去瞅瞅。”他的身形在府邸屋顶的攒尖上几次踩踏,转瞬之间就已经远去百丈,最后变成了一粒黑点。

魏衍坐在屋脊上,樊莞尔并未落座,仍是举目远眺,久久不愿收回视线。

魏衍犹豫了一下,问道:“樊仙子,冒昧问一句,童仙师是不是已经身在京城了?”

樊莞尔流露出一抹倦怠和恍惚神色,摇头道:“我从未见过师父。”

魏衍不敢置信。

关于樊莞尔的身世背景,一直云遮雾绕。魏衍只知道樊莞尔是镜心斋这一代的翘楚,行走江湖这些年独来独往。但镜心斋是庞然大物,这一点毋庸置疑,不只南苑国庙堂上有镜心斋的棋子,天下四国的朝野上下,都有镜心斋女子的身影若隐若现。

不谈蛮夷之地的塞外草原,南苑国算是国师种秋的地盘,松籁国则有神仙俞真意坐镇,北晋既有鸟瞰峰陆舫,也有镜心斋童青青,但是童青青几乎从不露面,仿佛比陆舫更远离人间。关于童青青的江湖传闻,一箩筐都装不完。有说她年轻时是丁婴的红颜知己,因爱生恨,从此分道扬镳;有人言之凿凿,说童青青其实是那个疯子朱敛的嫡传弟子,曾是北晋的公主殿下;还有人说童青青本是个美若天仙的男子,修了仙家术法,变得不男不女了,但是返璞归真,得以容颜不老。随着俞真意此次以匪夷所思的稚童容貌出关,有心人便开始揣测童青青是不是返老还童,世间再无绝色了。

魏衍对于这些,都不相信。

樊莞尔转过头,笑着解释道:“我曾是松籁国的贫家女,被门内一位云游江湖的师姐相中根骨,代师收徒,将我带去了镜心斋。我当时才六岁,什么都不懂,在那座亭子对着师父的画像拜了三拜,就算完成了拜师仪式。门内珍藏了很多谪仙人遗留下来的秘籍宝典,我那白猿背剑术就是其中之一,它不算镜心斋武学。”她苦笑,“大概我才是那个江湖上最想见到‘童青青’的人吧。”说到这里,她又双手合十低头赔罪,“直呼师父名讳,莫怪莫怪。”

魏衍被樊莞尔这样罕见的童心童趣逗乐,自然而然就想起了那夜走在桥上,她伸手拍打桥上狮子脑袋的情景。相比镜心斋的樊仙子,魏衍更喜欢这样的樊莞尔。

这个时候,下边台阶上出现了一个太子府谍子。魏衍飘落下去,片刻后回到屋顶,神色凝重道："敬仰楼又开始作妖，刚刚出炉的榜单已经在外边疯传，这会儿恐怕整个京城都听说了最新的天下十人。"说到这里，魏衍神色古怪，一一报上那十人，"魔教太上教主丁婴、湖山派掌门俞真意、春潮宫周肥、谪仙人陈平安、南苑国国师种秋、磨刀人刘宗、臂圣程元山、金刚禅寺云泥和尚、北晋龙武大将军唐铁意、游侠冯青白。"

最后三人，加上陈平安，四人之前从未上榜，全是新面孔。

樊莞尔怔怔问道："我师父呢？陆舫呢？"

魏衍无言以对。他哪里知道答案。

种秋在废墟中起身后，一抖青衫，震落所有尘土。与此同时，在墙根"纳凉"的簪花郎周仕和魔教鸦儿只觉得清风拂面，然后光线一暗，定睛望去，周仕如释重负，鸦儿则心情复杂，既怕自己被这个不速之客瞧上眼，鬼迷心窍，沦为春潮宫的莺莺燕燕之一，又松了口气，自己最少暂时性命无忧了。

在周肥现身后，那些个个都有江湖二流高手实力的春潮宫美人也纷纷落在不远处，如天女散花。

周肥看着凄惨的儿子，摇头道："就这么点出息，哪怕带你回家，可你拿什么去跟姜北海争？你啊，还是再在这边乖乖待上六十年吧，不然出去就是个死，不是给姜北海玩死，就是被我气得打死。六十年后，跻身这块藕花福地的前三，我就来带你走，连这都做不到，你就老死于此吧。"

周仕满脸错愕，却没有太多失落，讷讷无言。

周肥斜瞥了眼儿子身边的鸦儿，讥笑道："是想着不出去也不错，能够跟心仪女子双宿双飞？"

被看破心事的周仕微微脸红。

周肥伸手虚空一抓，鸦儿顿时被无形大手扯起。周肥再随手挥袖，身边浮现出一件青色衣裙，自动穿在了鸦儿身上。古怪衣裙附身之后，鸦儿的伤口以肉眼可见的速度痊愈，鲜血倒流回体内，一身气机更是从决堤洪水变成了平稳河流。

周肥弯腰对着周仕说道："你留下，你心爱女子却要离开。我等你六十年，如果你完成约定，有资格随我去往桐叶洲玉圭宗，你当天就可以迎娶这个小娘子；如果失败了，下次在春潮宫见面，你就可以亲眼看着她穿上嫁衣，然后喊她一声娘亲了。"

周仕匆匆忙忙站起身，斩钉截铁道："好！"

周肥笑容灿烂，摸了摸周仕的脑袋："乖儿子。"

弹指之间就被决定了命运的女子如坠冰窖。

冯青白站得很远，根本不敢招惹周肥。周肥每说完一段话，他就默默挪步，离得更远。谪仙人的"轻舟已过万重山"，修士图谋越大，舍弃得越多，开窍清醒得越晚。比如陆舫这种，因为他在桐叶洲就已是元婴地仙，而且还是一名剑修，所以肯定是为了破心魔、叩心关而来。即便如此，陆舫一步步从懵懂无知的孩童到跟一个二流高手拜师学艺、自悟剑术，最终能够在藕花福地的规矩束缚以及灵气稀薄的巨大牢笼中一样成为四大宗师之一的鸟瞰峰剑仙，冯青白自愧不如，远远不如。他的谪仙人身份取了巧，虽然魂魄不全，跟陆舫一样将肉身滞留于桐叶洲，但是大部分记忆都保留了下来，只是将藕花福地的一副他人皮囊当作一座暂住的客舍。归根结底，陆舫是在直指本心，求道证道，冯青白是退而求其次，以术问道。而不知在桐叶洲真身是谁的春潮宫周肥多半与冯青白是一个类别的谪仙人，并且投机取巧更多，显然来此不为大道，根本就是游山玩水来了。可是来到藕花福地花天酒地将近五十年，周肥到底是谁？谁人有此魄力，有此财力？桐叶宗、玉圭宗、太平山、扶乩宗？

冯青白心中哀叹不已，加上那个突兀出现的白袍年轻人，自己的运气实在是糟糕至极。以往藕花福地的机缘可没有这么难争取。丁婴、周肥、俞真意、种秋、陆舫，加上那个年轻人，任意一人放在之前每一个六十年当中，都是有望问鼎天下的第一人。尤其是暂时尚未出手的丁、周、俞三人，哪怕对上巅峰时期的南苑国开国皇帝魏羡、魔教开山鼻祖卢白象、女剑仙隋右边、武疯子朱敛，都可以掰掰手腕！

在跟儿子“闲聊”的周肥、依然在与种秋对峙的陈平安，加上他冯青白，一条街上站着三位谪仙人。

有两人并肩走来，堵住了冯青白的退路。

臂圣程元山手持一杆铁枪，死死盯住他。

磨刀人刘宗却看了看周肥，又瞥了瞥更远处的陈平安，似乎在挑选对手。

冯青白叹了口气，握紧手中长剑，头疼至极。如果那座大靠山还不来，自己可就真要死在这里了。哪怕靠山不来，那个好兄弟来了也成啊……

正想着，冯青白眼前一亮，会心一笑。

远处走来一个气质儒雅的黑袍男子，腰悬长刀。

冯青白笑着挥手打招呼：“唐老哥，来了啊？”

黑袍男子微微点头。

程元山心中一紧，有些棘手——来者是北晋砥柱，龙武大将军唐铁意。身为当世第一名将，他极少冲锋陷阵，世人只知这位出身豪阀的武人喜好用刀，可刀法深浅、修为高低，无人知晓。除了用兵如神之外，唐铁意更多被提及的是一件闺阁趣事：传闻此人染有眉癖，喜好让妻妾画出各种长眉，一经面世，北晋京城贵族妇人纷纷效仿。

程元山轻声道：“刘老儿，别掉以轻心，唐铁意此人用刀极为霸道，擅长一刀分胜负，两刀定生死。”

刘宗心不在焉道：“用刀的？我对他没兴趣。”他指了指远处的陈平安，“那小子，归我了。”

刘宗不再理睬程元山，径直前行，一手轻轻梳理白发，一手藏在袖中。

于是，变成了膂圣程元山一人对阵两名高手。

程元山做出了一个出人意料的举动，他提枪走到街旁，为唐铁意让出道路，伸手示意只管去与冯青白会合，他绝不阻拦。

唐铁意路过程元山身边的时候，还不忘转头笑问道：“真不接我两刀？两刀而已，很快的。”

程元山干脆闭目养神。

冯青白有些佩服这位膂圣修心养性的功夫了。

唐铁意走向冯青白，有些埋怨：“上次见面，说好了你只来这边浑水摸鱼，怎么变成了打头阵？”

冯青白哈哈笑道：“富贵险中求嘛。”

两人在前年相识于北晋一座边关郡城，当时唐铁意刚刚率军打退敌军，机缘巧合下两人一见如故，冯青白甚至还在唐铁意麾下行伍，待了大半年时间，以斥候身份参加过一次大战。如果不是冯青白执意要继续游历山河，唐铁意都要为他跟北晋皇帝讨要一个将军身份了。

冯青白看着熟悉的脸庞，好奇问道：“你怎么来了？”

唐铁意回头看了眼不动如山的膂圣程元山，然后瞪了眼冯青白：“俞真人放出话来，要你的小命。连我都听说了，你自己不清楚？现在多少人想要你这条小命，真以为只有一个程元山?!”

冯青白抿起嘴，忍住笑。这里头当然大有玄机，这个故事，足够让重逢于异乡的兄弟二人好好喝上几壶美酒了。

唐铁意虽是藕花福地土生土长的人物，可是哪怕在桐叶洲，冯青白都没有遇上这么对胃口的家伙，性情豪迈、天资卓绝、惊才绝艳，任何溢美之词都可以放在这个满腹韬略的武夫身上。

文章只是小事，江湖不过如此。须知大文为韬略，大武为兵法，这就是唐铁意的看法，恐怕整座藕花福地，就只有唐铁意一人能够作如是观。

冯青白打算卖一个关子，笑道：“只要唐老哥不垂涎我的这颗脑袋……”

不等冯青白把话说完，视线就被铺天盖地的雪白刀罡遮蔽。

生命最后一刻，冯青白唯有茫然。

谪仙人冯青白当场被劈成两半，左右半具尸体分别撞在街道两侧墙壁上。

唐铁意缓缓收刀入鞘，正是那把消失多年的妖刀“炼师”，为四大福缘之一，与丁婴头顶的银色莲花冠、南苑国京城的青色衣裙、白河寺的罗汉金身并列。

唐铁意神色不悲不喜，喃喃自语道："方才在来的路上，听说你跻身最新的天下十人了，垫底，排第十。再就是，我竟然也上榜了，排第九。冯青白，你大概以为跟俞真意私底下有过一次开诚布公的对话就能够活到最后。原本确实如此，我这次赶来，也的确是为了救你，可是千不该万不该，你第十，我第九，兄弟二人同时上榜。"他微微叹息，"谪仙人也会死啊。"

捡起地上那把佩剑悬在腰间，有意无意，唐铁意卖了一个破绽。

因为世间几乎没有一个顶尖高手见过他的刀法，见过的，都死在了他的刀下。

北晋朝廷在二十年前皇帝陛下被江湖武夫差点刺杀成功后就开始丧心病狂，秘密抓获了数十个一流二流高手，都被用来给这位龙武大将军练刀，使得北晋国的江湖黯淡无光，青黄不接。陆舫在鸟瞰峰不问世事，根深蒂固的镜心斋重心在于向别国朝堂渗透，分明是志在天下而不在江湖，从不插手北晋国内的武林厮杀和江湖恩怨。

唐铁意在北晋手握十数万最精锐边军，闲暇时分就为美人画眉，日子不要太逍遥。他确实如程元山所说，一生武学就只有两刀，一刀无坚不摧，一刀后发制人。所以修为不如唐铁意的一流高手必死，修为只要不是高出唐铁意太多的宗师也很危险。

只可惜，臂圣程元山对于唐铁意的那个破绽，没有贪功冒进，只是默默退去。

面对这位北晋龙武大将军，他并非没有一战之力，相反，他认为自己胜算更大。但是正面接下唐铁意两刀之后，自己必然受伤不轻，到时候恐怕就轮到别人来割取自己的头颅了。螳螂捕蝉，黄雀在后，弹弓在下。

唐铁意猛然低头望去，只见手中那把"炼师"刀鞘上的刻纹如水银流淌滚动，散发出淡淡的五彩流萤，然后顺着刀柄和手掌向上蔓延到了唐铁意的肩膀、脖子。

唐铁意始终没有松开刀柄，等到那些光彩彻底没入肌肤、筋骨，他才觉得这把近期偶然所得的炼师终于与自己融为一体。

远处周肥啧啧道："运气真不错，宰了个谪仙人，得了件认主的法宝，如虎添翼，名次肯定要再往前挪一挪了。"

周肥转过头，笑眯眯教训儿子和鸦儿："瞧见没，做人就应该如此，直到最后一刻才出手，赚他个盆满钵盈。所以说啊，越早蹦跳的死得越惨。你们看看丁婴和俞真意这两只老王八，露头了吗？没有。嗯，还有个镜心斋的老妖婆童青青躲藏得最深，谁都找不着她。我就纳了闷了，哪有谪仙人来这儿厮混，仿佛天生就是为了逃命的，竟然连丁婴这些年都找不到。趋吉避凶的本事，她天下第一。"

周仕苦笑不已。摊上这么个性情古怪的老爹，他没有变成一个疯子已经很不容易了。为了帮助那个陆叔叔打破心魔，做了那么多腌臜事，其实周仕看得出来，对于美色，甚至是权势，父亲从来没有看上眼。当年他还是个孩子的时候，亲眼见到陆叔叔闯入春潮宫，父亲站着不动，任由对方一剑刺穿心脏。而在当时，两人之间还有一个为了保护父亲，决然赴死的妇人，正是陆叔叔最为敬重的师娘。

父亲好似完全没有受伤，随手推开她，然后步步前行，任由那把剑一寸一寸钻出后背。父亲眼中只有陆叔叔，几乎与他面对面才停步，笑问道："陆舫，醒了没？"

周仕叹了口气。这就是父亲家乡的仙家修道啊，太过诡谲了。

穿上了那件青色衣裙的鸦儿更是沉默。她的师父，也就是魔教教主、丁婴唯一的弟子，去年被人重伤，回到宗门后，疗伤无用，只能眼睁睁看着身躯腐朽，生机急剧流逝。只是这位鸦儿眼中的枭雄，他的临终遗言很是奇怪："真人行世，入火不热，沉水不溺。那么仙人呢？我也见过了。"

鸦儿作为魔教子弟，对于那些来路不明的谪仙人并无太多偏见和恨意，她甚至并不向往传说中的飞升。她留恋人间及这个家乡，只想着与姿容、天赋和野心都不输自己的樊莞尔较劲，扶持二皇子登基，然后争取四国一统，那么她成为南苑国皇后、母仪天下也好，成为继师爷爷丁婴、俞真意之后的新一任江湖共主也罢，都能够心满意足。只是这次敬仰楼和那个"老天爷"偏偏选中了南苑国牯牛山作为飞升之地，而她又好死不死被那位师爷爷找到了，沦为他老人家的马前卒。她心中悲苦不已，忍不住抬头看了眼那栋宅子所在的方向：我的师爷爷，您老怎么还不出山？

唐铁意已经离去，因为对上周肥，他没有信心。即便拥有了完整的炼师刀，直觉告诉他，碰上周肥，必死无疑，就像之前那些沦为磨刀石的可怜虫宗师对上他唐铁意一样。于是他准备去找臂圣程元山的麻烦，但是让他懊恼的是，那家伙竟然溜之大吉，敛了气息，在这座京师如鱼入水。

唐铁意心中恨恨，若是在北晋京城，程元山就只能等死了。他完全可以调动一城禁军，大肆追捕落单的任何一位宗师。当然，丁婴和俞真意，唐铁意连杀死他们的丁点儿念头都没有，也不敢有。他这次悄然离开北晋来到南苑国，几乎每一步都在那位俞真人的算计之中。可能还要更早，从他得到这把妖刀炼师开始。他并不向往什么举霞飞升，什么仙人之乡，这天下已经足够让他一展所长！

丁婴和那个名叫曹晴朗的孩子，一个坐在板凳上晒太阳，一个站在灶房门口颤颤抖抖握着柴刀。

丁婴在得知童青青不在十人之列后叹了口气，转头对孩子笑道："没你的事情了，那个婆姨真是……"说到这里，饶是丁婴这样的大魔头也有些哭笑不得，不知如何评价童青青才算准确。

丁婴比世上所有人都了解镜心斋童青青。一来两人岁数相当，是同辈人，而且早就认识。丁婴是魔教继卢白象之后的又一位武学奇才，年纪轻轻就跻身天下后十人，所以很早就独自闯荡江湖。童青青当时身份类似现在的樊莞尔，只是比起步步为营、将无数英雄豪杰玩弄于股掌之中的樊莞尔，童青青是个不折不扣的胆小鬼，被逼无奈当上了镜心斋下一任既定宗主，却死皮赖脸待在宗门内，不愿出去帮着宗门谋求天下。

丁婴胆大包天，有一次偷偷潜入镜心斋，去禁地湖心亭乘凉赏月，结果就遇上了在亭子里呜呜咽咽的童青青。少女正靠着亭柱忙着埋怨她师父太狠心，要将她赶出宗门，埋怨师姐师妹们太笨，习武都那么用心了，竟然还打不过每天偷懒的自己，然后掰手指说着江湖上的那些高手如何厉害如何凶残，最后连二流高手都没放过，一个个如数家珍，好像人人都是百年难遇的大宗师……丁婴感觉自己真是见了鬼，天底下竟然还有这么怕死的娘儿们!

童青青终究也是接近天下二十人的一流高手，终于发现了丁婴，然后她也像是见了鬼，开口第一句话竟是带着哭腔告诉丁婴，只要不杀她，她就当作什么都没有看见。

童青青当然是一位美人，确实比徒弟樊莞尔、南苑国皇后周姝真动人。可丁婴哪怕过了这么多年，记得最清楚的，却是童青青当时的神色：噙着泪水，噘着嘴，求着人，怯怯弱弱，像一只林深处遇见持刀樵夫的年幼麋鹿。

丁婴这辈子都痴心武学，从未有过男女之情，对童青青也无任何情爱涟漪，但是童青青的性子，以及那年她在亭子内的那副表情，丁婴实在是难以忘记。

那一次相逢没有风波，丁婴去镜心斋藏经楼偷了本秘籍，悄然远遁。

童青青在丁婴离开后就吓得赶紧跑回自己院子，连通风报信都没有。

后来丁婴越来越有名气，尤其是六十年前南苑国乱战，丁婴夺得那顶银色莲花冠，一举成为天下第一人，之后斩杀十数位谪仙人，知道了一个又一个的秘密。其间，一次偶然，丁婴又见了童青青一面。那会儿她估计是实在没脸皮躲在镜心斋了，总算开始行走江湖，但是万事不顺，又长得惊为天人，竟然被当时魔教三门之一的兵符门门主抓住。如果不是丁婴刚好路过兵符门救下了童青青，估计这位仙子就要成为那头肥猪的泄欲禁脔了。丁婴没白救她，根本不用严刑逼问就获知了镜心斋许多机密要事，和她所有牢牢记下的十数门上乘秘法，其中大半是用来保命和逃命的功夫，要不然就是化腐朽为神奇的易容术。杀力巨大的那些，她过目不忘，轻松记下了，却一样都没学……如果不是丁婴不愿多要，她都恨不得回镜心斋再给他偷出几部仙家术法，而且泫然欲泣地拍胸脯保证，能够让丁婴天下无敌，神功盖世，一统江湖……她大概忘了，当时丁婴早已经是天下第一人了。

多年以后，童青青返回镜心斋继承宗主之位后，丁婴又去找了她一次，结果竟然没有找到，便知道这个胆小鬼多半是修习了镜心斋那门不传之秘，能够让女子返老还童，而且功力会水涨船高，年纪变得越小，功力越深厚。前提当然是她会失去倾国倾城的姿色，但是对于童青青来说，估计这份代价真不算什么。

果然如丁婴所料，童青青最终跻身了天下十人之列。所以这次进入南苑国京城，丁婴一直在留意所有内蕴灵气的稚童，找到了六七个，却都不是童青青。有意思的是，这些孩子练武未必能够成为一流高手，但是修习谪仙人的仙家术法必定一日千里，丁婴当然没兴趣将她们培养成下一个俞真意或是周肥。

最后丁婴找到了眼皮子底下的曹晴朗，哪怕他是一个男童。因为他突发奇想，觉得以童青青为了保命无所不用其极的性格，加上镜心斋那么多奇怪秘籍，尤其是几部涉及魂魄转移的仙术，说不定真有可能是藏在了曹晴朗体内，真正的肉身则随便一藏，天大地大，活人依旧难免露出蛛丝马迹，可一个"死人"就难找了。

只是一切都被那个榜单颠覆，童青青竟然不在十人之列，这说明童青青当下绝对不是稚童之身！显而易见，胆小至极的童青青认定了熟悉她根脚的自己会来找她，她极有可能是上次登榜十人后立即逆向推演了那门仙术，增加了岁数，从而导致修为下降。丁婴可以确定，今天之前的那个榜上十人，这一届敬仰楼楼主周姝真动了手脚，因为这位南苑国皇后本就是镜心斋弟子。但是周姝真没有办法决定最终榜单的名次，因为刚刚到手的十个人是某位"老天爷"决定的，这才使得童青青露出了马脚。

此刻坐在院中，丁婴哈哈大笑。他很好奇，这么一位闻所未闻的谪仙人，在家乡会是怎样的一个修道之人。至于这会儿童青青以哪一个"身份"又鬼鬼祟祟地躲在了哪里，丁婴已经不再好奇，反正已经足够有趣了。哪怕自己猜错了真相，童青青能够胜他丁婴这一次，丁婴也无所谓了。他所求之事，是要占据天下最少八分武运，以纯粹肉身白日飞升，完成前无古人后无来者的壮举，走得比朱敛和隋右边都要更远、更高！他要赢了这一方天地的"老天爷"，至少也要逼着对方不惜坏了自己的规矩，亲自出手打杀自己，那么他一样虽死无憾。

丁婴回首望了一眼窗口，笑着站起身："不要着急，我会放你出去的，不过是你主人身死道消之时。希望你将来还能找到他的转世，陪着他去争一争六十年后的机会，仅此而已了。"

陈平安站在沟壑边缘，双袖无风而摇。

磨刀人刘宗走向他，根本不在意程元山、唐铁意以及冯青白那边的变故。

用心之专一，刘宗是公认的天下前三。为此俞真意还曾离开湖山派找到他，劝说他弃了手中那把刀，脚下的武学之路只会更宽。只是刘宗没有答应而已，说那把刀就是他的媳妇，丢不得，这叫糟糠之妻不下堂。向来不苟言笑的俞真意爽朗大笑，破天荒与刘宗喝过了酒，就此离去。

这不是什么以讹传讹的江湖小道消息，是俞真意一位嫡传弟子亲口所说。

磨刀人刘宗亦正亦邪，名声不好也不差，从不滥杀无辜，只是死在他手上的人往往无比凄惨，越是高手宗师，死相越惨绝人寰，能够让人看得把胆汁都吐出来。

种秋已经走回街上。他，陈平安，刘宗，互为掎角之势。

种秋笑道："我与他这场架还没打完，刘宗，你可以等我们分出胜负再出刀不迟，至于到时候你是与我过招还是与他交手，现在还不好说。"

刘宗眼神炙热，出刀杀人之前，开始习惯性磨牙如磨刀，显得十分瘆人。

他想了想："可以，只要你们别嫌弃我趁人之危，有这份活到最后的信心就好。如果没有的话……"他指了指陈平安，"种国师你现在可以离开，他留给我就行。我刘宗这辈子还没给谪仙人开膛破肚过哩。"

对于同在一座城池的南苑国国师，刘宗是打心眼里佩服的，之前在自家铺子，也曾对程元山坦言过。

种秋指了指身上那件破碎不堪的青衫，微笑道："你看我像是甘心收手的样子吗？"

刘宗叹了口气："行吧，那我等着你们分出结果。"

种秋问道："周肥也是谪仙人，为何不杀他？"

刘宗摇头道："我又不傻，眼前这个年轻人跟你是一个路数的，剁起来一定刀刀到肉，感觉才好。那周肥会妖术，说不定死了连个尸体都没有，我拼了老命，费那么大劲，到头来竹篮打水一场空，我不干的。"

种秋无奈摇头。

陈平安没有理睬刘宗，向前摊开一掌，示意种秋可以再战。

刘宗愣了愣，一跺脚："哎哟，这模样、这架子真俊啊，亏得老子不是个年轻娘儿们，不然也要动心。不行不行，这要是给你去闯荡江湖，还不得祸害数十上百个漂亮姑娘啊，该杀该杀，选你不选周肥，真是没错。"

种秋和陈平安好似都已经心定而"入道"，置若罔闻，古井无波。

刘宗蓦然停下话头。因为距离两人最近的他，奇了怪哉，竟然好像听到了叮咚一声滴水声。下一刻，一股磅礴罡风扑面而来，刘宗虽然纹丝不动，可是衣袖和头发都被吹拂得纷乱无比。

原来是种秋和陈平安对上了一拳，拳罡四散，两人四周尘土飞扬，街面青石碎裂，呼啸四溅。

刘宗抬手拍飞一颗快若床子弩箭矢的飞石，瞪大眼睛望去，不愿错过一丝一毫的细节。好家伙，这两人出手，简直就是要打得山崩地裂。

一袭青衫的种秋和一身白袍的陈平安已经快到了身形分别如青烟白雾，两人所到之处，天翻地覆。

一场凶险万分的近身搏杀，两个身影没有一次拉开一丈距离，至多不到三臂间距，除去一人一臂，这意味着两人哪怕被一拳砸中，都绝对只退出一臂距离！别人是螺蛳壳里做道场，这两个疯了魔的家伙则是方寸之间摧城撼山，真是血肉之躯？

两道缥缈身影几乎毁掉了整条街道，但是好似约定一般，两边建筑和高墙毫发无损，双方对于拳意的掌控真正达到了妙至巅峰的境界。

约莫一炷香后，周肥突然一拍额头："好你个种秋，成心捣乱啊。走了走了，实在是看不下去了，反正还有丁婴和俞真意收拾残局。"他双手分别拎住周仕和鸦儿的肩头，跟拎鸡崽儿似的，一掠而走。那些春潮宫美人虽然一头雾水，仍是跟着周肥升空飘远。

街道尽头，灰尘遮天蔽日。

拐角处，种秋笑着扬长而去，沿着另外一条大街离开。这位国师虽然灰头土脸，但是没有半点颓丧之意，反而像是做了一件快意事。

陈平安则留在原先街上，独自走出弥漫的灰尘，拳意与气势不见半点，就像是一个最寻常的年轻人，只是一步跨出，就来到了刘宗身前。

刘宗眨眨眼，问道："能不能不打了？"

陈平安反问道："你觉得呢？"

刘宗一本正经道："我觉得可以啊，大家无冤无仇的，路这么宽，各走各的，没毛病！"

陈平安稍稍偏移视线，望向宅子，点头道："那就可以吧。"

刘宗嘿嘿笑道："走之前，能不能多嘴问一句，种国师跟你到底啥关系？"

陈平安想了想，给出答案："同道中人。"

刘宗正要感慨什么，陈平安沉声道："赶紧离开，跟上种秋，如果可以的话，帮他一起对付某个人。如果你相信我，就不要想着逃，只有和种秋联手，才有机会活到最后。"

刘宗点点头，二话不说就与陈平安擦肩而过，而且陈平安也上前一步，横移一步，刚好站在了刘宗背后一线之上。

那边，种秋站定，一个貌若稚童的家伙站在了一把悬停空中的剑上，挡住了种秋的去路。而陈平安这边，小巷中缓缓走出头顶银色莲花冠的丁婴。在他双指间，夹着一把不断颤鸣的飞剑。

寂静大街上，故人重逢。

种秋似乎早就料到俞真意会来阻拦自己，并无惊讶，笑问道："那把玉竹扇子做好了？以它作为将来湖山派的掌门信物，会不会感觉太柔了些？"

就像普通朋友之间的客套寒暄，就像那风雪夜归人，问道：能饮一杯无？

俞真意问道："已经三次了，为什么？"这却是在兴师问罪。

种秋反问："是问我为什么救下陆舫，为什么帮助那个陈平安？"

俞真意那双如深潭幽暗的眼眸涟漪微荡，显然是破天荒地动了真火。他不说话，但是与主人心意相连的脚下飞剑光彩流溢，越来越瑰丽迷人，像是一块从天庭遗落人间的琉璃。

种秋瞥了眼俞真意脚下的仙家飞剑，收回视线，神色自若道："你不是早就知道答案了吗?"

俞真意微微叹息，心头泛起一些缅怀情绪。这可不是他心肠软了，而是事已至此，既然种秋过去这么多年仍然执迷不悟，他便要硬起心肠了。

江湖上说俞真人和种国师早年是为了一个祸国殃民的女子而决裂，那真是太小觑了他们。其实当年两人刚刚在江湖上声名鹊起，是因为遇上了一位谪仙人而分道扬镳。当时俞真意铁了心要杀掉那位谪仙人，种秋却认为他罪不至死，而且风险太大，根本不用孤注一掷。可俞真意依然孤身前去刺杀谪仙人，在生死之际，是种秋突然出现，替俞真意挡下了致命一剑，然后果然如丁婴在南苑国对他们所说，那谪仙人被杀之后，从他身上跌落了两份机缘：一部可修大道长生的仙家秘籍，一把无坚不摧的琉璃剑。

大雨滂沱之中，俞真意一手握住不知何种材质的金玉天书，一手提剑，仰天长啸。种秋黯然离去。

俞真意轻轻抛去那把仙人佩剑，说："兄弟二人，可共生死，也要同富贵。以后这个天下的规矩，无论是庙堂之高还是江湖之远，你种秋喜好读书，便都由你来订立。我俞真意向往大道不朽，修成了仙法，自会帮你守护，我要教世上所有谪仙人都俯首听命，再不敢横行无忌……"

种秋却根本不等俞真意把话说完就径直离开，任由那把价值连城的神兵利器摔在泥泞当中，任由俞真意的那番肺腑之言消散于大雨天地间。

刘宗离开了那条已经稀烂的大街，过了拐角，远远看到这一幕，顿时咋舌，犹豫了一下，仍是缓缓向前，既没有畏缩不前，也没有伺机逃遁。

刘宗相信陈平安说的话，相信眼前御剑的"稚童"，一个本该与丁老魔大战八百回合的俞大真人会决心截杀曾是挚友的种秋。之所以相信，是因为那个年轻谪仙人竟然能够让种秋主动喂拳，帮着夯实某种境界，以便更好应对接下来的大战。

种秋为人处世从不随心所欲，一言一行必有其规矩。他是道貌岸然的伪君子还是谋国谋天下的纵横家？都不是。刘宗在南苑国京城待了这么多年，种国师为人如何，可谓一清二楚，那是真正的文圣人、武宗师，将这个天下的外家拳境界顶峰以一己之力再往上拔高了一截。而且对于正邪之分，种秋看得极其透彻，几次朝堂舆论和江湖风评一边倒的京城风波本该一杀了之，大快人心，还省心省力，可都是种秋悄悄收官，处理得那叫一个中正平和，让冷眼旁观的刘宗都要伸出大拇指赞一声真豪杰。所以当陈平安说与种秋是"同道中人"，刘宗就义无反顾地决定了，袖中那把刀，得出。除了意气相投，也是为自己争取一线生机。他藏在袖中的那只手，握紧了那把刀。

种秋看着踩在剑上御风而停的稚童，轻声感叹道："俞真意，你有没有想过，你如今跟那些谪仙人尚有差异，但是你如果一直在这条路上走下去，迟早有一天，你就是他们，再有一天,就会有另外一个赵真意、马真意来杀你,他们觉得杀得天经地义。"

俞真意摇摇头:"种秋,你还不知道吧,此次飞升之地依旧是牯牛山,但是人数已经变了,不再是十个人,而是只有三人,但是这三个人有资格从藕花福地的真实历史上分别挑选出五个、三个和一个人一起飞升离开,不过这九人可能会沦为附庸傀儡。我推演过,丁婴、我、周肥会是机会最大的最终飞升三人。"

俞真意之后将最终榜上十人说了一遍给种秋听,没了陆舫和童青青。

种秋直接问了一个最关键的问题:"你要离开?"

俞真意摇头道:"我当然不会,第三声鼓响之前,我不会登上牯牛山,自动放弃那个飞升机会,跟当年武疯子朱敛一样。只不过他是为了能够第二次以肉身飞升,而我,是要向你证明当年杀掉那个谪仙人,我俞真意是对的,你种秋是错的,我要这人间,我在世一天就安稳一天,你种秋的缝缝补补毫无意义。"

这番话很大了,可是俞真意说得轻描淡写。

种秋笑道:"志不同道不合。"

俞真意缓缓说道:"你现在还有最后一个机会,与我联手,杀掉谪仙人周肥,丁婴不会阻拦。到时候你就能够活到最后,至于是否选择去往牯牛山白日飞升,随你。"

种秋问道:"那么榜上其余人等谁来杀?是你还是丁婴?有些可不是谪仙人。"

好像两人一直在鸡同鸭讲,各说各话。

俞真意勃然大怒:"别人说这蠢话,我只当是村妇之见,懒得计较!你种秋身为南苑国国师,难道不知道世间哪有不枉死的变局?!"

种秋笑着点头:"我自然知晓,这些年为了南苑国,我也做了许多事情。但是我现在只是在问你俞真意,不是在问什么千年未有的变局,不是问这个天下,不是谪仙人的藕花福地,我只是在问你,松籁国涿郡湫栏县城的俞真意。"

俞真意冷笑道:"冥顽不灵,你种秋从小就是这副德行,读了再多书,练了再多拳,也还是那个茅坑里的臭石头。"

种秋笑了笑:"你俞真意倒是变了很多。"

刘宗听得心惊胆战。他还真害怕种秋点头答应下来,反过来与俞真意合力绞杀连同他在内的榜上四人,那还不像是杀鸡一般?除了俞真意已入化境,更别提种秋还是南苑国地头蛇,哪怕他刘宗和程元山、唐铁意、云泥和尚联手,依旧毫无胜算。

所幸,种秋不愧是那个令刘宗心生佩服的种国师!他抬头看了眼家乡方向,有些伤感地道:"说了这么多,你不过是想让自己杀我杀得心安理得罢了。这一点,倒是从来没变。"

俞真意站在飞剑之上,种秋没有转头,朗声笑道:"刘宗!在这京师当了这么多年邻居,不曾去串门,并非瞧不起你这磨刀人,君子之交淡如水而已。我种秋先出拳,你在旁压阵，若是胜负悬殊，你能跑则跑，直接去找云泥和尚，可别觉得丢人！”

刘宗愣了愣，喃喃道：“娘咧，不愧是种国师，这马屁拍得我刘老儿舒坦，舒坦！”

与妙人为友，如醉鬼饮醇酒，哪有清醒的可能，岂有不醉的道理？

不怕死却也从不找死的刘宗一步踏出。死则死矣，醉死拉倒！

俞真意身体微微前倾飘荡而出，双脚轻轻落在街上，随手向前一挥袖，轻声道：“走。”身后那把剑光澄澈如琉璃霞光的飞剑划出一道巨大圆弧破墙而去，又破墙而入，风驰电掣，重新出现在这条街上，刚好绕开种秋，直冲他身后的刘宗。

俞真意闲庭信步，举起双手晃了晃，然后放在身后，笑道：“种秋，你不是被誉为‘天下第一手’吗？来，我不还手，你随便出拳。”

种秋点点头，然后突然问道：“能否出城一战？”

俞真意笑道：“种大国师，你不用担心殃及无辜，你根本就没那个本事。”

种秋哑然失笑。这家伙，修仙问道到最后，变成了一个口气恁大的小娃娃，他种秋还真要领教领教所谓仙人的神通。

俞真意双手负后，示意种秋可以倾力出拳。不但如此，他还脚尖一点，悬停空中，与种秋身高齐平，竟是要方便种秋出拳！

种秋对此并未恼火，反而愈发神色凝重。

一拳递出，停留在了俞真意那张稚童面容前三尺。那一拳只能寸寸向前推进，极其缓慢，像是老翁登山，步履维艰。

两人之间，短短三尺，却是天地之别。

双手负后的俞真意微微摇头，眼神充满了怜悯：“不承想种秋不过如此啊。”

一直到丁婴出现，要为这乱局盖棺论定，粉金刚马宣还是没有动静，哪怕唐铁意、程元山、周肥等数位宗师相继离去，马宣依然躺在原地。

江湖就是这样，水深水浅都能淹死人，何况老话还说了，善游者溺。

马宣的这条命其实挺值钱，本该远远不止五百两黄金。在藕花福地的武林中，这些黄金只能买二流高手，或是一位父母官的命。

看似摆脱了身陷重围的险境，只跟丁婴一人对峙，一人而已，但是陈平安的手心却渗出了汗水。这与胆识和心境都无关，纯粹是丁婴出现后，杀机太过浓重。遇险则避是一个人的本能，只不过若是能够迎难而上，才是真正的武道砥砺。

丁婴有多么难对付，只需要看他双指之间的飞剑十五就明白了。他微笑道：“这就是谪仙人所谓的本命飞剑吧？很新鲜的玩意儿，应该是第一次出现在藕花福地版图上，而且以完整身体和魂魄进入也很罕见。怪不得你会惹来这么多意外，但是没关系，因为藕花福地有我丁婴在。”

陈平安二话不说，吐出一口浊气，摆出云蒸大泽式拳架。

丁婴环顾四周，右手双指继续禁锢住十五，然后向前探出左手："聊完了天，就该动手了，我试试看能否一只手杀你。"他瞥了眼陈平安的拳架，摇头，"劝你还是换一个利于攻势的拳架吧，我还是很希望见到一些让人眼前一亮的武学，不然若是被我占了先手，就像你先前那打退陆舫和种秋的拳架一样，你会毫无还手之力的。"随即又对陈平安笑着招招手，"你先前最多只打到了十拳，肯定可以更多。我很好奇，最多可以有几拳？你大可以放心使出，我都接了！"

陈平安果真换了神人擂鼓式的拳架，一身气势顿时从高山大城变成了潮水铁骑。

丁婴笑着点头，依旧一手约束十五，只以一手迎敌："来！"

刹那之间，只见陈平安原先站立的街道瞬间塌陷出一个方圆数丈的巨大坑洼，而那一袭白袍则已消逝不见。

丁婴点点头。够快，难怪半步跻身御剑层次的陆舫会那么狼狈。

丁婴以掌心挡住了陈平安的拳头，正要握住攥紧之际，拳劲一松，第二拳已经往他肋部而去。丁婴心中了然，如果如自己猜测，此拳招，拳拳递进，速度、劲道、神意，皆是如此，最巧妙之处，在于拳拳衔接，避无可避，只能硬抗，初看只是一个小山头，但是如果有仙人以神通掀开大地千万里，就会发现不起眼的山头竟然有整条"来龙去脉"，俨然是天下祖山。

八拳之前，丁婴脚步都不曾挪动丝毫，每次都刚好以手心抵住那一拳，身旁四周就像萦绕着一条雪白蛟龙，不见人影。

第九拳，丁婴后撤一步，依旧以掌心挡下。看似最简单的出手，却蕴含着他从藕花福地各个宗门帮派搜集而来的九种武学的精髓。不用说那自家花园似的镜心斋，俞真意的湖山派、种秋传授嫡传弟子的拳法、鸟瞰峰和春潮宫，以及程元山枪术的雪崩式、八臂神灵薛渊等各大宗师的不传之秘，丁婴用各种法子都拿到了手，然后化为已用。有些已至武学顶点，就原封不动；有些尚有余地，丁婴闲来无事，就帮着完善一二。

第十拳，丁婴横移数步，但是却仍有闲情逸致开口笑道："你这拳法，唯一的美中不足，就是走了伤敌一千自损八百的路数。我倒要看看你能撑到第几拳，最后那一拳又到底有多厉害。"

陈平安只管出拳，心如沉入古井之底。

这一场架，没有观战之人，因为不敢。

丁老魔是出了名地喜欢虐杀旁观之人：你们这些不怕死的，喜欢作壁上观是吧，喜欢在旁边指指点点拍手叫好是吧，喜欢满脸震惊好似白日见鬼了是吧，那我就将你们一巴掌拍成肉泥。

所以太子魏衍那个瘦猴似的师父，才跑来没多久，原本就在远处藏着，见到是丁老魔亲自出手后，第一时间就撤了。

不过丁婴终究只有一个，此外诸如种秋、俞真意之流的山巅人物，虽然也不喜旁人隔岸观火，但是大多不管。

可是观看二流高手之间的生死厮杀是武林中人的大忌讳，因为谁都不希望自己的压箱底本事给外人瞧了去，人多嘴杂，一传十十传百，路人皆知，还怎么叫压箱底？江湖说大不大，尤其是跻身一流宗师之后，江湖就更小了。

双方间距始终就在两臂之内，但是第十一拳，丁婴好似已经尝到了神人擂鼓式的厉害，有意无意拉开了距离，被一拳打退出去一丈有余。

当时陆舫被十拳打得重伤，一是仓促之下根本来不及应对，而丁婴从一开始就蓄势以待；二是陆舫一心修习剑术，功夫只在剑上，体魄远远无法媲美丁婴。陆舫吃下陈平安十拳，就像一支步军在野外遇上一支精锐骑军，一触即溃，自然兵败如山倒。而同样十拳，丁婴是占据高墙巨城，兵力雄厚。故而并非陆舫与丁婴的真实差距到了天壤之别的地步，说到底，丁婴应对得如此轻松，还要归功于陆舫和种秋的前车之鉴。

十一拳过后，丁婴站在一丈外，趁着下一拳尚未近身，猛然抖袖，震散那些在手心盘桓不去的拳罡。他戏谑道："再来三四拳，恐怕我就要受一点小伤了。"

第十二拳已至面门，丁婴第一次出拳，与陈平安的神人擂鼓式对了一拳。

陈平安退去数步，但是神人擂鼓式的玄妙得到了淋漓尽致的展现。他以超乎常理的轨迹，以更快速度递出第十三拳，来不及出拳的丁婴只得略显滞后地抬起手肘挡在身前。肘尖撞在了胸口处，丁婴砰然倒飞出去，但是长袍之内真气鼓荡，帮助卸去了大半拳罡劲道。

电光石火之间，察觉到对手好像稍稍慢了一线，丁婴眯起眼，身形倒滑出去，在接下第十四拳的同时，微笑道："先前在你住处，有个鬼灵精怪的小东西不知死活，试图偷偷带着飞剑钻地来找你，被我发现了，不知道有没有被震死闷死在地底下。"

果不其然，陈平安虽然已经有所察觉，仍是没有收手，第十五拳迅猛而来。

丁婴再次倒退，夹住飞剑十五的双指微微颤抖。

他不惊反喜，只是深藏不露。这位稳居第一人宝座六十年的丁老魔，看似自负托大，其实内心最深处比谁都想要获得这一拳招的宗旨精义。极有可能，悟得这一拳，能够让他更有把握完成心中所想之事，硬撼此方天道！

丁婴根本不在意开口说话会使得一身真气剧烈倾泻流逝，微笑道："先前那四颗脑袋，是我让鸦儿和周仕拎出来给你看的。那个小孩子，如果我没有记错的话，叫曹晴朗，他遇上你这位谪仙人，真是不幸。"

哪怕是丁婴都看不清陈平安的面容，但是他能够清晰感受到陈平安的"一点"杀意，而不是怒意，甚至不是那种疯狂流散的杀意，而是被刻意压制成一条细线，再将一线拧成一粒。

这就有点意思了。此人心境，在丁婴所见、所杀谪仙人当中，独树一帜。

丁婴一生所学驳杂，无书不翻，曾经在一本道家典籍中看到这样一段话："行于水中，不避蛟龙，此是船子之勇。行于山林，不惧豺狼，此乃樵猎之勇。白刃交于身前，视死若生，此乃豪杰之勇。知人力有穷尽时，临大难而从容，方是圣人之勇。"

欲要从容，必先心定。什么叫人力有穷尽时？就是当眼前这个陈平安，他认为小院那户人家已死绝，那个小东西也可能死了，在这个前提下，不仅仅要知道一切愧疚悔恨并无意义，只会自寻死路，唯有用心专精，而且知道之后，要做到。知已不易行更难。

陈平安没有让丁婴失望，出拳没有丝毫拖泥带水，没有任何束手束脚，恰恰相反，哪怕明知每一拳只会让丁婴更了解神人擂鼓式，出拳还是义无反顾，伤敌一千自损八百，要么丁婴死在自己拳下，要么自己经脉寸断，神魂皆溃，血肉崩碎，堂堂正正死在最后一拳神人擂鼓式的递出过程之中。

第十六拳！

丁婴轻轻点头，爽朗大笑，只见从那顶银色高冠的莲花当中，有光彩如瀑布倾泻而下，遍布全身。这一次，丁婴只是退了三步而已，毫发无损。

陈平安收拳，借一拳反弹之势向后掠出数丈，站定后抬起手臂，以手背擦拭鲜血。

丁婴完全没有攻防转换的念头，笑问："怎么不出拳了？看你的气象，至少还能支撑两拳。"他扬起右手，"就没有想过，万一再多出一两拳，就能打得我松开双指？"

丁婴叹了口气，有些遗憾。如果不祭出那顶莲花冠，直觉告诉他会有危险，极有可能真的两败俱伤。不过无须事事求全，这十数拳已经足够让他揣摩钻研。

看得出来，这一拳招，已经是那名年轻谪仙人杀力最大的一式。他已经觉得足够了，接下来就该做正事了。

陈平安环顾四周。一切都是如此莫名其妙。

但正因为如此，他才觉得心中不平之气几乎就要炸开，一如年少时，见过了躺在病床上的刘羡阳后，他默默走向那座廊桥。那种绝望的感觉，哪怕过了这些年，走了这么远的路，练了这么多的拳，陈平安还是记忆犹新。天大地大，独自一人，然后遇上了某个大坎，你死活就是跨不过去，要么憋屈死，要么找死，还能怎么办？

此时此刻，腰间那只养剑葫仍是被封禁一般，初一无法离开。身上这件金醴法袍还是死气沉沉，而既是飞剑又是方寸物的十五始终被丁婴牢牢束缚在双指之间。

好在陈平安到底不是当年那个瓷窑学徒了，他吐出一口血水："你是不是落了一样东西没管？"

丁婴哈哈笑道："你是说你放在桌上的那把剑？你想要去拿了再与我厮杀？可是在我眼皮子底下，你以为自己能够走到那里吗？"

他自问自答，摇头道："只要我不想你走，你就走不出十丈。我已经可以确定，你只是一名谪仙人所谓的纯粹武夫，根本不是剑修，否则这把小小的飞剑，我根本困不住。"

陈平安咧咧嘴，瞥了眼丁婴头顶的道冠："天时地利人和都给你占尽了，是不是很爽啊？"

丁婴眯起眼，杀机沉沉："哦？小子，不服气？可你又能如何？"

"先前，你说了个什么字来着，'来'？"陈平安一臂横着伸出，"对吧？"

丁婴默不作声，报以冷笑，心想这个很不一样的谪仙人肯定是想要垂死挣扎，静观其变就是了。

陈平安心中默念道："剑来！"

从那院子的偏屋之内，仅是剑气就重达数十斤的那把长气剑瞬间出鞘。仿佛是循着陈平安最后一次出门的大致足迹，仿佛是在向这方天地示威，长剑像一道白虹破开窗户，离开院子，来到巷子，掠过巷子，进入大街，与丁婴擦肩而过。既有弯弯曲曲，也有笔直一线，却没有丝毫消散的迹象。

当陈平安伸手握住那把长气剑，剑身如霜雪，剑气似白虹，长袍更胜雪。

在这个人间，一臂之内陈无敌。一臂之外，犹有一剑。

丁婴抬起手臂，头顶银色莲花冠竟然如活物绽放开来，原本并拢的花瓣向外伸展，摇曳生姿。他将指尖那把袖珍飞剑放入其中，道冠恢复原样，银色的花瓣纷纷合拢。他双手负后，低头凝视着那条近在咫尺的剑气长流，觉得这一幕是生平仅见的美景。

丁婴一边俯瞰这条悬停人间的雪白溪涧，一边开口笑问："陈平安，是剑师的驭剑之术吧？你和冯青白之前都用过。是我掉以轻心了，没有想到你能驾驭这么远的剑。不过没关系，大局已定。再者，这么一把仙人剑，你身为主人，竟然不真正握住剑柄，而是使了障眼法，虚握而已，是不是太可惜了？"他收起视线，转身望向陈平安，"还是说，你其实也无法完全掌握这把剑？可惜可惜，这些似雾非雾、似水非水的东西，难道全是剑气？剑气消散极快才对。"

陈平安没想到丁婴的眼力这么毒，这么快就看出了自己跟这把剑的"貌合神离"。

当时在飞鹰堡外，陈平安曾经拔出过一次长气，当时他整条胳膊的血肉都被剑气一销而空，白骨累累，还是陆抬用了阴阳家陆氏的灵丹妙药才白骨生肉。

此次驾驭长气来到身边，当然不是陈平安的剑师之境出神入化，能够驾驭这么远的长剑，而是陈平安和长气朝夕相处，剑气浸透体魄，神魂反过来牵引剑气，哪怕两人分开，依旧藕断丝连。

丁婴指了指自己的莲花冠："这会儿你拿到了剑，我则暂时失去了这顶仙人道冠的神通，一来一去，接下来算不算公平交手？"

陈平安虚握剑柄的五指微微加重力道，起始于小巷院落、终止于陈平安手心的剑气长河瞬间归拢，剑气重新汇聚于剑身，手中长气剑再也看不出异象。

陈平安"掂量"了一番长气剑的重量，觉得刚刚好，比起飞剑十五里头的痴心剑要更重。陈平安自从老龙城获得那部《剑术正经》，在渡船桃花岛开始练剑以来，一直觉得它太轻，现在哪怕只是虚握长气，却也觉得合适——合适就好。

丁婴直到这一刻，才将陈平安从陆舫、种秋之流上升到修习了仙术的俞真意。

两者区别，就是任你陆舫剑术玄妙，种秋拳法无敌，在我丁婴面前，仍是稚童耍柳条、老翁挥拳头，这个天下唯有攻守皆巅峰的俞真意才有机会伤到我。

陈平安重重呼出一口气。在这边唯一的好处，就是武人之争，不会针对他换气。

在浩然天下，武夫与练气士背其道而行之，需要先散去体内所有灵气，提炼出一口纯粹真气，气若蛟龙，游走五脏六腑百骸气府，如一支边军精骑在开疆拓土，开辟出一条条适合真气运转的道路才算登堂入室，真正走上了武道。但是在这个天下，大概是灵气稀薄的关系，武人根本没有这份讲究，也就少了那份淬炼，所以一开始的底子就打得差了。江湖上许多武学宗师追求的返璞归真，其实不过是武学之路走到了一定高度幡然醒悟，才开始倒推逆流。可即便如此，这百年江湖，还是涌现出了丁婴、俞真意与种秋这些天纵奇才，历史上更有魏羡、卢白象和隋右边的惊才绝艳。

丁婴微笑道："除了头上这顶莲花冠，你陈平安手中剑是我丁婴第二样想要拿到手的东西。"

以虚握之姿，手持长气。陈平安以撼山拳六步走桩向前，其中蕴含了种秋大拳架顶峰之意。每一步幅度都有大小差异，但是练拳百万之后，一切自然而然，拳意早已深入陈平安骨髓。加上种秋先前佯装厮杀，实则暗中传授的拳架"顶峰"本就有行云流水的意味，两者衔接，天衣无缝。

以丁婴的眼光，陈平安这六步竟然瞧不出一丝一毫的破绽，是真正的天人合一，与大道契合。他本身就是百年难遇的练武奇才，又一甲子之间大肆收集、汇总天下武学，融会贯通，试图编撰出一部要教天下武学成绝学的宝典。瞧见这平淡无奇的向前六步，丁婴眼神熠熠，看来自己那部秘籍还有查缺补漏的余地。

既然没有机会一击毙命，加上想着多从陈平安身上攫取一些天外武道，丁婴干脆就避其锋芒。但是他很快就意识到这一退有些失策了。

第六步后，陈平安一身气势已经升到巅峰，拳意浓郁到了凝聚似水的地步，如一粒粒水珠在荷叶上滚走，日复一日背负长气剑打熬神魂，原本那些缓缓浸入陈平安身躯的剑意就是那张荷叶的脉络。

高高跃起，一剑劈下。

陈平安双手握剑，剑锋变竖为横，一闪而逝。大街被那道剑气分成左右，若是有人在街道两侧，就会发现一瞬间，街对面的景象都已经模糊、扭曲起来。

丁婴已经退出三丈外，脚跟拧转，侧过身，雪白剑罡从身前呼啸而过，如游人观看拍岸大潮。

侧身面对第二剑的丁婴一拍掌，双脚离地，身形飘荡浮空，躲过拦腰而来的汹汹剑气，一掌刚好落在长气剑身之上，如磨石相互碾压。

丁婴皱了皱眉头，手心血肉模糊，骤然发力，屈指一点长气剑，身体借势翻滚，向后飘荡而去。

只是失了先机的丁婴想要摆脱陈平安并不容易，陈平安下一次六步走桩，第一步踩在了离地寸余的空中，第二步就走在了离地一尺的地方，步步登天向上，与此同时，松开长气剑，化作一道白虹激荡而去，追杀丁婴。

这当然不是说陈平安已经跻身武道第七境御风境，而是取巧，向长气剑借了势，凭借一人一剑的气机牵引，这才能够御风凌空。

不过之前与种秋一战，“校大龙”后初次破境，跻身第五境，那会儿的数步凌空成功跨过街上那条被陆舫劈砍出来的沟壑，属于气机尚未真正稳固，如洪水外泄而已，所以种秋正是看出了端倪，才会出拳帮助陈平安砥砺武道。

丁婴一脚踩踏，脚下轰然炸裂，身体倾斜着去往空中更高一处，又是一踩，还是同样的光景，以外放的罡气凝聚为踏脚石，在落脚之前就“搁放”在空中，使得丁婴能够在空中随心所欲地去往任何地方。这几乎就是浩然天下的御风境雏形了，如果丁婴能够飞升离开藕花福地，成就之高，无法想象。

丁婴之外的天下十九人，无论是当地武人还是谪仙人，在藕花福地这座牢笼之内，都以天人合一为山顶最高处，走到那一步都很吃力，耗费了无数心血。但是丁婴不一样，他只是因为藕花福地的最高处就只能是天人合一的境界，才年复一年地滞留原地，等着别人一步步登山，而他早已在最高处多年，俯瞰世间，了无生趣，所以丁婴才会以这方天地的规矩和大道为对手。

这场惊世骇俗的天上之战，陈平安是剑师驭剑的手段，招式则辅以《剑术正经》上的雪崩式，始终不让丁婴拉开距离，同时又不让丁婴欺身而近，进入两臂之内。

两人在南苑国京城的上空纠缠不休，不断向城南移动。剑气与拳罡相撞，轰隆隆作响，如雷声震动，让整座京城的百姓都忍不住抬头观望。一袭雪白长袍的年轻人驾驭着一把好似白虹的长剑，那幅壮观动人的画面，像是下了一场不会坠地的鹅毛大雪。

看客之中，有被御林军重重护卫起来的南苑国皇帝，有太子府系着围裙跑到屋外的老厨子、魏衍和樊莞尔，有街角酒肆外并肩而立的周肥和陆舫。那个已经注定走不到蒋姓书生住处的琵琶女瘫坐在一处墙根下，瞥了眼头顶的异象。她充满了遗憾，缓缓闭上了眼睛。真的有些累了，哪怕见到了心爱书生，敲开了小院门扉，又能如何呢，让他看到自己满身血污的模样吗？还是算了吧，不见这最后一面，他哪怕听了别人的言语，再觉得她是坏人，总归还是一个好看的女子。于是她歪着脑袋，笑着睡去。

南苑国皇后周姝真没有返回皇宫，反而潜入了太子府第，身上多了一面铜镜；小院内曹晴朗孤苦无助，丢了柴刀，蹲在地上抱头痛哭；四下无人，枯瘦小女孩拎着一张小板凳，晃晃荡荡拐入小巷，左右张望，充满了好奇。

南苑国城南上空，陈平安驭剑越来越娴熟自如。

剑锋太锐，剑气太盛，剑招太怪。

丁婴六十年来第一次如此狼狈，只能专心防御。他有些恼火，不过短时间内无可奈何，干脆就沉下心来。他倒要看看，这个年轻谪仙人的无瑕之境能支撑到什么时候，只要露出一个破绽，他就要陈平安重伤。

其间，丁婴也没有闲着，一身驳杂武学随手丢出，一拳歪斜打去，根本没有对着陈平安，但是拳罡却会炸裂在陈平安身侧，可能是眉心、肩头、胸膛，角度刁钻，匪夷所思。这是丁婴在拳法中用上了奇门遁甲和梅花易数，笑脸儿钱塘的诡谲身影在丁婴这儿简直就是贻笑大方。

丁婴一手双指并拢，屈指轻弹，一缕缕罡气如长剑。一手掐道诀，有移山搬海之神通，经常从地面上撕扯出大片屋脊和树木，用来抵御滚滚流动的雪白剑气。

最终，两人落在京师外城的高墙之上。这条走马道上，一个个箭垛连带墙壁砰然碎裂，灰尘四溅，飘散在京城内外。

陈平安好像来到此地后，真正少了最后一点约束，彻底放开手脚，驭剑之术几近御剑之法。长长一条走马道被长气的如虹剑气销毁殆尽。偶有间隙漏洞，刚要脱困的丁婴就会被陈平安一拳打回剑气牢笼之中。

堂堂天下第一人的丁婴，登顶江湖甲子以来，第一次被人稳稳占据上风，压迫得不得不被动防守。虽未受伤，但是双手袖口已经出现数条裂缝。

陈平安身形轻灵，在不远不近的距离上，在破碎不堪的走马道上闲庭信步。

丁婴显然也打出了一股无名真火，长气剑几次被他的指尖点在剑身或是剑柄上，剑罡崩碎，激荡不已。只是它剑气充沛，足可形成溪涧长流，这点损耗就如同巨石砸水，溅起水花在岸边而已，根本可以忽略不计。

陈平安灵犀一动，站在一处两边断缺的孤零零箭垛之上，双指并拢作撼山拳剑炉立桩，原本疯狂萦绕丁婴四周的长气剑蓦然升空十数丈，本就快到了极致的飞剑速度竟是以违反常理的更快势头名副其实地破空消失了，然后一道裹挟风雷的白虹从天而降，长剑裂开南苑国城头，在墙根处破墙而出，转瞬来到墙头上的陈平安身边悬停，嗡嗡作响。

尘土消散，丁婴抬起手，右手袖口已经尽碎。

陈平安伸手虚握长气的剑柄片刻，然后再次松开。

丁婴大笑道:“六十年来,筋骨从未如此舒展过。”

陈平安问了一个相同的问题:“是不是很爽啊?”

上一次,丁婴可以无动于衷,这一次,他的脸色可就有点挂不住了。他一跺脚,身形虚无缥缈起来,依稀可见双手摆出一个不知名拳架的起手式。

陈平安身后则有身影模糊的莲花冠老人,双手十指掐一古老天官诀。

右手南苑国京城外的空中,丁婴双臂拧转,在掌心之间搓出一团刺眼光芒。

左侧京师地界的空中,丁婴双臂伸开,五指如钩,城墙上出现了两条长达十数丈的裂缝。

陈平安虚握长气,剑气以雪崩式破阵,手中长剑则以《剑术正经》中的镇神头式迎敌,一心两用。

顷刻之间,整整一大段京城城墙出现了一个长五丈、高六丈的巨大缺口,尘土遮天蔽日。

丁婴站在缺口一侧边缘,渊渟岳峙的宗师风范。身后有云雾滚滚,是丁婴不再刻意拘束一身磅礴罡气的结果。那些云雾不断聚散,最终凝成一尊云雾神像的轮廓,如有神灵即将降世。

陈平安神色自若,站在另外一侧,看也不看丁婴造就的天地异象。他只是一手握住长气的剑柄,一手双指并拢,在剑身之上从左到右轻轻抹过。这是陈平安在学文圣老秀才的山水长卷之中的那一剑,哪怕只有一分神似。

那把桀骜不驯的长气剑竟然微微颤鸣,似乎在与陈平安共鸣,又似乎终于承认了陈平安,在对陈平安说:“你有何话要对这方天地讲?只管放声便是!”

在这之前,陈平安连长气剑都握不住,故而只能算是剑气近,而不是真正的剑在手。当下,这才是真正的有一剑来此人间。

陈平安猛然间握住剑柄,那一刻,他左手指缝之间绽放出绚烂光明,像是升起了一轮明月,向四面八方潮水一般涌去,照彻天地。

本就是大日悬空的白昼,可此刻整座南苑国京城仍是愈发明亮了几分。

握剑之后,日月同在。

这把长气剑当下并无剑鞘,可是陈平安依旧做出了拔剑出鞘的动作。

丁婴惊讶地发现自己竟是无法跨过那道缺口,虽然震撼,倒也不至于惊惧,身后罡气凝成的一尊三丈高神人像,俯瞰那渺小的一人一剑。

丁婴心知肚明,自己退不得。他明明不动如山,却在身前变幻出数十条胳膊,令人眼花缭乱。有佛家印,说法印、禅定印、降魔印、施愿印、无畏印,每一法印皆金光灿灿;有道家法诀,三清指、五雷指、翻天印、天师印,每一法印都有罡风飘拂,雷声萦绕。还有俞真意的袖罡,种秋的崩拳,镜心斋的指剑,刘宗的磨刀,程元山的弧枪……那尊神灵亦是如出一辙，丁婴有什么法印、架势，它便有，而且声势更大。

丁婴一身武学修为集合了天下百家之长。俞真意站在了这个天下的道法之巅，陆舫站在了剑术之巅，种秋站在了拳法之巅，刘宗站在了刀法之巅……但是群山之巅的更高处，其实还站着一个早已悬空的丁婴，使得丁婴在这块藕花福地如日中天。

这实在是太不讲理。

陈平安唯有一剑，出剑而已。

一剑之后，神灵崩碎，万法皆破，不见丁婴。

第五章 何为天下无敌

城内那条街上，双方一出手就打得荡气回肠，此时仍是大战正酣。一把琉璃飞剑如开了灵智的神物，竟然只是一把剑就能够死死缠住磨刀人刘宗。刘宗那把名动天下的剔骨刀，用了一辈子都不曾磕坏丝毫，今日一战，都没摸着俞真意的一片衣角，就已经被飞剑砍得崩出好几个缺口。但他完全来不及心疼，因为一分心，就会死。

飞剑凌厉，速度极快，罡气充斥方圆十数丈，刘宗身处其中，难免束手束脚。

俞真意不愧是真神仙，最少抵得上两个刘宗，极有可能抵得上两个种秋。

俞真意已经飘落在地上，就那么双手负后，任由种秋一拳拳打去，但是没有一拳能够彻底破开他的无形罡气。寥寥数拳，只差寸余就触及俞真意脸面。他的眉毛微漾，鬓角轻飘，但仅此而已。

种秋出拳不停，一次次无功而返，脸色如常，眼神明亮，并无半点颓丧灰心。可越是这样，就越会让人觉得心酸，好像世道不该如此，容易让人生出一股憋屈愤懑之意。

种秋只是出拳，俞真意就如散步，一直随意向前行走，最多就是绕过刘宗和飞剑的那处战场，沿着街边林立店铺一一走过，抬头看一眼店铺匾额，看一看那些熬过了今年春雨的春联。俞真意笑问：“是不是后悔当年没有收下那把仙剑？你挑选的道路只适合在人间走，若是登山，你走不到最高，哪怕再给你三十年时间，登上绝顶之后，你还是无路可走，到时候你只会后悔更多。种秋，从小到大，你都只在乎那些世人都不在乎的事情，在我看来，这不叫鹤立鸡群，这叫傻。”

种秋一言不发。

俞真意已经拐入了宽阔御道之上，再往前走，尽头就是南苑国的皇城，还有那座比松籁国皇宫还要恢宏巍峨的大殿，八条垂脊上都立有十个形象奇怪的仙人和走兽，为首一位骑凤仙人，之后依次是龙、凤、狮子、天马、海马、狻猊、押鱼、獬豸、斗牛和行什。有些位高权重的帝王将相可以见到真物，有些他们也见不到。

俞真意伸手指向前方："记得咱们年少时，你从书上看到那些有关垂脊十物的描述就很好奇，说以后一定要亲眼看看它们。于是最后你在皇宫外住了几十年，还没有看够吗？"

种秋终于开口说话："俞真意，不要总觉得自己如何了不起，修了仙，就不把自己当人，看什么都居高临下，想什么人和事都是在追忆缅怀，要多看看人间当下的悲欢离合……当然，你已经听不进去这些了。"

俞真意点点头："俗子之见。在其位谋其政，修行亦是如此。种秋，不是你的道理不对，只是还不够高，因为你站得太低了。"

种秋眼中闪过一抹伤感，停止出拳，望向皇宫。

俞真意也停下脚步，笑道："如此轻飘飘的拳头，种秋，难不成你好几天没吃饭了？不然我在这儿等你半个时辰，你先吃饱喝好再来？"

种秋破天荒爆粗口："老子怕一拳把你打出屎来！"

种秋果然还是那个种秋，读书再多，真逼急了，不还是松籁国涿郡揪栏县城的那个泥腿子？俞真意一拍肚子，哈哈笑道："翻了天上书，学了神仙术，走了长生桥，修了无上法，闭关之后，辟谷多年，还真没有这屎尿屁。"

种秋叹了口气："你其实是在等待那一场架分出胜负？"

俞真意点头道："看破了真相又如何，你又打不破我的罡气。"

然后又摇头："不是什么分出胜负，是等那个叫陈平安的年轻人死。"

种秋突然转过头，低头看着稚童模样的昔年好友，笑意古怪。

俞真意仰起头，问道："怎么？"

种秋说道："还记得当年在马县令衙署墙外的那次吗？"

俞真意想了想，神色恍然："你若是不提，还真记不起来了。"

当年在家乡揪栏县城，俞真意是不入朝廷流品的小小胥吏之子，种秋的门户更是不如，两人却很小就成了最要好的朋友。俞真意向往江湖，种秋则仰慕读书人，骨子里都是不安分的。年少气盛，种秋爱慕父母官马县令的千金，俞真意就帮着出了一箩筐的馊主意。那女子本就不喜欢种秋，后来就愈发疏远讨厌种秋。有次深夜醉酒后，两人就对着县衙署后院的门墙撒尿，不承想那女子刚要和婢女一起偷偷出门与一个负笈游学的外乡书生幽会，结果院门一开就撞到了那一幕。

县令千金是个脸皮薄的，婢女是个凶悍的，竟然还瞥了眼俞真意和种秋裆下，满脸嫌弃地撂下一句："两条小蚯蚓，大半夜晃荡什么呢？"

那之后，种秋和俞真意就再没有去县衙附近。

俞真意经种秋提醒，想起这些，并不觉得有意思。只是不知种秋为何要提及此事，难道有何深意？

种秋微笑道："俞老神仙，如今你连小蚯蚓都不如了啊。"

俞真意脸色不变，眼神却冷了下去："种国师，叙旧结束了，不然咱们过过招？"

种秋一笑置之。

俞真意冷笑："我们不妨赌一赌，刘宗如果可以不死，会不会像你一样，主动求死？"

种秋点头道："好啊，那我赌他不会独自离去。"

俞真意正要抬手将那把琉璃仙剑驾驭入手，但是很快又放下胳膊，微笑道："这个活命的机会，我偏偏不给那刘宗。"

种秋不再说话。两人并肩而立，就只是南苑国种国师和湖山派俞掌门了。

俞真意突然说道："你错了，我的杀力不在那把剑上，只是先前觉得你还有挽救余地，故意让着你。就像当年，从小到大，我什么都愿意让着你，还要照顾你的感受。"

种秋却说了一句离题千里的奇怪言语，他转头望向南边城墙，轻声道："俞真意，你的位置最尴尬，既不是骄阳，也不是明月，这个天下少了你，反而还是那个完整的天下。"

枯瘦小女孩拎着那张小板凳，走到了唯独没有关上院门的那户人家，看到了那个抱头痛哭的曹晴朗。她敲了敲院门，径直跨过门槛，故意问道："喂喂喂，有人吗？没人我进来了啊。"

曹晴朗抬起头，满脸警觉。小女孩随手将小板凳丢在地上，左看右看，漫不经心道："是你家的吧？我来还东西了。"

曹晴朗一把抓起地上那把柴刀，护在身前："你是谁?!"

枯瘦小女孩还在张望，没好气道："我跟那个穿白袍子的有钱人是一伙的，跟那个头上戴着花帽子的家伙不是一伙的。"

她看到了那间偏屋，于是转头对曹晴朗说道："先前我看到一对狗男女拎着四颗脑袋出门，丢在了街上，滚了一地的血，我好心把那些脑袋放在了一起，是你的什么人吗？你不赶紧去看看？"

曹晴朗的眼泪一下子涌出眼眶，撒腿跑向院门。

枯瘦小女孩突然拦住他，怒目相向："站住！"

曹晴朗有些茫然，枯瘦小女孩问道："你不谢谢我？"

曹晴朗愣了愣，欲言又止，满脸泪水地跑了出去。

枯瘦小女孩倒是不敢拦着一个手持柴刀的家伙，撇撇嘴，让了让道路，嘀咕道："没良心的狗东西,活该变成孤儿。”

她推开屋门,正是陈平安的住处。床上被褥整整齐齐,桌上的书籍还是整整齐齐,还有一把空着的剑鞘。

没能找到吃的东西,也没能找到铜钱和碎银子。枯瘦小女孩气得走到桌前,把那一摞书都推下桌子,摔了一地。

突然,她眼睛一亮:书本卖了能换些钱啊!然后她盯着那把剑鞘叹了口气:还是算了吧,偷偷卖了书,那个白袍子家伙估计不会把自己怎么样,可要是卖了剑鞘,他多半会狠狠收拾自己,到时候就算自己年龄小也不管用了。

她抱起那些书就往外跑,默默打定主意,将它们换成一大把铜钱后,就赶紧都花出去,只有变成食物吃进肚子,他才要不回去!

周肥提着周仕和鸦儿的肩膀,重新找到了陆舫。他依旧在那间酒肆喝着酒,不光是街角酒肆没了人,整条大街都空荡荡的,多半是南苑国朝廷早就下了禁令,一旦有宗师之战,就会将所在坊市戒严,具体规矩,依循历史上的夜禁,这肯定是国师种秋的手笔。那位与陆舫曾经师出同门的貌美妇人软绵绵趴在酒桌上,笑脸儿钱塘的头颅和陆舫的佩剑大椿都放在了隔壁一张桌子上。

周肥松开手,放开两人,大步走入其中,落座后,气笑道:“你就只是把人家灌醉了?”

陆舫给他倒了一碗酒:“不然?”

周肥打量着陆舫:“总算没让我白费苦心,还是有那么点成效的。”

比起之前那次见面的失魂落魄,这会儿陆舫已经缓过来,而且多出一丝丝凝如实质的精气神,只差拧转结绳了,足够让陆舫在藕花福地再活个甲子,说不定还有机会肉身飞升,也算因祸得福。

至于藕花福地和浩然天下两地,光阴长河的流逝速度很有意思,依旧是只看那个家伙的心情。若是那人觉得看得有趣,藕花福地的甲子光阴,于浩然天下不过五六年;可若是他觉得乏味,那就要遭殃了。历史上最坑人的一次是,等到有人在福地中历尽千辛万苦,好不容易飞升,发现自己重返浩然天下已是三百年后,差点当场道心失守。毕竟,哪怕是山上修行之人,三百年之久也足够物是人非,可能想见之人早已不在人世,想杀之人却早已享尽荣华富贵而死。

周仕和鸦儿挑了一张桌子坐下,各怀心思。周仕去翻出一坛南苑国特产竹渣酒,劫后余生,应该与心仪女子小酌一番,至于六十年之约,立志于天下前十甚至是前三,周仕到底是周肥之子,加上春潮宫本就是藕花福地的山顶之处,周仕这份心智还是不缺的,有信心六十年后与她重逢,再携手去往父亲家乡。

鸦儿如何想,周仕猜不透,但是不用多想,因为周仕无比相信父亲的手段和底蕴,尤其是飞升之后，那就是蛟龙入水虎归山。须知藕花福地不过是中等福地，而玉圭宗姜氏，也就是他父亲“周肥”掌握的云窟福地，却是那个天下的第一等大福地。

周肥打熬、调教和驯服女子的功夫周仕一直学不来，周肥曾笑言那叫“假身真心”，是一门仙家神通，周仕只能学些皮毛不奇怪，但是足够让他驰骋花丛了。

陆舫问道：“那边怎样了？”

周肥提起酒碗跟好友碰了一下，抿了一口酒水，味道实在是糟糕得很，就赶紧放下，解释道：“打得很乱。冯青白给他的好朋友唐铁意宰掉了，程元山屁都没放一个就跑了，种秋耍了心眼，没有跟陈平安打生打死，分出拳法的高下之后，反而像是又切磋了一场，帮着陈平安稳固境界，因为那家伙的武道有点古怪，差点一口气冲到了六境瓶颈，种秋看出了一些端倪，慢慢将陈平安的武道境界一拳一拳打回了第五境。种秋也在交手过程中靠着陈平安的那些拳架，大概是验证了某些武学想法，如果此人能够走出藕花福地，未来一个九境武夫是板上钉钉的了。”周肥下意识拿起酒碗，只是想到那滋味，哀叹一声，只得捏着鼻子灌了一口，“然后丁婴和俞真意就露面了，一个堵住了陈平安，一个截下了种秋。我看这两场架才是最凶险的，必分生死。”

陆舫随手指了指背后那张桌子的周仕和鸦儿：“粉金刚马宣和琵琶妃子，还有……笑脸儿钱塘，陈平安其实都没怎么动杀心，但是这两个孩子，相信那个家伙只要一有机会，肯定会杀的。呵，如此性情，倒是比冯青白更像一个古道热肠的游侠儿。”

“不提你和童青青，这个天下的人物，能入我眼者，就只有丁婴和俞真意了。其余的也就那样，哪怕是种秋，给他一个四五十年后的九境武夫好了，又能如何？”周肥摆摆手，“我才不管这些，这次就坐在这里，等着牯牛山第二声鼓响，我只带走你身后那个叫鸦儿的小娘儿们，所以之后六十年，这个不成才的周仕还是要你多加照顾了。”

陆舫点头答应下来，好奇问道：“你不打算招徕俞真意？六十年近水楼台，终归比桐叶宗要多出一些先机。而且按照你的说法，你名次垫底，只能带走一人，就是这个魔教鸦儿了，俞真意却能至少带走三人。魏羡、卢白象、隋右边、朱敛，哪个不是惊才绝艳的怪胎？东宝瓶洲的骊珠洞天，适合修道的坯子层出不穷，这块藕花福地则盛产武道天才。你拉拢了俞真意，就等于姜氏麾下多出三个种秋。”

周肥伸出手指点了点陆舫：“你陆舫的良心总算没有被狗吃干净，还晓得为我考虑一些事情。”

鸦儿第一次主动开口说话，怯生生问道：“周宫主、陆剑仙，童青青到底是什么人？”

周肥和陆舫都置若罔闻。因为鸦儿根本不知道玉圭宗姜氏家主、云窟福地的主人，和一个有可能跻身十一境的剑修的分量。如果鸦儿跻身藕花福地的十人之列，兴许还有几分与他们说话的资格。当然，这跟周肥和陆舫的本身性情冷漠也有关系。换成冯青白这类谪仙人，也不会让人如此难以亲近。

城头陈平安一剑之后，在这条笔直走马道的最西端，丁婴身前的长袍已经撕裂出一道大口子，露出了鲜血淋漓的一道伤口。他做出一个出人意料的动作：抬起手臂，摘下那顶莲花冠，随手丢在一旁的地上。至于那把飞剑会不会就此挣脱禁锢，重返主人身边，让敌人更加强大，至于少了道冠这件仙人法宝的庇护，会不会在势均力敌的大战厮杀中少了一门制胜手段，丁婴毫不在意。

他卷起袖管，动作缓慢细致。想了想，低头瞥了眼那顶本就当作筹码之一的莲花冠，随手一挥袖，将其远远抛向南苑国京城内的御道，随后缓缓向前，步子与寻常人无异，不再有如山岳般的罡气神人，赤手空拳走向陈平安。

丁婴觉得一身轻松，状态从未处于如此巅峰。

与人打架，就该如此！打赢了天下第二人，自然就是天下第一人，很简单的道理。但是这样的道理，不管外人看得有多重，有多遥不可及，丁婴仍是觉得太小、太轻，他根本看不上！一人之力，胜过天下十人的剩余九人联手，才是丁婴真正想要的无敌。所以在漫长的岁月里，唯有寂寞相伴的丁老魔才会去钻研百家之长，去将各大宗师的武学拔高一尺。并非是丁婴需要以此来作为护身符，而是他早就准备好了，要以自己随手而得的一招轻松破去俞真意、种秋、刘宗这些大宗师的最强之手。

只不过现在冒出来一个天大的意外，丁婴反而觉得这样才对，刚好不需要那些花里胡哨的招数了，还是太慢了。前行道路上，没有足够强大的对手，哪怕他站着等待，哪怕他回头望去，都看不到第二个人的身影。更没有人能够追赶他，与他并肩而立，所以就只是天地寂寥，唯有丁婴一人去与天争胜。

那个叫陈平安的谪仙人来得好，有了这块垫脚石，我丁婴只会离天更近！

丁婴快步向前，畅快大笑。

陈平安握住手中长剑，手心发烫，却没有被剑气灼伤丝毫。

他觉得这第二剑可以更快。

南苑国南边的城头之上，从城墙一个巨大缺口处到最西边，整条走马道之上都充满了雪白的剑气洪水，滚滚向前。而西边城头有丁婴一拳拳递出，如天庭神灵在捶打山岳，一拳拳打得迎面涌来的剑气四溅散开。丁婴就这么逆流向前，势如破竹。

潜入太子府第之前，皇后周姝真，或者说是敬仰楼楼主，又或者说是镜心斋死士，她身形隐匿于一处阴影中，望向南边城头的两人之战，感慨万分。

双方打得山崩地裂，即便翻开敬仰楼中那些灰尘最厚的秘密档案，藕花福地也已经有很多个甲子不曾出现如此惊天动地的捉对厮杀了。寥寥两人，却像是两军对垒，打出了黄沙万里和金戈铁马的气势。

南苑国开国皇帝魏羡是无敌的，在那个时代没有对手。之后卢白象亦是如此，以一人之力压得整个江湖无法喘息一甲子。女剑仙隋右边更是寂寞得只能御剑飞升。武疯子朱敛选择与世为敌，一人战九人，天下十人的榜上宗师真被他杀了大半。

丁婴这一次，遇上了一个名叫陈平安的年轻谪仙人。好似日月争辉，苍天在上。所有人都只能伸长脖子看着，等待结果。

周姝真叹息一声，瞥了眼屋脊上的两个年轻男女，没有一掠而去径直找上他们，而是身形悄然飘落在一条廊道之中，姗姗而行，遇上婢女、管事便绕过廊柱，贴在那些凡夫俗子的视线后方，或是飘上横梁，如一根彩带在摇晃前行。她当下的身份，不适合出现在这座府邸。她虽是当今南苑国皇后，却不是太子和二皇子的生母，甚至有关前皇后的病逝，一些个影影绰绰的宫中秘闻，都与她有脱不开的关系。

周姝真身影在府邸惊鸿一瞥，刚好能够让魏衍和樊莞尔发现。两人掠下屋脊，在花园见到了这位艳名远播的皇后娘娘。

樊莞尔有些好奇和担忧，因为不知周姝真为何要现身，而且是当着她的面出现在太子魏衍身前。这个周姝真，正是当年将樊莞尔找到并且带去镜心斋的那位师姐，之后周姝真很快就顶替了一个镜心斋精心设置的秀女身份，顺利进入南苑国皇宫，一步步成为皇后。

周姝真无奈道："形势紧急，来不及了。怪师姐办事不力，也怪丁老魔出现得太巧。"

魏衍看了看"母后"，再看了看樊莞尔，心头雾霾沉沉。他不介意自己与樊莞尔同舟共济，赢了魔教鸦儿扶持的那个弟弟，然后一步步走近那张龙椅，顺利登基，最后与佳人联手，谋求四国大一统。可如果说整个南苑国魏氏早就都被镜心斋这些女人玩弄于手心，那么自己坐了龙椅穿了龙袍，意义何在？

周姝真却顾不得魏衍已成雏形的帝王心思，对樊莞尔开门见山道："当年之所以被师父安排来到南苑国京城，除了这个皇后身份，师父还需要我办成一件事情，就是拿到那件青色衣裙，不早不晚，必须刚好在这次甲子之期的收官阶段。但是我不敢太靠近丁老魔，根本不敢露面，就怕惹恼了他。"说到这里，她对樊莞尔歉意一笑，"所以师姐只好退而求其次。周肥下山之前就扬言要将师妹你当作战利品，他觊觎你的美色已久，于是我便让人故意泄露天机给春潮宫，说你对那件衣裙志在必得。周肥果然直接找上了金刚寺的云泥和尚，因为以他的性格，你一旦落入他手，只要你开口，不管周肥抢夺青色衣裙的初衷是什么，都愿意将那件裙子拿出来赠予你。"

樊莞尔仍是一头雾水："我得了那件衣裙又能如何？得了四大福缘之一，侥幸飞升？可是师姐之前不是说过，师父曾经留下叮嘱，不许我刻意追求飞升机缘吗？"

"只可惜现在那件衣裙竟然被周肥随手送给了魔教鸦儿……好在师父也曾预料过这种情况，"周姝真郑重其事地掏出那面铜镜，"便要我到时候将它交给你。"

樊莞尔接过铜镜，翻来覆去，左右转动，看不出半点异样。

周姝真摇头道："我钻研了这么多年，一样看不出端倪，好像就只是一面普普通通的镜子。"

周姝真转头对魏衍笑道："殿下，不用担心自己沦为我们镜心斋的傀儡，我们并无此意，也无支撑这份野心的实力。师父曾经说过，世间有丁婴、俞真意和种秋三人，就是三座跨不过去的大山。尤其是前两人在人间活着，镜心斋的一切谋划只是小打小闹，于这个天下并无任何真实意义。"

还有一些言语，周姝真没有说出口。为尊者讳，她不愿意在魏衍这个外人面前多说师父童青青的事情。

其实童青青当年与弟子周姝真最后一次见面，还说了一些肺腑之言："做了这么多，只是因我怕死，所以想要知道这个天下的每个角落，有哪些人做了什么事，那么我就可以避开所有危险。"

而周姝真并不相信这是师父的真心话。师父修为那么高，早早就是天下四大宗师之一。师父的习武天赋之高，外人不清楚，周姝真是知道的，仅次于大魔头丁婴！只要师父肯用心，天下前三必然是囊中之物，何况师父身后还有整个镜心斋，又有四国朝野那么多死士谍子，怕什么呢？应该是这个天下怕她童青青才对吧？

魏衍细细思量，并不相信，或者说并不全信。

樊莞尔手持铜镜，陷入沉思。

金刚寺的老僧人脱了袈裟，穿了一身世俗人的衣衫，有些不适。他要去皇宫，去跟皇帝陛下讨要那副白河寺的罗汉金身。入宫前，在宫门口等待君主召见，他双手合十，唱诵了一声"阿弥陀佛"。入宫后，皇帝陛下在御书房亲自等着这位老僧。之前所有人都不知道这位金刚寺的讲经僧，只是随着最后的榜上十人浮出水面，才知道原来这位寂寂无名的续灯僧除了金刚寺的辈分，还有一身深不见底的佛门神通。

关于罗汉金身一事，魏氏皇帝没有任何犹豫就答应下来。刚刚还俗的老和尚有些摸不着头脑，他原本还想好了诸多说辞，比如他答应为南苑国魏氏效力三十年之类的。

臂圣程元山没有去跟弟子们会合，那样太过扎眼，很容易被人找到。但他又不好带着一杆长枪随便逛荡，只得挑了一座石拱桥，在底下乘凉。他打定主意，京城外的牯牛山第二声鼓响后，如果京城里边最少死了半数的榜上十人，他才会露面，否则宁可错失此次飞升机会。

程元山无比希望榜上宗师尽皆死绝，至于这是否有违武道本心，他并不在乎，他只在乎结果。史书上千言万语，除了鲜血淋漓的"成王败寇"四个字，还有什么？

一直想要拿程元山练刀的唐铁意没能找到他，只好作罢，想了想，当下最大的变数其实是自己的身份。一旦被揭露北晋国的大将军在南苑国京城闲逛，会很棘手。虽说北晋与南苑关系尚可，但是南苑国野心勃勃，早就流露出要一统天下的声势，唐铁意可不觉得自己会被客客气气礼送出境：要么归降魏氏，要么暴毙于这座他国京城。

归降南苑，对个人前程而言，当然不是什么好事，可未必就糟糕至极，毕竟南苑才是厉兵秣马的第一强国。但是唐铁意在北晋的所有根基，家族、妻妾、兵权、声望，就都成了泡影。南苑的文臣武将，对他一个外人能够客气到哪里去？

唐铁意到底是艺高人胆大，而且比起迟暮臂圣，才不惑之年的北晋砥柱大将军显然气魄更盛，非但没有像程元山那样躲在僻静处，反而挑了一间热闹喧嚣的酒楼，要了壶好酒，听那说书人讲故事。老掉牙的老故事唐铁意也听得津津有味，觉得以后成了南苑之臣，似乎也不坏。有朝一日，四国境内，皆言他唐铁意的戎马生涯。

唐铁意喝了口酒，眯起眼，有些心神往之。

周肥和陆舫还在那间街角酒肆喝着劣酒，等着城头之战的落幕。

随着丁老魔和俞真意出手，原本已经离开局中的一个人物就重新变得有趣起来——镜心斋大宗师童青青。

先前身披青色衣裙的鸦儿好奇询问，周肥和陆舫不屑搭话，可是当鸦儿沉默下去，周肥却又笑了起来，主动说起了这个极有意思的谪仙人。周肥像是想通了什么，瞥了眼鸦儿，对周仕解释了一番童青青在别处的事迹。周仕听说之后，只觉得荒诞不经。

一个是一往无前的女剑修，一个是躲躲藏藏的镜心斋宗主，两人心性有天壤之别。

父亲周肥的家乡有一个宗门叫太平山，山上一位女冠天赋极高，运气极好，福缘深厚，羡煞旁人。东宝瓶洲有个叫神诰宗的地方，有个年轻她一辈的女子与她有异曲同工之妙，所以被称为此人第二。

这位女冠天生古道热肠，性情刚烈，遇上不平事必追究到底，视生死为小事，违背修道之人的原有本心。恩师数次苦口婆心，她都只是收敛一段时间，最后还是故态复萌，人间有任何不平事，只要被她看到，那就要管上一管，而且次次都要找出幕后人才罢休。至于爱管闲事会不会耽误了修行，她毫不在乎；会不会因此身陷险地，她更是要翻白眼。为此，太平山和桐叶宗、玉圭宗的关系都很僵硬，跟扶乩宗更是势同水火，只是碍于书院的面子，双方尽量克制着不出手。

一路打打杀杀，次次险象环生，竟然偏偏安然无恙，给她跻身了元婴境。以至于连太平山隐世不出、硕果仅存的一位祖师爷，现任宗主的太上师叔都被惊动。

太平山金丹、元婴这类俗人眼中的地仙多达九位，傲视一洲，但是竟然没有一位十一境大修士，只有一位十二境仙人境的祖师爷支撑局面。反观桐叶宗和玉圭宗，仙人境和玉璞境皆有，加上那个夫妇二人皆玉璞的扶乩宗，至少传承有序，境界上不曾断代，所以这位太平山女冠能否跻身上五境至关重要。她一旦成功晋升为玉璞境，再以她的天生福缘，那么东宝瓶洲的风雪庙魏晋，最终成就都会被她压上一头。

这样的人物，放在中土神洲都是凤毛麟角的存在，因为大道可期，旁人清晰可见。简单而言，就是有机会有一天站在那十人附近，甚至是挤掉某一人，占据一席之地。而那十人之中，有龙虎山大天师，有白帝城城主，最新一位，则是大端王朝的女武神裴杯。在十人之外，浩然天下其余八洲，当然各自都有修为冠绝一洲的角色，比如南婆娑洲的醇儒陈淳安，皑皑洲的财神爷，可是比起中土神洲，总体气象还是差得太远。

那个枯瘦小女孩抱着一摞书籍飞快跑出了院子、巷弄，一路飞奔。

孩子年纪不大，可已经看过了不少坏人做着坏事，有些是对别人，有些是对她。也看过偶尔的好人始终不得好报，也有些好人变成了坏人。她曾经遇上过一个大半天提灯笼逛荡四方的老疯子，说世道太黑，不提灯笼就看不到路，见不着人。

她跑得汗流浃背，抬头看了眼太阳，天上就像挂着一个大灯笼，亮亮的，天地运转，好像谁都缺不了它。不过她只喜欢冬天和春天的它，如果能够一年四季天都不冷的话，她半点都不喜欢它，巴不得天上从没有过它。有了它，天就太亮了，她做很多事情，很容易就会被人发现，比如偷吃东西。

经过一口水井的时候，小女孩停下脚步，坐在井口上休息了一会儿，大口喘气。瞥了眼水井，幽幽深深。她刚想要往里头吐口水，猛然抬头，发现自己身边站着一个高大老人，穿着大概是称之为道袍的衣衫。她仰头看着他，一动不动，好像自己动一根手指头，甚至是心里冒出一个念头，就会死掉。从小到大，她从来没有这么害怕过一个人。

老道人身材高大，道冠和道袍样式都极为罕见。光线映照下，他的肌肤散发着金玉光泽，道袍一尘不染，好像他根本就不曾站在这儿。

老道人瞥了眼枯瘦小女孩，伸出手臂，向天空中随手一抓。一直在偷瞥他的枯瘦小女孩哀号一声，丢了怀中书籍，双手死死捂住双眼，已是满脸泪水，干瘦身躯满地打滚起来。因为就在方才那一刻，她清清楚楚看到那个老头子一手将太阳从天上抓到了他手中，夹在了指缝之间。她痛苦得用脑袋狠撞井壁，老道人无动于衷，既不觉得可怜，也不觉得厌烦，漠然而已。

人间悲欢，看过几遍，与看过千万遍，是截然不同的观感。

老道人只是低头凝视着双指间的那轮日头。它并非虚像，而是真真正正的实相，反而天上此刻那轮大日才是虚幻。

老道人将这颗“珠子”暂时收入袖中，抬头看了眼南边城头。

这个“丁婴”让他有些失望，俞真意和种秋倒是还凑合，但这种凑合，不是俞真意和种秋本身表现有多好，而是老道人对他们的期望本就很低而已。

丁婴不一样。要知道，这个丁婴无论根骨还是心性都是最接近那位道老二的器，或者说坯子，算是一个世间最接近真迹的赝品了。哪怕这样的丁婴，到了浩然天下任何地方，都是毫无悬念的十二境，但也止步于此了，瓶颈太过明显。一件不错的赝品，往往坏不到哪里去，可再好又能好到哪里去？

老道人还是觉得不满意。魏羡、卢白象、朱敛三者合一，各取其长糅合在一起的丁婴，还是这般不堪。

就在他准备一袖子打烂那个丁婴头颅的瞬间，突然犹豫了一下，抬头看天。

他站在藕花福地，看到的是莲花洞天。

洞天福地相衔接，这样的古怪存在，四个大天下里只有两处。

井口旁老道人与头顶那位“俯瞰福地”的道人对视了一眼，于是莲花洞天和藕花福地的边境线就瞬间拉升出了一条宽达千万丈的鸿沟。

老道人冷哼一声，袖中那颗“珠子”将他的道袍袖子灼烧出了一个窟窿。但是那座莲叶何田田的洞天之内，也出现了许多枯萎的莲叶。

井口旁老道人收回视线，袖子很快恢复正常，相信那座莲池也不例外。他脚边的枯瘦小女孩还在地上哇哇大哭，那般近距离凝视太阳光芒的感觉已经远远深入到神魂的更深处，如果不是不幸中的万幸，刚好躲在老道人的“树荫”中，她的前生来世都会随之腐朽，在一瞬间化作虚无。

老道人有些怨气：“老秀才，你烦也不烦?!”

他头一次正视枯瘦小女孩。在他的凝视之下，原本拿脑袋撞井壁以求解脱的小女孩好似盛夏时分喝了一碗凉茶——而且还是富贵门庭里那种白瓷大碗梅子汤——蓦然没了痛楚，大口喘气，背靠着井口外沿，怯生生望向那个老神仙，被本能牵引，眼神快速游曳，在寻找那颗“珠子”给老人藏在了什么地方。

这叫不记吃也不记打。好在老道人对人间的态度，尤其是善恶，迥异于常人。对于小女孩不知死活的探寻不以为意，但是对于小女孩的身份，老道人已经心中有数，故而对那个口口声声“读书人只有借东西”的老秀才更加厌烦。

早年两人打赌，浑身酸气的老秀才靠着耍无赖和撒泼打滚的泼妇行径赢走了他一件信物，要他以后若是遇上手持信物之人，一定要护得他的性命周全。老道人愿赌服输，答应下来，但是心中对于老秀才的怨气可不小。后来又见到了一次，切磋了一次道法，两人坐而论道，讲道理的那种，就在藕花福地和莲花洞天的接壤边境线上，不然一块小小的藕花福地，哪怕灵气稀薄，大道难以具象显化，可依然撑不住两人的大道之争，说到底，还是老秀才要占那老不死的便宜。但是不知何时，除了这些，老秀才这个臭不要脸的玩意儿竟然偷偷在藕花福地布下了这么一颗棋子，真是灯下黑。

老道人盯着眼皮子底下的这个小丫头，视线清澈且冷漠，如大日高悬，从来不管人间冷暖，更不会计较世人的褒贬。他几个眨眼工夫，就看遍了小丫头的此生经历。

果然如此。

老道人又看了眼某座府邸，冷哼一声，怨气稍稍减少几分，略微思量，就知道了老秀才的大致用意，以心算稍加推演，觉得可行。

老道人破天荒有些犹豫，转头望向南方城头，咦了一声，竟是有些讶异。

他轻轻一弹指，击中小女孩眉心处，她僵硬不动。再一挥衣袖，井口四周涟漪阵阵，老道人一步踏出，消逝不见。在那方丈之地，光阴长河开始倒流，连同小女孩在内，其余所有肉眼不可见的细微、天地运转的规矩都开始倒转，小女孩"捡起"了那些书，最后画面定格在那个她想要往水井吐口水的动作上。她有些茫然，没来由心中多了些惧意，摇摇头，最终还是没敢撒野，捧着偷来的那摞书，飞快跑开了。

满目疮痍的城头之上，稀稀疏疏，站着一个个从城内赶来欣赏"战场遗址"的宗师高手。俞真意和种秋暂时停下了生死搏杀，此刻俞真意在默默感受城头上的气息流转，以及残留天地间的纯粹剑意。种秋则没有这么多心思，双手扶在残破不堪的一处箭垛上，举目远眺。

琉璃飞剑来到俞真意身旁，越是临近城头，飞剑破空速度就越慢，上了城头后，微微颤鸣，好似有些畏惧。

磨刀人刘宗跟着琉璃飞剑来到走马道，跳上一堵稀烂的墙头，盘腿而坐。手中剔骨刀破损厉害，他伸出拇指，细细摩挲着亮如镜面的刀身。嚣张了一辈子，到最后给一把剑揍得如此狼狈，现世报喽。

北晋龙武大将军唐铁意腰佩"炼师"缓缓登上城头，挑了一块空地站定，手握刀柄，气势磅礴。

相比之下，始终躲在桥底下纳凉的臂圣程元山实在是辱没了宗师身份。

周肥和陆舫也一起来到南城头，身后跟随簪花郎周仕和魔教鸦儿。

镜心斋樊莞尔也小心翼翼登上了城头，不敢从两边城道正大光明地转入走马道，是以，她用轻功踩着内墙壁登顶，挑选的位置，在种秋和唐铁意之间。

城头两人之战已经演变成了出城一战，从众人所立城头到往南二十余里的牯牛山一线之上，尘土飞扬，如有鳌鱼翻动背脊，掀开了大地。

南城外驿路官道的商贾行旅早已散尽。丁婴不但逆流而上，步步前行，一拳拳递出，强行打散了陈平安的那条剑气长河，还拼着一身伤势，欺身而近，逼得陈平安不得不以剑招迎敌。丁婴化腐朽为神奇，天下武学门派支流亦皆为他所用，所有招式与俞真意那些大宗师压箱底的架势似是而非，神意大有不同。

一掌直直拍向陈平安一人一剑，罡风却会在陈平安背后砰然炸开。弹指之间，一缕缕剑气如水涡旋转，轨迹难测。

当时在将陈平安打落地面后，丁婴衣衫褴褛，披头散发，没有任何逗留，几乎同时就跟着掠下城头，始终将两人间距维持在两臂之内，绝不让陈平安舒舒服服将剑术和剑意催发到巅峰境界。丁婴可以断言，眼前白袍谪仙人的每一剑，都能媲美历史上女剑仙隋右边的倾力一剑。当然，不包括隋右边的飞升三剑。

那时候的隋右边时来运转，冥冥之中极有可能占据着天下近乎半数的武运，不可以简单视为隋右边了。因此丁婴心知肚明，此方天道并不排斥武人以纯粹肉身蛮横飞升，甚至任由隋右边汲取武运，故而隋右边当年飞升失败，形销骨立，在坠回人间途中就已经白骨化尘，神魂灰飞，还是她差了实力，怪不得别人。

丁婴一拳崩在陈平安剑身中央，剑身弯曲出一个大弧度，长气的剑尖几乎要刺在陈平安肩头，陈平安不得不伸出并拢双指，贴在剑尖处，扳回那个被丁婴一拳砸出的弧度，身形顺势后退，蜻蜓点水，瞬间就在官道上滑出去十数丈。

丁婴意外地没有趁胜追击，陈平安没有任何庆幸，立即以《剑术正经》上的镇神头式散发剑气，护住四周。

拳罡如虹，七八条凝为实质的长虹激荡而至，撞在剑气之上。陈平安一次次碎步转移，一次次雷声大作，剑气拳罡几乎同时销毁，发出一团团绚烂光彩，像是两国边境线上的两支精骑同归于尽。

丁婴在远处出拳不断，根本谈不上拳架招式，只是最简单的出拳而已，随心所欲。出拳的同时，轻轻一步，就拉近两丈距离。等到陈平安好不容易抵消全部拳罡，丁婴又已经贴身搏杀起来，打得陈平安无法换气。

陈平安一直且战且退，丁婴一直气势凌人。

双方各自的气势之巅，陈平安在于城头第一剑。面对那一剑，便是丁婴心高气傲到了眼中只有老天爷的地步，都只能黯然而退，甚至连心性都开始出现变化。

丁婴的气势顶峰，恰恰在于落在下风之时，在剑气洪流之中逆流向上。

在那之后，陈平安开始走下坡路，但奇怪的是，丁婴也没能维持住那股气势和心态。

散开的剑气，哪怕看上去再气势汹汹如决堤洪水，丁婴自信能够抵挡，最多就是给陈平安一剑之后赢得喘息机会，使得丁婴失去先机。可是凝聚为一线潮的剑气，丁婴只能避开锋芒。

城外三里，官道附近一座小山丘。

丁婴一手双指弹开剑尖，一掌骤然发力，推在了陈平安胸口上，陈平安如断线风筝一般，竟是直接撞穿了那个山包，尘土冲天。

丁婴这一掌威力之大，只要从陈平安一剑脱手就可以看出来。长气剑被抛到了空中顶点后开始下坠，不出意外，就要落在靠近丁婴这边的山丘附近。

丁婴眯起眼，看不清陈平安的惨状，在不耽误自己前掠的同时，其实有些犹豫要如何处置前方那把剑，是趁人病要人命，将那把剑驾驭回来，丢回城头，尽可能远离两人战场，使得这年轻谪仙人无剑可握，还是以此作为诱饵，在一线之间以杀招伏杀陈平安？

不过陈平安直接让丁婴打消了所有念头，他心中猛然警惕起来，毛骨悚然，立即停下身形，双脚重重踩地，拉开一个气势恢宏的大拳架，拳罡如暴雨，急促砸在那把剑与山丘坡顶之间的地带。可是哪怕丁婴应对如此迅速，仍是有一抹雪白任由拳罡砸在身上，从山丘之顶高高跃起，探手一抓，已经落在他脚下的长气拔高几尺，刚好被握在手心。

为了最快冲过丁婴的那一通拳罡暴雨，分明已经是强弩之末，可是一剑在手，陈平安仍是要递出这一剑。至于一剑之威会不会大打折扣，说不定只能给气势正盛的丁婴挠痒痒，或是带来一点可有可无的轻伤，陈平安根本不去想。这个匪夷所思的世界，那条街上，每个人都莫名其妙地喊打喊杀，好像没有谁在意过陈平安真正是谁，是好是坏，为什么会出现在南苑国京城。这种糟糕至极的感觉，在当年陈平安见过了病床上的刘羡阳，独自走向廊桥时就暗自发誓，这辈子都不能再有了，不能再像条狗一样，对着老天爷摇尾乞怜，希望求来一个公道。

陈平安学了不短时间的《剑术正经》，但是真正抓住了神意的却不是这部剑经，而是另外三剑。

齐先生在破败古寺内一剑轻易劈开了粉袍柳赤诚的阵法。在与梳水国老剑圣宋雨烧并肩作战那一次，陈平安曾经以此一剑斩金甲。

文圣老秀才山水画之内有两剑，剑灵那一剑，陈平安在南苑国城头上已经学了一分神似，直接打得丁婴差点自认天下第二。

陈平安对着中土那座大岳穗山又有一剑。

这三剑之外还有两剑，但是陈平安懵懵懂懂，因为与出剑之人不够熟悉，距离遥远，尚未领悟出足够让自己出剑的那点神意：一剑是风雪庙魏晋破开天幕，人未至剑已到。一剑是墨家豪侠许弱的推剑出鞘寸余，便有一座山岳横亘在身前。

陈平安手握长气，当下一剑，就是齐静春随手一把槐木剑便破开柳赤诚的白帝城混元阵。

丁婴内心再次出现一丝犹豫不决。又是这样熟悉的一剑，裹挟着浩荡天威，人间只管承受便是。城头上，自己退了，这次是退还是不退？

丁婴前方高空，陈平安一剑斩下，一道金线出现在天地间。

学了拳就要出拳，学了剑就要出剑，好歹让别人听一听自己说了什么。

刹那之间，丁婴心思澄澈，人与心大定：一剑退，两剑退，剑剑都要退，我丁婴到底要退到哪里去？还如何跟老天爷掰手腕子?！就当眼前这个名叫陈平安的谪仙人是那个老天爷，打死了眼前人，再打死那个更大的，便是天地清明、天人有别的崭新格局！不如干脆由我丁婴来做一做这老天爷?！

丁婴痛快大笑，双手掐诀，神魂出游，竟是阴神白日而游天下。

这尊阴神一手负后，一手以掌心遮在头顶，嗓音不大，却在丁婴心湖间慷慨而言："我若消散人间，丁婴能否更强？"

这当然是自言自语。丁婴并未出声，只是有一个念头犹如在心头嗤笑："修为如何，我可做不得主，规矩还是要讲的，但是心智唯有更强。无须废话，便是魂魄皆无，我丁婴只存肉身又如何？该如何还是如何。"

片刻之后，陈平安手持长气飘然落地，神色有些尴尬。原来这一剑递出，他的那一口纯粹真气本就已是强弩之末，勉力而为。但是这一剑的"意思"太大，陈平安当下的力气太小，所以没能提起来，只落得一个雷声大雨点小的结局。便是陈平安这种一旦打起架来不管天不管地的家伙，也觉得有些赧颜。而那尊打定主意被一剑劈散的阴神只是手掌与胳膊消失，疑惑望去，默默后退数步，退回丁婴身躯。

双方默契地休战片刻，陈平安换了一口新气，丁婴更是需要安抚神魂。正是这一瞬间，陈平安与丁婴两人的心性"大定"，如船抛锚入水。

井口旁的老道人这才来到城头上，笑了笑，做出一个决定。

城头上的宗师，哪怕是周肥这样实力得到完整保留的谪仙人都没有察觉到他的存在，唯独樊莞尔，心有灵犀地往那边瞥了一眼，但是并无发现，很快便收回了视线。

俞真意环顾四周，无奈道："修行仙法，战战兢兢，本以为至少能够与丁婴一战了，不承想还是远远不如。这方天地，到底丁婴才是宠儿，修道之人，难道就真的没有出头之日？"

周肥啧啧称奇："丁老魔这是要独占武运的意思啊。是丁婴突然想通了什么，获得了这方天地的规矩认可？不至于吧，我们这些人可都还活蹦乱跳着呢，丁婴怎么可能获得这么大的运气，又不是东宝瓶洲那个卢氏王朝，皇帝失心疯了，眼见着国祚难续，干脆破罐子破摔，将半国武运偷偷给了儿子……"他絮絮叨叨，偷着乐呵，反正看热闹的不嫌事大。

陆舫问道："北边那小小东宝瓶洲的家长里短，你怎么知道？"

周肥笑道："老子毕竟是姜氏家主，怎么可能完完全全不管浩然天下的事情，经常会有人托梦给我的。"

陆舫疑惑道："这也行？"

"花钱啊。"周肥有些肉疼,气呼呼道,"春宵一刻值千金算个屁,我这一年一梦,才叫做得让人金山银山也空了。"

远处,俞真意皱了皱眉头,手中那顶银色莲花冠颤颤巍巍。那些花瓣突然打开,其中有一抹幽绿亮光挣脱束缚一闪而逝,往城南疾速掠去。

时来天地皆同力,四面八方皆有虚无缥缈的光彩往丁婴涌去。丁婴闭目凝神,接纳这份浩浩荡荡的天地武运。而陈平安那一袭法袍金醴突然飘荡起来,不再以雪白色示人,恢复了金色的真面目。不但如此,他腰间养剑葫内的飞剑初一一冲而出,而且远处还有飞剑十五飞掠而至。

陈平安站在山坡之顶,手持长气,剑气流淌手臂,初一和十五萦绕四周,故友重逢,这两个本来脾气不太对付的小祖宗从未如此雀跃。

陈平安蓦然握紧长气,金醴大袖随之震荡,猎猎作响。

小小山丘而已,却犹人振衣千仞岗。

陈平安和丁婴,山上山下,各自登高一步,走到了崭新的巅峰处,双方无论修为还是心境,皆是如此。

丁婴睁开眼睛,瞥了眼陈平安腰间,大笑道:"大战过后,这酒我替你喝了便是。"

陈平安拍了拍腰间养剑葫,示意:有本事,事后请自取。

大战再起。这一次,不再纠缠于什么两臂距离,两人忽近忽远,方圆一里之内皆是充沛剑气和浑厚罡气。

双方一路打到了牯牛山,飞沙走石,从山脚再到山上。

丁婴被陈平安一剑从山顶劈向山脚,陈平安第二剑却被丁婴一拳打回山巅。

丁婴缓缓登高,随手一拳的拳罡就如身高百丈的神灵手臂,一次次砸在牯牛山上,陈平安一剑摧破而已。

得了天地武运的丁婴甚至再次阴神出窍,变成一尊与牯牛山齐高的金身法相,双手握拳,一次次捶打牯牛山。

陈平安本该换上那针锋相对的云蒸大泽式,可是手握长气之后就再无换上拳法的想法,哪怕人与剑都被那金身阴神砸得连同牯牛山山巅一起下降,仍是执意以剑对敌。牯牛山的尘土早已遮天蔽日,不断有巨石滚落,并且硬生生被丁婴打出了一场场好似雪崩的山体滑坡,以及裹挟无数草木的泥石流。

高耸的牯牛山被一点一点打矮了,山顶那一袭金袍始终屹立不倒。

丁婴真身走上最新的所谓山巅,尘土飞扬,昏暗无光。

陈平安一剑挡下阴神的一掌压顶,顺势打烂了法相整只手掌,金光崩碎四溅,牯牛山像是下了一场金色的大雨。

丁婴一线笔直前奔,一拳砸中陈平安额头。

一粒金光从牯牛山抛出一道弧线，重重摔在数百丈之外的大地上。那条纤细的金色轨迹，很像一座金色拱桥。

丁婴神意圆满的一拳迅猛挥出，亦是白虹挂空的万千气象，景色壮丽。

刚好这道白虹落地之处是那一粒金光，陈平安又被打退出去百余丈。

丁婴也恼怒极了陈平安的坚韧体魄，连牯牛山都被自己削平了整整数十丈，那家伙竟然还能浑然不觉，出剑不停。丁婴怒喝道："这一拳，死也不死?!"他身后那尊巨大阴神跃过牯牛山，一脚触及地面后，身躯前倾，另一脚刚好踩在陈平安头顶。

随着两人的疯狂厮杀越来越酣畅淋漓，剑气不断在手心和手臂附近炸开，承受住丁婴阴神一次次捶打的法袍金醴，那些灵气几乎就在陈平安头顶崩裂。

陈平安心神全然沉浸在与丁婴的一较高下中，甚至来不及去适应这些灵气的变化，自然而然，好像它们的存在就是天经地义的。哪怕如有神灵将灵气锤炼入体的痛楚，陈平安也顾不上，只当是练拳一般无二的苦头而已。至于那么多紊乱灵气渗入肌肤、血肉和筋骨，再入窍穴气府和魂魄心湖，陈平安更是无暇顾及。

山高水险，道阻且长。陈平安一心一意看着远方，脚下道路的一些拦路石却又仿佛自然而然就绕过了，道路还是那一条，没有另辟蹊径，故而那些拦路石就成了陈平安人生历程的一段。

金身法相一脚踩踏下去，地面出现一个大坑。丁婴摆出一个"想当然"的拳架，道法真意近乎"心意所及，便成真相"了。一手掌心朝天，横在身前；一手握拳，重重捶在手心之上。

一拳敲下，风起云涌，天幕阴沉，便有一道粗如数人合抱之木的闪电当空劈下。

阴神早已后退，双臂环胸，冷眼旁观。

一道道闪电砸入那个大坑中，绵绵不绝的闪电向弯腰站在坑底的陈平安当头浇下，如一场场洪水漫过那件法袍金醴，迅猛流泻而下。

丁婴双眼光彩趋于金黄，最后一次以拳捶掌，天空中仿佛雷池的云海落下一道最为粗壮的雪白闪电，却不是砸向大坑，而是缓缓降落，被那尊阴神法相握在手中，如持长剑。然后阴神开始前奔，将手中"长剑"轻轻向前一抛，最后双手握住这把雷电交加的"长剑"，站在那大坑边沿，剑尖朝下，往坑底那人头顶重重落下！

要知道，这一剑除了本身蕴含的雷霆之威，还有着丁婴对于剑道的体悟。

丁婴扯了扯嘴角，双手负后："我知道你来了，是不是陈平安死了之后你才会真正露面？你确实大方，这个叫陈平安的谪仙人真是一块最佳的磨刀石，怎么，是怕我实力太弱，不值得你出手？"

城头之上，俞真意脸色阴沉。

种秋呵呵笑道："如何，还觉得自己是修道有成的神仙吗？"

周肥伸手抚额，语气幽怨，哀叹道："他娘的，咱们是在藕花福地啊，又不是在浩然天下，灵气随便你们挥霍，你们两个也太……得嘞，老子回去以后，一定要找到那个陈平安，不管他当时境界如何，都要认识认识，最好是让他担任我姜氏的供奉……"

陆舫打断好友的碎碎念，冷笑道："前提是那家伙没死。"

周肥叹了口气，拿开额头上的手掌，望向牯牛山："难了。"

除了一道道闪电砸下，更有丁婴远游的阴神法相手持一剑对着陈平安的头颅刺下。毫无悬念，陈平安哪怕身穿法袍金醴，即便有初一和十五竭力阻拦，仍是被这一剑打得渗透地下极深。

在陈平安消失后，阴神手中"长剑"碎裂，剑意与雷电一起崩散在坑中，大坑与天上云海遥相呼应，也是雷池荡漾的模样。

大局已定。丁婴心神紧绷，准备迎接那一位真正的对手。

果然，牯牛山之巅，丁婴不远处，有一个身材异常高大的老道人淡然道："你们互为磨刀石罢了。"

丁婴正要说话，老道人又冷笑："找死。不过也无妨，这一世你还是有点意思的。"

浩然天下，纯粹武夫，四境炼魂，五境炼魄。

肉身被那一剑打入地底下的陈平安，确实没有起身再战。但是大坑雷池之中，出现了一位金袍飘荡的年轻剑仙，意气风发，双指并拢，在身前一抹而过，便有一剑悬停在身前，与之前陈平安在城头如出一辙。但是不同之处在于，这位金袍谪仙人之后还出现了一个脚穿草鞋、身穿麻衣的少年，面容相较谪仙人要更年轻一些。

一剑现世。

身前谪仙人陈平安微笑道："我有一剑？"

刚好身后草鞋陈平安一冲向前，握住那一剑，高高跃起，一如当年剑斩大岳穗山，朗声道："可搬山！"

这一剑去，哪里还有什么天下第一人丁婴，世上彻彻底底再无丁老魔。因为整座牯牛山都没了，被一剑夷为平地。

大坑之中，陈平安借助没了闪电镇压的金醴，一抖衣袍，破开大地束缚，将自己从泥地中"拔"了出来，那魂与魄的两个陈平安皆返回身躯，沿着山坡缓缓走出大坑。

一个沧桑嗓音带着点笑意，不知是讥讽还是促狭："这一剑还不错。"

陈平安摘下腰间养剑葫，仰头痛痛快快喝了一口酒后，问道："你就是陈老剑仙说的那位东海道人？这里就是那座观道观？"

出现在陈平安身侧的老道人笑着摇头："没什么观道观，我在何处，道观就在何处。"

陈平安抬起袖子，抹了抹脸上的血污，可是才擦干净，就又满脸鲜红，问道："我能不能骂几句？"

老道人微笑道："自己看着办。"

陈平安脸色不变，继续擦拭鲜血："老前辈道法通天，厉害厉害。"

老道人点头道："孺子可教。"

他忽然而来，忽然而去，就这么将陈平安一个人晾在了大坑边缘，既没有跟陈平安说如何离开藕花福地，也没有说这场观道到底何时结束，至于什么飞升福缘、天下十人，更是提也没提。

不过老道人毫无征兆地离开，虽然给陈平安留下了一个天大的烂摊子，但也让他如释重负，松开了那根几乎快要绷断的心弦，踉踉跄跄晃荡了几下，最后实在撑不住，干脆就那么后仰倒地。

没了一口纯粹真气死死撑着，先前被丁婴阴神一剑打入地底下的伤势彻底爆发出来，陈平安就像躺在血泊当中，不断有鲜血流溢而出，可他眼中的笑意，很浓郁。

有初一和十五护在身边，丁婴已死，四下无人，陈平安很奢侈地使出最后一点气力，摘下养剑葫，颤颤抖抖放在嘴边，强行咽下一口酒水。债多不愁，这点疼痛简直就是挠痒痒，只是觉得这会儿不喝酒可惜了。

陈平安并无察觉，身上这件法袍金醴上，胸前居中那条金色团龙的双爪之间，那颗原本雪白的硕大珠子装满了浓郁的雷电浆液，还有肩头两条较小金龙的爪下、颔下，两颗稍小的珠子也有了几缕闪电萦绕。只不过金醴的变化比起陈平安这副身躯翻天覆地的异象，不值一提。那是最彻底的脱胎换骨。

先前在雷池中浸泡，使得陈平安皮肉下的骨骼有了几分金玉光泽，这是修行之人所谓"金枝玉叶"的征兆。深根固柢，长生久视之道也。

陈平安浑浑噩噩，迷迷糊糊，好似半睡半醒地做了个梦，梦中有人指着一条滔滔江河问他要不要过河。那人自问自答，说："你如果想要过河，能够不被大道约束，就需要有一座桥，到时候自然就可以跨河而过。"

陈平安不知如何作答，只是蹲在河边自挠头。本心在此，做不得假。

那人便说无巧不成书，又说："你陈平安不是已经学了某人的圣贤道理吗？难道读书知礼，时时刻刻，事事人人，憋在肚子里的那些道理只是一句空话？"

陈平安埋怨，不会隐藏情绪："学了道理，与桥有什么关系？"

那人也未明说为什么，只说如何做："你在心中观想一座桥的模样，随便哪座桥都行。你小子年纪不大，走过的地方却不算少。放心，只要是一座桥就行，没有太多讲究，哪怕是南苑国京城内的那些都无所谓。观想之时，不用拘束念头，心猿意马，莫要怕它们，只管松开心念，越多越好，要的就是精骛八极，神游万仞。"

不知自己身处何方的陈平安在河边"闭上"眼睛，没来由想起了那座云海中的金色拱桥，长长的，仿佛没有尽头。

陈平安看不见那个老道人，不管他怎么寻找，都注定找不到老道人的踪迹。于是陈平安就不会看到，那老道人瞥了眼长河上方缭绕的云雾，脸色古怪，更听不到老道人骂了一句陈清都净给自己找麻烦，骂了一句老秀才不是省油的灯，最后称赞了一个后辈的眼光和魄力，以及缅怀一个不算人的山河“故人”。

陈平安瞪大眼睛，看到自己脚边到长河对岸依稀出现了一座金色拱桥的轮廓，但是飘忽摇晃，并不稳固。

手中多出一本书，上边写着某个老人的道德文章，记载着一位儒家圣人从未现世的顺序学说。每一个字纷纷从书中脱离而出，金光熠熠，飘向了那座陈平安观想而成的金色拱桥，一字如一块砖石。只可惜书中仍有小半文字死气沉沉，尤其是中后篇幅的书页上，字字岿然不动。

不管如何，大河之上的金色长桥如人有了一股子精气神支撑，终于结实了起来。但是距离最终建成，能够让陈平安行走渡河，还是差了一些，差了血肉，差了很多。这就像一个人若是光有魂魄而无肉身，那就是一副白骨，孤魂野鬼，见不得阳光，进不了阳间。再就是长桥之长以及雄伟程度出乎意料，所以那本书上的文字才会不够用。

老道人吩咐道：“走上一走，试试看会不会塌陷。”

陈平安摇摇头，凭借直觉答复道：“肯定会塌。”

老道人没有质疑陈平安，一番思量，便走出自己打造的这方小天地。然后，就没有然后了。

大坑边缘，陈平安猛然坐起身，哪里有什么长河，更没有那个老道人，天地茫茫而已。身边两把飞剑，初一和十五。虽然不是陈平安的本命飞剑，但是一路跟随陈平安远游，朝夕相处，相依为命，早已心意相通—— 一个沉默，一个愧疚。

陈平安系好养剑葫，伸出双手轻拍了两把飞剑，安慰道：“我们仨都还活着就很好了。再说了，下次我们肯定不会这么憋屈，何况如果不是你们帮忙挡着，我可撑不到魂魄离体的那一刻……”

他止住话头，因为发现初一和十五一个愈发沉默，一个愈发愧疚。

陈平安站起身，一拍养剑葫，一边走一边嘀咕道：“你们先回这里，咱们要赶紧入城，去找莲花小人儿！这一路上未必顺遂，没了你们，我现在跟人打架真没什么底气，如果不好好休养个十天半月，别说这个老魔头，就是那个会御剑的孩子都轻松不了，稍后说不得就要你们俩帮着开道。”

两把飞剑回到养剑葫内，陈平安独自走向南苑国京城。

距离城头越来越近，法袍金醴也逐渐从金色变回了白色。

陈平安心中了然，回望一眼。身后以牯牛山为中心的战场灵气盎然，盘桓不去，在这个天下，应该是最大的洞天福地了。当然，同样武运浓郁。

如果不是急着返回城中寻找莲花小人儿，其实待在原地，收益最丰。不过陈平安抬头看了眼远处的城头：如果自己好处占尽了，很容易成为天下公敌。

至于在众目睽睽之下入城会不会有危险，陈平安走在寂静无人的官道上一步就能飘掠出十数丈，先前说那些话主要还是安慰失落的初一和十五，事实上这时候若是谁敢拦路，还要纠缠不休，那么陈平安手持长气，道理就只会在他这边。

见识过崔姓老人在竹楼的那种身前无敌，与亲手打败一个“天下”无敌之人，是两种境界。

牯牛山都给打没了，何来的第二声敲天鼓，又谈什么飞升之地。

京城墙头，便是游戏人间的周肥都有些心情沉重：总不至于大家这一甲子都白忙活了吧？

随着那座天上雷池散去，拨开云雾见大日，大放光明，樊莞尔举起那面镜子，熠熠生辉，镜面上映照得她容颜绝美。就在要收起铜镜之时，她突然发现镜中的自己笑意吟吟，而自己分明没有任何笑容才对。

镜中“樊莞尔”笑着叹息，樊莞尔心中便响起一个心声：“痴儿。”

如遭雷击。樊莞尔丢了铜镜，双手抱住刺痛欲裂的脑袋，满脸苦色和泪水。

城墙远处，鸦儿小心翼翼喊了一声：“周宫主。”

周肥转过头，发现她身上那件青色衣裙已自动脱落，晃晃悠悠，如歌姬姗姗而舞，自顾自怜，旁若无人。周肥冷笑道：“到了我手上，还想走？”

他伸手一抓，衣裙肩头处凹陷出一个手印，依旧向右边飘荡而去，不断撕扯，最后发出丝帛撕裂的声响。周肥手中多出一块破锦缎，皱了皱眉头：“装神弄鬼，我倒要看看你这老婆姨的神魂能躲藏到什么时候！到底在图谋什么！”

周肥手中的破碎衣裙越来越多，他与陆舫都知道这个童青青在浩然天下的根脚：太平山的太上师叔祖为了将她过刚易折的心性扳回来，不希望她一往无前，处处豪赌，在将她丢入藕花福地之前，还以名副其实的仙人神通暂时颠倒了她的道心，使她变得仿佛天生怕死，希望她在两个极端之间体悟大道，最终破开生死关，成功跻身上五境。

这一辈子的谪仙人童青青极其畏死，躲来躲去，是情理之中。可这么一个怕死的人若是全然不去珍惜自己的习武天赋，肯定不合常理。那么童青青的杀招到底是什么，一定很有意思。

镜心斋的老人，与童青青恩师同辈甚至更高一辈的，对童青青都寄予厚望。她过目不忘，要说博学，恐怕仅次于丁婴，武学天赋更是惊才绝艳，如果不是性子实在太过绵软怯懦，极有可能就是丁婴之下的江湖第一大宗师。

看似正邪对立，实则暗中结盟的丁婴一死，俞真意杀种秋的心思肯定就要淡了。

而且已经得了丁老魔的那顶银色莲花冠，稳稳占据前三一席之地，俞真意又不愿飞升，肯定不会画蛇添足，以免成为众矢之的，毕竟与丁婴联手设置这么大一个局，针对所有宗师，俞真意已经犯了天大的忌讳。只是目前他的战力无损丝毫，才让人不敢与他撕破脸皮，谈一谈江湖道义。

至少种秋和磨刀人刘宗，还有躲躲藏藏的童青青，必然对俞真意印象极差。所以周肥其实并不愿意在这个时候跟童青青撕破脸皮，但是这件青色衣裙以及云泥和尚去跟南苑国皇帝讨要的那副罗汉金身都是必须要拿到手的福缘。前者是为了带走魔教鸦儿，用来磨砺儿子周仕的心性；后者是为了换取一件法宝送给陆舫，之后一甲子，春潮宫没了他周肥，还可有鸟瞰峰剑仙与春潮宫同气连枝，周仕的武道登顶之路就没了后顾之忧。归根结底，还是他这样的大修士太难产下子嗣了，尤其是他们玉圭宗姜氏，一脉单传都多少年了。

一个光头老者背着一个大行囊登上城头，快步如飞，正是脱了袈裟离了金刚寺的云泥和尚。经过捂住脑袋蹲在地上的樊莞尔身边，他好奇地瞥了一眼，不知这位镜心斋的年轻仙子如此痛苦是为哪般。但是当他见到了周肥“手撕”青色衣裙的一幕，怒喝道：“周肥！”

周肥讥笑道：“老秃驴，你真以为这衣裙当年找上你怀了什么好心？不过是童青青这老妖婆的算计之一。给她糊弄了大半辈子，还要执迷不悟？衣裙是四件法宝福缘之一，这不假，可里头当真空无一物？童青青的魂魄早就藏在其中了！”

云泥和尚不为所动，瞪圆了一双眼睛，好似寺庙大殿内的金刚怒目：“要你管？！说好了你带着青青姑娘离开这天下，我给你拿来这副罗汉金身，你敢食言，我就敢杀你！”

周肥被他逗乐了：“你一个老秃驴，喊一件衣裙‘青青姑娘’，好意思吗你？”

云泥和尚一时语塞，有些心虚。

周肥指了指远方的樊莞尔，目露赞赏：“这个童青青的嫡传弟子，镜心斋的未来主人，恐怕就是童青青这一世谪仙人的肉身皮囊！她当年先是返老还童，与俞真意一般无二，貌若稚童，再舍了境界修为不要，顺流生长，成为樊莞尔这般的年轻女子，加上有敬仰楼帮她瞒天过海，你、我，天下人，甚至包括丁婴，都给她糊弄了！”周肥哈哈大笑，“连自己也骗，童青青，算你狠！罢了罢了，皆是外物。”他一挥衣袖，任由青色衣裙飘走。

没了青色衣裙，就意味着想要那副罗汉金身，只能从云泥和尚手中硬抢。但是周肥一番权衡利弊，竟是两桩福缘都舍了不要，只要那第三大宗师的一个名额而已，一样可以带走魔教鸦儿。

在这块藕花福地，对于在浩然天下是练气士的谪仙人而言，一个是螺蛳壳里做道场，束手束脚，一个是巧妇难为无米之炊，无从下手。陈平安的出现，打乱了所有布局，丁婴尚且能死，这天下还有谁敢说自己不会死？周肥担心自己阴沟里翻船，到时候连他都给人宰了。虽说不妨碍自己离开藕花福地，可是损失就有点大了。

目前最大的问题，在于天下十人当中只死了两个：丁婴和冯青白。这意味着还需要死掉五个，恐怕那封密信上的承诺才能生效。

陆舫不愧是这位姜氏家主的多年好友，很快就想通其中关节："放心，之后六十年，有我盯着，周仕肯定可以跻身前三。"

周肥破天荒选择主动退让一步，云泥和尚当然不愿也不敢咄咄逼人，便跟随那"青青姑娘"一起来到樊莞尔身边。

樊莞尔双手使劲揉着眉心，然后直起腰，拍了拍脸颊，啪啪作响。她伸出两根手指捻住身前青色衣裙的衣领，抖了几下，穿在自己身上后又一把扯开，随手将它丢给那个摸不着头脑的老和尚，笑道："放心，你所谓的青青姑娘还在，你只要去牯牛山待着，她很快就可以恢复生气。她本就是这件衣裙的真正主人，我的魂魄不过是借住了几十年而已，而且寄居之后就被我自己封禁了，与死物无异，如此一来，才不容易被丁婴发现。所以你这么多年，对这件衣裙说了什么，是佛话，还是情话，反正我一个字都没听到。"

云泥和尚怀捧衣裙，有些脸红。

樊莞尔眯起眼，陷入沉思，不再理睬这个早早动了凡心的和尚。

记忆一点一点恢复，如一股清泉流淌进入心田，却被她刻意搁置在心湖角落，先不去管，而是以纯粹的"镜心斋弟子樊莞尔"开始复盘。

师姐周姝真代师收徒，将年幼的樊莞尔接回去，在宗门禁地镜心亭，樊莞尔只是对着那幅画卷拜了三拜。她曾是天底下最想要见到"童青青"的人，于是周姝真最终送给了她一面铜镜。她学了白猿背剑术，被江湖誉为"有无背剑，是两个樊莞尔"。但是樊莞尔发现这门绝学的最后一剑在这天下好像根本就没有人用得出来，既没有那样的剑，也没有那样的武夫体魄，只是当初周姝真仍然执意要她精研这门白猿背剑术。因此当初在白河寺，谪仙人陈平安才会感到奇怪，为何樊莞尔明明"近乎大道"，却像是在负重行走，走得极其拖泥带水。因为神魂缺了大半，如同一具行尸走肉，如何能够灵动起来。

樊莞尔也曾在桥上询问魏衍是否经常出现似曾相识的人和事，之后在太子府第，原本修为是天下第三的老厨子也一眼看出了樊莞尔的古怪，只不过当时老人误以为她只是某位"谪仙人"的再次转世，所以相对容易被"鬼上身"，身上才会萦绕某些气息。

想到两次鬼使神差地主动去找陈平安，樊莞尔咧嘴一笑：好嘛，什么样的来头才有本事让太上师叔祖答应让她附身自己？涉险降临藕花福地，就为了给那个陈平安示警？只可惜这方天地的规矩太大，想要钻漏洞可不容易，所以那两次，"樊莞尔"都只能干瞪眼，无法说出半个字，而那个陈平安，大概也只是将自己当作了疯女人？

樊莞尔一脚踩在墙头废墟上，身体前倾，一条胳膊抵在腿上，眺望远方，笑意浓郁。

当时在夜市上，陈平安旁边一张桌子上的人看似是凡夫俗子在骂街，双方拍桌子瞪眼睛骂的那些粗鄙不堪的话,真正的深意,当然是那个“事不过三”。

那些话一听就知道是那个臭屁小道童的措辞,这次返回浩然天下,哪怕太上师叔祖拦着,她也要跟那个早就看不顺眼的小屁孩好好说道说道。这九十来年,丁婴几次与自己巧遇,应该不是小道童擅作主张,可是那次给兵符门门主抓走,她敢断言,绝对是那个最记仇的小王八蛋在捉弄自己,虽然有惊无险,可回头想一想,也十分恶心人啊。

最关键的是,太上师叔祖坏了藕花福地的规矩,也害得“镜心斋童青青”的所有谋划付诸东流。小道童抢在童青青拿到铜镜和青色衣裙的魂魄之前迅速定下了最终的榜上十人。还是说一辈子都抠抠搜搜的太上师叔祖遇上了大财主,所以不在乎那笔钱财了,打算直接砸钱将自己拎出藕花福地?

樊莞尔,或者说童青青的视线中,那一袭白袍已经临近城下。

不对,准确说来,她现在应该已是太平山道姑黄庭,不再是一团糨糊的牵线傀儡樊莞尔,更不是那个胆小怕死的童青青。

她“喂”了一声,高高抬起手臂,向城外那个家伙伸出大拇指。这是名动桐叶洲的太平山道姑生平首次敬佩一个比自己年纪小的男人。

陈平安抬起头,看着古怪且陌生的樊莞尔,皱了皱眉头。

他转而望向种秋,两人相视一笑。

在陈平安心目中,不管是哪里的江湖,都该有宋雨烧和种秋这样的江湖人在,那才算是江湖。

黄庭一挑眉头,笑意更浓:“有个性,我喜欢!”

第六章 人间灯火点点

陈平安在城外停下脚步，而此时的城头上，俞真意已经戴上了那顶银色莲花冠，身边悬停有一把琉璃飞剑。他拿出了一把玉竹折扇，每一支扇骨上都以蝇头小字记载着一门武林绝学。种秋神色释然，双肩松垮耷拉着，不像是平时的那个南苑国国师了。神色肃穆的北晋大将军唐铁意，他的拇指一直在摩挲着炼师的刀柄。

除此之外，榜上十人在场的还有周肥、刘宗和正捧着软绵绵青色衣裙的云泥和尚。至于其余几人，程元山还在桥下躲着，冯青白已经死在了好兄弟的刀下，丁老魔则死在了陈平安手里。

城头上还有气势浑然一变的黄庭，她虽然不在十人之列，但现在恐怕连周肥都不敢挑衅她。当神魂与肉身融合后，她的容貌开始出现变化，本就绝美的容颜又增添了几分光彩，愈发倾国倾城。

鸟瞰峰陆舫准备在藕花福地继续逗留一甲子，既为自己的道心，也为好友之子，担任他的半个护道人。

簪花郎周仕此时除了有离别在即的伤感，也有对六十年后的美好憧憬。而他所思所想的魔教鸦儿即将被周肥带离，丁婴一死，她是最心如死灰的一个。

当所有人看到那个年轻谪仙人停在城门外的官道上，俞真意眼神晦暗，脸上看不出任何情绪，种秋则会心一笑：宰了丁老魔的人就该如此霸气！就像是在说：“你们都看到了，与丁婴一战，我陈平安受了伤，谁想趁火打劫，尽管来，下了城头，我们再分生死。”

刘宗唉声叹气，背靠着墙壁，正犯愁呢。见过了牯牛山那场惊天地泣鬼神的大战，他是真没精气神去蹚浑水了，觉得没啥意思。如果这次还有机会走下城头，安然返回科甲桥的店铺，以后就老老实实当个富家翁得了，最多挑一两个顺眼的嫡传弟子，除此之外，莫作他想喽。

唐铁意眼中掠过一丝怒气，只是犹豫片刻，干脆闭目养神，眼不见心不烦。

最后，陈平安就这样径直走过城门，渐渐远去。

俞真意飘浮而起，踩在那把琉璃飞剑之上，就要去往牯牛山。那些从天下各处聚拢而来的充沛灵气已经开始四处流散，他一个修道之人，岂能错过这种千载难逢的机会。灵气不同于虚无缥缈的天下武运，不挑人，只要有本事，谁都能揽入怀中。

唐铁意盯上了精神萎靡的刘宗，沿着走马道缓缓前行。

刘宗悚然，蹦跳而起，骂骂咧咧道："好你个唐铁意，敢把我当软柿子捏?!"

黄庭则盯上了周肥。春潮宫宫主在这块福地的所作所为，镜心斋童青青可以忍，她太平山道姑黄庭可忍不了！

樊莞尔眼中的普通铜镜到了黄庭手上就大有玄机。她以气驭物，将地上的铜镜抓在手中，以手指重重敲击镜面，镜面砰然碎裂，露出幽绿深潭一般的异象。黄庭伸出双指，好似拈住了某物，往外一扯，竟是被她扯出了一把带鞘长剑！

她可是桐叶洲第三大宗门太平山的天之骄子，未来的宗主，只要跻身上五境，必成十二境仙人的黄庭！这要是还没点家底，就太不像话了。

一瞬间，周仕和鸦儿面面相觑，因为都感觉到了如芒在背。

两人猛然转头，刚好与那个望向城头的白袍谪仙人对视。

周肥笑骂道："丁老魔这个心比天高的家伙，成事不足败事有余，害惨我了。"

他转头望向陆舫，后者亦是无奈："除非此人跟你一起飞升，否则他留在藕花福地，周仕肯定危险。"

周肥捏了捏下巴。善缘难结的话，那就要另做一番打算了。

只是就在此时，所有人都情不自禁抬头望天。

云海破开一个金色大洞，一道光柱转瞬落在城头，只是眨眼工夫，恐怕除了城头这些人，京城都不会有人注意到这一幕。

众人视野中出现了一个矮小道童，手里拎着一个小巧玲珑的五彩拨浪鼓，却背着一只巨大的金黄葫芦，几乎等人高，显得极为滑稽。

黄庭看到这个小不点后，哟呵一声，便不再管周肥了，大步走向他。

小道童瞥见杀气腾腾的黄庭后，翻白眼道："我这次下来可不是来打架的啊，你要是太过分，惹恼了我师父，就不怕你那太上师叔祖白白为你护道这么多年?"

黄庭若还是那个来藕花福地之前的太平山道姑，只会撂下一句"那是我家祖师的事情"，然后该出手时就出手，只是这会儿，她咧咧嘴，一脸"咱们到了浩然天下再走着瞧”的表情。小道童还以颜色,同样咧咧嘴,不以为然:跟小道爷我比靠山?一座太平山还是小了点吧?又不是中土神洲的龙虎山。

小道童润了润嗓子,挺起胸膛,大步走在走马道上,嗓音不大,但是所有人都听得清清楚楚:“规矩有变,对你们来说是天大的好消息。最后一次上榜的十人,活下来的,都可以飞升;不愿意飞升的,等我敲响第二声鼓之后,第三声鼓响之前,自己离开城头就行。当然了,哪怕不飞升,走下城头的人还是能够拿到一件法宝。记住啊,在城头飞升之人,肉身会被留在这儿,只以魂魄去往另外的地方,保留所有记忆。别觉得从头再来全是坏事,其中玄妙,以后自己体会。”小道童趾高气扬,走得大摇大摆,“榜上的前三就更有福气了,第二的俞真意如果选择飞升,可以带走三人;第三的周肥可以随意带走一人。我家老爷发话了,丁婴除外。这些被带走的人,肉身可以一起离开。嗯,好像很多人一头雾水。不用奇怪,你们实力太差,根本没资格参与其中,心存侥幸的话,就只有那个冯青白的下场。”

说到这里,他对黄庭嘿嘿笑道:“你说气不气人,本来你实力可以跻身前三的。唉,人算不如天算,没办法的事情。谁让你们太平山勾搭那两个外人,先坏了规矩,我家老爷当时可是很生气的。”

黄庭扯了扯嘴角,小道童歪着脑袋,凝视着她那张脸孔,火上浇油道:“黄庭,你说你咋这么臭不要脸呢,在浩然天下,你的模样可没有现在一半好看……”

小道童好像给人在后脑勺一敲,突然摔了个狗吃屎,也不觉得丢人现眼,站起身拍拍道袍,与黄庭擦肩而过的时候,做了个鬼脸,然后继续说道:“最后说一条代代相传的老规矩,今儿的事情,对外就不要轻易宣扬了,你们心里有数就好。当然,实在憋不住,跟极少数人提及,不碍事。”

一口气说完这些,小道童举起拨浪鼓,轻轻晃荡。没有任何天地异象,就是轻轻咚了一声。

这就算是第二声敲天鼓?俞真意踩在琉璃飞剑之上,对着小道童打了一个稽首:“拜别仙师。”

小道童面对这位外貌上的“同龄人”态度不太一样,多了几分正经,老气横秋道:“去吧,人各有志。我家老爷对你算不得失望,所以请好好珍惜下一个甲子。”

俞真意破天荒露出一抹激动神色,御剑去往牯牛山战场遗址,大肆汲取天地灵气,期望着出关之后再度破境,便是对敌陈平安,兴许都有一战之力。

种秋笑问道:“刘宗,你怎么说?”

刘宗想了想,笑道:“铺子以后劳烦国师帮我卖了吧,相信以国师的手段,早已晓得了我相中的那几个年轻人,到时候分了银子送给他们几人。”

种秋点点头:“不难。那么就此别过?”

刘宗叹了口气，见种秋向他抱拳，赶紧抱拳还礼，忍不住问道："种国师，你不一起离开？走了之后，说不定还有机会回来，可要是这次不走，就再没有机会飞升了啊。"

种秋摇头道："吾心安处即吾乡。"

刘宗始终抱拳，一直没有放下。

种秋笑容和煦，轻轻按下刘宗的手后，转身走下城头。

小道童瞥了眼种秋的背影，摇摇头。

唐铁意快步跟上了种秋，那云泥和尚一步跨出城头，飘落于城外，怀里捧着青色衣裙，往牯牛山方向快速奔去。

城头之上剩的人已经不多，周肥对陆舫说道："先带着周仕去躲一躲，最好离开南苑国，越远越好。我一旦离开藕花福地，没人拦得住那个陈平安。"

陆舫和周仕没有犹豫，就此掠下城头，绕过牯牛山，去往南苑国边境线。

到最后，城头只剩下四人：背着巨大葫芦的小道童、太平山黄庭、玉圭宗"周肥"和在藕花福地土生土长的刘宗。

小道童看了眼城中某座石桥下，那里躲着臂圣程元山。不出现在城头，程元山就等于竹篮打水一场空，无法飞升，也无额外的机缘。小道童满眼讥讽，打了个哈欠，随意摇晃拨浪鼓，第三声鼓响。一道璀璨光柱激荡降落，将刘宗笼罩其中，整个人瞬间消逝不见，什么都没有留下。

小道童对周肥明显刮目相看，多泄露了一点天机，轻声道："那个陈平安，不用担心他在这里胡作非为，呵，他还有苦头吃呢。"

周肥一脸恍然，微笑道："谢了。"

第二道光柱落在人间，周肥比刘宗滞留时间更久，身影模糊，还有闲情逸致对黄庭挥手作别。

小道童笑眯眯望向皱眉不语的太平山道姑："是不是很忧心自己的处境？"

黄庭冷笑道："你回去告诉我祖师，不用花钱，最多十年，隋右边做不到的，我做得到，到时候就是我破境之时，我要以肉身飞升，返回浩然天下。"

小道童笑容玩味，脚尖一点，背着那么大一个金黄葫芦，开始悬空"飞升"，没有光柱傍身，歪歪扭扭，好似狗刨一般，缓缓向天幕游去……黄庭瞥了一眼就不愿再看那幅画面。这种幼稚勾当，也就那个小兔崽子做得出来。

南苑国京城内，枯瘦小女孩卖了书籍，买了两件衣裳，用剩余铜钱点了一大桌子只会在梦中出现的美食，狼吞虎咽，生怕吃慢了吃大亏。她坐在椅子上，需要高高抬起屁股才能夹到桌对面的美味菜肴，她满脸油腻，觉得自己从未如此幸福过。

曹晴朗被一队官兵带去了衙门，大堂外边铺着四条草席，盖着四张白布。孩子痴痴呆呆蹲在那里，一言不发。

一座桥下，臂圣程元山还在苦苦等候，等着震天响的第二次鼓声。

有个寒族书生听说不远处死了人后，被好友强拉着跑去凑热闹。那里早已被百姓围得水泄不通，书生只听说是个漂亮女子，他想着等到她回来后，一定要跟她说一说这桩惨剧，最重要的是要她少出门，如今两人拮据一些不打紧的，不用她串门走亲戚，跟人借钱为他购买书籍。

一路飞掠，回到了那条大街，拐入小巷后，陈平安脚步沉重。

入城之时，哪怕城头上站着那么多宗师，陈平安仍然以一种从未有过的无敌之姿，穿白衣、悬酒壶、持长剑，潇洒而过。可是此时此刻，面对一座不过贴了廉价春联的市井宅院，陈平安几次抬手又都落下，没有敲门。

陈平安并不知道，老道人就站在他身后看着他。老道人要“知道”两件事：你陈平安如何认识自己，又会如何看待人间。

终于，陈平安推门而入。宅子里没有人，没了絮叨埋怨的老妪，自然就没了她的骂天骂地，刀子嘴臭豆腐心；没了看似纯朴憨厚却会偷书的妇人，她望向自己儿子的眼神永远充满了骄傲；没了臭棋篓子老翁，也没了背着包袱去碰运气的汉子，他每次大清早出门之前都会蹑手蹑脚，估计是怕吵到要去学塾读书的儿子。

陈平安在院子里站了一会儿，回到自己屋子，将长气剑放回桌上的剑鞘，发现桌上的书已经不见。陈平安蹲在地上，伸出手掌贴在地面，闭上眼睛，试图找到一些蛛丝马迹。飞剑十五嗖一下飞出养剑葫，贴着地面疾速飞旋，最后剑尖朝地，指向一处，陈平安立即用双手刨开地面。以他当下的武道境界，五指都可以削铁如泥了。

大街上跟种秋一战，跻身五境，之后又与丁婴一战。这两块磨刀石用来砥砺武道，比起在桂花岛与老金丹剑修的切磋，无论是体魄还是心性都要强出太多。尤其是与丁婴从城头转战牯牛山，这种涉及武学大道根本以及“天下”武运的生死之战，哪怕以落魄山竹楼的崔姓老人眼光来看，也会赞赏有加，要说一句“八、九境的纯粹武夫都未必能够打出那种气势”。

片刻之后，挖出一个将近等人高的大坑，陈平安双手捧起奄奄一息的莲花小人儿，跃出大坑，将他小心翼翼放在桌上，先脱了身上那件法袍金醴裹成一团，像是个小草窝似的，把小东西放在法袍之中，之后赶紧从方寸物里头拿出一枚谷雨钱。比起灵气淡薄的小雪钱及以手触摸依稀可以感觉到灵气如水流转的小暑钱，谷雨钱蕴含的灵气最盛，如冰冻结。陈平安将这枚山上神仙钱币攥在手心猛然一握，之后微微松开，将粉末撒在莲花小人儿身上。至于这枚谷雨钱能够在仙家店铺购买多少古怪精魅，多少在王侯之家、富贵门庭都难得一见的精灵，陈平安早已不是初出茅庐的江湖雏儿，不是那个泥瓶巷的泥腿子窑工学徒，所以一清二楚。如今他对这个世界的了解越来越多，骊珠洞天，大骊王朝，东宝瓶洲，剑气长城，桐叶洲，藕花福地。

陈平安仔细观察着莲花小人儿，灵气如泉水流淌全身，就像缓慢渗入一块干裂的旱田，这让他微微放下心来：只要还能汲取灵气，就说明可以挽回。他伸出拇指，轻柔摩挲着小家伙的素洁额头。

安顿好莲花小人儿，将坑重新填好，陈平安走出屋子，坐在檐下的一条小板凳上，摘了酒葫芦，摇摇晃晃，也不喝酒。

脱去法袍金醴后，陈平安浑身散发出浓重的血腥气。跟丁婴拼死一战可谓伤透了，正因为如此，才会被那么多灵气如海水倒灌，大量涌入陈平安的各大气府窍穴。此时那些灵气盘踞在一座座洞府内，像是一股股藩镇割据势力。因为不涉及之前一口武夫纯粹真气的行走路径，这些个气府城池像是关外之地，形成了“藩镇”各自偏居一隅的格局，多却零散，并未勾连在一起，所以不成气候。陈平安不知道这是好是坏，但是暂时实在是没办法去解决。当务之急，是如何搭建好长生桥，以及离开这里。

观道观竟然不是真正的道观，而是老道人行走于人间何处，道观就在何处，这让陈平安哭笑不得。剑气长城上那位结茅修行的老大剑仙为何不早早提上一嘴？

不过回头想一想，当初进了南苑国京城，成天无头苍蝇般乱撞，心烦意乱之后，干脆静下心来随便游逛，是一种很不一样的感觉。见过了市井百态，看似游手好闲，但是让陈平安想起了早年的学徒生涯。在龙窑挣到的钱不足以让人大手大脚，但已经能够养活自己，不至于饿死，所以陈平安在实现温饱以后，每次跟随姚老头进山采土大概就是这般心情，哪怕风餐露宿，山路难行，每天都精疲力竭，可他心不累，倒头就能睡。然而自陈平安第一次离开龙泉护送李宝瓶他们去大隋求学，到莫名其妙闯入这里，睡过几个安稳觉？

陈平安隔三岔五就会起身去屋内看看莲花小人儿的情况，发现虽然进展缓慢，却是在朝好的方向一点一点痊愈，这才彻底放下心。那些近在咫尺的生离死别，哪里是借酒浇愁可以摆平的，一个人总有酒醒的时候。

屋内可以放下心了，可是屋外呢？陈平安弯腰坐在小板凳上，等着曹晴朗回家。

从今往后，这条无名小巷的宅子，跟当年泥瓶巷的那栋小宅子没什么两样了。

陈平安站起身。暮色里，一个孩子走在小巷中。院门没关，他看到陈平安后，神色木然地低下头，默然且漠然地走入自己的屋子。

陈平安欲言又止，最后还是什么都没有说，坐回板凳，一直坐到了深夜。

大暑时节，哪怕到了夜里，微风拂面，还是算不得如何清凉。其间陈平安去探望莲花小人儿的时候，无意间瞥见了一把做工粗劣的蒲草团扇，就拿着走出屋子。

后半夜，遥遥传来更夫的敲更声。曹晴朗走出屋子，拎着小板凳坐在陈平安旁边。陈平安递过蒲扇，曹晴朗犹豫了一下，还是接过去了。

沉默片刻,陈平安轻声道:“对不起啊。”

从头到尾,曹晴朗没有说什么,没有怪陈平安,也没有说不怪,只是低头呜咽。

第二天曹晴朗很晚起床,也没有了晨读的琅琅声,陈平安便去了学塾,想要帮他打声招呼,结果一路上行人寥寥,到了学塾,发现大门紧闭,连教书先生的面都没有见到。不过陈平安发现没有一个南苑国谍子出现在附近,想来应该是国师种秋的意思。

之后两天,不断有人家偷偷摸摸搬离这附近,状元巷的青楼酒肆一夜之间就清静了下来,门可罗雀。

这天黄昏,陈平安拎了张板凳坐在街巷拐角处。若是以往,这边的棋摊子上会有两个臭棋篓子厮杀得天昏地暗,旁边无数个臭棋篓子在支昏招。

大街还是沟壑纵横,断壁残垣,不堪入目。陈平安站起身,原来是种秋来了。

两人沿着大街散步,种秋满脸疲倦,微笑道:“京师这一块坊市已经暗中戒严了,各路小道消息也被控制了下来。皇帝陛下和太子殿下都对你很好奇,想要见你,被我劝阻了。不过你要是愿意的话,随时可以进宫,或是去我住处散散心。”

陈平安点头答应下来。

种秋一袭青衫,双鬓微白,短短数日,竟是有了几分沧桑老态,可见这位国师当下心情并不轻松。他继续道:“俞真意在牯牛山遗址上搭建了一座小茅屋,要在那边潜心修行。陛下提出要求,除非是俞真意将湖山派迁入南苑国境内,否则就要动用武力驱逐,俞真意不予理会。我希望陛下能够再等等,但是陛下没有同意,已经调动兵马,很快就会有万余精锐围住牯牛山一带。”

陈平安想了想,问道:“那个镜心斋樊莞尔呢?”

种秋先将樊莞尔的大略生平说给陈平安,然后无奈道:“我猜陛下应该是私下见了她,才有此决心和举措,想着只要有她压阵,加上滞留京师的北晋大将军唐铁意,当然,还要加上我种秋,形势再差也差不到哪里去。”说到这里,种秋站在一处沟壑边缘,正是当时陈平安以顶峰拳架“校大龙”御风而过,一拳将他击飞的位置,笑了笑,“陛下多次拿话试探我,询问你的心性和来历,我既不好欺骗陛下,也不好将你扯入这些俗世恩怨,只说你既不会扶持南苑国,但也不会帮着俞真意。闲云野鹤,只在云深处,是不会与鸡犬为伍的,更不会与它们争食。”

陈平安抱拳致谢,种秋摆摆手:“换成是我,只会比你更加心烦。”

陈平安摘下酒葫芦喝了口酒,种秋想起一事:“你住处那户人家的惨事是我亲自处理的,朝廷抓了不少魔教余孽,可以确定,当时是丁婴下令让人行凶,大概是为了让春潮宫的簪花郎周仕与你早早交手,没办法置身事外,以便水到渠成地扯出陆舫以及周肥。而且通过曹晴朗在衙门的口供,得知丁婴之所以如此与你关系不大,是因为丁婴误认为曹晴朗与镜心斋童青青有关。”

陈平安嗯了一声，突然问道："这里到底是哪里？"

种秋愣了一下，满脸疑惑。

陈平安指了指身后的长气，解释道："我是背着这把剑误打误撞进来的，兜兜转转找了很久，都不知道自己早就身在其中。"

种秋笑着介绍了一些关于藕花福地和谪仙人的历史，陈平安这才了然。

老道人当时话只说了一半。观道观的确不存在，但其实可以说整块藕花福地就是他的"观道之地"。

一开始，陈平安察觉到不对劲的地方，是发现一洲之内竟然有两个北晋国。要知道，莲花小人儿就是在北晋寺庙内寻见的，起先陈平安还觉得可能是桐叶洲与东宝瓶洲风土不同，还专门去状元巷书肆翻阅了许多稗官野史和文人笔札，结果越看越奇怪，还不死心，又去了那家一看就是权贵之家的私人藏书楼，想要通过正史确定南苑国在桐叶洲的具体方位，结果还是云遮雾绕，书上始终唯有四国历史。后来白河寺丑闻暴露，牯牛山四大宗师聚首，陈平安更觉得匪夷所思——竟然都喜欢用"天下"这个词语。国师种秋是"天下第一手"，南苑是"天下第一强国"，镜心斋的童青青是"天下第一美人"，等等，不胜枚举。

白河寺那一晚，丁婴和周仕、鸦儿一起潜入大殿，寻找那副罗汉金身。在这之前，陈平安由于身边就有心相寺老僧这么一位练气士，加上进入这座京城没多久就遇到了那件喜欢在月色下翩翩起舞的青色衣裙，所以就没有往深处想，只当是环境闭塞的一处"无法之地"，就像老剑圣宋雨烧所在的东宝瓶洲梳水国，武夫强盛。

如今细细思量，陈平安倍觉悚然，寒意阵阵，就像当初看了一眼那口水井。

虽然知道了自己身处藕花福地，可是如何进入、何时进入，陈平安仍是百思不得其解。老道人只要一天不出现，那陈平安就始终不知道答案。

种秋身为国师，一场大战过后，天下形势都变得云谲波诡，还有无数事情需要他定夺，今天过来拜访陈平安，一是防止出现误会，二是来这边散心，透口气，所以聊完该聊的，种秋就告辞离去。离别之际，陈平安带着歉意道："我暂时还无法离开藕花福地。"

种秋笑道："没关系，反正你陈平安也不像是个谪仙人。"

种秋离去后，独自走在清冷大街上，神色黯然。如果自己和俞真意当年遇上的第一个谪仙人是陈平安，会不会如今就是另外一种结局？

陈平安拎起小板凳，走入晦暗的小巷，突然又眯起眼。

院门外站着一个枯瘦小女孩，她下意识退了一步，抬起头，仔细看了看那个家伙的面容，好些酝酿好的说法竟是一个字都不敢说出口。

陈平安问道："那些书呢？"

小女孩眨了眨眼睛，使劲摇头："我不知道啊。"

似乎是害怕陈平安不相信，她满脸委屈道："前几天你跟那些坏人打得那么厉害，而且当时一男一女就是从巷子里走到大街上的，我哪里敢回巷子，一直就老老实实坐在板凳上，后来见不着你，也等不到你，我怕坏人找上我，就赶紧跑了。"

陈平安挥挥手，示意她可以走了，不想再见到这个心机深沉的小女孩。

小女孩可怜兮兮道："求求你了，让我吃完饭再走吧？"

原来是闻到了饭香。陈平安没理睬她，进门后就闩上了院门，竟是曹晴朗做好了一顿晚饭。这孩子聪明且孝顺，虽然之前从未亲自下厨，但是见多了娘亲烧饭做菜，等到他自己独力来做，虽然不会可口，但也能吃。

这两天，都是曹晴朗自己做饭，陈平安从来没有凑上去，往往是曹晴朗去了灶房就主动离开院子，今天也是如此。

以往回去的时候，曹晴朗肯定已经吃好饭，收拾了碗筷饭桌就回到自己屋子待着，偶尔晚上纳凉才会出来坐一会儿。但是今天不一样，曹晴朗坐在桌旁，吃得很慢，而且桌对面多摆了一副碗筷。

陈平安轻轻走入屋子，坐下后，细嚼慢咽，没有发出任何声音。

院子里扑通一声，枯瘦小女孩站起身，拍了拍身上尘土，蹑手蹑脚来到屋子外边，没敢进去，就蹲坐在那里，伸长脖子，看着桌上的饭菜。

曹晴朗想了想，还是去灶房给她盛了一碗米饭，走到她跟前，将碗筷一起递给她："一起吃吧。"

陈平安放下碗筷，看着她。她便泫然欲泣，放下碗筷，一动不动。

曹晴朗无奈道："没事，吃吧。"

她仍是目不转睛望着陈平安，陈平安拿起碗筷，不想看她。

她这才开始低头扒饭，偶尔往菜碟子里夹一筷子，跟做贼似的。

三人差不多时候吃完，曹晴朗起身收拾饭桌，小女孩瞥了眼陈平安，装模作样地帮着曹晴朗收拾起来。

两个同龄人端着碗碟盘子一起回到灶房，枯瘦小女孩看了眼院子，发现那个家伙不在，便压低嗓音埋怨道："油水也没有，还那么咸，你到底会不会做饭?！恁大一个人了，能不能有点出息？"

曹晴朗哑然，看她不依不饶的模样，只好说道："下回我注意。"

结果陈平安突然出现在灶房门口，枯瘦小女孩立即闭嘴，刚要转头不认账，假装没看到陈平安，已经看到他招了招手，而且眼神凌厉。她只好耷拉着脑袋走出去，被陈平安扯着领子，提鸡崽儿差不多，一手开门，一手将她放在外边，关门前撂下一句："再敢翻墙，我直接把你丢到京城外边去。"

这天夜里，陈平安一直在闭目养神，曹晴朗出来乘凉没多久就听到了院门外的咳嗽声。他过去打开门，看到了蹲在地上的枯瘦小女孩，正仰着头，双臂环胸，笑眯眯道："不用管我，外边巷子里更凉快哩。"

曹晴朗双手挠头，他是真怕了这个家伙了。

陈平安抬起头皱了皱眉。远处一座屋脊上，月光皎洁，有个悬刀的男子，身穿黑袍，气质儒雅，一手拎着一壶酒，对着陈平安微笑示意。见陈平安没有说话，他脚尖一点，往陈平安这栋宅子飘荡而来。

陈平安趁曹晴朗还在门外，一拳递出，浑然天成。那位堂堂北晋国大将军唐铁意被无声无息的一道拳罡砸在胸口，直接倒飞出去，落回屋脊原处。

拳罡劲道，妙至巅峰，唐铁意本身就是天下屈指可数的大宗师，没有受伤，但是狼狈至极。可他非但没有恼羞成怒，反而对着陈平安歉意一笑，像是在说多有叨扰，为自己的不请自来而愧疚，就这么转身一掠而走。

对于此人，陈平安没有太深的印象，也不愿意过多接触。他想了想，跟曹晴朗说不用等他回来了，走出巷子，去往状元巷。刚好养剑葫里边没酒了，出去一趟也好。

大半夜，状元巷的一栋酒楼内只有一桌客人，但仍是彩灯高挂。

那算是一桌家宴，因为厨子都是客人自己从家里带出来的。

整条状元巷戒备森严，除了披挂甲胄的将士三步一岗，还有隐姓埋名的高手坐镇，若是有人想要刺杀，除非是榜上十人的大宗师，否则连这些客人的面都见不到。

这桌客人分别是南苑国皇帝魏良、皇后周姝真、太子魏衍，还有二皇子和年纪最小的公主魏真。除了皇室众人，席间还有换上了一身素雅道袍的太平山道姑黄庭，曾经的镜心斋樊莞尔和童青青。

魏真继承了父母的容貌，是个罕见的美人坯子，但是跟黄庭一比，还是会自惭形秽，本来挺活泼的她，今夜不太敢说话，一直依偎在母后身边。她尤其仰慕这个美若天仙的道姑，能够在她父皇面前表现得比种国师还要更……江湖！她这些年珍藏了许多禁书，都是两个哥哥经不起她的哀求，从市井书坊搜罗而来的种种志怪演义小说。

江湖是什么？她憧憬的江湖，就是在一个月黑风高夜，一对神仙眷侣杀入在武林中令人胆寒的坏人老巢，当天空泛起鱼肚白的时候，贼寇魔头们都已经授首，那对男女相视一笑，策马离去，继续驰骋江湖。

魏良笑问道："外有俞真意，内有陈平安，当真没事吗？"

黄庭的答案不太客气："其实这两个人都在京城内也没事，一个是修道之心异常坚定，一个是根本不稀罕搭理你们。只不过你们当皇帝的喜欢那套'卧榻之侧岂容他人鼾睡'的措辞，你心里别扭，这个我能理解，加上我对俞真意也瞧不顺眼，那就干干脆脆跟他打一架好了。我保证出十分气力与俞真意交手，如果我输了，所谓的南苑国精锐大军都没能留下俞真意，还给他闯入皇宫，杀了你们一大家子，那么我只能在飞升之前争取帮你们报仇了。”

魏良摇头苦笑，喝酒解闷。

其实最别扭的还是周姝真，师妹变成了师父，又变成了太平山黄庭。

至于最失落的，恐怕就是太子殿下魏衍了。他心中爱慕的那个樊莞尔再也找不回来了，哪怕眼前道姑比樊莞尔还要姿色动人，可他反而喜欢不起来。

最忐忑不安的，则是与魏衍相貌酷似的二皇子。魔教从太上教主丁婴到鸦儿，再到一大群潜伏京师的高手，被种国师联手镜心斋仙子和朝廷供奉来了个一锅端，悉数入狱，而魔教三门势力跟他这位天潢贵胄的魏氏皇子都有着千丝万缕的关系。

这顿饭，二皇子吃得索然无味，如同嚼蜡。他有些羡慕妹妹的没心没肺，更嫉妒哥哥的洪福齐天。谁能想到，举世无敌的老魔头丁婴会被人宰掉？那个叫鸦儿的臭娘儿们曾经还信誓旦旦对他说：“你老死了，我家师爷爷都未必会死。”

酒楼外传来一阵不同寻常的骚乱，黄庭笑道：“贵客来了。”

魏良第一时间望向窗户外边，很是紧张，有些后悔没有喊上国师种秋，毕竟种秋跟那人关系不错。但是等了半天，才发现那人从楼梯口出现，竟是规规矩矩走了酒楼大门和楼梯。他没有穿那扎眼的一袭白袍，而是一身南苑国寻常殷实人家的普通衣衫。

魏良稳了稳心神，站起身。

皇帝都起身迎客了，其余皇室众人都赶紧起身。

黄庭没有摆架子，只是也未太过殷勤，站了起来，却离开酒桌，走到了窗口，像是把自己择了出去，交给地头蛇跟过江龙双方自己看着办，她谁也不偏袒。

魏良朗声笑道：“我魏氏招待不周，闹出这么大阵仗，陈仙师恕罪。”

陈平安摇头道：“陛下不用在意这些，这次风波，跟南苑国关系不大。”

魏良有些吃不准，担心他话里有话，而自己没有领会深意。

陈平安已经开口说道：“我这次来，是想着既然陛下都亲自来了，刚好有些话，我可以直说了。南苑国可以当我不存在，请陛下放心，如果不是丁婴和俞真意主动找上门，可能这场架自始至终都没有我的事情。”

魏良笑着点头附和：“陈仙师是山上神仙，自然不愿理会人间纷争。”

陈平安突然也笑了起来：“你们南苑国京城风景挺好的，尤其是有样吃食很不错，我离开京城之前，肯定还会再去吃一次。”

魏良好奇地问道：“敢问仙师是何处何物？寡人可以……”只是说到一半，魏良就打住了话头，举起酒杯一口饮尽，“陈仙师才定下规矩，寡人这就坏了规矩，必须自罚一杯才行。”

陈平安摘下酒葫芦：“可能还要麻烦陛下送两坛酒给我。”

魏良哈哈大笑:"陈仙师你这贵客当得也太好糊弄了!"

皇帝说了个笑话,其余人就都马上跟着笑了起来。

陈平安略显后知后觉,也笑了笑,否则就显得太不近人情了。

黄庭虽然面朝窗外,可是嘴角翘起。

陈平安将养剑葫装满了酒就离开酒楼,却没有返回巷子住处,而是凭借记忆去找了白河寺附近的那个夜市,吃了一大碗那个又麻又辣又烫的玩意儿。

"不吃辣,不喝酒,不喝着烈酒吃最辣的火锅,人生还有什么乐趣可言?"

这是宋雨烧说的。以前没觉得多有道理,这会儿陈平安在熙熙攘攘的闹市中,觉得老前辈的老话真是不骗人。

陈平安结了账,离开热闹喧嚣的夜市,缓缓而行,在寂静无人处掠上一座屋脊,又去了那户庭院深深的官宦人家的私人藏书楼。这一次,他不是去查寻这个天下的历史和堪舆,而是去寻找有关桥梁建造的书籍,可惜搜寻无果,就打起了工部衙门藏书和档案的主意,一番权衡,想着还是有机会就跟种秋说一声,请人家国师帮这个忙,应该不会太为难——他还得跟种秋讨要一个书生的消息。

出了书楼,陈平安最后在一栋高楼屋顶停下,坐下来喝酒,喝到最后,对着天空伸出了中指,天没打雷。

陈平安收了酒壶,迎着清风,怔怔出神。

在离开飞鹰堡上阳台和进入南苑国之间,遇到过一座纸人城镇。

心相寺住持老僧曾经重复说了一句话:"你看着它,它也在看着你。"

那个当时还是樊莞尔的女子在白河寺和夜市两次使劲盯着自己,眼神似乎有些熟悉,但她却没有开口说话,应该不是不想,而是不能。

细细思量,倍感悚然。陈平安叹了口气。

人间的灯火,天上的星辰。有人说过,后者可能是诸多神灵的尸骸。

是谁说的来着?陈平安拍了拍脑袋,想不起来了。今夜喝的酒其实不算多,但是偏偏醉得厉害。他后仰倒去,呼呼大睡。

一个老道人站在翘檐之上,瞥了眼正在酣睡的年轻谪仙人,想起之前看到的一幕,扯了扯嘴角。

小院内,年轻人跟一个孩子轻声说着对不起的时候,其实满脸泪水。

老道人自言自语道:"在你眼中,人间无小事吗?"

他双指本夹着一枚小雪钱,此时却在他指尖一点一点消散。

他一步跨出南苑国京城,来到牯牛山遗址,悄无声息,便是在此结茅修行的俞真意都没有察觉到丝毫异样。

简陋茅屋外,俞真意在月夜下负手而立。湖山派高手和几个嫡传弟子都已经被他敕令返回宗门，近期不准抛头露面。

这位貌若稚童的天下正道领袖此时头戴那顶银色莲花冠，这是他跟丁婴的盟约之一，事成之后，丁婴要拿出这顶道冠给他。道冠名为“钩沉”，是藕花福地历史上最玄妙的法宝，没有之一，除了能够自主庇护戴冠之人的体魄、神魂，还能够淬炼肉身、平静心境，更重要的一点是，这顶道冠可以帮助寻找潜藏四方的谪仙人。

俞真意本就粗略掌握了仙人掌观山河的神通，先前在牯牛山之巅眺望南苑国京城，丁婴、陈平安和陆舫之流在他眼中就是最为光彩夺目的几盏“灯火”，如今有了这顶道冠，如虎添翼，俞真意有九成把握，只要自己这次成功脱离围剿，以后的天下，所有谪仙人都会寸步难行。

俞真意身边悬停着那把琉璃飞剑，袖中还有一件刚刚到手的仙家重器。

那个斜背巨大金黄葫芦的小道童果然没有食言，不愿飞升、选择走下城头之人都可以拿到一件法宝，俞真意就在被夷为平地的牯牛山遗址找到了一部玉牒书，是古代帝王祭天封禅的“告天之文”，只是文字古怪，不见四国记载。俞真意知道答案多半会在敬仰楼或是镜心斋，这两处对于天外天的谪仙人了解最丰。

俞真意对于丁婴的死没有什么感觉，更谈不上伤感，最多就是恼火丁婴的功亏一篑，使得他和湖山派的许多谋划要做出很大的改变。

你与天斗，我管世间。这就是丁婴和俞真意的默契，大道互补，所以一正一邪的执牛耳者，最有可能打生打死的两大宗师，私底下选择了结盟，设下了南苑之局。两人区别，在于丁婴想要杀掉除了他们之外的榜上所有人，俞真意则只针对谪仙人，周肥、童青青、冯青白，当然还有最后出现的陈平安。

俞真意开始在月色下散步，一呼一吸皆是修行，这也是他当初以大毅力大魄力舍了一身巅峰武学修为的根源所在。

修道一事，首重心性，这才是俞真意憧憬的风景。武学的境界太低，一辈子在泥泞里打滚，那群江湖莽夫还浑然不知。程元山之流，贪得无厌，恨不得目之所及皆是我囊中物；唐铁意之流，贪恋沙场权势，梦想着有朝一日坐拥江山美人，最好死后还能青史留名，却不知不得长生，皆是虚妄；刘宗之流，只在力气上钻牛角尖，不值一提。

只是可惜了种秋。这个昔年的生死之交，画地为牢。

俞真意行走方向随意，步子大小也没个定数，小时与常人无异，大时一步飘出十数丈，但始终没有在某个方向上走出去太远，有些时候就沿着一条无形的大弧轨迹悠悠而行。这幅场景，让那些个带兵驻守各个方向的南苑国功勋武将一个个心惊胆战，生怕自己倒了大霉，俞真意刚好从自己这个方向突围。京城就这么近，转头即可见，这意味着皇帝陛下对这边的动静尽收眼底，一旦俞真意打定主意在今夜破阵，谁敢怯战避战？

没谁觉得将近万余南苑京畿精锐兴师动众地围剿一个"稚童"有什么滑稽可笑。谁能想象,两位宗师之战就能够打得一座牯牛山都消失。他们这些只是精通战阵技击的血肉之躯,死在沙场争锋上可以虽死无悔,死于这些神仙人物的弹指之间、一袖之下,可能连对方的影子都没有见到,留下一大片一大片的累累尸骨,这他娘的算怎么回事?!

俞真意当然不会在乎那些南苑国将士的所思所想,他现在真正上心的只有两人:那个至今还没有出手的黄庭,以及正面强杀丁老魔的陈平安。

至于为何陈平安不阻拦自己汲取此地灵气,任由自己境界稳步攀升,俞真意百思不得其解。难道他与丁婴一战受伤太重,已是绣花枕头?所以他在入城之时的停步其实是在故弄玄虚,蒙蔽了城头所有人?

俞真意停下脚步,望向月下的城池轮廓,最终还是放弃了一探究竟的念头。一旦陈平安与镜心斋、种秋联手才是真正的祸事,到时候以唐铁意和程元山的墙头草性子,一定会见风使舵,彻底倒向南苑国。

俞真意返回茅屋,伸出手,掌心轻轻在琉璃飞剑的剑身上抹过。

他如今是可以做到御剑远游的仙人风采,只是比起书籍上记载的真正逍遥游差了太多,无法升空太高,也无法御风太远,实为憾事。

俞真意视线上移,看着那轮明月:终有一天,我可以御剑在人间的头顶俯瞰山河,比我高者,唯有日月星辰。

俞真意猛然降低视线,京城那座尚未修缮完毕的残破城头上,有一个看不清相貌的人,但是俞真意眼中出现了一团明亮的光芒,极为碍眼。他冷笑道:"这就来了吗?"

城头上,有个背剑的年轻女冠盘腿坐在一处箭垛上,一手端着个还热气腾腾的砂锅,香气弥漫,一手下筷如飞,一边吃一边念叨:"哎哟娘咧,这玩意儿真是好吃,就是实在太辣了些,不行不行,下次不能一口气买两碗了。"

下边城门处有数骑疾驰而出,传递皇帝陛下亲自颁发的一道军令。

御林军和三支京畿驻军,除了负责镇守京城南门的那一支大军死守原地,其余各自撤离驻地,向后撤出二十里,像是在给俞真意和城头上这位容貌倾城的女冠腾地方。

黄庭埋头狂吃,偶尔抬头瞥几眼牯牛山方向。俞真意如果这会儿脚底抹油,她可没辙,追不上的。

过了一会儿,黄庭将那只砂锅放在身旁,一双筷子轻轻搁放在砂锅上边,站起身拍了拍肚子,满是后悔:"这一顿夜宵吃得有点过分了啊,还不得胖两斤啊。唉,樊莞尔,饭碗?你是饭桶才对吧……"

等到三支南苑精锐开始缓缓转移驻地,女冠黄庭锋芒毕露,死死盯住俞真意,抹了抹嘴,轻声道:"估计打完这场架,就能瘦回来了。"

在屋脊上睡大觉的陈平安是给城外的巨大动静惊醒的，举目远望南方，有两抹璀璨剑光交相辉映，是俞真意的琉璃飞剑和黄庭的那把境中剑。

陈平安没有返回住处去取长气，而是从方寸物中取出原本属于窦紫芝的长剑痴心以及飞鹰堡世代相传的狭刀停雪悬在左右腰间，一掠而去，身影如缥缈云烟。

种秋早已站在城头上，陈平安来到他身旁问道："这就打起来了？"

种秋点头道："黄庭本就是你家乡那边的修道中人，对于灵气的感知远超于我们。"

陈平安说道："她是觉得再给俞真意这么鲸吞灵气会打不过？"

种秋无奈道："哪里，若是如此，黄庭早就出手了。按照她的说法，是故意等俞真意吃饱了才出手，省得俞真意输了有借口。"

陈平安实在无法理解那位太平山女冠的想法。生死厮杀，这么锱铢必较的事情，怎么到了她那儿，就会如此儿戏？反观自己，大街一战，从马宣、琵琶女到钱塘，一直在试探这天下深浅的同时还要一次次隐藏实力，再到算计陆舫以及种秋和丁婴，哪一步不走得缜密谨慎，哪一拳不出得稳稳当当？

虽然不理解她的想法，但是陈平安心胸之间还是有些佩服和羡慕的。行走江湖，若是可以做到不论生死和结果，好像就该这么……不怕死。

陈平安跟种秋说了有关桥梁建造的书籍一事，种秋笑着答应下来。

然后陈平安又讲了琵琶女和姓蒋的书生一事。对于一国国师而言，寻找一个滞留京城参加科举的读书人一样是小事，但是种秋却没有立即答应下来，而是问了一句："你确定要见那个书生？"

陈平安道："见不见，到时候再说吧。"种秋这才点头。

两人一起望向牯牛山，俞真意和黄庭的声势越来越大，往往一抹森森剑光能够长达十数丈甚至数十丈。

大概是觉得有陈平安和种秋并肩而立的地方才是天底下最安全的地方，周姝真、魏衍、魏真以及一个白发苍苍的老将军在御林侍卫的严密护送下登上城头，直奔两人而来。周姝真自然不敢在种秋面前摆架子，双方不失礼仪地寒暄一番。魏真见到种秋后更是战战兢兢，没办法，种秋是她的授业恩师之一，她生平第一次挨板子也是拜种国师所赐。当时她哭得一脸鼻涕眼泪，找到了正在对弈的父皇和母后，结果两人一个说打得好，一个说打得轻了。从此以后，魏真就畏惧种国师如豺狼虎豹。

老将军能够与天潢贵胄同行，想必是南苑国第一等煊赫显贵。果然，种秋见到他后，直呼其名地打招呼："吕霄，你怎么来了？"

吕霄披挂一身甲胄，中气十足，冷哼道："外边的京畿兵马大半是我调教出来的大好儿郎，我卸甲归家咋了，沙场陷阵是不行，我承认，可一身调兵遣将的本事我还没丢！

你们拦着不让我出城也就罢了，难道还不许我目送他们一程?!”老人一拍城头，恼火道，“你们这些个飞来飞去的江湖宗师怎么就不肯消停点？一场架接着一场架打得大半个京城百姓都睡不好觉，尤其是那个穿白袍的什么谪仙人，给吹嘘得神神道道的，什么丁老魔都是他的手下败将，还长得俊俏非凡，害得我那俩孙辈一个劲儿问我认不认识他，一个说要拜师学艺，一个说要见识英雄豪杰。我认识他个大爷啊，我要是见着了那个白袍子，一定指着他的鼻子骂他个半死，别的不说，那名字取得真不咋的……”

种秋忍着笑，吕霄被他气得横眉竖目，正要破口大骂，种秋摆手道：“行了，皇后娘娘和太子殿下、公主殿下都在这，你就少喷点唾沫吧。”

吕霄闷闷收声。

陈平安不说话，心想这老将军是个耿直性子，可就是脾气火暴了点。

吕霄瞥见他的视线，瞪眼道：“小子，瞅啥?! 敢笑话我?”

陈平安没有还嘴，只是摘下酒葫芦喝了口酒。

吕霄误以为此人是江湖中人，既然能够与种秋站在一起，那多半是武艺不俗的年轻高手了，人品肯定也差不到哪里去，便语重心长道：“小子，瞧你模样也是有些书卷气的，一看就是个读书种子。可不是我倚老卖老，我吕霄看人奇准，真心劝你以后莫要行走江湖了，不奢望你去沙场建功立业，更不用你马革裹尸，只要多学学种国师，当然，是指学他文圣人那一面，什么狗屁武宗师，有啥好的……”

陈平安无言以对，挤出笑容，尴尬点了点头，又喝了口酒。

吕霄除了脾气火暴，说话不太好听，其实心肠还是很不错的。

魏真在一旁捂嘴偷笑，她可是知道这个年轻人身份的。

哪怕是对江湖颇为厌恶的吕霄，亲眼看到牯牛山的剑光熠熠、气冲云霄，仍是忍不住偷偷感慨了一句：“真神仙也。”

但是犟脾气的老将军不会放过任何机会去教训那个误入歧途的年轻人，转头劝说道：“瞧见没，这才是宗师风范，给你小子一百年怕也不能有此境界吧？所以说啊，还是弃武从文好，若是哪天想明白了，愿意投笔从戎，那更好，只要我那会儿还没进棺材，你就来找我，我亲自为你引荐，南苑国任何一支精锐边军，你小子随便挑!”

他说得唾沫四溅，陈平安抹了把脸，叹了口气，只得自报名号：“我叫陈平安。”

吕霄嘿了一声：“你叫陈平安咋了，又不是姓种，南苑国当大官的家伙，我哪个不熟悉……”他骤然停下话语，板着脸点点头，伸出大拇指，装傻扮痴，“好名字!”然后仿佛什么事情都没有发生，默默地走到种秋身旁，再默默挪步，一直走到最外边的魏衍身旁。他打算近期都不要开口说话了，要修一修闭口禅。

陈平安又看了一会儿牯牛山之战，说道：“我先走了。”

当然没有人阻拦。

约莫一炷香后,看出了那场大战的一些端倪,种秋笑着感慨道:“之前胜负还在五五之间,现在不如他多矣。”

周姝真尚且还看不出什么,魏衍也差不多,至于吕霄和魏真更是一头雾水。

吕霄纳闷道:“国师,他就这么走了?”

种秋笑道:“陈平安今夜只要愿意出现在城头,俞真意就不敢太肆意妄为了。”

说到这里,种秋转头望去,心中叹息:不是说好了万事不管吗?

陈平安悄然回到院子的时候,天还未亮。

这些天,莲花小人儿一直蜷缩在法袍金醴之中,睡得愈发香甜,陈平安也就没有穿回金醴。进了屋子,发现小家伙的呼吸越来越平稳,换了一个睡姿,陈平安帮着卷了卷金醴衣角。而后又走出去,见枯瘦小女孩坐在一张小板凳上,靠着柴房门睡着了,睡梦中还皱着眉头,陈平安甚至可以从她的睡姿依稀看出年纪不大的她对这个世界充满了戒备。他双手握拳,轻轻放在膝盖上,安安静静等着天亮。

老道人突兀出现,站在他身边,开门见山道:“你既然背了陈清都的这把长气剑,我就破例让你以完完整整的皮囊和魂魄进入藕花福地。至于你为何而来,我当然算得出来,只是要我帮你重建长生桥,难是不难,可天底下没那么便宜的好事。”他伸手指了指曹晴朗的屋子,“之前听说了你与那个孩子的一番话,关于对错先后的道理,我便知道你跟老秀才的关系了。毕竟老秀才的顺序之说,天底下我是第一个知晓的,一笔糊涂账,也好意思误人子弟!”说到这里,他又冷笑,“所以我决定稍稍提高一点门槛,才有那桩围杀之局,并且让丁婴禁锢了那件方寸物。你要是本事不济死在这边,那么长气剑留下,我倒也不会太为难你,至多将你留在这里几十年,怎么来还是怎么回,不用担心神魂体魄。我与老秀才不对付,还不至于拿你撒气,只不过规矩还是要有的。”

陈平安苦笑道:“原来如此。”

老道人嗤笑道:“后来有个阴阳家的高人,还是挺高的那种,一次出手,模棱两可,刚好踩在我的底线上,我便忍了他,不与他计较。可他那个天生阴阳鱼体魄的弟子不知天高地厚,两次附身樊莞尔,试图提醒你,告诉你离开藕花福地的方法,我便将你身上其余两件法宝废了。”

陈平安问道:“是那座纸人镇,以及……北晋国?!”

老道人笑道:“你总算还没蠢到家。这两处皆是那人的手笔,挺有意思。至于他为何愿意出手,你曾经在他手上吃过苦头?”

陈平安额头渗出汗水,是发自肺腑、油然而生的恐惧,比生死更甚!

生死之事,往往手起刀落一瞬间。陈平安这种畏惧,是那种好像置身于白雾茫茫的境地,一步走错就会坠入悬崖,有个人就站在崖畔冷眼旁观。

那个人,陈平安直到现在才真正记起来,是上次在飞鹰堡擦肩而过的憨厚汉子,汉子还对他咧嘴一笑;更是那个在自己小时候贩卖糖葫芦的汉子,那个笑眯眯的好人!当时他在飞鹰堡就觉得有些眼熟,可是死活记不起来。

陈平安记住的不是这个人的容貌,而是他的那种笑容。

从骊珠洞天,再到桐叶洲。

陈平安抬起手臂,擦了擦额头汗水。

老道人问道:“终于记起是谁了?那么想明白了吗?”

陈平安点头道:“想明白了。为何他会好心提醒我?是不希望我进入这块他管不着的藕花福地,只不过忌惮老前辈,不敢明目张胆行事。”

老道人嗯了一声:“比蠢笨好了那么一点。你其实只说对了一半,那人如今对你并无恶意,否则就凭你那运气,哪里能找到莲花小人儿。”

他又问:“我破得此局,别人当真破不得?可你直到现在才知晓真相,不奇怪吗?”

陈平安摇摇头,毫不犹豫道:“不奇怪。如果是以前,也会不奇怪,但终究是什么都不懂的那种不奇怪,可这趟藕花福地走下来,联系两次出门远游遇上的那些人和事,想通了不少,就更不奇怪了。”

老道人点头道:“那现在就是有点小聪明了。”

陈平安问道:“我什么时候可以离开藕花福地?”

老道人笑道:“你应该先问什么时候可以离开南苑国。”这次他没有卖关子,“等到南苑国京城事了,我带你去看看这天下。”

陈平安摘下酒葫芦,悬在空中,没有去喝,实在忍不住,壮着胆子问道:“为什么?”

老道人呵呵一笑:“本老前辈道法通天,很是无聊嘛。”

陈平安现学现用,跟老将军吕霄学了装傻扮痴的本事,假装没听到老道人言语中的讥讽,等到他喝过了酒,小院已经不见老道人的身影。老道人总是神出鬼没,陈平安也无可奈何。

天微微亮,靠着柴房门睡觉的枯瘦小女孩已经醒来,看到那个白袍子的有钱人在院子里散步,闭着眼睛像个瞎子,一手摊开,掌心朝上搁在腹部,一手握拳在胸口,步子很小,走得很慢,像是在犹豫要不要一拳敲在手心上。她百无聊赖地等着,总觉得他会一拳砸下去。

“如果这家伙眼睛真瞎了就好了,然后一拳下去,啪叽一下,不小心把自己手掌打透,就更好了。”一想到这个,枯瘦小女孩就有点乐呵,怕被他看穿,赶紧板起脸,故意打了个哈欠。

陈平安睁开眼,撤掉那个古怪姿势,是跟丁婴依葫芦画瓢学来的,今天之所以拎出来,是觉得当年遇上的那个带着两个徒弟的目盲老道人玄谷子,所学雷法需要以重拳捶打气府,跟丁婴有点相似。

陈平安没有去看小女孩,也没有停下脚步,将一身拳意继续沉浸在种秋悟出的顶峰大架之中,说道:“你去看看曹晴朗的学塾开门了没有,如果夫子还是没有重新授业,就问一下附近的街坊邻里到底什么时候开课。”

小女孩讨价还价问道:“能不能吃过了早饭再去?我饿,走不动路哩。”

陈平安淡然道:“回来之后再把灶房里的水缸挑满就有饭吃。”

小女孩凝视着陈平安的侧脸,看他不像是在开玩笑,就哦了一声,故意摇摇晃晃站起身,贴着墙根绕过陈平安走出院子,离开巷子后,在街巷拐角处蹲了半天,这才一路撒腿狂奔回到院门口,额头已经有了汗水,弯下腰,双手叉腰,对着那个还在走路的家伙大口喘气道:“还没开门呢,我问过一位大婶啦,说那夫子给之前的打架吓破了胆,近期都不开门了。”

陈平安默不作声,指了指灶房。小女孩哭丧着脸去了灶房,提了个最小的水桶,所幸水缸里还有大半缸水,若是空荡荡的,她保管一次都不愿意,出门后丢了水桶就跑。她走到院门口的时候,听到了曹晴朗的背书声。背对着院子,她翻了个白眼,龇牙咧嘴,满是不屑。

打水真是累死个人,双手提着水桶回到院子的时候,小女孩还是贴着墙根,小心翼翼绕过那个人,一溜烟跑进灶房。她就只打了不到小半桶水,一路上嫌累,又给倒掉了许多,等回到院子,水桶底部也就堪堪有寸余高的井水。她迅速转头看一眼,没有看到那人,立即提起水桶,轻轻从水缸里舀起半桶水,然后使劲抬起水桶,一个倾斜,哗啦啦倒入水缸。

对这一切,陈平安洞若观火,但是没有当场揭穿她。

宁可花这么多心思去偷懒,也不愿意出一点力气吗?

曹晴朗背过了几篇蒙学文章就开始去灶房烧饭,陈平安说他今天可能会很晚回来,曹晴朗点点头。

陈平安离开巷子,途经状元巷附近,丁婴和魔教鸦儿先前下榻的宅院死气沉沉,明显已经弃用。心相寺的香火愈发稀少,至于那座武馆的晨练倒是比以往更加卖力,呼喝声此起彼伏,教拳的老师傅嗓门尤其大,想来是之前那场大战既让老百姓感到可怕,觉得世道不太平,却也让江湖子弟神往:若是没点大风大浪,还叫江湖吗?

陈平安这次出门还是没有穿上金醴,只穿了一身崭新的青衫长袍。一是莲花小人儿尚未痊愈,还需要如同一座小小洞天福地的法袍;二是陈平安不愿意招摇过市,甚至连养剑葫都留在了屋内,让初一、十五护着莲花小人儿,只不过腰间悬佩了长剑痴心和狭刀停雪,如此一来,就像是个喜好舞刀弄枪的游侠儿。

陈平安是去找种秋,要再麻烦这位南苑国国师一件事。当初被小女孩从屋子里偷走的那一大摞书，虽然都是些寻常书籍，但他还是想要拿回来，因为每本书的扉页上都写了购于何地、何时。这些四处收集而来的书籍，对于陈平安而言，有着不一样的意义，与儒家圣贤所说的“书中自有黄金屋，书中自有颜如玉”没有关系。

世人皆知种秋就住在皇宫附近，但是具体的隐居位置少有人知晓，好在陈平安如今在南苑国名气太大，很快就有一名被朝廷招徕的高手现身，毕恭毕敬领着陈平安去往种秋住处，是崇贤坊一处闹中取静的宅邸。崇贤坊是真正的天子脚下，住在这里的门户非富即贵，大街小巷绿荫浓郁，安详静谧中透着雍容气象和森严规矩，与状元巷的鸡鸣犬吠、莺莺燕燕截然不同。

府邸没有悬挂匾额，在崇贤坊也不算大，三进院子而已。陈平安向那个负责领路的高手道了一声谢，独自走入，发现里头并不冷清，有许多身穿官服的年轻面孔在忙碌，只是品秩都不高，都是些堪堪入流的底层官员而已。一间间屋子都坐满了人，手持文书走门串户的年轻人大多脚步匆匆，偶有并肩而行，也都在聊着事情，见到了佩刀悬剑的陈平安，只是瞥两眼就不放在心上。

种秋站在二进主院的檐下微笑迎接，身边还有一名正在禀报政务的青年官员，种秋大略给出答复和建议，简明扼要。青年官员见到陈平安后明显有些好奇，只是国师并未说破陈平安的身份，他也不敢私下探究，告辞离去。

种秋带着陈平安来到后院，与前边朝气蓬勃的忙碌氛围又有不同，一墙之隔，别有洞天。墙角有一大丛芭蕉，浓绿得像要滴出水来，石桌上放着古旧的棋盘棋盒，应该就是这位国师的住处，既不寒酸也不豪奢，清雅简洁。

种秋和陈平安在石桌旁相对而坐，种秋说关于桥梁的书籍已经让工部官员去收集整理，至于那个蒋姓读书人的履历谍报，应该在今晚可以一起送给陈平安。

陈平安有些难为情，说了关于被盗走贱卖的书籍一事，种秋笑着答应下来。陈平安便主动开口，说这会儿京城动荡不安，还要麻烦种秋这么多琐碎事情，他愿意做点什么，希望种秋只管开口。种秋也不客气，就说要请陈平安帮着指点一下他的两名嫡传弟子。这并非种秋公器私用，而是他收的弟子出师之后都要投军入伍，从士卒做起，至少在边军待满十年。十年之后，是按部就班地在军中进阶还是离开边军游历武林，种秋就不再约束了，但是如果选择闯荡江湖，就不得对外宣称自己是种秋弟子，一旦被发现，没得商量，一身武学悉数收回。

留在种秋身边的两名入室弟子年纪都不大，尚未出师，天赋极好，心气很高，人品当然没问题，只是从没有真正走过江湖，所以需要有人压一压他们的锐气。种秋近些年压力不小，为了应对甲子之约，尤其是防着丁婴和俞真意两人，很难专心传授弟子武学，他担心自己这两个寄予厚望的弟子，终其一生，都只是种秋弟子而已。

陈平安自无不可，虽然他并不觉得自己有资格为人师，教给别人什么东西。只是陈平安没想到种秋会亲自带他去见两名弟子，忍不住问：“不会耽误国师处理事务吗？”

种秋笑道：“要是我不在，事情就会变得一团糟，说明我这么多年待在南苑国朝堂并没有做好分内事，只会指手画脚……”

说到这里，带着陈平安从后院小门离开的种秋突然问道：“一朝宰执，在路上遇到路人争执斗殴，该如何处置？”

陈平安想了想：“若是不影响自己的正业，还是要管上一管。”

种秋又问：“然后呢？”

陈平安摇头，种秋笑道：“这位官帽子顶天大的官员，按照你说的，在不妨碍本职事务的前提下，确实可以管这些鸡毛蒜皮的事情，但是最重要的是应该立即自省，辖境之内，为何街上会出现寻衅斗殴一事。”

陈平安思量过后，深以为然。

种秋与陈平安走在僻静的街道上，树荫深深，盛夏时分，京师许多坊市如蒸笼一般，热得让人无处可躲，在这边却让行人倍感凉爽。种秋感慨道：“这本是一个圣贤书上的典故，那位宰执与身边人说此事不该他管，应该问责于直辖官员，他不该越界行事。年少时初次读书至此处，觉得振聋发聩，豁然开朗，但是书读得越多，人事看得越多，就难免心存疑惑，百思不得其解。”

种秋没有继续说下去，陈平安也没有说话，只是想着若是齐先生，或是文圣老秀才在这里，一定可以为种秋排忧解难，讲清楚那些道理。

种秋哈哈一笑，再无愁绪，与陈平安说起了正事：“俞真意已经返回松籁国宗门，带上了悄悄出城的臂圣程元山。当时城头众人，除了飞升离去的周肥、鸦儿、刘宗，我们这些走下城头的都有些收获。俞真意好像找到了一部金玉谱牒，云泥和尚得了一截白玉莲藕，唐铁意所得何物京师谍子并未查到，我则拿到了一本五岳图集，其上所说之事都是神仙事，讲述如何敕封五岳，聚拢一国山水灵气，只是我又不修习道法仙术，这本书对我来说并无意义，十分鸡肋。”种秋叹了口气，“程元山因为躲在城内，错过了鼓声，最终两手空空。他的那些弟子已经被驱逐出境，不过若是程元山本人跑得慢了，我会将他留在这里，毕竟此人睚眦必报，这次在南苑国京城吃了这么大一个闷亏，一定会怂恿草原骑军南下叩关抢掠。”

这本仙家书籍还是个隐患，种秋竟然没办法将其毁去，只能小心藏匿起来。一旦俞真意获悉此事，一定志在必得，说不定还会让本来对人间事全然不上心的俞真意第一次生出扶持傀儡、争夺天下的野心，为的就是能够以天下正统的身份敕封五岳，然后将五岳灵气收为己用，成为真正的陆地神仙。

种秋与陈平安说着天下大势：“那位与俞真意打了一个平手的女冠黄庭已经将镜心斋宗主之位传给皇后娘娘，她本人则离开了京城，不知所终，只说要寻一块风水宝地好好练习剑术。皇后娘娘很快就会‘因病去世’，去坐镇镜心斋，为此陛下也无可奈何。敬仰楼近期出现了叛乱，与魔教三门残余勾结，皇后娘娘已经完全失去对其的掌控。敬仰楼对江湖放出话来，从今往后，敬仰楼不再评定天下十人。那个北晋大将军唐铁意，他还在犹豫要不要投靠我们南苑国。”

陈平安听得认真，种秋感慨道：“如果是你站在了那个位置上，而不是一心与天道争胜的丁婴，该有多好。”

陈平安疑惑不解，种秋笑道：“反正是一句夸人的话，不用太较真。”

陈平安笑了起来，不是那晚在酒楼与皇帝魏良客气应酬的那种。与种秋相处，如入芝兰之室。

种秋两名弟子的住处与这里隔着两座坊市，占地颇大，挂了一间武馆的名头，并不对外，是种秋大弟子出钱筹办。此人戎马生涯二十年，当上了将军，后来沙场陷阵受了重伤，就退出边军。种秋弟子每次入京，不敢打搅师父，往往都会在这里碰面。这些弟子年龄悬殊，年长者已年近半百，年龄最小的两个弟子才是一双十五六岁的少年少女。

结果等到两人走到练武场，种秋哑然失笑。连同两名弟子在内，十数人在那边热热闹闹，有老将军吕霄的孙子孙女，还有两名弟子在京城结识的好友，多是京城豪阀世族中品性醇厚且憧憬江湖的孩子，好几个早早约好了以后要跟家族借口负笈游学，与种秋的两名弟子一起闯荡江湖。对于这些，种秋并不干涉。年少时的美好，哪怕带着稚气，勿要一味以老人的人生经验去否定，更不可随意打杀。

种秋看着这些孩子，有些时候也会为他们的顽劣而恼火，可更多时候还是觉得他们可爱，于是就会觉得这里不是什么藕花福地，没有什么谪仙人。

陈平安有些讶异，因为他在那些人当中发现了一个熟人，正是他之前逛荡京城见到的那个与同伴纵马大街的年轻女子。

但没人认出陈平安，毕竟他没有穿白袍、悬朱红色酒葫芦。不过这些年轻人对国师种秋都敬且畏，当种秋出现后，一个个噤若寒蝉，两名弟子也有些心虚。他们这些天确实有些荒废武艺了，没办法，这些个朋友一股脑拥来，一个个双眼放光地说着那位白衣剑仙的事迹，都说他与他们师父关系极好，说不定在这里守株待兔能等到那人出现。吕霄的孙子更是信誓旦旦地说他爷爷回家后红光满脸，因为那夜俞真意与太平山女冠黄庭城外一战，名叫陈平安的剑仙就站在他爷爷身边，两人相见恨晚，把臂言欢，已是忘年交了，只可惜陈剑仙是神仙中人，忙得很，但是答应下来，只要有空就会去将军府登门拜访。吕霄的孙子不过十二三岁，几乎每天都要重复说起这一段，眉飞色舞，与有荣焉。他姐姐没他这么爱炒冷饭，但是眉宇之间亦是满满的期待和仰慕。

种秋转头望向陈平安，见后者点了点头，便对两名弟子说道：“帮你们找了一位前辈，他会指点你们拳法，你们倾力出拳。”

陈平安有些无奈,压低嗓音道:"先前不是说好了只与他们切磋,没什么指点吗?"

种秋微笑道:"最后随便聊几句就可以了,这两个小家伙早就晓得如何对付我,我如今说什么都不太管用,倒是你这个外人的话,他们说不定会奉为圭臬。"

一个身材高大的英武少年大踏步走来,问道:"师父,这位前辈是谁啊?又是刀又是剑的,为何能够教我们拳法,难不成比师父你拳法更高?"

少年望向陈平安,眼神清澈:"前辈,可不是我瞧不起人啊,实在是我师父的拳法太高了,若是你教我刀剑,我不会这么说的。对了,我叫阎实景,说话直,前辈别怪罪!"

一名少女在他身后缓缓前行,已经在寻找陈平安的破绽。只是她越走越慢,因为她惊骇地发现,那人只是那么随意站立,她却根本找不出一点点拳架站桩的漏洞,这种让人难受至极的感觉,跟师父种秋给她的感觉太像了。

见高山而不见山巅,临江河而深不见底。这个年纪不大的青袍男子必然是一位境界卓然的武学宗师!少女正要开口提醒师兄小心,后者已经轻声道:"已经看出来了,我又不是傻子。能够跟咱们师父并肩而行,在咱们南苑国,有几个家伙拥有这份脸皮?"

少女问道:"联手?"

阎实景没有任何犹豫,沉声道:"争取撑过十招,师父看着咱们呢。"

两人几乎同时摆出一个拳架,蓄势待发。

陈平安想了想,开始向前行走,六步走桩加上种秋的顶峰拳架而已。

两人刚要前冲,陈平安一步踏出,就像一座山峰压在两人肩头,二人身体动弹不得,好像稍有动作就会死。再一步,两人身心皆是凝滞至极,阎实景正要咬牙向前,少女则想要横移一步,避其锋芒再作打算。

陈平安轻描淡写三步之后,师兄妹二人的气势已经彻底崩溃。四步之后,两人就已经踉跄后退,汗流浃背,脸色惨白。陈平安停下脚步,问道:"明知出拳不会死,为何不出拳?如果有一天,真的与人分生死,明知是死,是不是一样一拳都不敢出?那你们是不是只有遇上旗鼓相当的对手,以及弱于你们的敌人,才会出拳?"

阎实景一屁股坐在地上,少女愤愤道:"前辈你是顶尖宗师,一上来就以势压人,天底下哪有这样的切磋,这样的传授拳法……"

陈平安还是问道:"为何一拳都不出?"

阎实景低下头。少女眼眶通红,竟是哭泣起来,只是竭力与那个喜欢欺负人的陌生人狠狠对视。

陈平安意识到自己可能有些过分了,转过头,对种秋歉意道:"我很少跟人切磋,真正的江湖规矩也不太懂。"

种秋摇摇头,若有所思,轻声道:"我传授弟子拳法,因为害怕他们犯错,所以太过奉行'拳高莫出'四字宗旨,初衷是希望他们不要与人在江湖上作意气之争,不要仗势凌人，出拳没有轻重，更多是想着他们将来投身沙场，最少有十年的时间报效家国，所以门内弟子其实一直被我压着心性，现在看来，不能说错了，可终归是扼杀了他们青出于蓝而胜于蓝的可能性。"种秋叹息一声，对陈平安笑道，"是得改一改。"

不承想阎实景原本勉强承受得住外人如此羞辱，却唯独受不得自己视为父亲的恩师"认错"，而且还是为了他们。在他心中，师父种秋是世间真正无瑕的武宗师，还是文圣人。一怒之下，他猛然起身，却不是偷袭陈平安，而是怒目相视："你再来！"

陈平安一步跨出，却不是"慢悠悠"的拳架走桩了，而是一拳砸向阎实景额头，如有风雷扑面。

阎实景又后退了一步，陈平安问道："你那一拳呢？"

阎实景茫然失措，失魂落魄。

陈平安叹了口气，转身对种秋说道："有人跟我说过，练拳，看似是修力，是要做那纯粹武夫，可修心真的很重要，既然练拳，就不能再谈什么人之常情。就像种先生你说拳高莫出，我想了一下，很有道理，但是拳高莫出是种先生你这个境界和修为的人该做的事情，却只是你弟子该懂的道理而已，懂了这份道理是一回事，当下该如何做是另外一回事，只有这样，将来才能对谁出拳都问心无愧。"

种秋笑着点头："正是此理。"

他大致了解陈平安的脾气，做一件事情，无论大小，务必追求尽善尽美，所以哪怕事先是真的忐忑不安，不知如何跟人切磋，如何教人拳法拳理，可一旦走出那第一步，陈平安就拿出了大街一战面对围剿时的那份认真。种秋是旁观者，所以看得很清楚，可能陈平安自己都不知道，那一刻的他，是何等自信！甚至，会有一种"我出拳时，天下武夫只需仰头感叹一声苍天在上"的自负。

种秋其实有些好奇，如此平易近人的陈平安，是如何达到出拳之时的这种心境的，更好奇陈平安到底是怎么练的拳。不管如何，这两种陈平安，种秋都给予敬意。

陈平安有些不好意思："只是我胡乱想的一些东西，不一定适合种先生你的弟子。"

种秋摇头，正色道："总有一些道理放之四海而皆准，你刚才说的这番话就适合所有习武之人。"

陈平安害怕那两人从此习武之心如心镜裂缝，小心酝酿着措辞，虽然不太擅长，还是尽量安慰道："练拳之人，除了能吃苦，还要心定，出拳才能快而从容，一往无前，那么总有一天，无论是遇上我还是你们师父这样的天下第一手，或是丁婴那样看似无敌的对手，你们都可以出拳更快。"他脸色认真地看着那两个人，"身前无人，双拳而已！"

两人懵懵懂懂，迷迷瞪瞪，但是脸上的悲愤和心底的恐惧已经少了许多。

种秋轻轻点头。这哪里是教拳，分明是指出一条"武道"了。至于这两个傻孩子将来能走多远，或者能否走上这条武学登山路，既看天赋，也看机缘，他多说无益，其实说了也没用。

收了拳的陈平安再没有那种气势，看着两个可怜兮兮的孩子，有些忐忑了，问种秋："是不是讲得太大太虚了？"

种秋打趣道："差不多可以了啊，你到底要我溜须拍马到何时才肯罢休？"

陈平安哭笑不得。

种秋望向弟子二人，阎实景他们可就没这份待遇了："今天不用练拳，好好想一想为何不敢出拳，想明白了再练拳不迟。"

二人抱拳领命，种秋和陈平安一起离去。

等到国师大人和那个怪人离开后，这些年纪不大的家伙很快就叽叽喳喳起来，多是安慰阎实景和那个少女，夹杂着一些惊叹感慨。这些外人，虽然都知道种国师的天下第一手，可毕竟谁也没亲眼见过种秋出拳，哪怕家中都有实力不俗的高手护院，但是眼界一个比一个高，所以今天看到了那人出手，一拳而已，仍是觉得不虚此行。

阎实景率先离开人群，他兴致不高，蹲在台阶上，有些发愣。

少女跟朋友们闲聊之后，坐在小师兄阎实景身边，为他打抱不平："有什么了不起的，说来说去，那人还不是仗着本事高就对咱们指手画脚，真气人，当着师父的面呢。"

阎实景望向远方："我觉得他说的挺有道理，师父也认可。"

少女愤懑道："我就不信他对上咱们师父、俞真意，还有那个丁老魔，也敢说这样的大话。说得轻巧，出拳而已！"

阎实景握紧拳头："今后我不偷懒了，要好好练拳，还要每天求师父教我更高深的拳法，总有一天，我要那人收回今天所有的话！"

少女眼神熠熠，凝望着小师兄的侧脸："你肯定可以的！大师兄都说你是我们当中天赋最接近师父的人，如果之前多练五年，现在也能跟镜心斋樊莞尔、春潮宫簪花郎周仕他们一较高下了。"

屋脊上，种秋陪着陈平安偷偷坐在上边。也不知为何，陈平安竟然提议悄然返回，然后坐在这里听孩子们胡说八道。等听到了阎实景两人那番对话，种秋还是猜不出陈平安的意图，但是这位国师有些遗憾和失落，只是对那两个孩子还谈不上太失望。

陈平安笑着起身，和种秋真正离开此地。

第七章 丢出观道观

回去的路上，陈平安跟种秋讨教了许多这方天地的武学拳理，受益匪浅。

两人在半路分道扬镳，陈平安挑了一家街边酒肆，要了一壶酒和两碟佐酒小菜，酒是酒肆最贵的那种。

老道人凭空出现，就坐在陈平安对面，热闹的酒肆无一人察觉到不对劲。他身前出现一只酒碗，酒水自己从酒壶倒入碗中，伸手时，手中就多出一双筷子，夹了一块葱炒鸡蛋吃得津津有味，笑道："是不是才知道你以前太多理所当然了，总觉得自己是个寻常人，只要别人愿意努力，大多数都可以走到你今天这一步？是不是才发现，这很可笑？"

陈平安问道："老前辈这么空闲？"

老道人也如陈平安这般答非所问："那你也太瞧不起教你道理、传你拳法的人了。你要是一直依循先前的心境走下去，迟早有一天会成为那人一样的处境，茫然四顾，孑然一身，到时候还不愿意求人，唯恐牵连别人，哈哈，大概一个'死得其所'还是能够捞到手的。"

陈平安点头道："如果我不够好，现在就不是坐在这里跟老前辈优哉游哉喝酒了，而是死在这里，死得不明不白，等到下一辈子，哪怕侥幸开窍，但是等我离开藕花福地，不管外边变成什么样子，我都会恨不得跟老前辈拼命。"

老道人喝着酒，吃着下酒菜，随口道："那当然，既然进了藕花福地，如果本事不济，死在陆舫或是丁婴手上，除非是陈清都和老秀才联手，我才会捏着鼻子放你出来，不然你就乖乖待在这里转世吧。所以，你应该敬自己一杯酒，敬自己活了下来。"

在陈平安内心深处，这个老道人比那个卖糖葫芦的汉子好不到哪里去。不是说老道人故意针对他陈平安，事实上陈平安知道自己根本没有这个资格；也不是老道人的有些道理不对，陈平安只是纯粹不喜欢那种感觉，甚至他们都不是山上人看着蝼蚁的眼神，更像是一个人在看待自己养的鸡崽儿，是养肥了宰掉吃还是继续养着，只看他们的心情。不过也有可能是陈平安站得还不够高，根本看不见他们眼中的人间风景。

陈平安喝了一碗酒。且不谈江湖好不好，藕花福地的酒水是真不咋的。

陈平安慢慢喝着酒，竟是完全无视了老道人，很用心想着自己是怎么走到今天的。从泥瓶巷，一直想到了曹晴朗门外的那条巷子。

原来人世间，每个人脚下都有无数条岔路。要善待自己，才能善待人间。

可是这很难啊。心中不平事，可以酒浇之，可世间那么多不平事，又当如何？我陈平安以后，拳越来越高，剑越来越快，那么本事越大，见到了别人的不平事，难道就要事事都去管一管？可要是不管，心里的坎如何过？不也是一桩不平事吗？会不会辜负了齐先生，辜负了书上的道理，辜负了自己是李宝瓶的小师叔？但是我也要报仇，要完成与剑灵姐姐的约定；要练拳，成为七境武夫；要练剑，修了长生桥去当大剑仙；要读书，要做齐先生那样的人；我还要娶那么好的姑娘做媳妇……

怎么办呢？万千道理不去想，醉倒再说！

陈平安扑通一声，脑袋重重摔在酒桌上。睡梦中，好像有人问他见过最大的江河后觉得如何，他醉醺醺笑哈哈回答说水那么大，鱼儿一定大，以前小宝瓶总抱怨自己的鱼汤太淡，下次一定钓一条大鱼，加足够的盐！

老道人嘴角扯了扯，不再以道法从壶中汲取酒水，而是亲手给自己倒了一碗酒，又问道："那么多高山，风光如何？"

陈平安一巴掌拍在桌上，依旧醉话连篇，喃喃而语："我不知道啊，不过书上有句话，我见青山多妩媚……可是我走过很多山路，雨雪天气难走，太难走了……"

老道人放下酒杯，望着陈平安，没好气道："齐静春怎么教出这么个酒鬼？"

陈平安醒来的时候已是月上梢头，兴许是自己悬刀佩剑，酒肆掌柜没敢赶人，捏着鼻子由着这么个游侠儿占着茅坑不拉屎，陈平安便多给了他些银子。天降一笔横财，老掌柜挺乐呵。陈平安慢慢踱步回到状元巷，青楼生意冷冷清清，百无聊赖的娇艳女子们慵慵懒懒地趴在栏杆上，陈平安抬头看了一眼，发现这些女子的脂粉梳妆淡了许多，却比以往的浓妆艳抹似乎更好看一些。一路上，多有女子在楼上搭讪和调侃，还有一个直接丢了绣帕给陈平安，嚷嚷："俊小哥儿，上来坐坐，姐姐请你喝茶，坐姐姐腿上。"她所在青楼和附近勾栏的女子顿时开始起哄，荤话不断。

陈平安轻松躲过了那块绣帕，只是回头看了眼，又回去捡起来，卷成团轻轻抛还给那名女子。街上青楼女子们先是沉默，然后哄然大笑起来。

陈平安心如止水，走回了那条巷子。街巷拐角处站着寻常市井装束的一男一女，年纪不大，不到三十岁，但是呼吸绵长，气息沉稳，在藕花福地应该属于天赋好、底子也打得不错的年轻高手，当然比起笑脸儿钱塘、簪花郎周仕这些天才，差距还是很大。

两人自报名号，是国师种秋直接统辖的京师谍子。男子交给陈平安两个包裹，装了他们从邻近一座坊市书肆搜集回来的失窃书籍，还有就是从工部衙门拣选出来的有关桥梁建造的书。女子则递给陈平安一封秘密档案，关于蒋姓书生和琵琶妃子。

陈平安发现这两人交给自己东西的时候，无论是心境还是双手都很不稳。他对他们笑了笑，道谢之后就走向曹晴朗那栋宅子。

当街击杀粉金刚马宣和琵琶女，之后差点击杀鸟瞰峰陆舫，打败国师种秋，最后打死魔教太上教主丁婴。对于这些南苑国游走在朝廷和江湖边缘的谍子而言，就像当时老将军吕霄在城头上亲眼见到俞真意和女冠黄庭巅峰一战后，会情不自禁地感慨一句“真神仙也”，陈平安如今在这里，比起丁婴声势最盛时犹胜一分。

等到陈平安缓缓走到院门，推门而入，年轻女子这才吐出一口气，原来她始终憋着口气不敢喘，细细微微轻声道：“原来真的这么年轻啊。”

男子有些无奈，没说话。

女子笑道：“长得真好看。”说完之后，自己都觉得有些赧颜。

就在此时，陈平安突然退出院子，身体后仰，对女子伸出拇指，微笑道：“好眼光。”

女子呆若木鸡，便是那个不苟言笑的男子都有些措手不及。

等到关门声轻轻响起，女子猛然捂住脸庞，狠狠跺脚。

男子叹了口气。其实她平时不这样犯痴，担任谍子七年以来，擅长潜伏，向来缜密沉稳，为南苑朝廷立下很多功劳，就连种国师都对她青眼有加，这次两人负责盯梢北晋龙武大将军唐铁意，足可见种秋的信任。

院子里，曹晴朗和尚且不知姓名的小女孩坐在小板凳上，两个同龄人没聊天，小女孩正在嗑瓜子，应该是跟曹晴朗讨要的，瓜子壳随手丢了一地。见到陈平安后，她有些慌张，陈平安瞥了眼地面，她立即将手中瓜子放入兜里，然后收拾起来。

陈平安跟曹晴朗打过招呼后就去了屋子，点燃油灯，打开两个包裹。被小女孩贱卖的书籍都完好无损，陈平安将它们重新叠放在桌上，工部衙门那些书籍则放在另外一边。两座小书山，一左一右，如门神拱卫。陈平安打开那封秘档，上边详细记录了蒋姓书生和琵琶妃子的各自过往。快速看完后，陈平安将秘档重新放回信封，夹在一本书内，开始复盘这场莫名其妙的棋局。

这次进入藕花福地，虽然险象环生，但是收获颇丰。

与武学大宗师种秋一战，不但成功破开四境瓶颈，第二场交手，种秋当时还自降身份主动喂拳，帮助自己稳固五境境界。虽然说种秋也有自己的考量，猜测到丁婴和俞真意极有可能联手布局，不愿让他们得逞，但是不管如何，种秋无论是宗师气度、武夫实力还是心性，都让陈平安心生佩服。

之后与丁婴一战，酣畅淋漓，而且一波三折，陈平安第一次真正握剑迎敌，果然纯粹武夫还是要在生死一线砥砺体魄，即便陈平安不清楚浩然天下其他武人的五境，但是自认自己的五境底子打得相当不错。这是立身之本，陈平安再财迷都万金不换。

退一万步说，哪怕这趟藕花福地之行依旧搭建不起长生桥，那也不亏。比起之前希望去古战场遗址或是武圣人庙碰运气跻身五境，结果已经好了太多太多。

不过形势一片大好之下同样暗藏凶险，问题就在于被丁婴的阴神金身从牯牛山之巅打到牯牛山之外的大坑中，尤其是最后的“雷池”底下，藕花福地被牵扯到牯牛山一带的磅礴灵气和破碎武运，海水倒灌，一股脑涌入陈平安体内，渗入魂魄，陈平安依稀察觉到自己的心湖上像是泛起了一阵雾霭，萦绕不散，雷电交织，如蛟龙蛇蟒腾云驾雾，并且有一道道剑光在雾霭中一闪而逝，仿佛是在剑斩蛟龙。

所幸这些与纯粹武夫一口真气相冲突的灵气在偏远藩镇割据，暂时没有揭竿而起。毕竟在浩然天下，练气士和纯粹武夫从一开始就是截然不同的两条道路，武夫要散尽体内灵气提炼出宛若火龙巡狩四野的纯粹真气，而练气士的第一步则是天地灵气，多多益善，之后无非是去芜存菁，开疆辟土，将一座座气府窍穴打造成府邸城池，成为自身的小洞天，如大江大河旁边的巨湖，无论是洪涝泛滥还是枯水期，练气士都能够始终勾连自身和天地，灵气源源不断，最终辟出丹室，结成金丹客，之后温养出阴神和阳神，最终成就一方地仙境界。

目前陈平安体内的格局就是纯粹真气与天地灵气两军对垒，各自结阵，堪堪维持住井水不犯河水的局面。

陈平安收起思绪，拿起桌旁的养剑葫，喝了口酒。

真是毁长生桥容易建长生桥难，一想到自己差点死在这儿，陈平安就难免后怕。即使藕花福地的一甲子不等于浩然天下的六十年光阴，可肯定会错过跟宁姑娘的十年之约。十年之后，李宝瓶、李槐他们都该多大了，在这期间会不会被人欺负？还有去了书简湖的顾璨呢？刘羡阳会不会衣锦还乡，回到小镇却找不到自己？龙泉郡的落魄山竹楼和泥瓶巷祖宅，还有骑龙巷的铺子怎么办？

陈平安站起身，很快院门口就传来敲门声。枯瘦小女孩邀功一般跑到陈平安偏屋，正要提醒陈平安有客来访，屋门已经打开。陈平安看到那名南苑国女谍子站在院门外，捧有一个长条盒子。他走过去，她轻声解释道：“这是琵琶妃子的遗物，国师刚刚命人拿来，让我交予陈仙师。”

不等陈平安说什么，她已经微红着脸落荒而逃。曹晴朗看着这一幕，只是好奇。枯瘦小女孩则眼珠子滴溜溜转起来，若有所思。

陈平安将那把琵琶放回屋子，曹晴朗回自己屋子挑灯夜读，小女孩继续坐在板凳上嗑瓜子，这次学乖了，瓜子壳没敢天女散花似的胡乱丢地上，全在脚边堆着。

陈平安走向板凳，发现曹晴朗将蒲扇留在了凳子上，轻轻拿起，落座后，对小女孩说道："你可以回家了。"

枯瘦小女孩嗑着瓜子，眨了眨眼睛，摇头道："家？我没有家啊，我就是个小乞丐，哪来的家。乞丐里坏人可多了，经常打我，我年纪太小，吃不饱饭，力气更小，可打不过他们。京城的好地儿都给他们霸占了，我争不过，只能自己随便找地方住，比如桥底下啊，有钱人家的石狮子上边啊。"

陈平安问道："你爹娘呢？"

枯瘦小女孩嗑着瓜子笑道："早死啦。我不是京城人，家乡离这边有好几千里远哩。遭了瘟疫，我那会儿还小，跟着爹娘逃难，娘亲死在了路上，爹带着我到了京城。京城里的官老爷们还不错，在城外搭了好多粥铺，我爹是喝了一大碗粥后才死的。"

陈平安又问道："你今年多大了？"

枯瘦小女孩吃完了瓜子，伸出两只手掌，勾起一根小拇指晃了晃："九岁啦。"

陈平安不再说话，枯瘦小女孩哈哈笑了几声："我看着是不像九岁，对吧？没法子，饿的，个子长不高。上回你看到送我小雪人的人没，她才六岁多呢，个子就比我还要高一些了。这院子里的小夫子，那个曹晴朗，岁数也比我小呢。"

陈平安轻轻摇晃蒲扇，显得无动于衷，冷漠无情。

枯瘦小女孩其实一直在打量陈平安的脸色和眼神，见他这副模样，她在肚子里腹诽不已：有钱人果然没一个是好东西！从来不在乎别人的死活，明明是个很厉害的大人物，手指缝里漏出一点银子就能让她过上好日子了，偏偏就是不肯。

她已经九岁，却瘦小得像是五六岁的孩子。对此，陈平安并没有觉得奇怪，因为他当年也是这么过来的，一直到离开泥瓶巷和小镇，去了姚老头的龙窑当学徒，个头才开始蹿上去，在那之前，陈平安比同龄人要矮半个脑袋。

陈平安今天就一直没有摘下痴心和停雪，于是哪怕坐在小板凳上，还是很有威严，这才是今夜让枯瘦小女孩一直特别老实本分的原因。

蒲扇摇晃，清风阵阵，陈平安问道："你偷走那些书，卖了多少钱？"

枯瘦小女孩皱着脸，想要挤出一些眼泪，可是做不到，只好抬起一只手掌，带着哭腔喊冤道："我真没有偷书，我可以发誓，要是说了谎，天打雷劈，不得好死！"

陈平安笑问道："你说了谎，是谁被天打雷劈不得好死？你好像没说清楚。"

枯瘦小女孩脸色微变，干笑道："当然是我啊，还能是谁？"

陈平安点点头："那么你是谁？姓什么名什么？"

枯瘦小女孩弯腰低头，用手指拨弄着那堆瓜子壳："有个姓，还没名字呢，爹娘走得早，来不及给我取名。”说到这里，她抬起头，笑脸灿烂，“不过爹跟我说过，我们家里祖上有钱得很，出过很大很大的官，管着好几千人哩。”

陈平安停下蒲扇，晃了晃酒葫芦：“想不想爹娘？”

枯瘦小女孩脱口而出道：“想他们做什么，模样都记不得了。”

大概是觉得这么说会不讨喜，她又立即改口：“其实还是很想的，这不，我就经常做梦梦到他们，可惜还是瞧不清他们的样子。每次梦到他们，我早上醒过来的时候都一脸眼泪呢，可伤心啦。”

陈平安转头望向她，她又伸出手掌：“我发誓！”

陈平安问道：“你真不怕有老天爷啊？”

枯瘦小女孩有些恼火，但是不敢顶撞这个家伙，赶紧低下头，嘟囔道：“有个屁的老天爷。”

陈平安站起身，放下蒲扇，走出院子，有一人站在街巷拐角处，头顶银色莲花冠，稚童容貌和身高，斜背着一把长剑。

陈平安走到拐角处，那人已经退到街对面，算是表明一种态度：并非登门寻衅，而是有事相商。

俞真意微笑道：“我这次折返，回到南苑国京城，是为一公一私。公事是想要跟种秋商量一下，让他交出那本五岳图集，我和湖山派可以迁入南苑国，并且不跟种秋争抢国师之位。私事则是想问一问你手上有没有谪仙人所谓的神仙钱，我愿意拿东西跟你交换，只要藕花福地有的，我都可以帮你找到。”

陈平安反问：“我如果真想要，难道我自己找不到？”

俞真意摇头道：“你何必虚耗光阴，我终究比你更熟悉藕花福地的四国江湖和庙堂。修道之人，光阴最值钱。”

牯牛山一带的灵气汇聚，那是老道人以通天术法将藕花福地的所有灵气移山倒海而来，绝非常态，可谓百年难遇，但是谪仙人的三种神仙钱却是天地灵气的具象化，一心证道长生的俞真意急需此物，并且也只有他出得起价格。

俞真意指了指身后背负的琉璃飞剑：“陈平安，除了这把剑可以拿来跟你换神仙钱外，我还可以亲自帮你收集遗落在藕花福地的谪仙人遗物，甚至可以帮你拿来唐铁意、云泥和尚等人新获得的法宝。而且你是纯粹武夫，丁婴的魔教三门、童青青的镜心斋这些武林圣地收藏了大量武学秘籍，说不定其中就有你能看上眼的。”

陈平安问道：“你这次入京，肯定是先找的我。我可以确定，你是真心想要做成这桩买卖，但你也想要借势压下种国师吧？一旦我点了头，种国师和南苑国就会有压力。再者，你所谓的亲自帮我搜集武学秘籍，何尝不是以天下第一和天下第二的名头压下整个江湖，任由你找寻那些谪仙人的术法残篇？不然的话，你俞真意一人，哪怕实力再高，还是不敢冒天下之大不韪。毕竟武疯子朱敛和魔教丁婴都是前车之鉴。”

俞真意没有否认，点头道：“可你还是会因此受惠，并且从头到尾，根本不需要你抛头露面，恶人我一人来做。”

陈平安拔出狭刀停雪，俞真意背后琉璃飞剑嗡嗡颤鸣，亦是准备出鞘。他脸色阴沉，没有想到陈平安如此不可理喻。

但是接下来，陈平安用刀尖在地上刺出两个小洞，然后在两点之间划出一条弧线，收刀入鞘后，问道：“初衷是好的，你所希冀的结果也是好的，但这是你不择手段行事的理由吗？”

俞真意瞥了眼陈平安脚下的那条弧线，收起视线，淡然道：“欲成大事者，不拘小节。今日之失，他日之得，有大小之分，而且极为悬殊，我问心无愧，为何不做一做？在此期间，死掉榜上几个十几个人算得了什么？你知道因为谪仙人，历史上枉死了多少万人吗？不说那些惨绝人寰的战事，只说你见过的榜上十人，周肥祸害了多少人？”

陈平安点头道：“我翻了很多书，不敢说全部知道，但是知道不少，光是历史上可能因为谪仙人而引发的战事名称，我现在就能报出六十多场。”

俞真意不再说话。道不同不相为谋。

陈平安犹豫了一下，蹲下身，用手指加了两条线，一条直线，一条位于弧线和直线之间，弧度更小。他站起身道：“我不苛求你俞真意当道德圣人，也没这本事，目前都不好说你就是错的。但是抛开这些不去管，我不会跟你做买卖。神仙钱我有，而且有不少，但是一枚都不会卖给你。”

俞真意眯起眼：“哦？”

陈平安笑道：“怎么，不爽了？很好，那么我现在挺爽的。”

俞真意突然展颜一笑：“希望我们后会有期。”琉璃飞剑瞬间出鞘悬停在脚边，他踩上飞剑，准备御风离开南苑国京城。至于种秋，不用去找了。如陈平安所揭穿的那样，只有陈平安点头答应，他才有机会说服种秋。

俞真意脚下飞剑才刚刚升空一丈，就听那人笑道：“矮冬瓜，还是别后会有期了。”

俞真意猛然间杀气四溢，调转剑尖，冷冷盯着那个出言不逊的年轻谪仙人。

陈平安神色从容，问道：“给人骂一句矮冬瓜就觉得受到了奇耻大辱？修了道法，当了神仙，了不起啊？”他的双手其实已经按住了痴心剑柄和停雪刀柄。

俞真意冷哼一声，御剑攀升，化作一抹长虹破空而去。

陈平安转身走回巷子，那边一个探头探脑的家伙赶紧掉头就跑。

枯瘦小女孩一边跑一边惋惜，要是两人都打得死翘翘了该有多好。

陈平安回到院子，关了门。灶房门口，小女孩坐在板凳上歪着脑袋装睡，曹晴朗则已经熄灯睡觉。陈平安进入屋子，摘下刀剑，开始翻书，翻看那些有关桥梁建筑的事项。

之后一直太平无事，南苑国京城是如此，整个天下好像也差不多。

就这样，从夏天最后一个节气，在陈平安的翻书声中，慢慢悠悠到了立秋。老道人不来找他，他就只能等着。

家乡那座骊珠洞天，曾经是一颗悬挂在大骊版图上空的珠子。倒悬山那块破碎不堪的黄粱福地，也是神仙难寻入口处。天晓得藕花福地到底是什么，在桐叶洲的哪里。

巷子附近那座学塾还是没有开门，枯瘦小女孩死皮赖脸在这边待着，倒是学会了每天挑水扫地，虽然还是偷工减料，能偷懒就偷懒。

一般来说，立秋之后，市井人家就可以盼着中秋月圆了。尤其是孩子，都开始眼巴巴掰着手指头算时日。阖家团圆吃月饼，望着挂在天上的那个大圆盘，欢声笑语。

陈平安这天夜里在院中乘凉，突然发现，自己、曹晴朗、小女孩，好像都不会期待那个中秋节。不过这段时间，曹晴朗笑容多了许多。他有些时候，会真的很烦那个嘴巴跟吃了砒霜一样毒的小女孩，但是烦过之后，该怎么相处还是怎么相处。他不记仇，偶尔还会跟她吵几句，可曹晴朗哪里是她的对手，有一次还给骂得眼眶发红，气得嘴唇颤抖，可当晚她跟他讨要瓜子，他还是默默拿出来给她，说就剩下这么多了。谁知小女孩来了一句："没了就赶紧去买啊，恁大个人了，还要我教你买东西啊？"又让曹晴朗闷闷不乐了老半天，一晚上没跟她说话。小女孩哪里会在乎这个，自顾自嗑瓜子，与他聊天，从来不管他搭不搭话，她只讲自己想要说的。曹晴朗直翻白眼，最后实在受不了，就去屋里看书，壮起胆子回头瞪了她一眼，可她一回瞪，作势起身要拎着板凳揍人，就吓得他赶忙跑进屋子关了门，然后趴在窗口，看到陈平安瞥了一眼那个坏丫头，那个坏丫头就赶紧端正坐好，解释说是在跟他闹着玩，他便开心笑了起来，开始挑灯看书，这也是陈平安没有赶走小女孩的真正原因。

有一天清晨，突然下起了雨，小女孩拎着不知是井水还是雨水的半桶水，满脸谄媚，回到院子后跟陈平安说学塾开了。

陈平安在这一天，撑着油纸伞，陪曹晴朗一起去学塾。

两人走在小巷中，原本待在屋檐下躲雨的小女孩小跑到院门口，看到陈平安撑着那把雨伞悄悄歪斜向曹晴朗，两人好像聊着天，曹晴朗说得多一些，陈平安就微微笑着，看着曹晴朗。

那一天，她在院门口站了很久。

人心不是街面，能够一场大雨过后就一下子变得干干净净。

京城那场不论在帝王将相还是贩夫走卒看来皆是神仙打架的风波依旧涟漪不断：当时陈平安帮种秋教徒弟，阎实景那些凑热闹的朋友就是涟漪之一。老将军吕霄走下城头后跟孙子孙女吹嘘自己跟陈平安是忘年交也是，状元巷附近许多户人家的搬迁更是。丁婴一死百了，俞真意御剑远去，只留下种秋收拾残局。

送了曹晴朗去学塾，陈平安原路返回，撑伞行走在依然寂寥冷清的大街上。

随着朝廷逐渐放松对这座坊市的戒严，街道上已经可以见到稀稀落落的路人，但人气还是很淡，多是一些胆子较大的江湖人士来此瞻仰战场，对着街上那条被陆舫劈出的沟壑啧啧称奇。至于牯牛山一带则仍是禁地，附近出现了许多钦天监官员的身影，俞真意留下的那间简陋茅屋也未拆掉。

一些武林豪侠瞧见了陈平安，只当是跟他们一样来此仰慕宗师风采的人物。陈平安犹豫了一下，去往那间武馆登门拜访，门房见他不像"挑馆子、砸招牌"的角色，又气质不俗，便不敢怠慢，很快去跟馆主通报。教拳的老师傅亲自出来迎接陈平安，听说是慕名而来，颇为自得，随从弟子亦是觉得脸面有光。主要是关于武馆授拳的章法路数，陈平安说得头头是道，寥寥几句就说到了老人心坎上，显然事先是确实听过武馆名声的。京城武馆，真正的收入还是捞到几条憧憬江湖且兜里有银子的大鱼，有了这些不愁吃喝的富家子弟，武馆才能有油水。吃得住苦、有天赋的弟子是里子，来武馆混个热闹的公子哥是面子，两者缺一不可。

老师傅在正厅款待陈平安，让弟子端上茶水，开始闲聊。聊到涉及武学根本的"校大龙"一事，老人没有深谈，也不会这么不讲究，随便外传细节，只是感慨哪有那么容易找到好苗子，运气好，三年五载；运气不好，十年都碰不着一个。

老师傅还说练拳不单单是强身健体，更像是给学拳之人递兵刃之举，首重武德，不然教出来的弟子武艺越高，若是心性不佳，就喜欢仗势凌人，就越能闯祸，一言不合，三两拳就打死了人，最后还不是要连累门派和武馆。

陈平安又问了一些外家拳拳理，老师傅起先藏藏掖掖，面有难色，陈平安故作恍然，说自己忘了正事，掏出了二十两银子放在手边茶几上，说打算近期在武馆学拳，但是不保证每天都来武馆。老师傅眼前一亮，这才知无不言言无不尽，跟陈平安说起了那些最烂大街的拳理。陈平安一一记在心中，尝试着跟《撼山谱》相互佐证。听过了这些粗浅拳理，陈平安终于下定决心，搜集这方天地的武学，从低到高，不用太多，以后练拳之余可以随手翻翻，说不定有意外之喜。就像之前撼山拳的六步走桩，融合种秋的顶峰大架，就成功让陈平安一举破开四境瓶颈，而且水到渠成，自然而然。尤其是那种丁婴走入白河寺大殿、种秋第一次露面走向自己的"气势"，此方天地所谓的天人合一，陈平安觉得大有玄机，说不定返回浩然天下后，还有额外的裨益。而且极有可能，将来五境破六境，契机就在这其中。陈平安猜测离开灵气稀薄的藕花福地后，自己会陷入泥泞境地，状况有点类似樊莞尔当初在白河寺大殿外，就是那种身负重石、拖泥带水的迟滞感觉，又有点像是杨老头当初在自己手脚上嵌入四张真气符。

这是陈平安练拳以来第一次"活了"，开始尝试着自己去想得失，迎敌期间悟得种秋的顶峰大架就是例子。

一开始练习撼山拳是为了吊命，那叫一个埋头苦练，按部就班，不敢有丝毫偏差，六步走桩和剑炉立桩练了一遍又一遍，烂熟于心，融入魂魄。哪怕后来在竹楼被崔姓老人授拳，还是老人教什么，我陈平安就学什么。不是说这不好，而是拳练到这一步，若是崔姓老人看在眼中，叫半死不活，已经殊为不易，只是还不够。想要更进一步，更非吃得住苦就能成，需要机缘去开窍，外人不能说，说了反而不灵。

但是陈平安没有意识到，他练拳百万之后才开此窍，可练剑一事，他却早早学会了活学活用。齐先生在古寺那破开粉袍柳赤诚的一剑，剑灵在山水画卷“出鞘”的一剑，自己劈向穗山的一剑，都已经是他的剑，阿良曾说他练剑一定比练拳更有出息便是此理。

教拳或者教剑之人，拳法太高，剑术太高，学拳学剑之人就越难由死到活，其中艰辛坎坷，郑大风就是一例明证：天资足够好，境界已经足够高，堂堂九境武夫，可直到老龙城，在那生死一线，才因为旁观者陈平安的言语，悟出“弟子不必不如师”一理，从而破开瓶颈。

练拳要修心，陈平安两次询问种秋最得意的小弟子阎实景为何不敢出拳，为何种秋没有对阎实景太过失望？并非种秋对他没有寄予厚望，而是陈平安本身已经给出过答案。种秋可说“拳高莫出”四字，阎实景暂时说不得做不到。一样的道理，“迎敌三教祖师，撼山拳意不可退”，陈平安经过千锤百炼之后，可以说得到也做得到，但是阎实景不行，他如今抓不住其中精髓，所以不用强人所难。这其中的弯弯绕绕，需要自己出拳百万、自己行走江湖，才能真正勘破。

通过阎实景和他小师妹的对话，陈平安已经明白自己的“不同寻常”。种秋弟子这样的天之骄子，魔教鸦儿和簪花郎周仕，无论是修为还是心性竟然都不如他。但陈平安目前仍未看清楚自己在藕花福地的举世无敌，好在他已经模模糊糊感受到“天人合一”的迹象，这就是踏踏实实的一步，这是纯粹武夫的一大步，浩然天下许多八境、九境武夫都不会有的心境机缘。

陈平安离开武馆后，回到住处，枯瘦小女孩在屋檐下发呆，滂沱大雨转为淅淅沥沥的小雨，她见到了陈平安后，咧嘴一笑。

陈平安发现她身上有些湿漉漉的雨水，假装没有看到，拿了装有那把琵琶的包裹要去找姓蒋的书生，他的住处和这里隔着三座坊市，并不算近。

等到陈平安离开院子，刚刚走出巷子，鬼鬼祟祟的小女孩便赶紧闩上院门，在屋檐下有模有样“练拳”，是偷学陈平安模仿丁婴和玄谷子的雷法架子，一手摊开朝天，一手握拳在身前，缓缓而行。

两者门槛都极高，一个是这个天下的第一人，一个涉及了练气士的雷法，陈平安暂时都只有粗劣架子而无几分真意，更别提一个连拳都没有学过的小女孩。她学了这套

“拳法”之后，便觉得有些无趣，改为其他架势，都是当时她在大街上偷师而来的，有种秋的某一次出拳、陆舫劈开街道的一剑、陈平安的六步走桩。小女孩歪歪扭扭，不得其门而入，更别说学得皮毛了。

胡乱折腾了半天，小女孩呼喝声中，来了一个气势汹汹的回旋踢，结果把自己给摔得不轻，起身后就觉得饿了，一瘸一拐去灶房偷吃东西。她觉得自己已经学得了一身高明武艺，打算等曹晴朗回来后先拿他练练手，当然前提是陈平安不在场。

陈平安在一座屋顶上看着她胡闹，皱了皱眉头，默默离去。

之前她说自己九岁时，还随随便便伸出了双手，其中一只手掌弯曲了一根小拇指，而其余四根手指极其笔直。而且她从水井那边拎桶而回的时候，陈平安细致观察过她的呼吸和脚步。陈平安撑伞走在街上，决定以后不在小院练习走桩。

蒋泉是一名寒族子弟，寒窗苦读十数载，腹有诗书，在家乡是公认的神童和才子，只是输在了科举制艺上，如今虽然落魄，但并未怨天尤人，与同乡合租了一栋宅子，每日依旧勤勉读书，只是眉宇之间愁绪淡淡，读书疲乏之后就会走出巷弄，在街角好似等人。

两名同乡知晓蒋泉的心结所在，今日便带着他去邻近一座坊市购买书籍。说是购买，其实三人都囊中羞涩，不过翻一翻某些版刻不多的圣贤书籍，远远瞅几眼如绝色佳人的孤本善本，解解眼馋罢了。

在掌柜不耐烦的眼神当中，三人悻悻然走出书铺，看到外边站着一个持伞背行囊的年轻男子。男子望向蒋泉，问道：“是蒋泉吗？我是顾苓在京城的亲戚，有事找你。”

蒋泉满脸惊喜，雀跃道：“我是我是，我就是蒋泉，她人呢？”

如今南苑国京城不太安生，她上次去找亲戚借钱后就没了消息，加上他所住临近巷弄还死了人，衙门当时态度恶劣地驱散了旁观众人，卷了铺盖将尸体带走，只听说是个死相凄惨的江湖女子，有人猜测定然是死于恩怨仇杀，这让蒋泉担忧不已，日复一日，这些天连书也静不下心来看了。

那人淡然道：“我们顾家在京城好歹是官宦门庭，虽说顾苓这一房在地方上仕途不振，听说还有人混了江湖，已经好些年没脸皮跟我们联系，这次她主动找上门，一开口就是借钱，家里长辈不太高兴。倒不是在乎这点银子，只是觉得有辱门风，不愿认这个亲戚。顾苓执意要借银子，还信誓旦旦说你肯定可以高中，所以她很快就可以还上银子，你还会将她明媒正娶。家里长辈深知科举不易，岂会相信你一个穷书生可以考中进士，便跟顾苓要了这把琵琶，才愿意借钱给她，同时要求她答应一件事，只有等你考中了进士你们才能见面。如今她已经在返乡路上，也绝对不会与你书信往来。”

那人摘下行囊递给蒋泉，还掏出一只鼓鼓囊囊的钱袋：“里头有银子五十两，还有两张银票，节省一点开销，足够你撑到下一次春闱了，你要是没信心考中，我其实也可以捎话给顾苓，你们俩私奔了便是，一个舍了家风，一个舍了圣贤书，好歹能够在一起过日子，我觉得总好过苦熬三年，到时候被家里长辈光明正大地棒打鸳鸯。对了，家里长辈气愤她钻牛角尖，私底下摔了琵琶，你以后有机会，可以再给她买一把新的。”

蒋泉愣在当场。他相信眼前这个年轻人真是富贵门庭走出的世家子弟。其实他内心一直在打鼓，站在此人身前，他有些自惭形秽。

蒋泉怯生生问道：“你为何帮我？”

那人答道：“我只是帮顾苓，不是帮你。”

蒋泉抱过琵琶，却没有接过钱袋子，好奇问道：“你不是顾家子弟吗，为什么愿意偏袒顾姑娘？”

“既然顾苓那么喜欢你，我就想来看看你到底是个怎么样的人。”那人说完沉默片刻，缓缓道，“书上说两情若是久长时……”

蒋泉会心一笑，心里有了点底气，像是在鼓励自己，使劲点头道：“又岂在朝朝暮暮！”然后又摇头，“钱我就不要了，出去摆摊子，帮人写家书、写对联什么的，总能养活自己，没理由收了这钱，让顾姑娘在家族里受气，白白给人看轻了。不过还要麻烦你回家后写封信给她，就说只管等我考中进士！”

说到这里，蒋泉灿烂笑道：“说不定将来还能为她挣一个诰命夫人呢。”又赶紧摆摆手，“这句话你莫要在书信上说了，未必做得到的，我且放在心里，真有那一天，我再带她来找你，要她知道我今儿就有这份心思了。”

那人也是个怪人，仍是将钱塞给蒋泉，说了句怪话：“钱，你一定要收下，这是顾苓的心意，更是天底下最干净的银子。”

其余两名同乡也劝说蒋泉收下。

那人转身离去，蒋泉高声问道：“小兄弟，考中之后，我该怎么找你啊？”

那人转头道：“你如果考中了，自会有人找你，告诉你一切。”

一场小雨又来到人间，蒋泉与两个好友离开坊市，远处，那个送信人就撑伞站在街边一处屋檐下，目送他们渐渐行远。

老道人出现在陈平安身边，笑问道：“怎么不直接告诉他真相？”

陈平安轻声道：“什么都不告诉他，什么都告诉他，以及三年之后，不管蒋泉有没有考中，都让种国师帮我告诉他，我觉得第三种选择，对他和对顾苓都会更好一些。”

老道人又问了个问题，直指人心：“那么哪一种选择，你心里会最好受？”

陈平安回答道：“进入藕花福地之前会选第一种，行走江湖，谁都应该生死自负。这会儿，应该是第二种，可以求一个最简单的问心无愧，不会留下任何心境瑕疵。至于为什么选第三种，我也不知道，更不知道这样做到底是对是错。”

老道人笑道：“不知道对错是吧？”

陈平安转过头：“怎么了？”

老道人一手按住陈平安肩头，说道："接下来你就更不知道了。"

下一刻，仿佛是一天的拂晓时分，旭日东升，南苑国京城的宫门之前，皇宫的开门人重重吆喝一声。

老道人笑问道："知道为何有此传统习俗吗？无论是浩然天下还是藕花福地，差不多都需要这样。"

只得收起伞的陈平安摇头，老道人说道："皇宫需要借着曙光降临的时分喝退一些冤魂。你觉得是谁的冤魂？"

陈平安还是摇头，老道人又道："历史上那些冤死的忠臣、枉死的骨鲠之臣、死谏而亡的国之栋梁。"

之后，藕花福地的光阴长河，一年、十年、百年，仿佛都只在老道人的一念之间。

下一刻，老道人带着陈平安见到了一位皓首穷经的老夫子，下笔如有神，却疏于约束子孙，去世的时候，毕生心血被子孙四处兜售无果，气愤之下，干脆付之一炬。

还见到了一位总算在晚年写出了真正富贵诗词的寒族宰相，他的文章不再被世族同僚讥讽为穿金戴银穿草鞋。

另有一位官邸寒酸的中枢重臣，两袖清风，有口皆碑，地方上的亲戚却欺男霸女，人人家缠万贯，他写出的每一封家书却都苦口婆心，告诫家人要勤俭持家，要道德传家，书信内容现世之后，在当世后世皆传为美谈。

一位大雪天在课堂外呵手取暖的北晋国皇子；一个在外横行无忌、恶贯满盈的纨绔子弟，到了家孝顺奶奶，默默帮长辈捂好被角。

一位励精图治、变法改革的松籁国重臣，所用嫡系七八人当中有大半数假借变法之名谋取私利、排除异己，或是揣摩帝心、暗中结党，最终变法失败。那位重臣入狱之后，犹然慷慨，只恨壮志未酬身先死。

一个走投无路的江湖少侠，父母死于仇杀，此后十数年历尽坎坷，忍辱负重，复仇之时杀尽了仇家上下数十口人，快意恩仇。一个小女孩带着一个年纪更小的孩子当时刚好捉迷藏，躲在夹壁之中逃过一劫，最后两个孩子在坟头磕头，立志要报仇雪恨。

同样是两次关于折箱递本的事故，同样是牵涉其中、需要被朝廷问责的县令，一名县令私底下对那驿卒马夫授予锦囊妙计，谎报说是路途上遭遇匪寇，还让那驿卒以刀割伤自己，最终骗过了兵部审查此事的朝廷官员；另外一个，明明是大雪寒冬，道路受阻，驿卒为了完成任务，强行渡河才让递本溺水受损，县令据实上报，结果驿卒被杖一百，流千里，县令被停俸一年，地方评为下评，五年之内升官无望。

之后更是诡谲，光阴长河开始倒流。冯青白与唐铁意称兄道弟，在边关城池上对坐饮酒，拍膝高歌。

陈平安还来到了南苑国京城外，见到了顾苓与蒋泉的初次相逢。女子独自站在大雪中，这一年，她遇到了一个读书人，在她晦暗血腥的人生当中就像又下了一场雪，大地茫茫，干干净净，让她误以为自己就是天底下最好的女人。虽然明知道大雪定然消融，她还是那个坏女人，可是能够有这么一场相逢，都算老天爷没亏待她。

一个枯瘦小女孩偶尔会去城外看几眼某个小土包，青草依依。

陈平安最后看到了自己，看自己看了一眼那口水井，看自己两次去往私人书楼翻书看，看自己站在了小巷外院门口，抬起手臂又放下，几次不敢敲门。他与曹晴朗撑伞去往学塾的时候，小女孩站在院门口死死盯着他们的背影，满脸雨水，浑然不觉。

最终，陈平安独自站在屋檐下，手中还拿着那把陪他度过了不知多少年的油纸伞，大街上还下着小雨，老道人已经不在身侧。

对与错，好与坏，是与非，善与恶，陈平安看了许许多多，没有看出一个觉得天经地义的道理来，反而以往许多坚持的道理都没了道理。

陈平安没来由想起桂花岛风波过后，见到了那位当年为陆沉撑船泛海的老舟子，看着自己说了一句："你想要坏我大道。"

在这之前，哪怕明明知道簪花郎周仕不是真正凶手，他仍然下定决心，按照种秋事后说法，如果真有那五个名额，就用其中一个直接将周仕"收入麾下"，一拳打杀。

在这之前，他对那个枯瘦小女孩充满了厌恶，却不知为何，甚至不愿深思多想。

不过也不是没有半点收获，他开始觉得自己多放了一枚雪花钱，哪怕那枚雪花钱挨着书中那句他认为极其优美的诗句。

雨后天晴，陈平安一路走到那口水井旁，站在那里低头望向井底。

正在此时，小院子里的枯瘦小女孩仰头看向刺眼的太阳。

观道观，道观道。老道人坐在天上看着两人。

与藕花福地衔接的莲花洞天，有位道人坐在池畔，看着三人。

按照某个弟子的说法，他只是闲来无事，便看看别人的小道而已。

陈平安突然收回视线笑了起来，离开水井旁，虽然什么都没想明白，但是想通了一件事情：那个惹人厌的小女孩，得教一教她一些为人的道理了。就从最简单的教起，要是教不懂，教了还是没用，那就不用再管了。可教还是要教的，教过之后，她至少知道了何谓善恶。往后再为恶，或是向善，就都是她自己的事情了。

老道人脸色阴沉，心情不算太好，就想着要将陈平安丢出藕花福地。

他竟然没能赢了老秀才！

于是他一挥衣袖，陈平安一步走出了藕花福地，竟到了桐叶洲北晋国外的驿路上，身穿法袍金醴，腰悬养剑葫，唯独没有了背后的长气剑。不过武道境界已是五境，并未与藕花福地一样凭空消失，而且心意相通的飞剑初一和十五如今也在养剑葫内。

陈平安赶紧向四周张望，所幸看到了道路上不远处，莲花小人儿在探头探脑，显然小家伙比陈平安还犯迷糊。

老道人站在他身边道："按照约定，你可以带走藕花福地的五个人，其中四人我帮你选了。"

他手中拿着四支画轴，随手丢开，在陈平安身前依次排开，悬停空中。其中一幅画卷自行打开，上边画着一位端坐的龙袍男子："这是南苑国开国皇帝魏羡。"

一名负剑女子——"隋右边，舍弃武学，一样有剑仙资质。"

"魔教鼻祖卢白象。"

"武疯子朱敛。"

"这四人拥有完整肉身和魂魄，在这之前，你就用谷雨钱养着他们，每天丢入画中即可，迟早有一天，他们吃饱喝足就可以走出画卷为你效命，而且死心塌地，至于之后他们的武道境界如何，还是转去修道成为练气士，就看你这个主人的本事了。当然，前提是你养得起他们。"

老道人显然不愿与陈平安多说什么，更不给陈平安插话的机会，一股脑说了这么多，且不等陈平安询问最后一人是谁，他伸手一抓，已经扯出一个枯瘦小女孩，一拍她后脑勺，她摔了个狗吃屎，扑倒在道路上，抬起头后满脸茫然。

陈平安望向这个身材高大的老道人，问道："长生桥怎么办？"

老道人脸色漠然："底子已经打好了，之后自己摸索。"

陈平安再问道："那把长气剑呢？"

老道人望向远处："我自会还给陈清都。"

陈平安将那四幅画收入飞剑十五当中，与老道人拱手告别。

老道人心情不佳，一步返回藕花福地，瞥了眼与福地接壤的莲花洞天，发现那家伙已经离开池畔，这才笑了起来。

陈平安跟枯瘦小女孩大眼瞪小眼，他叹了口气，问："你叫什么名字？"

枯瘦小女孩是个心大的，虽然不知道发生了什么，拍了拍身上尘土后，仍是笑呵呵回答道："之前不是说了，我只有姓，爹娘没来得及帮我取名字，我就自己取了个名字，一个字，就叫钱，我喜欢钱嘛。"

陈平安问道："姓什么？"

枯瘦小女孩挺起胸膛回答道："裴！就是下边有衣服的'衣'的那个'裴'，听我爹说在家乡是大姓哩！姓里头有衣服，名里头有钱，多吉利。"

陈平安一拍额头。姓裴名钱，裴钱，赔钱……难怪自己不喜欢她。

总算离开了深不见底的藕花福地，老道人离开后，陈平安第一件事就是去询问北晋国现在的年份，他真怕书上所谓的"山中一甲子，世上已千年"，不然给老道人坑了十年几十年的，又没了长气剑，估计想要报仇都找不到人。

好在问过北晋官道上的商贾之后，陈平安松了口气：从光熹六年变成了光熹七年而已。这会儿桐叶洲也是秋季，与藕花福地的节气大致相当，临近中秋的样子。

陈平安对北晋已经有了心理阴影，不敢再多逗留，一路往北而去。之前久闻太平山的大名，还想着去远远瞧上一眼，现在已经绝无此念，加上和周肥、陆舫以及冯青白这拨谪仙人的关系可不算好，陈平安现在就想着找一处仙家渡口直奔东宝瓶洲。

虽说当初离开家乡，杨老头提醒过五年之内不要返回，但是不回家乡，还有许多地方可以去，比如范二在的老龙城、张山峰和徐远霞游历的青鸾国、宋雨烧的梳水国、顾璨的书简湖、李宝瓶他们求学的大隋书院，地方不少。总之，桐叶洲不宜久留。

陈平安收起那把从福地随手带出来的油纸伞，两人行走在官道旁，裴钱一直在好奇张望："这是哪里？不是南苑国吧？"先前陈平安与人问话，她一句都听不懂。

陈平安点点头。多出这么个小拖油瓶，也是陈平安想要立即离开桐叶洲的原因。带着她不比先前与陆抬结伴游历，一旦遇上打家劫舍的山泽野修会很麻烦。不过一想到陆抬，陈平安心头阴霾更甚。那个卖糖葫芦的汉子！

山上练气士，尤其是跻身地仙后，往往可以神人掌观山河，虽然不比老道人在藕花福地那么无所不知、无所不在，可到底不是什么让人感到轻松的事情。关于这门神通仙术，将来回到家乡，一定要跟崔姓老人或是魏檗仔细询问一番，有哪些门道和讲究，又有哪些禁忌和约束。

裴钱继续问道："是你家乡？神仙居住的地方吗？"

陈平安哑然失笑，摇摇头："不是我家乡，也不是什么仙境。"

裴钱见他不愿多说的样子，也就不再刨根问底，抬起双手揉了揉眼睛。

陈平安问道："怎么了？"

裴钱扬起脑袋，灿烂一笑："总觉得怪怪的，可是什么都记不起来了，方才还在曹晴朗家里打扫院子呢，咻一下就跑到这里来了。"

陈平安瞥了她一眼，她立即改口："是打扫完院子，坐板凳上嗑瓜子哩。"

两人走出二十余里，裴钱已经累得气喘如牛，皱着脸苦兮兮，说脚底磨出泡来了。

陈平安在一座驿站旁租赁了一辆马车，谈妥了价格，约好在北晋的边境郡城停马，大概两天路程。

桐叶洲的北晋跟藕花福地的北晋大不相同，久无战事，无论是驿路管理还是通关文牒都很宽松，只要兜里有银子，哪怕不是官员，都可以下榻驿馆。

裴钱是第一次坐马车，感觉十分新鲜，坐在车厢里晃晃荡荡，十分惬意，时不时就掀起车帘子望向外边的风景。入秋之后，官路不远处经常能够看到一片片金灿灿的柿子树林，看得她直流口水，恨不得让陈平安要那车夫赶紧停下马车，让她去偷个十斤八斤回来。

陈平安趁着她往外张望的间隙，取出那四幅画卷，发现轴头都不一样。一幅是防虫的紫檀木，一幅白玉，还有两幅材质不明，画卷四人栩栩如生。

南苑国开国皇帝魏羡是寻常的皇帝挂像坐姿，身穿金色龙袍，但是身材并不算魁梧，反而有些瘦小，加上龙袍宽松，就显得有些不搭；飞升失败的隋右边是负剑之姿，英姿飒爽，画中人如与看画人对视；魔教魁首卢白象披挂鲜红甲胄，双手拄刀在身前，比魏羡更像一位人间君主；死在丁婴手上的武疯子朱敛身形佝偻，双手负后，眯着眼，像是个市井坊间的小老头儿。

这四幅画卷只吃谷雨钱？问题在于，想要画卷中的某人走出来，得吃掉多少枚谷雨钱？再者，忠心耿耿这个说法有待商榷。退一万步说，陈平安一个纯粹武夫，连法袍金醴和痴心、停雪都被他视为身外物。好在这次在藕花福地被老道人带着游历天下，陈平安对世事人情了解更多，无形中对于东宝瓶洲的“天下大势”以及骊珠洞天在大骊版图的处境、地位，都开始用另一种眼光去看待，对于“身外物”一事，想法不再那么极端，不然按照以前的脾气，这四幅画都有可能被陈平安直接以天价卖了。

裴钱伸长脖子看着隋右边的画像，轻声道：“这位姐姐长得真漂亮呢。”

陈平安不予理睬，轻轻收起四幅画卷，没有当着裴钱的面收入方寸物中，暂时搁放在脚边，心中感慨：这四位祖宗太难养了，哪里有初一和十五好，有个养剑葫，别说是谷雨钱，相依为命这么久，多次并肩作战，一枚雪花钱都没有花，炼剑、养剑都无须花心思。

其实陈平安拥有一方斩龙台，是世间炼养飞剑的最佳磨石，只是陈平安哪里舍得那方篆刻有“天真”“宁姚”的斩龙台少去丝毫。好在初一、十五从未因此事跟陈平安闹过脾气。不过陈平安打算日后返回龙泉郡还是争取向圣人阮邛购买一方小小的斩龙台，总不能亏待了它们。这笔开销，陈平安不会节省，哪怕可能到时候就不是谷雨钱，而是要用上金精铜钱。

陈平安看着裴钱，裴钱也看着他，忧心忡忡，生怕他把自己一脚踹下马车，人生地不熟的，她还不得给人欺负死？在南苑国京城，她好歹熟门熟路，哪些门户的东西可以偷，哪家孩子的物件可以抢，谁不能招惹，谁需要讨好，她心里都有小算盘，到了这边，马上就要入冬了，一场大雪哗啦啦砸下来，她不饿死也会冻死。她亲眼见过很多没能熬过大雪天的老乞丐小乞儿，他们冻死的模样丑得很。

裴钱知道陈平安不喜欢自己，就像知道他很喜欢曹晴朗一样。她也没想要他喜欢自己，只要他管吃管喝就行，最好能送她一大堆银子，至于喜欢不喜欢的，值几个钱？

车夫是这一行的老人，熟悉路途，陈平安和裴钱夜宿于一座驿馆，车夫自己就在车厢对付一宿。陈平安要了两间末等屋舍，裴钱住在隔壁。陈平安又跟驿馆购置了一些吃食装在包裹内，方便斜挎，再放入一些普通的书籍，否则出门在外，两手空空，太惹眼。

给了裴钱一份食物，陈平安去自己屋子，摘下刀剑，点燃桌上那盏油灯，掏出刻刀和一枚翠绿小竹简，开始以蝇头小字记录此次藕花福地之行的见闻。

敲门声响起，陈平安过去开门，裴钱站在门外，怯生生道："乌漆麻黑的，有些怕。"

陈平安觉得有些好笑，心想你一个胆子大到敢爬上富人家门口狮子背睡觉的，住在屋子里反而会怕？不过陈平安还是让她进了屋，她乖巧地关上门，陈平安示意她坐在桌对面，缓缓道："这里叫桐叶洲，是一个很大的地方。我们要去东宝瓶洲，我家乡就在东宝瓶洲北边，从明天起你开始学东宝瓶洲雅言和我家乡的大骊官话。"

裴钱笑容灿烂，使劲点头："好嘞！"不是她想学什么狗屁雅言官话的，而是眼前这个家伙的言下之意，分明是要带她去他家乡，这岂不是意味着自己一路上可以混吃混喝，衣食无忧？

但是陈平安接下来的一番话如冷水浇头，让她脸色阴晴不定，满是腹诽抱怨。

陈平安拿起刻刀，继续在魏檗赠予的青神山竹简上刻字，低下头，一笔一画，刻得一丝不苟，同时对裴钱说道："从明天开始，我除了教你雅言和官话，还会教你识字。如果你学得好，就能顿顿吃饱饭；学不好，就少吃。"

裴钱苦着脸："我很笨的。"

陈平安哦了一声："那我倒是可以省钱了。"

裴钱偷偷瞥了眼陈平安，见他不像是在开玩笑，立即笑道："我会用心学的。"

说到这里，她趴在桌上，小声问道："能给我买几件衣服吗？"

陈平安头也没抬："等到天冷了，会给你加一件厚些的衣裳。"

裴钱嘀咕道："秋天了，天气已经很凉了。而且你瞅瞅，我鞋子都破洞了，真的，不骗你。要是我一不小心生病了，你还要照顾我，很麻烦的……"说到这里，她抬了抬脚。鞋子是真破，果然露出了黑黝黝的脚趾。

陈平安放下刻刀，用手指轻轻抹去那些细不可见的竹子碎屑："回去睡觉，明天还要早起赶路。"

裴钱不再说什么，默默起身离开屋子，回到隔壁后，关上了门，立即笑逐颜开，而后又立即板起脸，不让自己笑出声，扑在被褥上，一通欢快翻滚，最后望向天花板，踢掉脚上的破鞋子，想起陈平安那副模样，学着他默念了一句"回去睡觉"，当然，没敢说出声，然后做了鬼脸。睡觉前，她跳下床去点燃了桌上油灯，这才一觉到天明。

不点白不点，有钱人就该这样。

陈平安在隔壁屋子里，在足足三枚竹简上写了密密麻麻的"藕花福地之山水游记"，吹灭了灯盏，开始练习六步走桩，配合《剑术正经》上的种种握剑手势，依然是虚握。

步伐无声无息，如鱼在水，拳意尽收，神华内敛。比起当初陈平安在龙须河畔打拳，此刻一身拳意流淌全身，已是天壤之别。

陈平安如今练拳已经完全可以分心想事。《撼山谱》上在走桩和立桩之后其实还有睡桩“千秋”,陈平安早已知晓拳理和架子,如今已经觉得不难上手。关键是睡桩的精髓偏偏在于一个“大梦如死”的四字说法上,会使得一个人的魂魄如古井死水,获得彻底的休养生息。但是陈平安两次出门远游,一次比一次走得远,都不敢睡得太死,所以一直耽搁下来,只能等回到龙泉再说。

这次离开藕花福地实在是太仓促了,不然陈平安一定会尽量收集那里的上乘武学,如今回想起来,丁婴走的武学路子其实没有错,真正站在了群山之巅,堪称藕花福地武学的最高峰。想要走到这一步,除了自身感悟,一样需要观看矮处山峰的风光,相互佐证,查缺补漏,最终成为自身拳意,那才是真正的拳高天外。

这与读书的道理何其相似?与工部书籍上的建造桥梁之法也有异曲同工之妙。

不知不觉,窗外天边已经泛起鱼肚白。陈平安如今练一整晚拳都不会出汗,这恐怕也是跻身五境后魂魄大成的方便之处。不过身穿法袍金醴,出不出汗都无所谓。

在陈平安练拳的时候,伤势已经痊愈的莲花小人儿就坐在桌边打瞌睡。离开藕花福地后,小家伙好像有些心事。

陈平安停下拳,坐在桌旁,小家伙耷拉着脑袋。陈平安笑着揉了揉他的脑袋,没有说什么。安慰人,实在不是陈平安擅长的事情。

他又拿出四幅画卷摊放在桌上,开始思考到底要不要“押注”。

以往陈平安对于运气一事畏惧如虎,如今心结解开不少。

其实骊珠洞天破碎坠地后,尤其是被掌教陆沉算计了一次,与神诰宗贺小凉牵连在一起,大隋之行否极泰来,运气奇好,之后在鲲船上与贺小凉分道扬镳,运气依旧不差。再者,如今他身家可不算薄,不说跟陆抬同行的巨大收益,只说老龙城与郑大风做伴的那尊阴神,花了整整十枚谷雨钱向他购买了一枚奋勇竹的小竹筒,好像就为了买上边“神仙有别,阴阳相隔,魂以定神,魄塑金身”这句话。所以陈平安不奢望能够“养活”四幅画,拣选其中一幅,好似那小赌怡情,还算妥当。

乱象已起,陈平安的确需要有些帮手帮忙看护着家业。

崔姓老人,陈平安不敢奢望,一个教拳一个学拳而已,再不能多求什么。

魏檗终究是山岳正神,有他自己的职责所在。

青衣小童和粉裙女童两个小家伙道行还浅,而且陈平安对待他们更像是兄长看待两个孩子,这是心性使然,与年纪无关。真摊上大事,陈平安非但不会让他们涉险,反而只会让他们远离是非之地。

对于四位画中人,陈平安就没有这么多负担。至于相熟之后如何相处,那就到时候再说。

四幅画卷,陈平安不知道先选谁,但是很笃定先不选谁,那就是隋右边。要是以后给宁姚知道了自己身边跟着个从画中走出的女子,而且还花了不少谷雨钱,这还了得?所以陈平安先将这幅画收入飞剑十五当中,然后将卢白象的也收了起来。一看就是桀骜不驯之辈,而且开创了藕花福地最大的地下势力,陈平安好不容易把他请出来后,万一是那周肥之流的枭雄魔头,无视伦理,大逆不道,难道又把他关押回画卷?天底下没有这么不把钱当钱的道理,谷雨钱可不是雪花钱,何况哪怕是雪花钱也不行。

收起了第二幅,就只剩下魏良的老祖宗和那个看似和蔼的武疯子朱敛了,后者曾是那顶银色莲花冠的主人,这让陈平安心里有点打鼓。跟丁婴一战,差点把命丢在牯牛山,那是陈平安生平最为凶险的一战。

陈平安盯着两幅画,犹豫不决。

莲花小人儿默默坐在他身前,一样在认真打量着两幅画像。

陈平安拿不定主意,笑问道:"你觉得哪个顺眼些?"

莲花小人儿转过头,只有一条胳膊的小家伙指了指画卷,然后指了指自己,似乎在询问陈平安真的要他来挑选吗?

陈平安笑眯起眼,点点头。小家伙麻溜儿站起身,沿着两幅画卷的边缘,瞪大眼睛,跑来跑去,还会趴在桌面上打量两个画中人,很是认真可爱,看得陈平安直乐呵。

小家伙最后蹲在地上,指了指身边的那幅魏羡画像。

陈平安哈哈笑道:"那就是他了。"

小家伙起身后,快步跑到桌沿,扯了扯陈平安的袖子,有些担心,应该是害怕自己选错了。

"没事,反正都要选的,选错了也没关系。"陈平安伸出手指挠了挠他的胳肢窝,小家伙咯咯而笑。

陈平安取出一枚谷雨钱,双指拈住,轻轻放在绘有南苑国开国皇帝的画像上。

当谷雨钱触及画卷,立即如冰雪消融化开,画卷表面很快铺满了一层谷雨钱的灵气,雾霭蒙蒙,如湖泽水气,然后猛然荡漾四散开来。陈平安再看那魏羡画像,多出了一分"生气",尤其是连经断纬的华贵龙袍之上,金光闪动。只可惜他看不出更多端倪,到底需要耗费几枚谷雨钱仍是一团迷雾。

陈平安打定主意,十枚谷雨钱丢入其中,如果还是没有明确迹象,就当打了水漂。

小心翼翼收好画卷,陈平安在腰间悬好痴心、停雪,挎上那棉布包裹,出门去隔壁喊裴钱继续赶路。结果敲了半天门,小女孩才磨磨蹭蹭、睡眼惺忪地打开屋门,看到陈平安后,有些不情不愿。

陈平安在她穿戴好后,见她走向自己,便指了指床铺,她一脸茫然。

陈平安说道:"收拾好再走。"

裴钱委屈道:"咱们付了钱才在驿馆住下的,你花了好多银子哩。"

陈平安沉默不语，裴钱只得转身去收拾被褥。

陈平安瞥了眼桌上那盏油灯，皱了皱眉头。

之后乘坐马车一路往北，车夫熟稔路线，多是掐好了时间，让两位客人住在驿站和一些城镇客栈，没有风餐露宿的机会。

陈平安开始教裴钱雅言、官话，以及东宝瓶洲和大骊王朝一些大概的风土人情，再就是拿出一本购自状元巷书肆的儒家典籍教她识字，刚好读书认字的同时是以雅言、官话诉说，一举三得。只是裴钱学得不太上心，不过字已经认识了百余个。但一看她就是个不喜欢读书的，明显更喜欢在车厢里睡懒觉，哪怕什么事情都不做。陈平安不理她，只要让她睡觉，她就能睡上大半天，醒了之后就掀开车帘子欣赏风景，看完之后再睡，也算本事。

此后一路多雨水，慢慢悠悠，马车终于到了那座北晋边境郡城，陈平安付完另外一半银钱，带着裴钱开始步行。

因为天气转凉，又经常下雨，陈平安还是给她买了一套厚实衣裳和新靴子，只是没有立即给她，她便每天眼巴巴望着陈平安的斜挎包裹，甚至破天荒要求她来背好了。

北晋境内的寻常城池门禁不严，只要让车夫打点关系，没有户籍和通关文牒的裴钱也可以捎带着顺利入城。但是边关不同，陈平安就开始带着她跋山涉水。裴钱跟吃苦耐劳的李宝瓶一个天一个地，哪怕陈平安细致照顾着她的脚力，她仍是叫苦不迭，一次次挤出眼泪，饶是陈平安脾气再好，不烦也烦了。

换上新衣服新靴子后，裴钱好了几天，结果她那一身衣裳因为从不知珍惜，很快就给山野小路上的钩钩刺刺弄破了许多，她就故态复萌，在陈平安答应到了下一座城镇给她再买一身后才有了精气神。只是北晋国边境线绵长，山路难行，裴钱一天到晚黑着脸，每次被陈平安要求以树枝在地上练习写字都故意写得如蚯蚓爬动，让她写一百个字，就绝不多写一个字。

在这期间，陈平安又“喂养”了三颗谷雨钱。

因为现在陈平安走路就是练拳，几乎一呼一吸皆是淬炼体魄，所以他看似将所有精力都放在了剑炉立桩上。

只有到了陈平安练习剑炉立桩的时候，裴钱才有劲头，也不敢靠近，就站在远处，默默看他站在原地，木头一般一动不动，久而久之，裴钱也觉得乏味无趣了。

第八章 山水之争

这天夜里，陈平安带着裴钱露宿一处荒郊野岭。

上次在边境郡城，除了给裴钱专门准备的牛皮小帐篷，陈平安还买了鱼钩鱼线，自己在山上找细竹做了根钓竿，便开始在溪畔夜钓。

深夜时分，陈平安转过头，远处山林中红光闪动，很快出现古怪一幕。

有那四角悬挂大红灯笼的八抬大轿，抬轿的好像都是成长于山野的精怪，敲锣打鼓的角色则是一众阴物鬼魅，为首是一个腰佩锈剑的白骨骷髅。

轿子旁边还有一个打扮得花枝招展的老妪，穿着喜庆的鲜红衣裳，脂粉浓重，两团腮红，脸色惨白，只是她四周萦绕着一股股黑烟。

陈平安如今熟稔山上事，知道这多半就是所谓的山神娶亲了。他不愿横生枝节，就假装什么都没有看到。只是没有料到裴钱竟然在这个时候醒来，钻出牛皮帐篷后，揉着眼睛，呆呆望向那支迎亲队伍。

陈平安放下钓竿，来到裴钱身边。

那边的老妪已经笑望裴钱，眼神中充满了玩味。她抬起一条纤细胳膊，轿子骤然而停，连同白骨剑客在内，所有山精鬼怪都齐齐望来，阴气森森。

陈平安拱手抱拳，主动向这支迎亲队伍表达歉意。

鸟有鸟道，鼠有鼠路，尤其是阴阳有别，世间有序。

就像这场偶遇，若非裴钱犯了忌讳，明目张胆地投去视线，那么这支山神娶亲的队伍根本不会在意陈平安和裴钱的存在，过去就过去了，这也是世间许多樵夫渔民世世代代临近山野湖泽依然少有灾厄的原因。

老妪见陈平安颇为识趣，点点头，再次挥手，浩浩荡荡的迎亲队伍重新开始敲锣打鼓，继续前去迎娶山神夫人。

裴钱差点就闯下大祸，可陈平安这次倒是没有责怪她。她不是修行中人，不谙修行规矩，情有可原，这是他教导无方，怪不到她头上。但是如果陈平安早早说了道理，她还是这般莽撞，就两说了。

陈平安轻声问道："你看得见它们？听得到锣鼓声？"

裴钱小脸惨白，点头道："听见动静就爬起来了，还以为是做梦，太吓人了。"

陈平安伸出一根手指轻轻抵住裴钱眉心，帮着她安稳神魂。一旦不小心遇上污秽阴物，凡夫俗子即便无法看见，对方也无害人之心，可若是世人本身阳气不盛，魂魄就很容易飘荡不安，无形中伤了元气根本。世上坊间的诸多鬼怪之说，比如有人中了邪，一病不起，往往就是因为这类状况，属于阴阳相冲。

所幸裴钱并无大碍，陈平安告诫道："虽然不清楚你为何看得见它们，但是以后再遇上，一定要视而不见听而不闻，不然很容易惹上麻烦，被对方视为挑衅。幸好今晚这支迎亲队伍根脚偏向正统，身份类似阳间官吏，才没有跟我们一般见识。"

裴钱心有余悸，只拼命点头。

陈平安问道："你在南苑国这些年，可曾看到城内城外的孤魂野鬼？"

裴钱哭丧着脸，使劲摇头道："以前我没有见过这些脏东西啊，一次都没有！"

陈平安若有所思，叮嘱："游历在外，上山下水，不许冒冒失失称它们为'脏东西'。"

裴钱哦了一声："记下了。"

陈平安叹了口气，安慰道："继续睡觉吧，有我盯着，不会有事了。"

裴钱哪里还敢睡觉，死活要跟着陈平安去溪畔。她这下子算是彻底老实了，病恹恹的，连带着再不敢要什么新衣裳新靴子了，觉得跟在陈平安身边能混个吃饱喝足就已经是最幸福的事情。

陈平安重新拿起钓竿，裴钱拿着一块石子在地上圈圈画画。一朝被蛇咬，十年怕井绳，裴钱这会儿都不敢抬头看四方，总觉得阴暗处隐匿着那些恐怖瘆人的奇怪东西，问道："你给我那本书上说非礼勿视非礼勿闻，是不是这个道理啊？"

陈平安忍俊不禁。看来她得吃过苦头才学得进东西，虽然这句圣人教诲不应该如此注解，但是也不愿否定她好不容易琢磨出来的书上道理，便说道："这句话道理很大，你这么理解，不能说错，但是远远不够，以后读书识字多了，就自然会明白更深。"

裴钱想着多跟陈平安聊天才能压下心头的恐惧，随口问道："那为何书上还有一句'子不语怪力乱神'？明明你方才就说了很多。是夫子们的道理错了，还是你错了？"

陈平安微微一笑："只要多看书，到时候就知道是我错了，还是圣贤道理错了。"

裴钱有些不乐意，闷闷不说话，沉默了半天，终于憋出一个问题："你是不是打不过它们？"

陈平安哑然失笑："既然我们有错在先，跟我打不打得过它们，有关系吗？"

裴钱抬起头，眼神熠熠："要是打得过，你就不用跟人低头道歉了啊，它们给咱们道歉还差不多，给咱们主动让道。比如它们敲锣打鼓的，吵死个人，就要向我道歉，愿意赔钱就更好了。"

陈平安问道："我就算打得过它们，跟你又有什么关系？"

裴钱愣了一下，挤出笑脸："我们是一伙的啊。"

陈平安始终盯着溪水和鱼线，好似自言自语："对错可没有亲疏之别。"

从头到尾，他都没有明确给出答案，关于自己能否胜过此处山头的那些山水神怪，怕的就是她知道真相后，心中忌惮全无，没轻没重。

对于在家等待新娘子的那位山神的大致修为，陈平安心里有数。

无论是世俗衙门的县令还是管辖阴冥之事的城隍爷，若是出巡，必有仪仗，其中就有鸣锣开道的习惯，若是品秩升上去，响声就会更大。这次因为是迎亲队伍，绝大多数连绵不绝的锣鼓喧嚣多是喜庆，也未让鬼差持有"肃静""回避"木牌以及最风光瞩目的那个官衔牌，但是每隔一段时间，还是会有官场上的讲究，比如依循礼制鸣锣九下。以此开道，大概也是那位"山神"的门面使然，在跟四方邻里和辖境鬼魅们摆谱呢。这说明那位山神死后官身算是一位府君，除了山神庙和泥塑金身，还有资格开辟自己的府邸，在东宝瓶洲和桐叶洲都算是一方世外山水的封疆大吏了，类似青衣小童的那个担任御江水神的兄弟，至少相当于练气士六境的修为，说不定就是七境观海境。

至于陈平安能否打得过，很简单，俞真意身在灵气稀薄的藕花福地，就已经修出了龙门境的修士境界。陈平安又为何愿意押注四幅画卷？除了看重开国皇帝魏羡、武疯子朱敛等人当下的武学境界，更在意这些人的资质。

事实上，周肥对此早有明言，种秋有望在三四十年中跻身武道九境。周肥的真身可是玉圭宗姜氏的家主，还是玉璞境练气士，眼光不会有错。只不过"有望"二字远远不等于板上钉钉，毕竟武道之路并不顺畅，说夭折就夭折。可即便如此，陈平安一开始的决定，一幅画卷押注十枚谷雨钱，用以购买"有望"二字，绝对物有所值。

裴钱不知道钓鱼有什么意思，一坐就大半天，还没什么收获，开始没话找话："你家乡那边经常会遇到这么多奇奇怪怪的家伙吗？那像我这样的人岂不是很危险？以后我一定不会离你太远。"

陈平安专注于钓鱼，也是一种修行。

无论大鱼小鱼，轻啄鱼饵，鱼线微颤，传到钓竿和手心，然后甩竿上鱼，这跟迎敌武夫罡气，只有劲道和气力大小之分，并无本质区别。巧劲，一切功夫只在细微处。而且陈平安故意拣选了一根纤细竹竿，溪涧水潭钓鱼还好，若是到了大江大河，钓七八斤以上的大鱼，在较劲过程当中，只要稍不注意，鱼线就容易绷断，钓竿甚至会折断。这很像当年烧瓷拉坯，陈平安喜欢这种熟悉的感觉。

虽未理睬小女孩，但是陈平安没来由想起了自己，细细推敲琢磨，才发现自己跟她其实没什么两样。

在泥瓶巷，或者说在当年自己懵懂无知的骊珠洞天，就像她在南苑国京城，那种危机四伏，不在什么山水神怪和仙人修士，而是在一日三餐，在贫穷困苦，在一次偶染风寒，在冬日严寒。离开了骊珠洞天，就像她离开了藕花福地，天地更加宽阔，但是更多无法想象的危险也接踵而来，风雨更大，一个人说死就死。

两人处境相似，但是行事风格大不一样。

裴钱不知道惜福，稍稍有了些铜钱，第一时间就是大手大脚花出去。而陈平安对于每一份来之不易的盈余都会小心翼翼呵护着。

裴钱喜新厌旧，身上的衣裳鞋子只要旧了破了，就转头开始希冀着天上掉下一份新的。对于别人的施舍，她从不觉得难为情，甚至会祈求别人的恩赏，而不知感激。陈平安对于当初泥瓶巷街坊的每一份怜悯和帮助，至今难忘，一笔一笔记在心头，对于偿还恩情更是小心翼翼，唯恐过犹不及，害了别人家的淳朴家风和风水气数。

裴钱惫懒，不知上进，喜欢撒谎，为了活下去，觉得自己做什么都是对的，而且对于如何活下去这个难题，她选了一条看似最轻松、其实长远来看并不轻松的捷径。她内心深处对于一切美好的事物充满了敌意，只要是她得不到的，就宁可毁掉。

裴钱对这个给予她恶意的世界报复以自己最大的恶意，她擅长察言观色，能敏锐感知别人的善恶，但是这份难得的老天爷赏饭吃的技能被她用来欺负更弱小之人、谄媚更强大之人。所以，很少讨厌一个人的陈平安，是真的讨厌裴钱。只不过现在陈平安与她朝夕相处就开始看着她，再来回头看自己。

藕花福地，种秋一直在担心俞真意成为他们最深恶痛绝的那种谪仙人。

陆抬曾经说过，不近恶，不知善。

陈平安当然不愿意把裴钱带在身边，是老道人强行将她丢出藕花福地，如果可以选择，他更愿意带走曹晴朗。如果种秋愿意卸下担子，陈平安更愿意带着种秋来看看浩然天下的风景，而不是什么魏羡、朱敛。

在大环境已经注定无法改变的前提下，明明读书识字、学会雅言官话是生存必需，可裴钱始终不愿意付出自己的努力。陈平安很难想象，如果自己跟她更换身份和位置，她会怎么选择。内心无比憎恶和嫉妒宋集薪，表面上却依附这个有钱的邻居？眼睁睁看着刘羡阳被人打死？每天以欺负顾璨为乐？在龙窑跟所有人一样，尽情挖苦那个娘娘腔？讨好齐先生、阿良、文圣老秀才？

即使这样的一个“陈平安”，依然在光阴长河中有幸遇上了他们，其结果也无非是一次次擦肩而过，萍水相逢罢了。

所以姚老头说得太对了，世间种种善缘和机会，无非是自己一双手抓得住和抓不住，小的都会从指缝间漏掉，哪来的本事去争更大的？

可又有一个但是。自己记得起爹娘的善良，后来又牢牢记住了姚老头的寥寥几句言语。她呢？好像没有人教过她一些对的事情。可自己如今教了她不少，她不还是这般没心没肺，禀性难移？

陈平安有点烦。当年带着李宝瓶、李槐和林守一去大隋，后来又多出崔东山、于禄和谢谢，陈平安都没有这么郁闷过。

陈平安收起了钓竿，裴钱托着腮帮问道：“怎么不钓鱼啦，还没有鱼儿上钩呢，鱼汤可好喝啦，鱼干也好吃的。”

陈平安欲言又止，最终还是把一些言语咽回肚子。他本想跟她开门见山说一些事情，例如：“若是曹晴朗在这里，只要他愿意学，我可以大大方方教他拳法，一心一意教他剑术。曹晴朗就算是想要成为修道之人，我都可以帮他。谷雨钱、法宝，只要我有的，都可以一样一样、按部就班地送给他。但是你，哪怕你有习武的天赋，我却是连撼山拳的六步走桩都不愿意让你多看一眼。”

陈平安想起了那次阿良的出现。之后一路相伴，他是不是也这么看着自己，眼光就像自己现在看着裴钱，或是当时在院子里看着曹晴朗？

陈平安突然问她：“想学钓鱼吗？”

裴钱小声道：“可以不学吗？我每天还要背书和练字呢，怕学不好你教的东西。”

陈平安笑道：“不想学就不学，回去睡觉吧。如果没有意外，等下还会有迎亲队伍返回，带着新娘子去见山神府君，你到时候记得装睡就行了。明天起，包裹和钓竿都交给你来负责。”

裴钱想到今夜还有那些脏东西经过，就没敢拒绝陈平安，犹犹豫豫回到帐篷，翻来覆去好半天才浅浅睡去。陈平安想了想，还是在她帐篷外边悄悄张贴了一张静心符。

约莫一个时辰后，以八抬大轿迎娶新娘的队伍热热闹闹原路返回，比起之前声势更高涨，后边跟随了许多假扮“娘家人”的山野精怪，添个热闹而已，有些已经幻化人形，还有一些依然以真身行走山野，其中就有一只通体漆黑的蜘蛛，大如磨盘，还有两只在林间疾走如飞的魁梧猿猴，以及一个满脸血污身穿下葬时衣裳的女鬼。它们见到了在溪畔翻书看的陈平安，蠢蠢欲动。只是队伍中有不少鬼差压阵，才打消了这些苗头。

陈平安突然站起身。远处一个手持灯笼的婢女，身穿石榴裙，脚不踩地飘荡而来，见到了陈平安后，施了一个万福，柔声笑道：“这位贵人，我家府君今日大喜，方才嬷嬷让奴婢来捎话给贵人，有无兴致参加今夜喜宴？贵人且宽心，我家府君大人素来以公正严明著称于世，贵人赴宴，非但不会折损丝毫阳寿，还会有礼物相赠。”

陈平安摇头笑道：“委实是不敢叨扰府君大人，还望姑娘代我谢过府上嬷嬷的盛情邀请。”

婢女并未生气，婉约而笑：“那奴婢就祝愿公子一路顺风，方圆八百里内，有任何麻烦，公子都可以报上我家府君‘金璜’的名号，可保旅途顺遂。”

陈平安笑着拱手相谢：“在这里恭贺府君大喜。”

婢女嫣然而笑，姗姗离去，飘起一阵阵袅袅香风。

老妪听闻陈平安不愿赴宴后，一笑置之，只是可惜这个年轻人错过了一桩天大福缘。自家府君是出了名的出手大方，所有赴宴对象今夜都可以喝上一杯兰花酿，带走一小截千年参精。别人是挤破脑袋也要来府上庆祝，这家伙倒好，还不知道稀罕。罢了，总不好拿刀架在人家脖子上，求着人家收下礼物。

八抬大轿上，一条白如莲藕的手臂轻轻掀起刺绣精美的帘子。新娘子凤冠霞帔，头戴红盖头，不见容颜。她透过红纱望向外边的老妪，老妪躬了躬身，微笑道：“小姐，可是有事吩咐？”

软糯嗓音透过红纱传出：“还要多久才能停轿入府？”

她是一个出身书香门第的寻常女子，数年前与那“微服私访”郡城的府君偶遇，一见钟情。只是想要被一位山神明媒正娶，阳世之身会有损她的阴德和府君的功德。她痴心于他，尽孝三年，在府君的暗中帮助下，为家族铺好一条青云路。之后她不惜割腕自尽，以阴身嫁入金璜府邸，可谓名正言顺，不僭越合礼仪，被传为美谈。

一座建在山坳之中的富丽府邸灯火辉煌，宴席之上觥筹交错，通宵达旦。

娶妻之人身穿金色长袍，气势威严，高坐主位，身边是新娶夫人，小鸟依人。

白骨剑客应该在这座山神府邸内地位极高，只可惜它不过是一具骷髅，自然饮不得酒，一直肃立于大殿一根梁柱下。金璜府君在酒酣之际抬头瞥了眼殿外的天色，对白骨剑客悄悄使了一个眼色，后者会意点头，离开大殿。

金璜府君冷笑道：“诸位，喜酒已经喝过了，接下来就该轮到某些人喝罚酒了。本府好心款待朋友，但是你们当中不少人竟然胆敢勾结一个不入流的淫祠水妖，试图攻打我金璜府邸，真当我半点不知情吗？”

大门轰然关闭，金璜府君转头对自己夫人温柔一笑，拍了拍她的冰凉手背：“莫怕。”他有些歉意，“这次是我亏待你了，一场婚宴给办成了这般模样，唉。”

女子并不畏惧这位山神夫君，打趣道：“难不成还要我再嫁你一次？以后百年千年，对我好一些便是了。”

金璜府君爽朗大笑。娶妻如此，夫复何求。

除了白骨剑客领着蓄势待发的一支府邸精锐，还有在别处休养生息的一伙人马，竟是练气士居多。两军会合，离开这座前一刻还笙歌旖旎的山神府邸，去截杀那支试图在拂晓时分奔袭府邸的兵马。而大殿内，许多看似醉成烂泥的府邸辅官、鬼差立即坐直身体，从桌底下拿出兵器，虎视眈眈。

北晋边境线往北不但山脉绵延，还有一座号称八百里水面的巨湖。其中有座大岛，立有一座不被朝廷认可的淫祠，规模很大，香火鼎盛。一只湖中大妖自立为水神，北晋邻国朝廷束手无策，只能听之任之。两百年来，那座水神府与金璜府邸一直相互仇视，冲突不断，只是谁都没有实力离开自家地盘绞杀对方。

这是一场名副其实水火不容的山水之争。胜者，必然打烂对方金身，毁去神庙，断绝香火。败者，就此沉沦，只要金身破碎销毁，意味着连来世都成奢望。

两场大战，金璜府邸大殿内的虚与委蛇和山坳外的狭路相逢几乎同时揭开序幕。

大殿内有金璜府君亲自坐镇，立即就有人见风使舵，磕头求饶，厮杀得零零落落，局势一边倒。山坳那边，一名披挂金甲、内穿墨绿长袍的男子带着麾下数百湖中精怪与山神府这方厮杀得惊天动地。

悬佩锈剑的白骨剑客生前是一位七境武夫，死后魂魄凝聚不散，虽然不复巅峰战力，可依旧杀气腾腾，在水妖大军之中如入无人之境。

水神站在一驾水中龙马拖曳的大车之上，手持一杆铁枪，篆文古朴，是一件遗留湖底的仙家法宝。它数百年来横行无忌，强取豪夺，所以虽然塑造金身比金璜府君要晚上百年光阴，更不被朝廷视为正统，但是境界修为犹胜金璜府君，这次更是借着金璜府君娶亲之际笼络了一大批山野精怪，重金贿赂，整体实力已经稳稳压过对方一头，这才敢离开大湖率军上岸，势必要将那座金璜府邸一网打尽。

此次山神和水神的大道之争，就看谁的道行更高、谋划更远了。

陈平安一大早就喊醒了裴钱，两人粗略吃过干粮就开始赶路，有意绕开了金璜府邸那个方向。突然，陈平安一个箭步，飞快掠上一棵大树枝头，登高望远，脸色凝重：一场山神娶亲的盛宴，为何杀得如火如荼？

十数里外的一处战场，有金甲男子施展术法，大水漫地。他站在一条巨大的青鱼背脊上，手持铁枪。

白骨剑客已经失去了一条胳膊，哪怕他竭力厮杀，还秘密笼络了一拨练气士，可对上这只能够呼风唤雨的大水妖，它与众多府君扈从仍是落了下风，只不过金璜府邸占了地利，所以双方皆是伤亡惨重。

一名金袍男子离开大局已定的府邸正殿，走出门后，大步向前，身形暴涨两丈、三丈、五丈，等到他来到山坳口外，已是十丈高的璀璨金身，纵身而跃，一下子就跨过了厮杀惨烈的战场，一拳砸在那只青鱼精怪的头颅之上。

陈平安不再继续观战，飘落回地面，沉声道：“走了。”

裴钱试探性道：“我好像听到了打雷声呢，耳边一直轰隆隆的。”

陈平安想了想，拿出一张早就画好的宝塔镇妖符，双指拈住，往裴钱脑袋上稍靠右的位置轻轻一拍，不会遮住她的视线，提醒道：“只管赶路，它不会掉下来的，但是也别去撕它。有了它在，寻常妖魅鬼怪见到你也会自行退避。”

恰在此时，战场那边传来雷声崩裂的巨大嘶吼声。裴钱吓得打了个激灵，哭丧着脸，有些腿软走不动路，颤声道：“我怕，脚不听话了，走不了。”

她是真怕那些她觉得会吃人肉的山野鬼怪，并不是做样子给陈平安看。

陈平安有些无奈，又拿出一张阳气挑灯符，让裴钱拿在手里：“这两张符箓都是神仙之物，肯定能够庇护你。”

裴钱瞥了眼在眼前晃荡的宝塔镇妖符，又看了眼手上那张阳气挑灯符，抽泣道：“不然再给我一张吧，我两只手都可以拿着的。”

陈平安只得再给她一张挑灯符，裴钱一手一张，走了两步，晃晃荡荡，还是没啥力气，着实吓得不轻。

陈平安道：“你手上两张符箓值好多银子，拿好了。额头上那张更珍贵，随随便便就能在南苑国京城买栋大宅子。你要是能够自己走路，稳稳当当跟着我赶路，我可以考虑送给你一张。”

裴钱泫然欲泣，皱着黝黑脸庞，满脸委屈道：“不骗人？”

陈平安点点头。裴钱深吸一口气，嗖一下就跑了出去，双臂摊开跟挑水似的，死死攥紧两张阳气挑灯符，额头上还贴着张镇妖符，很是滑稽。她跑出去一段路程后，没见着陈平安，立即转头带着哭腔道：“你倒是快一点跑路啊！要是咱们给逮着了，你块头大，肯定先吃你的……”

陈平安抹了把脸，默默跟上。好嘛，裴钱这个名字没白取。

这次裴钱没敢偷懒，跑得飞快，也没喊累。

陈平安拿出一把痴心挂在腰间，与养剑葫一左一右相呼应。斜挎包裹，手里还拿着钓竿，配合着裴钱的奔跑脚步，始终与她并肩而行。他其实不担心他们的安危，只要不身处战场中央，就不会有什么风险。

裴钱步伐紧促，奔跑速度时快时慢，但是为了逃命，所有机灵劲儿应该都用上了，竟是一鼓作气跑出去两三里山路。须知山路难行，远胜市井坊间。之后她没有停下休息，而是不用陈平安督促，就自己以步行姿态前行，等到缓过来后再开始撒腿奔跑，如此反复，让暗中观察她的陈平安愣了很久。

不得不承认，裴钱的习武天赋很好。这可不是骊珠洞天那个陈平安的眼光，而是打杀了丁婴之后的五境武夫陈平安的。

可是修行一事，就像当初阮邛对待陈平安的态度那样，只要不视为同道中人，法不轻传一字一句，做不得师徒。就算是藕花福地状元巷旁边武馆的教拳老师傅，都会坚持门内弟子若无武德，则绝不传授其高深拳法的原则，让其能养家糊口足矣。

陈平安更是没有半点传授裴钱拳法的念头。心性远远跟不上修为，练了拳，修了上乘道法，除了欺凌他人、为非作歹、凭自己心意定他人生死，还能做什么？俞真意被说一句“矮冬瓜”就要杀人，高人居高位，弹指挥袖，对于山下俗人可就是生死大事了。

人力终究有穷尽，不论裴钱天赋有多好，到底还是个九岁大的孩子，身体还孱弱，在跑出七八里后已经筋疲力尽，一步都挪不动了。她站在原地，开始伤心干号，泪眼蒙眬地望着陈平安那一袭白袍，第一个想法，就是这个家伙肯定要抛下她不管了。

以己度人，裴钱已经说不出话来，但是她很怕这个人一走了之。

陈平安蹲在裴钱身边，裴钱立即趴在他背上，抱着他的脖子，满脸泪花儿。陈平安缓缓行走在林间小路上，轻声道：“只要你不做坏事，我就不会不管你。”

裴钱使劲点头，不用自己奔跑，有了胆气，精气神就也好了几分，抽泣道：“好嘞，我今儿起就要当大好人。”说完之后，她就把整个小脸蛋往陈平安肩头狠狠一抹，来来回回两遍，总算擦干净了鼻涕眼泪。

陈平安龇牙咧嘴，趁着她暂时卸下心防，笑问：“你总说我有钱就要给你银子，这是为什么？我有没有钱跟你有什么关系？我有一座金山银山，就一定要给你一枚铜钱？”

裴钱直截了当道：“对啊！干吗不给我，你不是好人吗？你给我几十两银子，不就是头上拔根头发吗？我知道你是好人，好人就该做好事呀。”

陈平安想了想，换了一个方式问：“如果你很有钱，而我没钱，你会随随便便送给我银子吗？”

裴钱默不作声，心想我不用银子砸死你就算好的了，砸完以后，我还要把一个个大银锭儿全部捡回来带回家，全都是我的！而且我连收尸都不会给你收。

只是这些心里话，她可不敢当着陈平安的面说。

但是想着想着，她倒是总算意识到一点：想要从这个家伙手里白拿银子，不太可能了。他哪里来那么多让人讨厌的道理呢，真是书上读出来的？她就觉得书上的每个字都挺讨厌的。

两人一时无言。

趴在陈平安温暖的后背上，裴钱沉默了很久，小声问道：“你是好人，天底下的好人就是你这个样子的，对吧？”

陈平安没说话。

不远处山林震动，有庞然大物滚走，声势惊人，不断传来树木折断的声响，刚好直奔陈平安这边，竟是一头断去犄角的青色水牛，鲜血淋漓，背脊上皮开肉绽。这畜生的背脊高度比青壮男子还要高出一个脑袋，它以人声咆哮道："死开！"

陈平安其实已经料准了它横穿小路的方向，所以停下了脚步。虽然那头水牛浑身凶煞气焰，好似有无数冤魂萦绕缠身，显然不是一场战事积攒而来，可陈平安当下还是没有想要出手。

凶性大发的水牛眼眸猩红，竟是也改了路线，凶悍撞向那个惹眼的家伙。即便它是强弩之末，凡夫俗子在这一撞之下也肯定粉身碎骨。

陈平安伸出手绕过肩头，从裴钱额头摘下那张宝塔镇妖符，丢向这头被打回原形的畜生，之后瞬间拔剑出鞘，一剑斩去。

青色水牛被镇妖符镇压得前冲滞缓，心知不妙，刚要绕道，一道剑罡就当头劈下。

砰然一声，眼大如铜铃的庞然大物直接被一剑劈成两半。

收剑归鞘，驾驭那张灵气不剩的镇妖符返回手中，收入袖中。

陈平安看也不看那两半尸体，背着裴钱继续前行。

远处那位迅猛赶来的金璜府君也是伤痕累累，匆忙停在水神尸体附近，手中持有脚边这只大妖的法宝铁枪。这位山神咽了咽口水，虽然满腹震惊，却无太多畏惧，倒是有几分发自肺腑的敬意，脸色肃穆，抱拳道："恭送仙师。"

陈平安脚步不停，只是转过头，对着那位一身正气的此地神祇笑着挥了挥手："举手之劳，不足挂齿。下次再有这种宴会，你们府上可莫要随便邀请别人了，虽是好心，可修行路上，最怕意外。不过我以后再经过此地，肯定会叨扰府君，与府君讨一杯酒喝。"

福祸看似远在两端，其实只在一饮一啄间。

金璜府君汗颜道："本府受教了。"

陈平安背着裴钱走出十数里后，把她放下来，一大一小，一高一低，两两对视。

裴钱一脸茫然，装起了傻。

陈平安伸出手，裴钱皱着脸将两张挑灯符拍在他手心："就不能送给我一张吗？我跑了那么远的山路，最后实在是跑不动了啊。"

陈平安缓缓前行："那就以后做得更好一些。"

裴钱哦了一声，默默走在他身边。

铁石心肠。什么大好人，我呸，是我瞎了狗眼哩。

陈平安一把拧住她的耳朵："一天到晚在肚子里说人坏话可不好。"

裴钱踮起脚尖，哎哟哟嚷着："不敢了不敢了。"陈平安这才松开手。

片刻之后，陈平安又扯住她的耳朵，她眼眶通红，信誓旦旦道："这次是真不敢了！"

又走出去十数步，陈平安刚伸手，裴钱就一屁股坐在地上，号啕大哭。

陈平安自顾自向前走，裴钱见他根本没有停步的意思，赶紧停下哭声，站起身，畏畏缩缩向前走。为了让自己不在肚子里骂那个家伙，她找了一个能够管住自己念头的法子，就是开始碎碎念叨着那些书籍上的内容，真是凄凄惨惨。

陈平安不再管她，行走在茫茫郁郁山林间。

想起了那一方山字印，陈平安愈发沉默。

不知道是不是错觉，曹晴朗总觉得光阴流逝得很快，以前是大江大河缓缓而走，如今是山间溪涧哗哗而流，甚至会让人听得到流水声。这不，眨眼间，秋去冬来，一下子就迎来了今年的初雪，而且下得跟鹅毛似的。

曹晴朗坐在床上望向窗外的茫茫大雪，愣愣不敢相信，穿了衣衫鞋子赶紧推开门，第一件事，竟是想要告诉那个人，下大雪了。只是望着那间偏屋的门口，曹晴朗挠挠头，终于记起那个人已经离开很久了，可他还是经常会觉得，那人会坐在院子里的小板凳上，清晨也好，半夜也好，一出门就能见着，话也不多，就是笑望向自己。

希望是瑞雪兆丰年。曹晴朗抬手呵了口气，有些冷，得加件衣服。缩着退回屋子，添衣之后，端端正正坐在爹亲手做的一张小木桌前，翻开一本书，开始朗诵圣贤文章。

在秋末时分，学塾换了一个教书先生，更加严厉，好像学问更大一些，道理讲得明明白白，便是学塾最不喜欢读书的同窗都听得懂，很厉害。

曹晴朗背完书，搓手焐暖，有些担心。家中余钱不多了，爹娘去世后，官府给了一笔抚恤银子，但是没有一次性给他，而是每月定时拿过来交到他手上。

曹晴朗没有多想，只当衙门办事都是这般。而且他没了爹娘，在南苑国京城又无亲戚，以前想要吃什么、买什么都只需要跟长辈说一声，现在要他自己去精打细算了，每一枚铜钱都花得小心翼翼。这种滋味并不好受，可是没办法，日子总得过。

好在在他最难熬的时候，那个人就住在家中，让孤零零守着这栋宅子的他悄悄有了些念想。

曹晴朗换了一双适合雨雪天气出门的黄麂皮靴，只是穿靴子的时候，他忍不住哭了起来。这是娘亲在大年三十买的，往后呢？好在曹晴朗很快就收拾好情绪，去灶房随便垫了垫肚子，就准备出门去学塾。只是在屋子里装书的时候，曹晴朗有些怔怔出神。那人说好了一有空就会给他做个小竹箱的，书上说君子守信，一诺千金，那么他应该是真的有急事吧，就是不知道下次见面是什么时候了。

曹晴朗拿起一把油纸伞，背着行囊走出院子，惊讶地发现院门外走过一个熟人，竟是学塾的种夫子，一个很奇怪的姓氏。老夫子一身青衫，同样手持油纸伞，见到了曹晴朗，停下脚步，问道："这么巧，你住在这儿？"

曹晴朗想要放下伞，对偶然路过家门口的种夫子作揖行礼。

种夫子摆手道："不用，大雪天的。"

种夫子学问深，可是传道授业解惑的时候不苟言笑，所有人都挺怕他，曹晴朗也不例外，只是比起同窗，尊敬更多而已。所以这位学塾先生说无须揖礼，曹晴朗下意识就听从他的言语。之后一老一小各自撑伞，走在积雪深深的小巷里。

种夫子自然听说过曹晴朗家里的情况，毕竟在学塾，很多街坊邻居的孩子就是他的玩伴和同窗，看曹晴朗的眼神就不一样，还有一些个窃窃私语，曹晴朗只是假装没看见没听到，所以种夫子问道："如今独自生活，可有什么难处？"

曹晴朗笑着摇头道："回先生，并无。"

回答得一板一眼，措辞和气度都不似陋巷孩子，难怪会被裴钱讥讽为小夫子。

种夫子点点头，又说："你终究年岁还小，真有过不去的坎，可以与我说一声，不用觉得难为情。人生难处，书里书外都会有很多，莫说是你，便是我，这般岁数了，一样有求人相助的地方。"

曹晴朗嗯了一声："先生，我晓得了，真有难事，会找先生的。"

犹豫了一下，曹晴朗有些羞赧："有人上次带我去学塾路上便说过了与先生差不多的言语，他告诉我将来一个人读书和生计，求人是难免的，别人不帮，不可怨怼记恨，别人帮了，务必记在心头。"

种夫子破天荒露出一抹笑意："那个人是叫陈平安吧？"

曹晴朗愕然："先生认识？"

种夫子点头道："我与他是朋友，不过没想到你们也认识。"

曹晴朗顿时开心起来。陈平安是种夫子的朋友啊。

种夫子板起脸教训道："可别觉得有了这一层关系，你读书不用心，我就不会给你吃板子。"

曹晴朗赶紧点头。

一老一小，夫子与学生，走在官府已经修复平整的那条大街上，步履艰辛，行走缓慢。曹晴朗胆子大了一些，询问先生是如何与陈平安认识的。种夫子只说是意气相投，虽然认识不久，但确实当得起"朋友"二字。

大雪纷纷落人间，不愿停歇，曹晴朗心里暖洋洋的，与先生一起走到了学塾门口，转头望去。

最后一次见面也是离别，那人就站在那里停步，说过了那句话后，他一手撑伞，目送自己走入学塾。

种夫子在前方转头问道："怎么了？"

曹晴朗摇摇头，灿烂而笑，转头快步走入学塾。

种夫子在学堂落座后，等到所有蒙童都到了，才开始传授学问。

老夫子双鬓霜白，一袭青衫，语速缓慢，与稚童们说圣贤道理的时候，俨然有一番几近圣贤的浩然气象。

南苑国京城一座庭院深深的官宦世家，这户人家的私人藏书楼在京城颇有名气。有个庶子身份的少年经常来此翻书，只是藏书珍贵，家规不但禁止持烛上楼，不许拿书外出，许多孤本善本的木匣都贴有封条，而且不许任何人擅自打开。

今天少年有些悲愤，心中积郁，来此其实不为看书，只是想找一处清净地散心。

对京城所有学子举办的县试、府试两次大考，少年都过了，获得了童生身份，可是成绩并不突出，所以没有成为秀才，只是有资格参加院试，这让他对娘亲很是愧疚。一同参与县府两试的两位兄长都一举成为秀才，素有神童美誉的少年虽然有些疑惑不解，不知为何文章平平、学识远不如自己的他们成绩反而更好。他之前只当是自己临场发挥不佳，而两位嫡兄长刚好表现更出彩，但是今天无意间听到两位醉酒兄长道破了天机，竟是他们父亲私底下打点了考官关系。因为三人的爷爷曾是京城老礼部尚书，桃李满天下，主持过多次南苑国会试，京城县府两试的主考官见着了他们爷爷，要分别敬称一声“座师”“房师”，这可是官场顶天大的“师生”关系了。少年坚信这等龌龊事爷爷绝不会去做，定然是两位兄长的那个父亲打着幌子，不惜有损家风，谋取私利。

这也就罢了，少年虽是庶子，可生在世族高门，多少知晓些官场阴私，但是根据两位兄长得意扬扬的谈论，那个长房大伯为何要故意打压自己，摘了自己本是囊中之物的秀才功名？少年站在书楼顶层，看着那么多书架和书籍，惨然而笑。偌大一个享誉京城的书香门第，除了他这个庶出子弟，如今还有几个家族同龄人愿意来此翻书读书？那么多的珍稀书籍，年复一年被束之高阁，无人问津，难道不可惜吗？

少年抬起手背，擦拭眼泪：“读书有屁用，狗屁的庭前玉树……”

发过牢骚之后，少年还是开始找书看。院试还是要考的，圣贤书还是要读的，哪怕不为自己读书，不为自己考取功名，也不能让娘亲再失望了。只是今天心情烦躁，他便想着先翻一本经义之外的书籍来看，一路拣选，最后在书楼角落挑出一本近乎崭新的文人笔札，然后愣了一下。他刚翻开扉页就觉得有些不对劲，手指挑开一页，发现里边竟然有一枚钱币，与南苑国制式铜钱有些出入，篆文陌生，而且并非铜铁之钱，似玉非玉，晶莹剔透。钱币夹在书籍之中，使得两张书页微微有些印痕，印痕处刚好有一句读书人都知道，却未必人人相信的老话：

书中自有黄金屋，书中自有颜如玉，书中自有千钟粟。

少年有些奇怪，犹豫了很久，将钱币默默收入袖中，想着拿回去给娘亲看看，不承想这一拿差点就酿成了大祸！

少年有次在家塾求学时拿出来放在手心摩挲，被兄长无意间瞧见，竟然诬陷说是少年偷了自己的案头清供之物，闹得沸沸扬扬，惊动了不理俗事多年的爷爷。再往后，常年潜心道家术法的老尚书收起了那枚钱币，而且当天就调动了府上所有信得过的管家管事，花了足足两天一夜的工夫才仔仔细细翻遍了书楼万卷藏书，可是一无所得，没有找到第二枚钱币。

老尚书下令所有人退出书楼，谁都不许对外声张此事，否则一律逐出家族。老人独自在书楼思考许久，找到那个战战兢兢的孙子，带着他重返书楼，将那本当初夹着钱币的文人笔札一起交给他，微笑道："若是有两枚这样的钱币，你便没有这份仙家机缘了。放心收下吧，就该是你的，以后专心读书，这栋书楼所有书籍都对你开放，任你自取，而且可以带出书楼翻阅。"

因祸得福的少年接过书籍，一头雾水。

老尚书又说了一桩密事，语重心长道："前朝神童出身的两位年少状元郎，在科举一事上势如破竹，却都官声不佳，其中一人更是晚节不保，故而本朝对此深有忌讳。这次你落选秀才，不是你大伯所为，他还没有那份歹毒心肠，也不敢有，我还没死呢。其实是我的意思，为的就是压一压你，熬一熬性子，以后好在官场厚积薄发。归根结底，官场不是下棋，先手下得太漂亮，在本朝未必是好事。"

在心情激荡的少年离开后，老人转身拿出另外一本书，其中亦有印痕，只是却无钱币，但是印痕处是一句圣贤教诲：有匪君子，如切如磋，如琢如磨。

因为只有一枚钱币，少年无形中独占了所有福缘。

冥冥之中自有天意，这甚至让一心憧憬仙法的老尚书都不敢抢夺。宦海沉浮了大半辈子的老人带着一份由衷的恭敬和佩服感慨道："世外高人，真乃神仙手也。"

山路途中，陈平安给自己做了一只大竹箱。照理来说，除了那只棉布包裹，还能放置不少物件，可是陈平安还是让裴钱背着包裹，拿着那根青竹钓竿，再给她做了一根行山杖，小巧顺手。

之后山水迢迢，陈平安好像从一开始的匆忙赶路、着急离开桐叶洲返回东宝瓶洲家乡，变得再次沉下心来。这可害苦了累惨了裴钱，那叫一个抱怨连连，只是比起最早认识时的直来直往、言语刺人，不知是读过了一些书，还是担心被陈平安一个恼火就丢下不管，即便是怨言，裴钱也学会拐弯抹角了，只是陈平安对此从来当作耳旁风。

随后一路，两人见识了许多景象，让裴钱大开眼界。比如某次秋夜遇上了无数流萤，像是挂满了小灯笼。趁着陈平安不注意，她就用那行山杖一顿噼里啪啦，打得尸横遍野，陈平安一转头，她就立即收手，装模作样埋头赶路。

他们还走过了一片古怪至极的密林，土壤肥沃，树枝舒展，挂满了各种飞鸟走兽的干瘪尸体，裴钱吓得扯住陈平安的袖子才敢走路。陈平安入林之前，掏出了一张阳气挑灯符抛向山林，发现那张普通材质的符箓蓦然点燃，只是烧得缓慢，陈平安就径直走入其中。裴钱求着陈平安给她一张符箓做护身符，陈平安置若罔闻，告诉她如果怕那些古怪东西，就大声背书，圣贤道理是可以辟邪的。裴钱将信将疑，仍是一边攥紧陈平安袖口，一边竭力背诵那本书上的内容。

其实那本儒家典籍很薄，上边的所有字她都认得了，书也读完了，她先前就想要换一本新鲜的，不想再翻来覆去只看一本书了，太没劲。可是陈平安偏偏不许，要她一遍遍读书，不只是看，还要读出来。清晨时分，他练习剑炉立桩，她就要开始读；黄昏时，他还是练习立桩，她还得读；到最后，还真给她将所有篇章都背得滚瓜烂熟了。

等到两人走出密林，没有任何异样动静。裴钱满头大汗，是读书读累的，嗓子都哑了。一直到两人走出十数里，一棵棵大树才开始疯狂摇晃起来，像是在宣泄怒气。

随后两人还经过一座山谷，瀑布下的水潭旁彩蝶纷飞，让人眼花缭乱。裴钱趁着陈平安煮饭，以迅雷不及掩耳之势打杀了十数只彩蝶，挑了只最漂亮的，啪一下，夹在了书页之中，结果挨了陈平安结结实实一个栗暴，痛得她蹲在地上抱头哀号，额头红肿，吃饭的时候都没个好脸色。

两人还遇到了砍柴下山的樵夫，还吃了人家一顿饭。陈平安想要给些钱，憨厚纯朴的那家人如何都不答应，陈平安只得作罢，走出篱笆院子前，要裴钱跟人道谢。饭没少吃的裴钱不太乐意，只是无意间瞥见陈平安的眼神后，立即乖乖跟人鞠躬道谢。

两人走出了绵延大山，又遇大河，裴钱第一次看到了拉着大船的纤夫。烈日之下，那些男人喊着号子，看得她目瞪口呆，然后偷着乐呵，好像天底下过得惨兮兮的人还真不少哩。但是很快她就收起笑脸，要是给那个家伙瞧见了，又没好果子吃了。上次不过是自己拾取柴火稍稍少了点，他就要饥肠辘辘的自己只许吃一小碗米饭。唉，这个陈平安真是难伺候，有钱的大爷就是欠揍，等她用手中行山杖偷偷练出了绝世剑法，一定要打得他哭爹喊娘，到时候看他还怎么用眼神瞪自己。

在山吃山，在水吃水。行走在河边，裴钱突然想要钓鱼了，便要陈平安帮她做一根钓竿，可陈平安理都没理她，她只好自己拿着柴刀去劈了根粗壮青竹，砍倒之后，才意识到这哪里是做钓竿，做竹篙还差不多，哭丧着脸挑了根细的。好在陈平安这个守财奴吝啬鬼倒是没太过分，给了她鱼钩鱼线。只是两人同样是钓鱼，隔着没多远，陈平安渔获不断，还有条得有裴钱一臂长的大鲤鱼，可她从头到尾就没个虾米咬钩。难道连水里的家伙也看人下菜碟，狗眼看人低？裴钱恨不得跳进水里，用钓竿砸死所有鱼虾。但是那晚上的一大锅鱼汤吃得裴钱眉开眼笑，忐忐忑忑跟陈平安要求吃三碗米饭，说今儿钓鱼花光了力气，得拿大米饭补补，鱼汤她会少喝一点的，不会跟他抢就是了。她本以为陈平安不会答应，不承想那家伙竟然点了头。这一顿饱餐，鱼汤浇入米饭，世上再没有比这更香喷喷的美味了吧，反正吃得她肚子滚圆。

后来她又跟着陈平安钓了一次鱼，还是胡乱抛出和甩起钓竿，鱼钩依然没有半点动静，倒是那个家伙钓上了一条极大的青鱼，光是较劲就花了最少一刻钟。看着陈平安在岸边跑来跑去，她直翻白眼：你一个会剑术又会仙法的家伙，被一条蠢鱼这么戏耍，不跌份吗？她又看着自己“稳如山岳”的钓竿，埋怨那些躲在水底下不给她半点面子的家伙，重重叹了口气，只觉得空有一身好本事，奈何天公不作美，害得她英雄无用武之地。所以她打算这辈子都不再钓鱼了，花了那么多耐心和气力，没有收获，还钓他干吗？

那天午饭，陈平安破天荒跟裴钱聊了一些钓鱼的技巧。道理听得懂，可是裴钱还是不愿意学，但是陈平安说下次钓鱼他会亲手教她，她这才没有扔掉那只钓竿，试探性提了一句：“鱼汤是好吃，可是顿顿吃，有些吃腻歪了，不如咱们吃点别的吧？”

陈平安回了她一句：“好啊，你去找东西来。”

裴钱装傻：“我年纪太小，有心无力呢。”

第二天钓鱼，陈平安没有用他那根钓竿，拿了裴钱的钓竿，等待了半天，舍了那些小鱼啄食鱼饵不管，在一条七八斤重的大鱼咬钩后猛然提竿。钓竿绷出一个漂亮的弧度，在旁边打了半天哈欠的裴钱立即瞪大眼睛。陈平安让她赶紧接过钓竿，由她来对付这条大鱼，裴钱一个蹦跳起来，拿过竿子后，接下来一幕，看得陈平安不忍直视。

双手死死抓紧钓竿，靠着结实粗壮到不讲理的那根青竹竿子，裴钱咬牙切齿，二话不说就开始拼了命往后拽。陈平安之前说的那些门道，什么慢慢遛鱼，收线放线，不着急让大鱼见光，一点点卸去鱼儿的劲道，要它呛几次水，裴钱一句都没听进去，就想靠蛮劲把它拖上岸。好好一个本该优哉游哉的钓鱼，给裴钱折腾得像是在跟人拔河。

鱼不小，又在水中，还是条有劲的青鱼。相反，裴钱则力气不大，一个不小心，就踉跄几步，竟是连人带钓竿都给那条大鱼拖进了水里。她曾经还笑话陈平安胡说八道，天底下哪里会有鱼儿呛水的道理，这会儿就轮到她自己呛水了。裴钱不会游泳，但是一股狠劲上来后，竟是死都不愿意松手。最后还是陈平安把她从水里拎上岸，钓竿已经被大鱼拖曳而走。这一次，裴钱没有哭得撕心裂肺，落汤鸡似的小女孩站在岸边，张大嘴巴，无声而泣。鱼儿没了，今晚的鱼汤没了，钓竿也没了，哪怕知道还有干粮，饿不着她，还会有饭吃，可她自己都不知道为何这么伤心。

陈平安帮她擦去脸上的泪水和河水，却也没有安慰她，只是想起了自己小时候的场景。没有遇到擅长钓鱼的刘羡阳之前，不知道里头的讲究，不会挑时段，不会挑地点，钓鱼经常无功而返，大太阳天，一个下午能把人晒得皮肤生疼，大概也是这般心情吧。

之后那顿饭，当然就只有腌菜和米饭了。去小帐篷换了一身衣裳，吃饭的时候，裴钱闷闷不乐。陈平安笑问道：“胆子怎么突然这么大了，不怕淹死在水里？”

裴钱低头扒着米饭，含糊不清道：“不是你在旁边嘛。”

陈平安打赏了她一个栗暴，她猛然抬头：“为啥这也打我？我都要伤心死了！”

陈平安笑道：“吃你的饭。”

裴钱冷哼一声，转头望向河水。自己好不容易亲手做出来的钓竿没了，有点伤感。

陈平安说了一句:“我那根钓竿,送你了。”

裴钱有些疑惑,见他不像是在开玩笑,咧嘴笑道:“那我以后经常借你钓鱼啊,我大方着呢。”

陈平安给气笑了。就她这份伶俐劲儿,怎么就不愿意用在读书写字上边儿?

陈平安只在夜深人静她酣睡的时候才会趁着守夜默默练习六步走桩和《剑术正经》。他们经过一座小城镇,添了些东西,陈平安给裴钱买了一身新行头,裴钱欢天喜地。当晚睡在一间小客栈,裴钱已经很久没睡床铺了,开心得在床上打滚,但是她猛然间发现窗口蜷缩着一只白猫,盯着自己。她跳下床,嚷嚷着“造反啊,敢瞪我”,拿了斜靠桌子的那根行山杖就去戳那白猫。

白猫还真被她说中了,要造反,非但没有被惊吓逃走,反而在窗口上辗转腾挪,身形灵活,躲过一次次行山杖的袭击,偶尔对着裴钱低声嘶叫几声。裴钱气喘吁吁,撑着行山杖瞪大眼睛:“何方妖孽?!速速报上名号,饶你不死!”

裴钱当然是逗着玩,可是那只白猫竟然“瞥了眼”自己,口吐人言:“疯丫头片子,脑子有毛病吧?”说完就转过身去,纵身一跃,就此离去,吓得裴钱丢了行山杖,就去隔壁使劲敲门。

陈平安开门后,裴钱颤声道:“刚才有只猫,会说人话!”

陈平安点头道:“我听到了。”

瞧着陈平安毫不惊讶的模样,裴钱怔怔道:“这又不是在大山里头,也有妖怪?”

陈平安坐回桌旁,继续翻看那本倒悬山购买的神仙书,点头道:“市井坊间多有精魅鬼怪,并不稀奇,大多数都不会惊扰世人。一些大户人家还会豢养许多有意思的精魅,比如有些富贵女子的嫁妆之中会有好多种小家伙,生有翅膀,能够飞掠空中,如婢女丫鬟一般,帮主人梳妆打扮、涂抹脂粉。”

裴钱委屈地坐在桌对面,趴在桌上:“不会吓死人吗?我刚才就差点吓破了胆子。”

陈平安笑道:“大千世界,无奇不有,等你走过了更多的山山水水,就会见怪不怪。”

裴钱感慨道:“这样啊。”

陈平安随口道:“之前我们见过的那个在山顶泉水煮茶的老翁,还有在溪畔洗头的女子,其实都是山中精怪,也没有伤人之意,反而向往世俗人间的生活,你不是跟他们聊得挺投缘吗?”

裴钱目瞪口呆。老头儿和蔼可亲不说,那个梳洗完头发的漂亮姐姐还用树叶吹了一支曲子给她听呢。裴钱皱着脸,胆战心惊。

陈平安笑道:“就他们不是人,其余遇到的,都跟我们一样。”

他们这一路,其实还遇到了督促百姓铺路造桥的地方官员、游山玩水的膏粱子弟和名士文豪,以及裴钱看得眼睛发亮的花魁。还有那一人一马行走江湖的游侠儿,高坐马背，脸色倨傲地跟陈平安他们问路，把裴钱气得不轻。

裴钱突然问道："那个小不点呢？"她说的是莲花小人儿。

陈平安笑道："他可不愿意见你。"

裴钱站起身，去自己屋子，从包裹里拿了那本书，回到陈平安这边陪他一起看。她暂时不敢回去，害怕那只白猫回来报仇。她如今剑术练得还不行，想要斩妖除魔还没啥底气。

陈平安合上书，悄然拿出那幅画卷。如今已经砸下去九枚谷雨钱了，仍是没能让这位南苑国开国皇帝走出画卷，这让他有些无奈。他摊开画卷，手中拿着一枚谷雨钱，想着这是最后一枚，若再没有结果，就只能作罢了。

拿谷雨钱填一个无底洞，他陈平安的钱又不是天上掉下来的。

陈平安将第十枚谷雨钱"丢入"画卷中，仍是如同泥牛入海，雾气升腾是有，可也就只是这样了。

裴钱已经放下那本破损褶皱的书籍，站在陈平安身边。他并不刻意遮掩此事，所以画卷吃钱的场景裴钱已经看了好多次，看到陈平安又一次失望，她笑嘻嘻道："我要是改姓郑，会不会更好一点？"

裴钱，赔钱。郑钱，挣钱。

陈平安叹了口气，就要收起画卷。转头望去，打开通风的窗户上站着一只白猫，它没有看陈平安，而是对着裴钱讥笑道："小丫头，你吃屎去吧。"然后一闪而逝，去隔壁桌子上拉了一坨屎。

裴钱一头雾水，陈平安哭笑不得。还真记仇，这倒是跟裴钱如出一辙。

陈平安突然心中惊悚，站起身，一把将裴钱拉到身后。

一个斜背着巨大金黄葫芦的小道童坐在窗台上，笑眯眯望向陈平安。白猫跳到他肩头，蜷缩而踞。

陈平安在南苑国京城远远看过一眼小道童，后来与种秋交谈，知道这个家伙的大致身份，称呼老道人为"我家老爷"，是负责藕花福地的敲鼓飞升之人。

小道童瞥了眼陈平安腰间的养剑葫，嗤笑道："品相一般般嘛，算不得最拔尖，比我的这只养剑葫差了十万八千里。"

陈平安面无表情问道："找我有事？"

小道童自顾自道："你们东宝瓶洲不是有两只最好的养剑葫嘛，你怎么没捞到手？"

正阳山仙子苏稼落魄之前，曾经拥有一只紫金葫芦。风雪庙陆地剑仙魏晋也有一只银白色养剑葫，后来到了阿良手上，又被阿良送给了李宝瓶。

小道童双手撑在窗台上，摇晃着双腿："世间有七只养剑葫，是道祖亲手栽种的一根葫芦藤上结成，最为珍稀。养出来的飞剑，分别数量最多、成形最快、最坚不可摧、最锋芒无匹、最养主人体魄、飞剑最小,真正杀人于无形。至于最后一只,就是我背着的这个了,知道有什么玄妙吗?”

陈平安不答话,裴钱躲在陈平安身后,虽然很好奇,但是绝不敢探头探脑。

小道童见陈平安当哑巴,觉得有些无趣,肩挑白猫,轻灵跳下窗台,走到桌旁,指了指那幅卷起的画轴:“我家老爷对帮你挑选五人,以及匆忙赶你走有些过意不去,便破例让我来说些事情给你听。一是那把油纸伞,你好好收着,别随意丢弃了,有它在身边,你就会被遮蔽气机。二是你挑选的第一幅画卷,我会提醒你一次,只有一次,直接告诉你所需谷雨钱的数目。比如这幅画有魏羡的,就是……”他笑着伸出两只手,肩头上那只白猫懒洋洋提起一只爪子,他又笑,“十一枚。”

说到这里,小道童有些遗憾,又有些幸灾乐祸。关于四幅画所需谷雨钱的总数,是他家老爷定下的,但是具体分摊到每一幅需要多少,则是他的安排了,这些内幕,陈平安不会知晓。小道童本以为陈平安一定会选择武疯子朱敛的,那么陈平安就有苦头吃喽。没想到那个莲花小人儿从中作梗,无意中帮陈平安挑了魏羡。

陈平安问道:“那你为何现在才告诉我数目?”

小道童嬉笑道:“只要在你投入最后一枚之前告诉了你答案,就不算坏规矩,我家老爷不会责怪的。”

他看到陈平安没什么恼羞成怒的表情,愈发无趣,挥挥手:“就这些了,希望咱俩以后都没有见面的机会,看到你就烦。”

陈平安不以为意,问道:“最近有没有可以去往东宝瓶洲的仙家渡口?”

小道童很不愿意告诉陈平安,可一想到自家老爷的脾气,只得报上了地点,不敢造次。看到陈平安身后探出的那颗小脑袋,他冷哼一声,似乎十分不满,不愿意多看她一眼,一个后掠,带着肩头的白猫一起从窗口消失。

陈平安重新打开画卷,丢入第十一枚谷雨钱,毫不犹豫。

雾气弥漫,笼罩整个房间。陈平安拉着裴钱后退,离着桌子有五六步远,养剑葫内初一和十五已经蓄势待发。

有一个身穿龙袍的矮小男子从画卷中“拔地而起”,站在桌上,然后走到凳子上,再走到地面上,看着陈平安,板着脸说道:“魏羡见过主人,以后杀敌,但凭吩咐。”

陈平安点了点头,两人相视无言,气氛凝滞,有些尴尬。

魏羡突然说道:“主人好重的王霸之气。”

陈平安无言以对。

裴钱觉得自己算是长见识了:娘咧,这家伙也太臭不要脸了吧?

魏羡环顾四周,缓缓道:“主人有无不惹眼的衣衫?我换一身,今夜去外边逛荡逛荡,领略一下浩然天下的大好山河,主人何时动身赶路了,我自会出现。”

陈平安拿出一套崭新衣物给他，魏羡脱了龙袍换上，单手撑在窗台上一跃而出，跳上墙头，消失在夜色中。

裴钱问道："大晚上的，看啥大好山河？"

陈平安无奈道："这我哪里知道人家是怎么想的。"

一夜无事。

裴钱回到自己屋子，看到桌上那坨屎，气得咬牙切齿。

第二天启程，魏羡果然出现在客栈外。在那之后，魏羡就不再说话了。

魏羡身高还不及陈平安，很难想象这是一位开国皇帝，而且还是那代的天下第一大宗师，武力卓绝，被后世誉为沙场陷阵万人敌。

久而久之，裴钱就习惯了魏羡的存在，因为当他不存在就可以了。

在冬末时分，三人临近一座边陲小镇，再往北，就是桐叶洲势力较大的大泉王朝了，而小道童所说的那座仙家渡口，就在大泉王朝的最北端。

行走在边境，看到小镇之前，裴钱哀求陈平安："再给我一张符箓吧，就是会发出金光的那张，咻一下就挡住了那头青色大水牛。"

陈平安只是在深思着事情。

裴钱不愿罢休："又不是要你送我，我只是贴脑门上，就能走得快了。求你了，咱们不是在赶路吗，你就不想我走得快一些，早点回到那个什么大骊龙泉？"

啪一声，符箓果真贴上了裴钱的额头，还是歪斜贴着，恰好不挡她的视线。

裴钱立即笑开了花，果真快步如飞。自己脑门上贴着一座南苑国京城的大宅子呢，怎么会感觉累？贴着它走路，就好像在自家大宅子散步哩。

跟在两人身后的魏羡看了眼裴钱，大概心情与那只白猫差不多，觉得这个丫头片子脑子有毛病。

陈平安腰间悬佩长剑痴心和狭刀停雪，摘下养剑葫喝了口酒。身后魏羡从一开始的步履略显沉重到现在的轻松自如，裴钱看不出蛛丝马迹，陈平安则心知肚明。

当三人走上一座山坡，发现不远处尘土飞扬，有百余骑且战且退，地上已经有数十具尸体，像是在拼死护着一个老人。

陈平安眼中，看得更多的是追杀那些骑军的两名练气士，其中一人是剑修。而在魏羡看来，更多注意的还是那支骑军，眼中有些激赏神色，自言自语道："百战之兵，下马为锐士，上马则铁骑，应该就是大泉王朝的姚家边军了。"

裴钱如今可不怕这个矮小汉子了，纳闷道："你咋知道这些的，平日里你四处逛荡，就为了打听这些？"

魏羡置若罔闻，眼神炙热。

南苑国曾经以铁骑甲天下著称于世，硬生生打得草原骑军退回塞外，差点向南苑国纳贡称臣，此全为魏羡一人之功。

陈平安突然转头，沉声问道：“姚家边军？确定？”

魏羡板着脸，连说话的意思都没有，浪费他口水。

山坡一震，陈平安轰然而起，从天而降，刚好将逃亡铁骑和两名练气士双方拦腰截断。他曾经答应过齐先生，或者说答应过那片唯一愿意飘落到他手上的槐叶，所以他今天遇姚而停。

双方对峙，只是姚家铁骑换成了从天而降的陈平安。

剑修轻声说了“不急”二字，那名扈从便耐着性子，脚尖踱着泥地，百无聊赖。

那名中年剑修身穿素白麻衣，一场实力悬殊的厮杀使得他没有沾染半点血迹。他容貌俊逸，只是眼眸狭长，嘴唇单薄，使得整个人的气质略显刻薄。他并无佩剑，一把本命飞剑与剑客佩剑等长，出窍杀敌之时如有火龙盘踞，那支姚家铁骑的刀枪与之触碰，根本挡不住，好似被刀切豆腐。他身旁站着的扈从是一名身材魁梧的纯粹武夫，身披神人承露甲，也就是山上俗称的“甘露甲”。

陈平安对这类兵家甲丸并不陌生，曾经就从那个古榆国国师身上剥落下一件，后来在倒悬山又购置了一件品秩极高的破碎甘露甲，后被陆抬修缮如新，但是一直没有机会穿戴，毕竟他身上的金醴法袍更加珍稀。

两人配合娴熟，剑修驾驭本命飞剑杀敌，武夫护在剑修身侧，防止姚家铁骑的漏网之鱼近身搏杀剑修，以及帮剑修遮挡那些手弩或是马弓的箭矢。好几次箭矢攒射而来，角度刁钻，这名纯粹武夫干脆就以身躯遮挡那几支箭矢的路线，最后不过是在雪白甘露甲表面溅起一点火花而已，这点甲丸储藏的灵气损耗恐怕都不用花费一枚雪花钱，而对方往往要付出一条鲜活性命的代价。

山泽野修最喜欢富贵险中求，一遇上机缘就敢铤而走险，那些突然被寻见、发掘出来的上古真人茅庐、仙家府邸、洞天福地破碎后的大小秘境，必然有野修蜂拥而去，为了争抢一件灵器法宝，打得脑浆四溅，图什么？还不是为了获得这种碾压他人的快感，要么倚仗神兵利器杀人，要么凭借护身法宝刀枪不入、术法不侵，让对手心生绝望。

剑修在战场上闲庭信步，一把飞剑，方圆百丈内，剑光如虹。

武夫如影随形，严密护住其四面八方。

中年剑修人如其剑，干脆利落，不做丝毫多余举动。可那魁梧武夫就不同了，本身性情暴戾，又不能放开手脚追杀铁骑，厮杀得不够酣畅淋漓，所以每次剑修重创了姚家精骑，使其跌落马背，只要在两人行进路线上，那武夫就一脚踩烂其头颅或是踩凹其胸膛，模糊血肉和破碎甲胄搅在一起，惨不忍睹。

而此时天上掉下个人，中年剑修停下脚步，以一洲雅言笑问道：“是大泉刘氏的新供奉?”

桐叶洲,山水多阻绝,按照那本神仙书记载,相较于东宝瓶洲,更加十里不同音,百里不同俗,所以各国上层人士,尤其是礼部衙门官员,往往精通桐叶洲雅言。

那魁梧武夫没好气道:“先生废这话做什么,直接宰了便是,不过是个七境以下的武夫,这般年轻的武学天才,杀起来更痛快。”

剑修笑道:“凭空多了一条大鱼,不正合我意吗?”

虽然他停下脚步与陈平安交谈,可是他的那把飞剑悬停在姚家铁骑逃亡方向的最前边。这场追杀,除了先前两人合力偷袭,惊险斩杀掉姚家铁骑的那名随军修士,此后剑修一直就是驾驭飞剑,先杀最外围的姚家铁骑,率先突围之人先死,这就是他的游戏规则。

一个老人披挂甲胄,与四周骑卒并无两样,应该都是大泉王朝的边军制式轻甲。他捂住腹部,指缝间皆是鲜血。虽然处境凄凉,可老人始终神色自若,并无半点颓丧怯懦,哪怕麾下精锐护着他,死伤惨重,大好儿郎没有凯旋,甚至没有轰轰烈烈战死边关,而是死于这种肮脏的庙堂党争中。

老人眼眸深处有愧疚和哀伤,但是没有半点流露在脸上。戎马生涯数十载,见惯了生生死死,加上为将者慈不掌兵,这位权倾南方边境的老将军镇定异常。

剩下的百余姚家铁骑死死护住老人,并没有因为刺客的强大便心生怯意。

姚氏治军,法度森严。例如姚氏子弟,无论嫡庶,年少时就已弓马熟谙,十五岁之后都要投军入伍,一律从底层斥候做起,姚氏男子死于边关战事者不计其数,以至于姚氏寡妇的说法传遍数国。

陈平安没有转身望向那支骑军,而是问了老将军一个奇怪问题:“将军姓姚?祖上与东宝瓶洲北边大骊王朝的姚氏可有关系?”

老将军皱紧眉头:“大骊王朝?不曾听说。”他稍作犹豫,“不过我大泉姚氏先祖的确来自东宝瓶洲,但是具体何处,先祖对此讳莫如深,当初命人撰写家谱,只提到了‘龙窑’二字以及一些家乡的风土人情,而且明言不许后世子孙去东宝瓶洲寻祖访宗。”

陈平安再问:“将军的先祖可曾提及什么街巷,或是……一棵树荫茂盛的大柳树?”

老将军虽然很想点头,兴许就可以与这个怪人攀上关系,说不定就能赢得一线生机,可是光明磊落的耿直心性不由得他如此行事,况且涉及祖先籍贯,后世子孙哪里好胡乱攀扯,沉声道:“没有说什么街巷,也没有什么柳树,只说故乡的槐花滋味不错,代代相传,我大泉姚氏祖宅大院就种植有一棵千年老槐。”

陈平安这才转过头,对他笑着点了点头:“明白了。”

老将军愈发疑惑:这孩子到底明白了什么?

剑修似乎也在等待什么消息,眼角余光一直飘忽不定,仿佛得到了想要的答案,便打趣道："你们俩拉完家常了没？完了咱们就办正事。"

陈平安双手按在痴心剑柄和停雪刀柄上，问道："是有人花钱买凶杀人，你们则收钱替人消灾？"

剑修一脸无奈道："你话很多啊。"

陈平安笑道："不常见的，你们刚好碰上了。"

姚家铁骑当中，有一名与老将军面容有几分相似的少年骑卒，看看那个凶神恶煞、杀人如割麦子的剑修，再看看一袭白袍、两袖清风的年轻人，脑子有点不够用了。

一名与老将军隔了两个辈分的年轻骁将总算有机会喘口气，与主公说几句话。先前只能一路逃亡，眼睁睁看着一个个袍泽死于飞剑之下，实在是狼狈不堪。这个及冠之龄的年轻骁将，脸上被剑修飞剑割裂出一道血槽，皮开肉绽，十分凄惨，可是他全然不在意，只是轻声问道："将军，以那名歹人剑修展露出来的飞剑神通，不应该让我们放出信号给三爷和九娘的。"

老将军一直盯着陈平安的背影，听到身边亲信的问题后，冷笑道："我们既是目标之一，更是诱饵。"

年轻骁将显然是姚家铁骑的嫡系，知晓许多边军和朝廷内幕，小心翼翼道："那么朝廷之前秘密借调我们大半数军中修士去参与金璜府君和松针湖水神之争……"

老将军低声感慨道："这也算是幕后之人的阳谋了，既能让南边敌国内耗元气，也为我们这次遇袭埋下伏笔。这绝不是一个繁露马氏可以做到的……"

陈平安转头问道："敢问姚老将军，为何被这两人追杀？"

老将军笑道："可能是沙场恩怨吧。"

这场阴谋涉及大泉朝堂一些密事丑闻，他当然不愿多说。

姚家边军一向对历代刘氏皇帝忠心耿耿，远离庙堂纷争，谁当了皇帝就听命于谁，不掺和任何风波。但是最近十年间，出现了一个无可奈何的意外。

按照祖训家规，姚氏女子不得外嫁世族豪门，只与地方士族通婚联姻。可是老将军的年幼女儿当年与一个游历至此的年轻人一见钟情，男子品行、才学俱佳，两人还曾并肩作战，出生入死过。本该是喜结连理的好事情，只是老将军当时恪守家规，不赞同此事。他女儿不愧是姚氏女子，便默默承受下这份相思之情，给那人写了一封绝交信。不承想，那男子竟然再次来到边关。大雪天，堂堂吏部天官之嫡长子在姚氏祠堂外跪了一天一夜，姚家上上下下皆动容不已，最后实在是没理由拆散这对鸳鸯，老将军就答应了女儿与他的婚事，但是老将军这一辈没有任何一人赴京参加婚宴。其后，姚姑娘也没有回过娘家一次。老将军与那位位高权重、执掌天下官吏升迁之路的亲家更是从无书信往来。可即便如此"不近人情"，依旧撇不清姚姑娘姓姚的事实。只是一次破例而已，十年后就带来了家族覆灭之隐患。

先是去年老将军的那位尚书亲家被庙堂死对头繁露马氏暗中指使言官大肆弹劾，之后被龙颜震怒的皇帝狠狠申饬一番，吓得他回到家后就立即动笔，上书一封，措辞凄凉，“体态孱弱，垂垂老矣，犹然不如稚童，牙齿所余不过三两颗，与‘鲜’字无缘已久”，主动要求告老还乡。皇帝陛下不准，但是老尚书在吏部衙门的声势跌落谷底。

只是这次除了根深蒂固的党争，真正麻烦的地方还是牵扯到了储君，京城又多了很多不讲规矩的外乡人位居庙堂要津推波助澜。有意思的是，三位皇子都很出类拔萃，各有所长，放在大泉任何朝代都是毋庸置疑的太子人选。

京城官员的起起伏伏、边陲将领的东跑西调，让人目不暇接。连远在南方边境的姚家铁骑都没办法置身事外，大泉王朝最近这些年的暗流涌动，其中凶险可想而知。

剑修厮杀只在一瞬间，那柄悬停在姚家铁骑外围的本命飞剑从马队中间一掠而过。好在剑修为了追求极致速度，拣选了一条路上没有障碍的最快路线，不然恐怕这一剑又要刺透好几颗头颅。

陈平安推剑出鞘，双指并拢作剑诀，驾驭窦紫芝这把耗费家底的法剑痴心抵御从背后迅猛而至的剑修飞剑。

剑修心一沉：年纪轻轻的不速之客不但是一名剑师，那把佩剑竟然能挡住自己本命飞剑灯烛，难不成还是件深藏不露的法宝？不然以灯烛的锋芒，江湖上所谓的神兵利器根本就经不起一击，可那把佩剑好似连一个缺口都未曾崩开。

魁梧武夫有些幸灾乐祸：“先生，还不急吗？”

剑修并未动怒，微笑道：“试试此人深浅，就当陪他玩一会儿，我有自保的本事。”

“如此甚好！”身披甘露甲的纯粹武夫狰狞大笑，一脚踩出一个坑洼，暴起前冲，五六丈外对着陈平安就是一拳递出，拳罡汹涌，罡气碗口粗细。

陈平安一手负后缩在袖中，在驾驭痴心一次次抵御剑修飞剑之际抬起手臂，以掌心迎向那道拳罡，五指一抓，拳罡竟是直接被他捏碎。

魁梧武夫哈哈大笑，倒也没有半点慌张神色，本就是试探性一拳，五成功力都不到：“先生，道行不算浅了！至于到底有多深……”他轻喝一声，骤然加速前冲，眨眼之间就来到陈平安身前数步外，右手猛然抡起一臂。这一拳递出之时，快若奔雷，他的整个右侧肩头都绽放出雪白光彩。

砰然一声，陈平安依然用手掌挡下了武夫的一拳。

魁梧武夫眼中流露出一丝不解：眼前年轻人竟然纹丝不动？

虽然疑惑，但没有耽误抬脚的一记狠辣膝撞。武夫搏杀，尤其是高手之战，念头急转的同时，每次出手还要发乎本能，甚至要快过“心意和想法”，这才算真正登堂入室。

陈平安背后那只手离开袖子，轻轻一拍眼前白甲扈从的膝盖，然后一肘捶在此人胸口，打得他身体向后飘荡而出。只是那一拳犹然被陈平安握在手心，于是那人又被一扯而返，陈平安一拳砸在那人心口外的甘露甲上。

魁梧武夫轰然倒飞出去，摔在十数丈外的地面上。他身负兵家甲丸，伤得不重，更多的是体内气机的震荡，嘴角渗出一丝血迹。

手掌一拍地面，他重新起身，吐出一口带着血丝的唾沫，左右咧嘴，埋怨道："先生，他娘的这家伙到底是剑师还是横炼体魄的外家拳宗师？"

剑修站在他身后，笑容玩味："你还不许一个武学天才两者兼具啊？"

魁梧武夫深吸一口气，转头看了眼山坡顶上的魏羡，心情不再轻松，对剑修说道："那这小子就真是该死了。先生，你玩够了没有，咱们可千万别阴沟里翻船，这家伙可不是一个人来的。"

剑修点点头："大泉刘氏和姚老儿的香火情应该就这么点了，既然如此，那就可以开始起网了。"他吹了一声口哨，极其尖锐。片刻之后，他的身形往一侧迅猛狂奔而去，一招手，本命飞剑不再纠缠陈平安，由实转虚，没入他胸前，如鱼线入深潭，转瞬不见，返回窍穴温养。

那身披甘露甲的武夫扈从一愣之后，二话不说就开始跟着剑修逃遁远去。

陈平安虽然不清楚为何两名刺客就此离去，但也没有拦阻。

劫后余生的姚家铁骑更是蒙在鼓里，面面相觑。

老将军权衡一番，翻身下马，对身边搀扶他的年轻骑将下令道："派遣一伍斥候出去侦察情况，其余人就地休整。"

五名边军斥候如撒网一般，策马向四面八方游弋而走。

陈平安缓缓走向魏羡和裴钱，老将军欲言又止，终于还是没有出声，想要道一声谢，只是刚要开口就扯动腹部伤口，只得闭嘴，对着陈平安的方向遥遥抱拳，算是无声致谢。对方能够仗义出手，以一己之力拦下两名稳操胜券的刺客已算仁至义尽，他可没那脸皮提出得寸进尺的要求。

半炷香后，一支骑军疾驰而至，除了十数骑满身鲜血的姚家边军，更多还是二十余个陌生面孔，不是双眼神光湛然、肌肤晶莹如玉的练气士，就是气势磅礴的武道宗师。这些人众星拱月般严密护着一个身穿锦袍的男子，三十岁出头，面如冠玉，显然是这些高手的主人。

临近老将军所在的姚家边军，男子摆摆手。很快，骑队分开，男子一骑独出，勒缰而停，朗声笑道："姚老将军，所幸我没有来晚。"

老将军正要起身作答，那人已经翻身下马，握着马鞭使劲挥了挥："老将军有伤在身，不用多礼。"

老将军仍是执意起身相迎。

男子加快脚步，径直牵马来到老将军身前，轻声道："姚氏这桩祸事，归根结底，还是因我和李锡龄而起。这次我既然刚好在边境，就没理由袖手旁观，希望老将军理解，若非情况紧急，我是绝不会露面的。”

老将军转移了话题，沉声道：“殿下千金之躯，岂可轻易涉险。”

男子笑道：“姚将军身为征南大将军，我大泉正二品高官，出生入死几十年，就不值钱了？”

老将军苦笑道：“殿下！”

男子挥挥手，笑道：“来都来了，做也做了，老将军的教训我也听过了，是不是可以打道回府了？这些刺客未必没有后手。”

老将军无奈一笑，道：“全凭殿下吩咐。”

男子突然以手中马鞭指向对面山坡：“那拨人是？”

老将军解释道：“若非他们拖延时间，我撑不到这会儿。有些墨家游侠儿的风采，殿下不用多想，萍水相逢，咱们不用画蛇添足了。”

男子点点头，突然一拍脑袋，赶紧从袖中拿出一只小瓷瓶，拔出塞子，顿时香气弥漫。他倒出一颗墨绿丹丸在手心，递给老人：“这是皇宫里头珍藏的疗伤秘药，老将军吞下即可。”

老将军不疑有他，道了一声谢，毫不犹豫抛入嘴中，吞入腹中。

男子笑意更浓，亲自搀扶老将军，走向他带来的一辆马车。

山坡之顶，陈平安目送他们离去，拿出那枚兵家甲丸递给魏羡，后者没有立即接下。

陈平安解释道：“这是兵家甲丸，名为‘神人承露甲’，灌入真气，身上就可以披挂甲胄，跟先前那武夫差不多，可以自行抵御刀剑和术法。除非被一次性穿透，或是反复捶打某一处，一般来说，灵气耗尽之前，就是护身符，对付剑修的本命飞剑，卓有成效。”

甲丸的品秩高低，往往跟储藏灵气多寡直接挂钩。

所以大致分为三种，被山上戏称为水洼甲、池塘甲、大湖甲。

神人承露甲位列第三等，几乎都是水洼甲的品相，但是倒悬山灵芝斋售卖的这一件极为特殊，极有可能是一副祖宗甲，即最早一拨甘露甲，为兵家大师精心打造，可谓寒门贵子了。

魏羡推回陈平安的手，笑道：“无功不受禄，回头我立了功，再拿不迟。”

陈平安笑着收起来。

裴钱满脸期待道：“他不要，送我呗？”

陈平安根本没理她。

此后三人路线与姚家铁骑不在一个方向上，他们赶往那座依稀可见轮廓的边陲小镇。路上，魏羡难得多说了几句，一口气问了三个问题：“公子是想做那道德圣人，求三不朽？”

陈平安忍俊不禁，笑着摇头道：“当然不是。”

要是真有此志向，陈平安当初早就认了文圣老秀才当先生了。尤其是桐叶洲之行，使得陈平安愈发坚定。

魏羡又问：“那公子是想谋取大势，争王争霸？”

陈平安哑然失笑，指了指自己：“就我？”

魏羡最后问：“那就是独善其身，证道长生？”

陈平安反问道：“你问这些做什么？”

魏羡闭口不言。陈平安也不愿多说什么，一行三人就此沉默。

第九章
人间路窄

进入边陲小镇之前，途经一座孤零零的客栈，店外挂着皱巴巴的破旧酒招子。陈平安晃荡了一下酒葫芦，就决定去添些酒。酒水的优劣，陈平安喝得出来，黄粱福地的忘忧酒、桂花岛的醇酿都喝过，路边街角酒肆的酒水更是没少买，没那么计较。

客栈外边趴着一条瘦竿子似的土狗，晒着大太阳，远远见着了陈平安三人就站起身，龇牙咧嘴吼叫起来。

这算什么待客之道？一个小瘸子拎着刀就跑出来，以刀尖指着那条狗，气势汹汹道："再嚷嚷，就取你狗头！"土狗病恹恹趴回地上。

小瘸子举头望去，看到了三个稀罕客人，赶紧将刀藏在背后，笑道："客官别怕，我们这儿可不是黑店，保证是清白人家做的正经买卖！"

他似乎担心客人掉头就跑，先下手为强，转头对着里边大堂喊道："老板娘，来客人啦，快点抹干净桌子，有你最喜欢的俊俏公子哥，还是读书人！"

之后他又赶紧转过头，弯腰伸手："客官们请里边坐，我们这儿老板娘祖传土法烧造的青梅酒，还有我师父最拿手的烤全羊，千里边境独此一家，别无分店！"

陈平安三人走入客栈。

一楼大堂喝酒吃饭，桌子不多，想来是生意冷清的缘故，二楼可以住人。

此刻大堂并无客人，就一个脚踩长凳的妇人，嗑着瓜子，斜瞥向小瘸子所谓的读书人。她一开始是没抱希望的，小瘸子就是粪坑里泡大的小蛆儿，哪有什么见识，这辈子都不会晓得"俊俏"二字怎么写。

妇人身着一件红底黄色团花对襟宽袖袍子，袍子质地不俗，样式也好，就是年月实在有些久了，像是铺了一层油脂。她的面容丰满红润，身段婀娜，尽管已有三十多岁，仍是不输那些十五六岁的少女。

妇人眼前一亮，娇腻妩媚地"哎哟喂"一声，丢了一捧瓜子在地上，随便拿绣花鞋拨了拨，划拉到桌子底下，使劲扭摆着纤细腰肢，跟一条蛇似的，往陈平安那边扭去。到了跟前儿，一巴掌轻轻搭在陈平安的肩头，顺手一捏：瞧不出，老娘捡到宝了，模样好看不说，还是个身上有劲儿的，不是那些中看不中用的绣花枕头。

陈平安见她得寸进尺，还要往自己胸口拍去，这才横移了一步，让她一巴掌拍空，笑道："掌柜的，我要买三五斤酒，不吃饭不住宿，买了酒就走，听伙计说这儿有祖传的青梅酒，不知道是怎么个价格？"

妇人悻悻然收回手掌："公子这么急匆匆去那狐儿镇？真不是我为了招徕生意才吓唬公子，那儿经常闹鬼闹妖，能够害人鬼迷心窍，今年更厉害，好些商贾和旅人都遭了祸，死人是不曾有，可疯疯癫癫的，一双手之数总得有了。所以啊，公子你还是在我们客栈住下，青梅酒要几壶有几壶，不贵，最好的五年酿，两壶才一两银子，再来一只烤全羊，吃饱喝足，晚上就住我们这儿，到时候……"说到这里，妇人眉梢带着春意，微微一挑，"姐儿我亲自给公子端洗脚水去。"

裴钱在一旁流口水，听到"烤全羊"三个字，就走不动路了。她抹了一把嘴，轻轻扯了扯陈平安的袖子。陈平安想了想，问魏羡："能喝酒？"

魏羡点头道："海量。"

于是陈平安转头对老板娘笑道："住就不住了，但是可以在客栈吃顿饭，除了饭桌上喝的酒，额外给我备好五斤青梅酒，我要带走。"

妇人对那小瘸子一挥手："给你老驼子师父挑一只羊去，记得肥瘦得当，用点心，别一天到晚总想着天上掉下个便宜师父传授你绝世武功，这样的好事砸不到你头上。赶紧滚。"

少年嘟嘟囔囔，一路飞奔离去。

三人落座，刚好空着一条长凳，妇人便去柜台拿了几碟子零嘴吃食，放在桌上后，坐在了陈平安对面，问："听公子口音，不像是我们大泉人氏。是那负笈游学的读书人吧，北晋那边来的？"

陈平安笑道："更南边一些来的。"

妇人身体前倾，弯腰抓过一把从狐儿镇买来的干果，沉甸甸的胸脯重重压在桌面上，发现那个年轻公子哥始终笑望着自己的脸庞，眼神清澈，让她有些讶异：天底下还有不吃腥的猫？她嫣然笑问："咱们先喝点小酒？我可以陪公子悠着点喝，等到烤全羊上桌，刚好微醺，到时候撕下金黄油油的羊腿，那滋味真是绝了。"

陈平安点头说好。妇人去拿了一坛酒和叠放在一起的四只大白碗，揭了泥封，倒酒入碗。青梅酒呈现出琥珀色，尤其干净，并不浑浊，光是看一眼就有些醉人。妇人颇为自得，笑着介绍这祖传青梅酒分半年酿、三年酿、五年酿，便是最差的半年酿，曾经有个游历至此的京城豪侠，牵着一匹高头大马，喝了以后都要伸出大拇指称赞不已，说大泉京城都不曾有如此美酒。

裴钱一脸天真无邪，问道："京城来的人还只喝半年酿啊？"

妇人给噎得不行，赶紧补救："那位豪侠起先只是为了尝个滋味，后来便与你家公子一样，买走了好几斤五年酿的青梅酒。"

裴钱皮笑肉不笑，故作恍然道："原来是这样啊，大泉京城人氏可真不豪爽，买点酒水而已，还要先尝过再说，不如我……爹，要买就直接买最贵的五年酿……"

陈平安一个栗暴砸过去，砸得裴钱双手抱头，又顺便将裴钱身前那一大碗青梅酒挪给另外一边的魏羡，让这位自称"海量"的南苑国开国皇帝一人两碗，想必不在话下。

裴钱揉着脑袋，委屈道："我就不能喝一小口吗？走了这么远的路，我口渴，嗓子眼要冒烟啦！"她嘴唇干裂，几乎要渗出血丝来，如果不是脑门上贴着那张镇妖符让她绽放出惊人的体力，她肯定撑不到走来这座客栈。

有钱能使鬼推磨，有符能使她赶路。说到底，还是因为钱。

陈平安笑道："谁跟你说喝酒解渴的？等会儿自己跟老板娘求一碗水。"

裴钱瞥了眼那个花里胡哨的老娘儿们，冷哼一声，双手环胸，转过头。

妇人不以为意，起身去端了一碗茶水过来，轻轻放在裴钱身前："喝吧，不收钱。"

裴钱立即双手捧起碗，咕咚咕咚，一口气喝完。

不喝白不喝，她是讨厌这个老女人，又不是讨厌眼前这碗茶水。

陈平安和魏羡对视一眼。陈平安叹了口气，心想这个掌柜也不是省油的灯，喜欢记仇，一点不比裴钱差。这不，方才那碗茶水当中，她背对他们的时候，就往里边偷偷吐了一口唾沫，拧转手腕，稍稍晃荡一下，端到桌上，了无痕迹。

不过青梅酒的味道真是一绝，除了没有蕴含灵气，已经不输给那艘岛屿渡船上的桂花酿，事后一定要装满养剑葫，实在不行，再让魏羡随身携带几坛——既然敢说海量，一定是爱酒之人了。

陈平安小口喝着见之可亲可爱、入喉如火炭灼烧、入腹却能暖肚肠的青梅酒，心情都跟着好了起来，问道："掌柜的，可曾听说过姚家边军？"

妇人随口道："这当然，边境混饭吃的，谁不知道姚家铁骑的威名？不是跟公子你吹牛，我这客栈曾经就有一位姓姚的小将军带着一拨随从吃过了整只烤全羊才离开，丢了好大一块银锭在桌上。不过这些当兵打仗的，哪怕只是吃饭喝酒也吓人，我都不敢靠近，总觉得他们身上带着杀气。"

陈平安问道："姚家边军口碑很好？"

妇人笑道："好不好，我们这些老百姓哪里知道，根本就没机会跟这些贵人打交道。不过呢，口碑不差是算得上的，毕竟我在这边开客栈十来年了，没听过什么姚家人欺负谁的传闻，听得最多的就是姚家人谁谁谁又立了大功、得了朝廷封赏、升了大官，谁谁谁战死在南边的北晋国哪里了，他的媳妇果然又成了寡妇……大致就是这么些小道消息，听来听去，实在是腻歪了。"

陈平安点点头，对于这一支从骊珠洞天迁徙到桐叶洲的姚氏有了个大致印象。

魏羡已经喝完了一大碗，这会儿是第二碗了，满脸涨红，不过眼神明亮："边军既不扰民，也不养望，摆明了是要跟皇帝表态，没有藩镇割据的念头，这是明智之举，不然一榻之外皆是他乡的皇帝哪敢放心。"

妇人愣了一下："这位大爷，你说的啥？"

魏羡喝了一口酒，一拍桌子："马蹄所至，皆是国土，这酒好喝！"

自称海量的南苑国皇帝说过了这番豪言壮语就醉成一摊烂泥，趴在桌上醉死过去，鼾声如雷，这下子不住客栈也得住了。

之后小瘸子和一个驼背老人将一大盘烤全羊合力端上了桌，陈平安难得吃这么饱，裴钱更是吃得十二分饱，到最后差不多是强行撕下羊肉往嘴里塞了。陈平安细嚼慢咽，吃得慢，喝酒也不快。

老板娘坐在柜台边，陈平安先前邀请她一起吃饭，她婉言拒绝了。陪着喝点小酒无妨，可要是厚着脸皮跟客人一起吃饭，也太不厚道了，没这么开客栈做买卖的。

裴钱吃得挺起肚子，绕着桌子开始散步，不然太难受。

陈平安要了楼上三间相邻的屋子，把魏羡搀扶上楼，丢在床上。好在魏羡酒量不行，酒品还不错，喝醉了就睡，不发酒疯，不说酒话。裴钱去了中间那屋，关上门，开始打饱嗝。陈平安摘了竹箱，放在自己屋内就出门，准备下楼跟老板娘多打听一些大泉王朝的风土人情，然后就发现客栈来了一位客人，胡子拉碴的，身穿青衫长袍，约莫三十岁的样子，坐在一张桌子上，痴痴笑望向柜台边冷着脸的妇人，桌上没有酒没有菜，连一碟子吃食都没有。下边楼梯口坐着那个店伙计小瘸子，满脸嫌弃地望着男人。大堂灶房门口悬挂的布帘子那边，驼背老人坐在一条长凳上，跷着二郎腿，抽着旱烟。

陈平安不着急下楼，趴在栏杆上。

先前阻拦两名追杀姚家边军的刺客，其中那个剑修分明是留有后手的，陈平安察觉到远处那若隐若现的暴戾气息，应该是一只道行不浅的大妖，至少也与剑修境界相当。只是它最终却骤然出现骤然消逝，是被一股浩然正气给强行镇压了，所以剑修才会仓皇退去，身披甘露甲的武夫扈从也只得一起逃命。

陈平安看到那衣衫不整的青衫男子，第一感觉此人有可能就是那个瞬杀大妖的隐匿人物，要么是桐叶洲“宗”字头门派走出的天才修士，要么就是……如周巨然那样，出身儒家书院！

但是陈平安很快就吃不准了，因为那人被老板娘嫌烦、被小瘸子白眼、被驼背老人无视，而且囊中羞涩，又被客栈知根知底，想要打肿脸充胖子都没有机会，一时间悲从中来，望向妇人，痴情道：“九娘，我不嫌弃你是寡妇又有孩子，真的……”

陈平安一拍额头。且不说这个男子的身份和修为，只说在男女情爱一事上比他还不如，活该不招人待见。哪有这么跟女子说话的？哪里是什么情话，分明是往那妇人心窝上捅刀子啊。

果不其然，本来还只是冷漠示人的妇人抬起头死死盯住那个王八蛋，咬牙切齿道：“信不信我去羊圈拿一簸箕粪过来倒在你头上?!”

青衫男子趴在桌上，手脚乱舞，尤其是一双手跟抹布似的，伤心伤肺：“九娘，你怎的如此绝情，这让我怎么活啊！我不就是穷吗，可是文章憎命达，读书人不穷不行啊，不然写不出妙笔生花的千古文章啊……”

小瘸子狠狠吐了口唾沫：“千古文章你大爷，就你那些打油诗，我一个没念过书的听着都觉得恶心。”

驼背老人似乎被呛到了，显然也对那人的“千古文章”心有余悸。

青衫男子蓦然开窍一般，立即坐直身体，笑望妇人：“九娘，你莫不是怕耽误我的锦绣前程，所以不愿跟我在一起？没关系的，世俗眼光，我并不在意……”

妇人实在受不了了，冷声道：“小瘸子、老驼背，都给我动刀子，谁能砍死他，我给他十两银子！”

驼背老人还没动作，小瘸子已经撒腿狂奔，去灶房拿刀了。

青衫男子站起身，正了正衣襟，飞快转身，一溜烟跑了。

陈平安不再下楼，返回自己屋子，关上门后，拿出了第二幅画卷放在桌上——武疯子朱敛。

人世间的隐士游侠，大多性情古怪，不可以常理揣度。

陈平安对那个深藏不露的青衫客并不好奇，就像先前磨刀人刘宗所说，大伙儿脚下的这条路这么宽，不是羊肠小道，更不是独木桥，大家各走各的，没毛病。

客栈外边，邋遢落魄的青衫男子没有走远，其实就蹲在客栈门口，身边趴着那条瘦狗。他转头看着狗，觉得自己活得比它还不如，一时间就想要吟诗一首，可是搜刮肚肠半天也没能作出一首被小瘸子讥讽为“打油诗”的佳作。他在心里安慰自己：没关系，文章天成，妙手偶得，不用强求。

客栈二楼，陈平安正在犹豫要不要再请出朱敛，原因是他想要在这大泉王朝多待一会儿，身边只有一个魏羡，最多护住裴钱，很难搭把手，一旦身陷藕花福地那样的险境，各方皆敌，他担心会忙中出错。

他自从成功请出魏羡后就再没有去动第二幅画卷，不是心疼谷雨钱，毕竟十一枚谷雨钱就能换来一位南苑国开国皇帝，历史上的陷阵万人敌，曾经的天下第一人，陈平安没偷着乐就算很把持得住了。

当时之所以敲定底线在十枚谷雨钱上，不是陈平安觉得魏羡之流只值这个价格，而是那会儿他害怕最后一次见面仿佛心情不佳的老道人给了画卷，自己却根本养不起。老道人既不坏规矩，又能恶心人，他总不能一直赌下去。谷雨钱毕竟是三种神仙钱中最珍稀的，一枚就等同于百万两银子，一座小银山了。吞并卢氏王朝之后的大骊王朝号称国力冠绝东宝瓶洲北部，一年税收才多少？六千万两白银。当然，这只是大骊宋氏搁在台面上的银子。

这些天按兵不动，是因为他从背着那只金黄养剑葫的小道童言语当中，嚼出了不同寻常的意味——那家伙分明是要坑自己一把，而且就在武疯子朱敛这幅画上。老道人估计是碍于脸面，只给陈平安挖了一个小坑，小道童便使劲刨出了一个大坑。

陈平安将剩余的谷雨钱都堆放在手边，拈起一枚，轻轻丢入画卷中。

云雾升腾，百看不厌。

一楼大堂，驼背老人敲了敲烟杆，站起身来到柜台，瞥了眼门外："那个落魄书生可不简单。"

妇人心不在焉地拨动算盘："三爷，你都唠叨过多少回了，我心里有数，不会当真惹火他。"

驼背老人手肘抵在柜台上，吞云吐雾，沉声道："要是真喜欢了，改嫁便是，要是你爹不答应，回头我给你撑腰。"

妇人一跺脚，恼羞成怒道："三爷，你瞎说什么呢，我怎么会喜欢他?!"

驼背老人淡然道："不挺好嘛，虽然不晓得来历根脚，可我都看不出深浅的年轻人，在大泉边境能有几个？刮干净了胡子，说不定模样还是能凑合一下的。"

妇人直接忽略了后边那句话，抬起下巴，朝楼上陈平安房间点了点："能有几个？三爷，这个穿白袍子挂红葫芦的年轻外乡客人连同他那个贴身扈从，您瞧出来高低深浅没？没吧？店里店外，这不就一下子三个了？"

驼背老人板着脸撂下一句话就要回灶房给自己捣鼓一些吃的犒劳犒劳五脏庙："好心当作驴肝肺，活该守寡这么多年。"

妇人早已习惯了他的脾气，轻声喊住他："不管如何，楼上那三人都是恩人，你可别擅作主张给人下药。上回那俩游侠儿给你剥光了衣服，连夜丢到狐儿镇大门口，好好两个大老爷们儿，给你害得变成了黄花闺女似的，差点上吊呢。"

驼背老人扯嘴角道："又不是恶贯满盈的主，我给人家下药作甚。我倒是怕你给那后生下药，迷倒了，为所欲为。"

妇人作势挥了一巴掌："狗嘴里吐不出象牙。"

驼背老人是个喜欢较真的："你去问问门外的那条旺财，它能吐出象牙来不？"

妇人顶了一句："我又不是狗，跟旺财可聊不上天，不像你。"

驼背老人用烟杆点了点妇人："谁以后看上你，他家老祖宗的棺材板都要压不住。"

妇人可不在乎这些个言语，混迹市井、经营客栈这么多年，招待八方来客，话里头带荤腥的、带刀子的、带醋味的，什么没见识过？她压低嗓音："那只大妖该不会是给此人打杀的吧？"

驼背老人摇摇头："若真是松针湖水神麾下头号大将，呵呵，就只有地仙之流才有此通天能耐。虽说这个吊儿郎当的读书人肯定不简单，可还不至于这么强，又不是书院那几位做大学问的老夫子。那些儒家圣贤做了这等义举不会藏头藏尾的，也无须刻意隐瞒不是？"

妇人陷入沉思，驼背老人最后劝说道："行了，好话不说两回，最后跟你唠叨一次，我觉得那落魄读书人除了穷了点、丑了点、嘴巴贱了点、为人没个正行了点，其实都还可以的，好歹是个青壮汉子……"

妇人黑着脸，从牙缝里蹦出一个字："滚！"

驼背老人脸色如常，转身就走，沧桑脸庞就像一张虬结的老树皮，要是有蚊子叮咬，估计老人稍微皱个眉就能夹死它。

双手负后，左手搭着右手腕，右手拎着老烟杆，驼背老人好似自言自语道："大晚上的，大冬天哪来的猫叫春，奇了怪哉，小瘸子今儿还问我来着。"

妇人脸色微红，咬牙切齿，骂道："老不正经的玩意儿，活该一辈子光棍！"

小瘸子刚收拾完饭桌，听到了驼背老人和老板娘最后的对话，一脸好奇道："老板娘，到底咋回事？咱们客栈也没养猫啊，是从外边溜进客栈的野猫不成？要是给我逮着了，非一顿揍不可。我就说嘛，灶房经常少了鸡腿馒头什么的，应该就是它馋嘴偷吃了。老板娘你放心，我肯定把它揪出来……"

妇人从柜台后边拿出一根鸡毛掸子，对着小瘸子的脑袋就是一顿打："揪出来，我让你揪出来！"她还不解气，绕过柜台，对着腿脚不利索的少年就是一阵追杀，打得小瘸子都有些健步如飞了。

妇人随手丢了鸡毛掸子，犹豫了一下，蹑手蹑脚上楼，放慢脚步，来回走了一趟，没能听出什么动静来，回到一楼大堂，发了会儿呆，去帘子后边老驼背的地盘，在灶房拎了块巴掌大小的干肉，又拿了一小壶半年酿的青梅酒，走到客栈外，看到那个蹲在狗旁的落魄读书人，喂了一声，在对方抬头后，抛了酒肉给他，冷声道："一两银子，记在账上了，不是白送你的。”

直到妇人跨过门槛走入大堂，青衫男子才收回视线，唏嘘道：“旺财啊，你知道这叫什么吗？这就叫最难消受美人恩啊。”他撕下一小块肉给脚边的旺财，然后摸了摸自己的胡子，“这要是刮了胡子，还得了?!”

在妇人走上二楼的时候，陈平安轻轻按住画卷，转头望向门口，所幸妇人没有敲门打搅。等到她走下楼梯，陈平安才开始继续砸钱。

他一口气往画卷中砸下十二枚谷雨钱，依旧没能让朱敛现身。他拿起手边养剑葫，才记起进客栈前就没酒了，只能轻轻放下。

老龙城宋氏阴神支付那支竹筒，掏出十枚谷雨钱；飞鹰堡陆抬分赃，付给陈平安二十枚；加上倒悬山之行的收入，陈平安总计拥有二十九枚谷雨钱。为了魏羡，给画卷吃掉了十一枚，剩余十八枚，当下桌上就只有六枚了。

武疯子朱敛暂时依旧在画上“摆谱”，不肯走出，那么其余两幅，又得让他掏出多少来？陈平安叹了口气，瞥了眼画上那个笑眯眯的老头儿。

再往里头丢，自己可就真要倾家荡产了。虽说雪花钱和小暑钱积攒了不少，可那只是数字而已，真正折算成谷雨钱后，就严重缩水了。陈平安有些无奈，收起画卷藏入飞剑十五当中，打开门，下楼去喝酒解闷。先前为了背魏羡上楼，忘了往养剑葫里装酒。晃着空荡荡的“姜壶”，陈平安想着那个背负巨大金黄葫芦的小道童，心中腹诽：说了世间其余六只“最”如何的养剑葫，小道童背着的那只该不会是最能装酒水吧？

陈平安这会儿并不清楚，还真给他不小心猜中了——事实上算是只猜中了一半。那只名为“斗量”的金黄养剑葫确实装着天底下最多酒水中的水，正是那东海之水，为此整座东海水面下降了数尺。故而有个穷秀才都要忍不住啧啧称奇，外加最后半句马屁：“小小葫芦，可养千百蛟龙也，道祖善，大善，老善了。”当然，也有可能是因为与老道人坐而论道，毁坏了莲花洞天的好些荷叶，才说这句话讨个巧。

中土神洲，那座被誉为儒家“斯文正宗”的文庙中，那些至今还高高矗立在神台上的泥像圣人肯定做不出这种事情，坏了人家东西，还要卖个乖耍无赖。可他这个神像被搬出文庙的老秀才做得那叫一个自然而然，真是比白玉京内的道家仙人还自然。

到了楼下，老板娘笑靥如花。

俊俏、有钱、气质还好，妇人越看陈平安越养眼。

陈平安要了一斤五年酿的小坛青梅酒，当着老板娘的面倒入养剑葫。

在妇人眼中，养剑葫就只是个朱红色酒葫芦而已，摩挲得光可鉴人，不值钱，但一看就是最少两代人的心爱之物，才会给用成了老物件。她单手撑着腮帮，侧过身坐在长条凳上，转过头望着倒酒时手很稳的年轻人，两颊微红，酒晕尚未褪去，笑问道：“公子用碗喝酒不更省事？要是给你喝完了这一斤酒，不还得再往葫芦里装一次？”不过哪怕如此，她还是自己拎了壶酒过来，自饮自酌，没忘记捎来三碟子佐酒菜，当然，还有两双筷子。

陈平安笑道：“我也就这点酒量了，喝完就算，不用再装。”

妇人笑道：“你那朋友的酒量是真好。”

陈平安有些汗颜，心想魏羡你好歹是一个开国皇帝，也太丢人现眼了些。

他看似随意地问道：“姚家边军既然在边关名声这么大，老板娘可曾知道姚家如今有哪些大人物？”

妇人一挑眉头：“哟，公子，你该不会是北晋国的谍子吧？”

陈平安指了指楼上：“有我这样的谍子吗？身边带着个这么会喝酒的朋友，还跟着个孩子。”

妇人点点头：“倒也是，北晋国如果都是公子这样的谍子，哪来这么多仗好打，早天下太平了。”

她有些喝高了，伸长胳膊，夹了两次也没能夹住一盘碟子里的酱肉。陈平安轻轻将碟子推过去些，她妩媚瞥了眼，干脆放下筷子：“与你说些也无妨，好教你们这些南边蛮子晓得我们大泉边军的厉害。”她打了个酒嗝，没觉得有什么难为情，“那位半辈子都在马背上的姚老将军是我们大泉的‘征’字头大将军之一，膝下有三儿两女，可惜儿子死了两个，女儿死了一个。年纪最小的女儿嫁去了京城，难得的好人家，都说是天作之合，神仙姻缘。孙子孙女一大把，最有出息的有两个，孙子叫姚仙之，听说十岁就入伍了；孙女叫姚岭之，更了不得，习武天赋好到整个边境都听说了。”

陈平安好奇道：“怎么都以‘之’字命名？”

妇人笑道：“‘之’字辈嘛。”

陈平安愈发疑惑：“定辈分那个字，不应该在中间吗，难道你们大泉不一样？”

妇人没好气道：“我哪晓得那富贵姚家的祖宗规矩，还不许有钱人有点怪癖啊？”

陈平安试探性问道：“姚家铁骑名声这么大，在你们大泉肯定有不少眼红的人吧？”

妇人白了一眼：“你问我，我问谁去？问皇帝陛下啊？”她自顾自笑了起来，媚态横生，“那也得皇帝老儿瞧得上我的姿色，纳我入宫。岁数大就大了，好歹是当皇帝的，说不定床架子都是金子做的……”兴许是总算说到了些让人开怀的事情，妇人举起酒杯，朗声道，“人间路窄酒杯宽，我九娘陪公子走一个。”

陈平安眼睛一亮，举杯笑道：“这句话我得记下来，说得好！走一个！”

两人各自饮尽碗中余酒。

门槛上坐着的青衫客偷偷望着他俩，满脸幽怨碎碎念。

“好狗不挡道！”一个大嗓门响起，落魄书生被人一脚踹了个东倒西歪。

三名腰间挎刀的男子先后大踏步走入大堂，为首一人身材壮实，大冬天还要故意露出一些胸膛肌肉，坐在了陈平安左边的长凳上。汉子手底下两人熟门熟路去拎了酒和碗过来，坐一张长凳，一张桌子瞬间坐满了。壮汉偏偏不要陈平安递过来的白碗，抢过妇人身前那只酒碗倒了碗青梅酒，酒水四溅，一口喝完，抹了把嘴，突然一手捂住肚子，满脸惶恐，一手颤抖着指向妇人，颤声道："这酒不对劲……酒里有毒……"桌对面两个年轻人顿时按住刀柄，脸色微白。

妇人没好气道："马平，你脑子里有屎吧？是不是今儿午饭屎吃多了，刚好屎里有毒，然后把你脑子给吃坏了？"

马平嘿嘿一笑，恢复正常脸色："开个玩笑而已，咋还骂上人了。"

他身边两个年轻同僚吓得赶紧喝酒压惊。

马平瞥了眼碍事的陈平安："小子，何方人氏？通关文牒拿出来！"

妇人刚要说话，陈平安已经从怀中掏出关牒，轻轻放在桌上。

马平拿起，看着上边钤印着大大小小、密密麻麻的朱印，啧啧道："印章还真不少，走了这么远的路？"

陈平安笑着点头。

马平看他这副模样就来气。见惯了狐儿镇老百姓的卑躬屈膝和谄媚笑脸，来了这么个不会溜须拍马点头哈腰的，关键是模样还挺俊，就想着找个法子收拾收拾，好教他知道自己才是狐儿镇这一片的地头蛇，便是下山虎遇上了他马平也要乖乖蹲着，过江龙就老实盘着，没有跟客栈九娘眉来眼去的份儿。

妇人突然问道："听说镇里边又闹鬼了？这次是谁魔怔了？"

一说到这桩晦气事，马平就没了兴致，将通关文牒丢还给陈平安，喝了口闷酒，瓮声瓮气道："真他娘邪性，以往都是祸害外乡人，这次竟然是小镇自己人遭了毒手。只有一条胳膊的刘老儿知道吧，开纸钱铺子的，经常帮人看风水的那个糟老头儿。他彻底疯了，就这天气，大白天不穿衣服在大街上瞎跑，还说自己太热，哥儿几个只好把他锁了起来，没过几天就一屋子屎尿，臭气熏天，今儿才清醒一点，总算不念叨那些怪话了，兄弟们这不就想着赶紧过来跟九娘你讨要几碗青梅酒，壮一壮阳气，冲一冲晦气。"

妇人皱眉道："这可咋整？上次你们从郡城重金请来的大师不是给了你们一摞神仙符箓吗？你当时是怎么跟我吹牛来着，说是'一张符来，万鬼退避'。"

马平转头往地上狠狠吐出一口浓痰："狗屁的大师，就是个骗子，老子也给他坑惨了，韩捕头这段时间没少给我小鞋穿。"

他吐出一口浊气，挤出笑脸，伸手就要去摸妇人的小手儿。妇人不动声色地缩回手，没让他得逞。他笑眯眯道："九娘啊，你觉得我这个人咋样？多少算是个狐儿镇有头有脸的人吧？挣钱不少，家世清白，还练过武，有一身使不完的气力，你就不心动？九娘啊，可别抹不下脸，你马大哥不是那种古板的人，不在乎你那些过往。”

妇人呵呵一笑。之后马平几次借着酒醉的幌子想要揩油，都给她躲过了。

马平和两个同僚要了一桌子菜，喝得七荤八素，吃得满嘴流油，看样子是明摆着打秋风来了，最后竟然还赖着不走，去了楼上睡觉，说是明儿再回狐儿镇。

陈平安早早坐到了隔壁桌子，妇人在小瘸子收拾的时候也坐到陈平安旁边，长长呼出一口气，像是有些乏了，苦笑道：“这个马平是狐儿镇的捕快，他家世世代代做这个行当，跟官府衙门沾着点边而已。那么个屁大地方，所谓的官老爷，官帽子最大的也不过是个不入清流的芝麻官，其余都是些胥吏，算不得官，可一个个架子比天大。”

裴钱听到了外边的动静，轻轻打开屋门，蹲下身，脑袋钻在二楼栏杆间隙里头，偷偷摸摸望着下边那俩家伙，结果好不容易才拔出来，一路小跑下楼梯，刚靠近酒桌，就听到妇人在跟陈平安抱怨官场上的小鬼难缠，说那些捕快经常来客栈混吃混喝，她只能花钱买个平安，不然还能咋样。裴钱偷着乐呵，嘴巴咧开，忍了半天，最后实在是憋不住了，捧腹大笑：“花钱买平安，买个平安……哎哟，不行了，我要笑死了，肚子疼……”

陈平安站起身，来到裴钱身边：“疼不疼了？”

被扯住耳朵的裴钱立即停下笑声，可怜兮兮道：“肚子不疼了，耳朵疼……”

妇人一头雾水，不知道那个贼兮兮的枯瘦小女孩在笑什么。

陈平安跟妇人道别，一路扯着裴钱的耳朵往楼梯口走去。裴钱歪着脑袋踮着脚尖，嚷嚷着“不敢了”。

陈平安走上楼梯就松开了裴钱的耳朵，到了房间门口，转身对裴钱吩咐道：“不许随便外出。”

裴钱揉着耳朵，点点头。等陈平安关上门后，她站在栏杆旁，刚好与那个仰头望来的妇人对视。裴钱冷哼一声，蹦跳着返回自己屋子，使劲摔门。

客栈外夕阳西下，有人策马而来，是一名豆蔻少女，扎马尾辫，长得柔美，却有一股精悍气息，背着一张马弓，悬佩一把腰刀。她将那匹骏马随手放在门外，显然并不担心会走失。

落魄书生还在门外逗弄着那条狗，少女看了眼他，没有上心，走入大堂，左右张望，看到了满脸惊讶的妇人后，她有些不悦，停下脚步，对妇人说道：“爷爷要我告诉你，最近别开客栈了，这里不安生。”

妇人在少女跟前再没有半点媚态，端庄得像是世族门第走出的大家闺秀，竖起手指在嘴边，示意隔墙有耳，然后轻声道：“岭之，我在这边待习惯了。”

姚岭之愤愤道：“不知好歹！”

妇人笑问：“要不要喝点青梅酒？”

姚岭之满脸怒容:“喝酒?!”

妇人也自知失言,有些羞愧。

姚岭之冷声道:“给我一间屋子,我明天再走,你仔细考虑。”

小瘸子战战兢兢领着她登上二楼,在老板娘的眼神授意下,专门挑了一间最干净素雅的屋子给她。

在那串轻盈的脚步声彻底消失后,陈平安将仅剩的六枚谷雨钱叠在一起,一枚一枚丢入画卷之中。当第三枚谷雨钱没入画面后,陈平安站起身,缓缓后退几步。

一个老人弯腰弓背,从画卷中蹒跚走出。他跳下桌子,对陈平安眯眼而笑,转身伸手摸向画卷,但是摸了一个空。就连裴钱都偷偷摸过一把的画卷,对于朱敛而言,近在咫尺,却远在天边,虚无缥缈,不可触及。

朱敛倒是没有气急败坏,笑呵呵道:“果然如此。少爷,这就是你们浩然天下的仙家术法吗?”

陈平安点点头:“算是。”

这个习惯性佝偻着身形的老人似乎与传闻中那个走火入魔的武疯子完全不像。老人脸上总是带着笑意,神色慈祥,在藕花福地,此人差点将整座江湖掀了个底朝天。后来居上的丁婴同样是天下第一人,就拥有极其鲜明的宗师气势,这大概也跟丁婴身材高大,不苟言笑,并且戴着一顶银色莲花冠都有一定关系,眼前这个名叫朱敛的武疯子就差了很远。

相较于魏羡的什么话都憋在肚子里,朱敛似乎更加认命且坦白,开诚布公道:“如今到了少爷的家乡,光是适应浩然天下的气机流转就得花费好些天,想要恢复到生前的巅峰修为更不好说了。嗯,按照少爷这里的说法,我目前应该是纯粹武夫的第六境。”说到这里,他颇为自嘲,“有可能一举破境,有可能滞留不前,甚至还有可能被这边的灵气倒灌气府,消耗真气,修为给一点点蚕食。不过,我有一种感觉,除了七境这道大门槛,之后成为八境、九境武夫,反而不是什么太大问题。”

朱敛说得很开门见山,比那个闷葫芦魏羡确实爽快多了。他走到窗口,推开窗,闭上眼睛深吸了一口气,自言自语道:“这个七境,有点类似藕花福地武人的后天转先天,是最难跨过的一步。只要跻身武道第七境,相信此后修为攀升不过是年复一年的水磨功夫而已,不敢说肯定九境,八境绝对不难。”他转头微笑,“当然了,只要适应了这边浓郁灵气的存在,我对上一个底子一般的七境纯粹武夫,打个平手,还是有机会的,不至于被境界压制,见了面就只能等死。至于同境之争,只要不是公子这样的,胜算极大。”

陈平安喃喃道:“关隘只在七境吗?”

朱敛坐回桌旁,一根手指轻轻敲击桌面:“我愿意为公子卖命三十年,希望公子在那之后能够给我一个自由之身,如何?”

陈平安笑着摇头:“我并不知道如何恢复你的自由之身。”

朱敛愕然,陷入沉默,盯着那幅画卷。

陈平安猜测画卷本身类似骊珠洞天的本命瓷器,任你是上五境的玉璞修士也要被人拿捏。一想到这里,他就笑了笑。

魏羡烂醉如泥,躺在床上说起了梦话:“身无杀气而杀心四起,帝王之姿也。”

敲门声响起,陈平安收起最后三枚谷雨钱和画卷,正要去开门,朱敛竟然代劳了。

裴钱眨着眼睛,然后迅速离朱敛远远的,跑到陈平安身后。

朱敛关上门,转身笑呵呵道:“小丫头根骨真好,是少爷的闺女?”

裴钱使劲点头,陈平安摇摇头,然后转头问道:“找我有事?”

裴钱看了看朱敛,摇头。

朱敛识趣,笑问道:“少爷,可有住处?”

陈平安道:“出了门,右手边第二间就是了。不过魏羡住在那里,你要是不愿意与人同住,我帮你再要一间屋子。”

“行走江湖,没这些讲究。”朱敛摆摆手,然后伸手揉了揉下巴,若有所思,“少爷先选了那个南苑开国皇帝?”

陈平安点点头,叮嘱道:“你们两个,可别有什么意气之争。”

朱敛笑道:“万人敌魏羡,我仰慕得很,敬他酒还来不及,岂会惹他不高兴。”说完就走出屋子,轻轻关上门。

只留下一道缝隙的时候,朱敛突然问道:“敢问少爷为我花了多少钱?”

陈平安答道:“十五枚谷雨钱。”

朱敛笑道:“让少爷破费了。”

裴钱在朱敛离开后犹不放心,去闩上了屋门,这才如释重负。

陈平安问道:“魏羡每天板着脸你都不怕,朱敛这么和和气气的你反而这么怕?”

裴钱轻声道:“就是怕。”

陈平安又问道:“什么事情?”

裴钱道:“我觉得那个老板娘不是啥好人,加上一个小瘸子,一个老驼背,多怪啊,这儿会不会是黑店?天桥底下那说书先生讲的那些故事,其中就说到黑店最喜欢给客人下蒙汗药,然后拿去做人肉包子了。”

陈平安气笑道:“别胡思乱想,赶紧回去看书。”

裴钱唉声叹气地离去。

陈平安已经没心思去翻剩余两幅画卷了,卢白象、隋右边,刚好一个不太敢请出山,就怕请神容易送神难,另外一个更不敢。

想起裴钱对魏羡、朱敛两人的观感,其实她的直觉半点没错。

魏羡看人的眼神是从高处往低处，毕竟是青史留名的一国之君。朱敛看人的眼光则像是活人看待死人，眼神晦暗，幽幽如深潭，脸上挂着的笑意更别当真。

客栈门槛上，落魄书生背对着大堂，抬头望向天边的绚烂晚霞，轻轻拍打膝盖，拎着酒壶，每喝一口青梅酒就唠叨一句：“云深处见龙，林深时遇鹿，桃花旁美人，沙场上英豪，陋巷中名士……”

砰一声，他摔了个狗吃屎，倒也没忘记死死攥紧酒壶。原来是小瘸子一脚踹在他后背上，怒气冲冲道：“没完没了，你还上瘾了？忍你很久了！”

他狼狈起身，拍了拍身上尘土，沉声道：“你知道我是谁吗？”

小瘸子瞧着忽然有些陌生的穷酸书生便有些心虚，硬着头皮喊道：“你谁啊？”

这位青衫客一本正经道：“你喊九娘什么？”

小瘸子愣了愣：“老板娘啊。”

青衫客又问：“那么老板娘的夫君又是你什么人？”

小瘸子差点气疯了，飞奔出门槛，拳脚并用，对着这个只知道姓钟的王八蛋一顿追杀。男人高高举起酒壶四处躲闪，一边逃窜一边喝酒，挨了几拳几脚都不痛不痒。

夕阳西下。关于书生，曾有谶语，是连书生自己也不当真的一句话：

钟某人下山前，世间万鬼无忌。

大日坠入西山后，暮色便深沉起来。借着最后一点留恋人间的余晖跟小瘸子追逐打闹的青衫客停下身形，望向南边道路尽头。小瘸子趁机捶了他肩头一拳，他晃了晃，没有理会。小瘸子有些好奇，跟随这个书生的视线一起望向远方，并无发现，以为书生是故意打岔，正要继续饱以老拳，让他以后都不敢再调戏老板娘，却蓦然心头一震，趴在地上，耳朵贴地，脸色凝重：是一支骑军，数目还不小。

狐儿镇除了驿卒偶尔经过，从无大队骑军露过面，镇上的年轻人们为了瞻仰姚家铁骑的风采，经常结伴去往远处的挂甲军镇，才有机会远远看上几眼。

铁甲、战马、轻弩、战刀，这一切在狐儿镇贫家子弟眼中就是天底下最有男儿气概的物件。小瘸子也不例外，只是狐儿镇同龄人不爱带他一起玩儿。

此时小瘸子把青衫客晾在一边，去了大堂跟老板娘通报一声。妇人打着哈欠说：“晓得了，这些军爷肯定瞧不上咱家客栈和狐儿镇，多半是连夜行军，去往北边的挂甲军镇，不用在意。”

小瘸子哦了一声，立即跑出客栈，爬上屋顶，伸手遮在眉宇间举目远眺。趁着天未全黑，勉强还能看见东西，他想要近距离见识一下边军铁骑的装束，下次再被老板娘使唤去狐儿镇购置油米，好跟那些同龄人显摆显摆。

道路远方依稀可见尘土飞扬，大地上的沉闷震颤越来越清晰。

可是天色不等人，小瘸子有些着急，赶紧爬下屋顶，去了大堂，询问老板娘能不能挂上灯笼。妇人瞪眼："这么早挂灯笼，火烛钱算谁的？"小瘸子拍胸脯说："算我的，实在不行先记在老驼背的账上。"妇人点点头，小瘸子欢天喜地地去挂了两盏大红灯笼在客栈外，刚要爬上屋，就发现有一骑稍稍绕出官道，悄无声息地出现在了客栈外边，身上披挂甲胄，极为鲜亮华美，不同于姚家边军的朴素样式。那名骑卒摘下头盔捧在胸前，脸色漠然问道："是不是有卖青梅酒？"

小瘸子咽了口唾沫，胆战心惊道："回军爷的话，有的。"

那名骑卒沉声道："一炷香内，让掌柜腾空整个客栈，然后准备五桌吃食，拿出最好的青梅酒，所有开销，一文钱都少不了你们，若是青梅酒果真有传闻那么好喝，还有重赏！记住了，进了客栈后，我们会有人专门查看房间，若是还有谁滞留其中，杀无赦。我们离去后，所有住店客人自可入住。"

骑卒重新戴上头盔，拨转马头，疾驰而去。

小瘸子脸色呆滞，青衫客独自蹲在客栈门口，那条土狗已经回窝，可他还是没有个落脚地儿，见少年还在发呆，提醒道："赶紧给九娘说事去，惹恼了这些京城贵人，客栈会开不下去的。"

小瘸子赶紧飞奔进大堂，发现妇人已经在跟驼背老人碰头合计这事，小瘸子一到，刚好当这个出头鸟，让他去跟楼上客人们说明情况，劳烦他们赶紧先离开客栈，省得有血光之灾。小瘸子有些为难，妇人大手一挥，说火烛钱免了，小瘸子立即冲上二楼。

第一间屋子就住着陈平安，小瘸子跟他禀明情况，他无所谓，笑着说其余两间屋子他来打招呼，要小瘸子直接去其他屋子喊人。小瘸子道了一声谢，匆忙离去。

裴钱打开门，桌上点着油灯，一本书摊开在那边。她笑着说："我正在读书呢。"

其实裴钱一直在听朱敛魏羡那边的墙根，只是听到敲门声后才从包裹里拿出书籍，跟陈平安装模作样。

陈平安没有揭穿她的小把戏，要她收拾一下包裹，说要暂时离开客栈。

隔壁屋子，朱敛已经打开门，跟陈平安笑着说："魏羡开了门后就又去睡觉了，我去喊醒他？"

就在朱敛刚要转身的时候，满身酒气的魏羡已经坐起身，揉了揉眉心，对两人说道："醒了。"

马平在内的三个狐儿镇捕快一听说是骑军经过，骂骂咧咧，仍是乖乖离开屋子。

扎马尾辫的少女姚岭之站在栏杆外。她住在二楼廊道最尽头一间屋子，这会儿瞪着大堂一楼的妇人："你的客栈就这么招待客人？真是长见识了，在边境上，竟然还有人敢在姚家铁骑的眼皮子底下这么不讲道理。我倒要看看，到底是何方神圣，能够一句话就把人赶出客栈！"她单手撑在栏杆上，直接从二楼跳下，看得马平三人眼皮子直颤：

哪来这么个硬把式的小娘儿们?

妇人苦笑,欲言又止。

驼背老人拿着烟杆,想了想:“我去说一声好了,咱们开门迎客,哪里还分贵贱。”他径直走出客栈,身影消逝在茫茫夜色中。

妇人对着二楼两拨客人歉意道:“等会儿你们待在各自屋内就行了,今晚的事情,是我们客栈对不住各位,事后送你们每人一坛五年酿青梅酒。”

姚岭之拔地而起,返回二楼,砰然关上门。

马平三人悻悻然返回屋子。

陈平安让魏羡和朱敛先到他房间坐一会儿,裴钱当然不用多说。

妇人让小瘸子出门喊那个姓钟的书生进来去二楼挑个房间,省得他在门外晃荡碍人眼。他挑好后就趴在栏杆上,妇人伸出手指朝他晃了一下:“滚进屋子。”

书生担忧道:“九娘你姿色如此出众,那些军爷兵痞会不会见色起意啊,喝过了酒,更容易酒后乱性……”

妇人笑道:“到时候你不正好英雄救美?万一我眼瞎了,说不定会以身相许呢。”

书生摆摆手:“趁人之危不是君子所为。九娘你放心,我们读书人都有一身浩然正气外加一肚子圣贤道理,只要我站在这里,他们喝再多的酒都生不出邪念来……”

没等妇人说什么,远处那间屋子的姚岭之已经打开门,抽刀出鞘一半,发出悦耳的铿锵声,对书生厉色道:“色坯闭嘴!”

很明显,她的刀子比小瘸子的拳脚要管用得多,书生立即进屋,屁都没放一个。

越是如此,姚岭之对楼下妇人就越失望:一年到头就跟这些男人厮混在一起,赔笑陪酒,与那些青楼女子有什么不同?

进了屋子,姚岭之趴在桌上,一时间悲从中来,竟是呜咽抽泣起来。

妇人站在柜台后,叹息一声,给自己倒了一碗青梅酒。

扑通一声,妇人抬头望去,只见那书生跳下了二楼,摔在地上,起身后,走到柜台边,笑道:“九娘就当我是账房先生好了,离你太远,我不放心。”

他笑容温柔,让妇人愣了一愣,回答道:“可是你长得这么丑,靠太近,我恶心。”

书生如遭雷击,蹲在地上抱着头。原来那些才子佳人的卿卿我我,那些有迹可循的男女情话都是骗人的啊,屁用都不管。

驼背老人率先走入客栈,身后跟着一行人。大概是对方比较讲理,既没有驱逐二楼客人,也没有一股脑拥入五大桌子人。

为首一人是个身穿大红蟒衣的中年男子,面白无须,气势凌人。他身后跟着两人,一个披挂篆有云纹的银色甲胄,行走时铁甲铮铮,一个古稀之年,身穿锦袍,头戴高冠,仙风道骨。之后还有七八人,应该皆是心腹扈从。

蟒衣男子三人坐一张桌子，其余扈从坐两张。扈从中有一个其貌不扬的年轻人，腰间悬挂一枚玉佩，看到妇人后，笑了笑。

客栈外是足足七八百精骑，还有十数辆马车。每辆马车中都有一名囚犯，左右两旁各有一人看押，看押之人无一例外全部是大泉王朝的中五境练气士。

驼背老人皱着脸。他实在没有想到是这么些人。

这拨客人可不是卖他一个糟老头子的面子，而是卖姚家一个面子而已。而八万姚家铁骑和征南大将军的面子不过是让他们从五桌人变成了三桌人而已，就这么点大。至于为何不驱逐二楼客人，是其中有个年轻扈从随口提了一句，说是人多一些，喝酒热闹，然后那名不可一世的蟒衣宦官便笑着答应下来。

那名身披银色甲胄的武将望向妇人，吩咐道："先上青梅酒，饭菜赶紧跟上。"

驼背老人掀开帘子，去灶房忙碌。小瘸子开始往三张桌子上送酒。

客栈一楼，气氛凝重，几乎只有倒酒的声音。

突然有人举起手，跟妇人打招呼，笑道："老板娘，劳烦你亲自给兄弟们倒碗酒。听说青梅酒是你祖传的法子，由你亲手酿造，当然要亲自倒才行。"

这一桌扈从有了年轻人起头，顿时没了顾忌，哄然大笑。

妇人拿起一坛青梅酒，笑着就要过去倒酒。只是不知为何，身体紧绷。开客栈这么多年，江湖上的三教九流都见过了，便是山上神仙练气士也见了不少，可当她与那个年轻扈从对视的时候，竟然有些畏惧，好像凡夫俗子撞了邪，黑夜遇鬼，从内心深处泛起一股无力感。

书生突然一把拉住妇人，高声笑道："九娘今天身体不适，我这个账房先生来给贵客们倒酒，行不行？"

年轻扈从像是听到天底下最大的笑话，环顾四周："兄弟们，你们说行不行？"

等到所有人都说不行，年轻扈从才望向青衫书生："不行，怎么办？不然还是让老板娘亲自倒酒？倒个酒而已，又不用你的九娘陪咱们去挂甲军镇，对吧？"

身穿大红蟒衣的宦官置若罔闻，头戴高冠的老仙师则微微一笑。

姚岭之打开门，脸色铁青道："不行！"

年轻扈从站起身，显得有些鹤立鸡群了。他抬起头，笑问道："为何？"

姚岭之只是与此人对视便有些内心惴惴，下意识按住刀柄，口不择言道："这里是姚家的地盘！"

姚岭之并不知道，在她握住刀柄的刹那之间，一楼在座所有扈从就都生出了杀意，那名坐在蟒衣宦官和高冠仙师旁边的银甲武将更是杀气腾腾。

年轻扈从始终伸长脖子望向二楼，却好像将一楼所有动静都看在眼里，伸出一手，轻轻下压，示意所有人不要轻举妄动，然后微笑道："可是整个大泉王朝都是我家的地盘啊,怎么办？难道你们姚家要造反?”

妇人拎着酒坛走出柜台,先对少女沉声道:“岭之,退回房间去!”

然后对那个年轻扈从施了一个万福:“九娘这就给公子倒酒。”

年轻扈从嘴角翘起,死死盯住妇人的那张脸庞,指了指二楼的少女:“你们母女一起来吧,如何?”

妇人脸色惨白。

二楼有房间打开,走出一个白袍年轻人:“我觉得不如何。”

年轻扈从转过头,望向那人,眼神玩味道:“哦,你算哪根葱?”

这一次是一楼有人帮陈平安回答了:“你又算哪根葱?”

是那个姓钟的落魄书生。

年轻扈从哀叹一声:“得嘞,今儿晚上一个个跟我过不去,不愿意赶走客人的客栈、不愿意倒酒的老板娘、口出狂言的姚家少女、穿了白袍子就以为自己是剑仙的外乡人、穿了青衫就觉得自己是儒家圣贤的读书人……”

他突然望向妇人,又看了眼姚岭之,笑道:“没关系,你俩今晚可以尝试着救一救姚家,如果我心情好了,说不定可以帮着把姚家拉出火坑。”

妇人深吸一口气,像是下定了决心,转头对那落魄书生说道:“钟魁,此事与你无关。我也知道你有一些本事,所以接下来你能走就走,别管我们了。”

然后她抬头望向陈平安,正要说话,陈平安已先笑道:“老板娘,先前有句话怎么说来着?”

妇人有些疑惑,一时间沉默不语。

陈平安自言自语道:“人间路窄酒杯宽。”

路窄,所以会遇到与那片槐叶有关的姚家人。

路窄,所以也会遇到这些,恨不得其他人都走上死路的家伙。

可是没关系,这儿的青梅酒好喝。

陈平安轻声道:“今天要麻烦四位了。”

众目睽睽之下,他身后的那间屋子里走出四人。

南苑国开国皇帝魏羡在前板着脸道:“无须客气。”

武疯子朱敛随后弯腰走出,站在陈平安另外一边,双手负后,笑呵呵道:“少爷这话多余了。”

一个背负“痴心”长剑的绝色女子站在魏羡身旁,正是藕花福地的女剑仙隋右边。她容颜清冷道:“谢过公子借剑。”

最后是身材魁梧的魔教开山之祖卢白象,他双手拄刀站在朱敛身侧,微笑道:“主公,这刀不错。停雪,名字也好。”

最后的最后，一个柔柔弱弱的声音响起："爹，我呢？"

陈平安有些无奈，说道："回屋子读书！"

裴钱哦了一声，轻轻关上门后，大嗓门读书，书上那些圣贤道理给她读得震天响。

一楼书生听着二楼书声，二楼除了书声之外，还有陈平安、魏羡、朱敛、隋右边、卢白象。

一座边陲小小客栈，今夜鱼龙混杂。

姚岭之在那五人走出屋子后，呼吸都沉重起来，这让她觉得匪夷所思。

面对那个年轻扈从的恐惧，更多是一种杂糅诸多复杂情绪的直觉，例如柔弱女子面对心怀叵测的男人、下位者敬畏无形的权势、秉性纯良之辈先天会远避鬼蜮之徒。但是姚岭之望向同一层楼那五人的窒息却很直观：同一座山林，兔鹿见虎罴；同一条江河，鱼虾遇蛟龙。

姚岭之担任边军斥候已经有三年之久，有过两次命悬一线的生死之战，她没有任何一次心生退让，照理而言，不该有此感觉才对。

她是姚家这一代最出类拔萃的武学天才，不过十四岁就已经跻身四境，并且有望破开瓶颈。十五岁的五境武夫，哪怕是十七岁的五境，都当得起"天才"二字。放眼大泉王朝，无论是军伍还是江湖，姚岭之都是一等一的璞玉，稍加雕琢就能大放光彩，没有人怀疑她未来可以顺利跻身御风境，成为雄镇一方的武道宗师。尤其是行伍出身的高手，杀力尤其巨大，这一点毋庸置疑。江湖上，宗师往往捉对厮杀，多是旗鼓相当的较量；沙场上追求的是一夫当关，是百人敌、千人敌。

姚岭之手心攥紧一颗银锭模样的物件，正是价值连城的兵家甲丸，而且是比被山上练气士讥讽为"水洼甲"的甘露甲品相更高一等的"池塘甲"金乌经纬甲，是名副其实的仙家法宝，边军姚氏对姚岭之的期望之高可见一斑。

年轻扈从看着那二楼五人，一拍桌子，佯怒道："仗着人多吓唬我？"

他说这话的时候，眉眼带笑。客栈内三桌人，屋外还有数百精骑，大概是自己都觉得有点厚颜无耻，忍不住笑出声。

两桌扈从模样的军中精锐也跟着乐呵起来，全然没将二楼的动静当一回事。虽说楼上那些人气势很足，甚至有些震撼人心，可又如何？江湖莽夫而已。

大泉王朝的江湖人早就断了脊梁骨，不过是一群趴在庙堂门口的走狗，摇尾乞怜。而亲手折断、敲碎整个江湖脊梁骨之人，今天刚好就坐在客栈酒桌上。

善者不来，来者不善。

名唤九娘的客栈老板娘并没有因为陈平安的出现而松口气，心情愈发沉重。三爷先前已经报上了名号，对方还如此咄咄逼人，分明就是冲着"姚"字而来。一旦起了纠纷，就怕对方上纲上线，到时候为难的还是姚家。

驼背老人在帘子那边向妇人点点头，妇人苦涩一笑。对方根本就是醉翁之意不在酒，说不定就是唯恐天下不乱，要将整个姚家拖下水。

明知道姚家在如今的风云变幻中宜静不宜动，而她和客栈则只能是能忍则忍，可她此时又不好劝说二楼众人退回去。人家好心好意帮你出头，你反而要人家当缩头乌龟，她实在做不出这等事。

钟魁疑惑道："这些人是？"

妇人苦笑道："京城来的贵人，惹不起。"

钟魁哦了一声，犹豫了半天，正要说话，妇人无奈道："钟魁，算我求你了，别捣乱了，现在事情很麻烦，我没心情搭理你。"

钟魁叹息一声，果真闭上嘴巴。

陈平安俯瞰一楼大堂，问道："欺负老板娘一个妇道人家，不厚道吧？"

年轻扈从笑嘻嘻道："出来做生意，给客人倒几杯酒，怎么就欺负了？"

陈平安指了指年轻扈从的心口："扪心自问。"

年轻扈从先是一怔，随即端起酒碗痛饮了一大口，抹嘴笑道："这话要是书院楚老夫子说出口，我肯定要好好掂量掂量，至于你，配吗？"

陈平安笑道："道理就是道理，还分谁说出口？你不就是欺软怕硬吗，相信只要是拳头比你硬的，有没有道理，你都会听吧？"

年轻扈从点点头："这些话，我听进去了，确实有道理。"然后他随手摔了那只酒碗，高高举起手臂，五指张开，轻轻握拳，"那就比一比谁拳头更硬？我倒要看看，在大泉境内，有几人敢跟我掰手腕子。"

妇人担心陈平安年轻气盛，率先出手，到时候吃了大亏还理亏，赶紧出声提醒道："公子别冲动，这些人是奉命出京，有圣旨在身的，你要是先出手，有理也说不清了。"

年轻扈从眼神阴沉，转头望向妇人："闭嘴！一个破鞋寡妇，有什么资格插话？知道我是谁吗？！"

妇人脸色铁青。年轻扈从指了指她，再点了点二楼陈平安等人，冷笑道："姚氏九娘暗中勾结他国江湖人士，试图劫下囚车，罪大恶极。"

姚九娘悲愤欲绝，终于怒骂道："你个小王八蛋到底是谁？！"

年轻扈从伸手指向自己，一脸无辜道："我？小王八蛋？"他咳嗽一声，正了正衣襟，微笑，"按照姚夫人的说法，高适真就是老王八蛋了，哈哈，你说好笑不好笑？回到家里，我一定要把这个笑话说给高适真听。"

姚九娘与驼背三爷对视一眼，心头俱是一震。

中国公高适真！大泉王朝硕果仅存的国公爷，深得当今陛下倚重。

大泉承平已久，刘氏国祚两百年，开国之初，外姓封爵，总计封赏了三郡王七国公，但是能够世袭罔替至今的，也就申国公一脉而已，其余都已经摔了老祖宗用命挣来的饭碗。而申国公膝下唯有一子，属于老年得子，正是小国公爷高树毅。这家伙在京城是出了名的跋扈王孙，一次次靠着祖荫闯下大祸，偏偏一次次安然无恙，皇帝陛下对待高树毅之宽容，诸位皇子公主都比不上。所以京城官场有个说法，叫作“小国公爷出府，地动山摇”。

这么个恶名昭彰的膏粱子弟，怎么可能参与此次南下之行？皇帝陛下虽然优待申国公一脉，可是以陛下的英明，绝不至于如此儿戏。大泉王朝最不怕惹火上身的人恐怕就是这个无法无天的高树毅了，战功彪炳的大将军宋逍兼领兵部尚书，在嫡长孙被高树毅欺负后，也只能骂高树毅一句“搅屎棍”。

二楼，魏羡轻声给陈平安解释了一下申国公的背景。陈平安点点头，就在所有人以为他要知难而退的时候，转瞬之间，他就从二楼缩地成寸，来到了那位小国公爷身前。

客栈外的道路上，一名坐在马夫身后的骑卒正嚼着难以下咽的干粮，偶尔拎起水壶喝两口。他抬起头，看到客栈后边飞起一只信鸽，立即有人飞奔而来，肩头停着一只通体雪白的神俊鹰隼，等待骑卒下令。骑卒摆摆手：“不用理会。”那人默默退下。

骑卒正是那个最早来到客栈传递消息之人，他身旁的车夫腰杆挺直，一动不敢动。

一个老人掀起帘子笑问：“殿下，为何不跟着一起进客栈？”

骑卒笑着摇摇头。律己是一门大学问，驭人，对于他们这些生于帝王家的人而言，自幼耳濡目染，又能以史为鉴，反而不难。

车辆里边盘腿坐着两名练气士，一老一少，负责看着一个分量最重的犯人，押送往大泉京师蜃景城。与骑卒说话之人是一个身穿青紫道袍、头戴鱼尾冠的耄耋老者，一手持绳索末端，一手捧拂尘。

犯人披头散发，满身血污，垂首不语，看不清面容。一袭金袍破碎不堪，手腕和脚踝处被钉入金刚杵一般的器物。除此之外，脖子上还被一根乌黑绳索绑缚，正是老修士手中握着的那根。犯人最凄惨的还是眉心处被一柄飞剑透过头颅，剑尖从后脑勺穿出，就那么插在此人头上。

这名重犯是一位正统敕封的山水神祇，曾是七境巅峰练气士，在其辖境则至少是八境修为。他在一方山水中称王成圣，对上九境金丹都有一战之力，只是不知为何沦落到这般田地。

车厢内除了道门老者还有个年轻女子，望向那名骑卒的眼神秋波流转，虽未言语，其中意味却也尽在不言中了。她的容貌只算清秀而已，只是气态卓然，肌肤胜雪，比起凡夫俗子眼中的美人更经得起“细细推敲”。毕竟在山上修士眼中，人间美色，归根结底，还是一副臭皮囊，皮肤粗糙，种种异味，细看之下皆是瑕疵。

骑卒突然转过头望向客栈，似乎有些意外。

道袍老者流露出一抹惊讶："好惊人的武夫气势，而且人数如此之多。小小边陲客栈，这般藏龙卧虎？难道真给小国公爷歪打正着了，是北晋高手孤注一掷，要来劫持囚犯不成？"

女子试探性问道："要不要我去提醒小国公爷一声？"

骑卒摇摇头，笑道："咱们脚下已是大泉国境，除非是姚家谋逆造反，不然哪来的危险？"

道袍老者眼中精光闪过，并未作声。片刻之后，他正要说话，骑卒已经跳下马车，径直往客栈行去。

在骑卒远去后，那个来自山上仙家的年轻女子轻声问道："师父，小国公爷这么逼着姚家人，殿下又不约束，真不会出事吗？"

道袍老者摆摆手道："天底下谁都会造反，就姚家不会，国之忠臣当久了……"他嘴角泛起冷笑，"可是会上瘾的。"

那名囚犯仍然低着头，快意笑道："谈及骨鲠忠臣和边关砥柱竟然以笑话视之，你们大泉王朝就算一时得势，又能如何？"

"还敢嘴硬！"道袍老者一抖手腕，绳索瞬间勒紧犯人脖颈，犯人浑身颤抖起来，咬紧牙关，抵死不发出任何声音。

客栈内，异象突起。一袭白袍毫无征兆地出现在大堂，小国公爷高树毅察觉到不妙，正要悚然而退，但是眼前一花，肩膀已经给那人抓住。

另外一桌三人，除了宦官依旧饮酒，对此视而不见，高冠仙师和银甲武将已经猛然起身，想要救下高树毅，却又各自停步。因为有一把来自二楼的猩红长剑悬停在两张桌子之间，剑尖直指高冠仙师。而银甲武将停步后转头望去，二楼有人横移数步，满脸笑意，握住刀柄，手中狭刀停雪将出未出。

魏羡翻过栏杆，落在一楼门槛处，像是要独自一人拦阻外边数百骑。

朱敛蹲在了栏杆上，笑眯眯低头，盯上了那名最镇定的宦官。

大红蟒衣的宦官看着不过而立之年，实则已是八十岁高龄，是大泉王朝的武道大宗师之一，被誉为大泉皇城的守宫槐。在他成名之后，素来鬼魅横行的大泉皇城再无任何奇怪传言，全部销声匿迹。不过这名大宦官真正厉害之处还在于他当年笼络了一大批江湖爪牙，将大泉王朝境内十数个顶尖武林门派一个接一个铲除干净。三年之间，整个江湖掀起一场腥风血雨，无论正邪，都对这个老太监展开了多次刺杀，但是无一例外，有去无回。

与宦官同桌两人，高冠仙师名叫徐桐，是大泉境内第一仙家门派草木庵的现任主人，擅长雷法，可以敕令鬼神，诏为己用。他还是医家高人，精通炼丹，所炼丹药是大泉王朝权贵公卿疯抢之物。

银甲武将许轻舟是大泉军中屈指可数的顶尖高手，不到四十岁，一身横炼功夫就已经登峰造极，腰间佩刀“大巧”更是一件兵家重宝，可谓攻守兼备，每次沙场陷阵必身先士卒，所向披靡。

高树毅运转气机，挣扎了一下，毫无用处。他非但没有惧意，反而笑意更浓：“你们姚家真要造反啊？”

陈平安微微加重力道，高树毅一阵吃痛，依旧竭力维持笑脸。

陈平安对他说道：“我就是个过路人，你这么喜欢招惹我，那么宰掉你后，我往北晋国一逃就是了。至于姚家不姚家的，你们爱怎么泼脏水，我可管不着。”

这种鬼话，谁信？高树毅龇牙咧嘴，额头渗出汗水：“有本事你就杀我嘛。”

陈平安盯着他，高树毅以极其轻微的嗓音对陈平安轻声道：“你知不知道，我看上那对母女，是她们的幸运，否则姚氏被抄家之后，她们很快就要被送去教坊司了，成为人尽可夫的官妓，到时候你倒是也可以尝尝滋味。”

他这话刚说完，陈平安一拳已至，直接砸在他额头上，势大力沉，巨石攻城一般。

高树毅脑袋往后一荡，虽然腰间玉佩亮起一阵五彩光华，瞬间汇聚在额头处，但是仍然被这一拳打得当场晕厥过去，口吐白沫，那块护身玉佩也出现了一条条裂缝。

由于肩膀始终被陈平安扯住，高树毅的脑袋就像秋千一般荡去又晃回，陈平安第二拳又砸向此人，牵一发而动全身。

啪一声，大宦官重重放下筷子，嗓音阴柔道：“年轻人，差不多就可以了。”

虽然对那个城府深重的小国公爷印象相当一般，可总不能就在自己眼皮子底下让人给活活打死。

在他出声后，徐桐和许轻舟如释重负。

可陈平安没有收手，高树毅那块祖传玉佩砰然碎裂。

这时高树毅反而清醒过来，满脸涨红，眼眶布满血丝，脸色狰狞道：“狗杂种，我一定要你和姚家一起死无葬身之地！”

大宦官猛然起身，震怒不已。多少年了，还有人敢在自己面前这么放肆？

姚九娘尖声喊道：“停手！”

陈平安转头望去，妇人轻轻摇头，眼神流转，充满了焦急，欲言又不敢明言，只好捣糨糊道：“公子有话好好说，坐下慢慢聊，相信小国公爷只是跟我们开玩笑的。”

恼羞成怒的大宦官盖棺论定：“不用聊了，你们姚氏与北晋合伙谋反，死不足惜！”

言语之间，他双指并拢在桌上一抹，陈平安腰间养剑葫掠出初一和十五，分别击碎快若闪电的那双筷子。

陈平安第三拳打得高树毅整个人砰然倒飞出去，门口魏羡挪开，任由这位小国公爷的尸体摔在客栈外边。

那名骑卒刚好走到门外不远处，看着地上那具尸体，一时间还有些没回过神来，显然不敢相信这是真的。

陈平安转头对妇人说道："知道姚老将军为什么会差点死于刺杀吗？因为你们太好说话了，明摆着有人觉得就算死了老将军，所有姚氏子弟都不敢怒不敢言。"

姚九娘好像没有听进去陈平安的话，神色痴痴，喃喃道："死了，就这样被你打死了，申国公一定会疯的，皇帝陛下也一定会龙颜大怒，姚氏完了。"

那个在客栈当厨子的驼背老人亦是茫然失措，姚岭之更是满脸惊骇。

客栈内，只回荡着裴钱有气无力的读书声。

这个时候，钟魁拍了拍姚九娘肩膀，明明背对着陈平安，嗓音却清晰地响起于陈平安心湖间："你只管杀，我管埋。"

第十章
总有道理无用时

陈平安对钟魁的话将信将疑。

老道人曾经领着他在藕花福地看遍人间百态，他大致熟悉了官场架子。这么个烂摊子，陈平安一出手就做好了流窜南方的打算，说不定还会被大泉王朝的练气士追杀万里。钟魁哪怕出身桐叶洲的山上仙家大宗，比如桐叶宗、玉圭宗、扶乩宗和太平山这四大势力之一，仍是很难应付当下的棘手局面。至于钟魁来自某座儒家书院的可能性，陈平安认为不大，因为在他的印象中，书院的贤人君子，除非涉及一国正统，否则不愿意也不可以随便插手世俗王朝的"家务事"。

不管如何，钟魁的好意，陈平安还是心领。只是他没有冒冒失失望向钟魁，以免露出蛛丝马迹。因为他最忌讳之人是那名身穿大红蟒衣的宫中宦官，一身灵气凝聚到了传说中"滴水不漏"的境界，只在丹田处如有一盏灯笼悬挂气府之中，随着每一口绵长的呼吸，一明一暗，光芒持久，晦暗短暂，尚未能够长久光明，可即便不是真正的金丹地仙，恐怕也只有一线之隔。

虽说一步之差，天壤之别。唯有结成金丹客，方是我辈人。可这种话，是成就地仙境界的山上神仙才有资格说的，对于所有中五境练气士和御风境之下的纯粹武夫而言，这种金丹半结的存在依然高高在上，举手投足，威势惊人。

客栈外，或者说是门口魏羡视野中，一个个练气士飘掠而来，落在年轻骑卒身旁，其中就有先前车厢内的耄耋老仙师与那个年轻女修。

在十数名练气士之后，是迅速散开阵形的数百精骑，将客栈包围得水泄不通。一张张朝廷特制的弓弩，每次离开武库都需要向兵部衙门报备，无论是折损、毁坏还是遗失，都需要层层把关，仔细勘验。

年轻骑卒蹲下身。多年好友死不瞑目，瞪大的眼睛里充满了惊骇和疑惑。骑卒轻轻抚过这位小国公爷的脸庞，让他闭上了眼。

显而易见，骑卒才是这些人里的地位最崇高者，地上这具尸体，已经淹死在江湖中的高树毅，实则是此人的伴读。事实上，除了高树毅，客栈内还有两个年轻人也是皇子伴读，他们皆是勋贵世家之后，为的就是有朝一日，皇子称呼能换一个字变成太子，若是能够直接从皇子换成皇帝当然更好。

年轻骑卒便是大泉王朝三皇子刘茂，虽然他的两位兄长各自在文官、武将中拥有很高的威望，可刘茂却是当今天子最宠溺的皇子。而且市井传闻，这位皇子殿下少年时便喜好偷偷出宫游历，每次回宫都带着一箩筐的江湖故事和乡野趣闻，总能把皇帝刘臻逗乐。加上刘茂生母又是刘臻最心爱的妃子，早早病逝，所以对于刘茂，刘臻很是呵护。大概是爱屋及乌，对于高树毅这些老臣子送往三皇子府的伴读也极为优待。

刘茂站起身，让人背走高树毅的尸体，对着客栈说道："我很奇怪，你既然想要救姚氏，为何还要执意杀死申国公之子？为何不等一等，等到客栈信鸽将消息传递给姚氏，让姚老将军出面解决此事？杀了高树毅，还有商量的余地吗？"

魏羡斜靠大门，觉得有点意思。征南大将军姚镇刚刚遇袭，受了不轻的伤势，即便得到客栈消息，也未必能够亲自赶来，多半是派遣一名姚氏嫡系子弟和心腹前来与疯狗一般乱咬人的高树毅斡旋。眼前这位深藏不露的大泉皇室子弟之所以故意要在客栈停留，美其名曰慕名而来喝那青梅酒，明摆着是一个顺手牵羊的局，欲牵之羊自然是姚家铁骑的领头羊，远在边陲、手握大军的姚镇。

高树毅的桀骜跋扈不全是装出来的，由他跳出来跟姚镇之外的所有姚氏子弟交恶，分寸刚好。若是姚镇亲临，高树毅就不合适了，毕竟他不是申国公高适真，还与姚镇差了辈分。但是姚镇之外，都是高树毅可以肆意拿捏的软柿子，所以不论姚氏来多少人，都只是添油而已，自耗元气，形势只会步步恶化。

魏羡敢断言，今年已经错过数次大典的皇帝刘臻，要么病危，要么极有可能遭遇变故，对朝堂彻底失去了掌控，原本需要各皇子孔雀开屏的太子之争直接变成了龙椅之争，自然而然就会变得残酷血腥起来。姚氏若不曾嫁女入京城豪阀，不曾因为女婿李锡龄而与吏部尚书攀扯上关系，依循以往的祖训，确实有机会继续稳坐边关，坐等云谲波诡的京城厮杀水落石出，到时候姚镇要么派遣嫡子进京觐见新帝以表忠心，要么干脆就是新帝直接南巡边境，收买姚氏人心。

刘茂的这些话其实不是说给陈平安听的，而是故意说给姚九娘和驼背老人听的。一旦他们听进去，那么客栈局面就更有意思了：你陈平安拼了命护着姚家，若是姚氏不解风情，反过来埋怨你多此一举，陷姚氏于大不忠，仗义出手的陈平安还能有一腔热血吗？侠义心肠，历来受得起刀山火海的摧残，江湖投缘，千金一诺，可换生死，却唯独经不起一杯忘恩负义酒。

刘茂又冷笑道："你难道是要逼着姚氏造反？只会逞一时之快意恩仇，当真是江湖豪杰吗？"

果不其然。

人心最经不起推敲试探，而且世人往往如此，在事情没有彻底糜烂之前，哪怕已是身处绝境，仍然总怀揣着一丝侥幸。

家主姚镇虽然遭遇阴险刺杀，可终究只是负伤。而姚氏的亲家吏部李老尚书当初上书请辞，皇帝陛下在奏章上回了一句颇为诙趣的答复：鲜才去一半，辞官为时尚早。然后命人往李府送去了几尾贡鱼。

姚氏铁骑的战力依然是南方诸军中的佼佼者，谁都不敢轻视。

跟随朝廷秘密渗入北晋境内的姚氏随军修士想必已经返回家主姚镇身边。

姚家的乘龙快婿李锡龄，据说有望进入位于桐叶洲中部的儒家大伏书院。

姚氏与李家在大泉朝野上下是国之栋梁，是清流高门，哪怕两家联姻，老百姓都不会觉得是什么野心勃勃，而是天作之合，是大泉王朝国力鼎盛的锦上添花，是当之无愧的一桩美谈。既然如此，姚氏怎么可能说亡就亡了？

九娘脸色微变，驼背老人脸色阴晴不定，姚岭之更是望向那一袭白袍，秀丽脸庞上不由自主地流露出了复杂神色，既有发自肺腑的感恩，又有情难自禁的埋怨。倒不是说她贪生怕死，而是姚氏边军自大泉刘氏立国起，姚家祠堂内那些层层叠叠、密密麻麻的灵位牌坊每年都还在增加。这些战死沙场的先人除了带给后人慷慨赴死的勇气，无形中也是一种压力：姚氏之清白，容不得后世子孙有半点玷污，容不得什么白玉微瑕。

这是人之常情。姚氏子弟可以死，姚家声誉不可损，否则有何颜面去面对列祖列宗？悲壮且可敬。

三皇子刘茂的两次问话，陈平安都没有理会。

刘茂第三次开口："看样子你是不会回心转意了，那就让客栈里边的无关人等退出来，如何？这些年轻人都是我大泉刘氏的王侯子弟，勋贵之后，没有躺在祖荫和功劳簿上享福，而是亲身涉险，深入敌国腹地杀敌，他们最不应该死在这里。"

晓之以理，动之以情，还有江湖道义。客栈内两桌年轻扈从人人义愤填膺，对陈平安怒目相向。尤其是跟高树毅同坐一桌的三人，双眼冒火，恨不得一刀剁掉陈平安的脑袋，日后提头去给高树毅上坟赔罪。

魏羡转头望向陈平安，等待答案。是放人，还是杀人。

陈平安对魏羡吩咐道："别放走一个人，但是他们只要不靠近大门，就别管。"

魏羡笑着点头。

蟒服宦官是唯一一个当着三皇子刘茂的面还能够自作主张的权势人物，以宦官独有的阴柔嗓音冷声道：“殿下，这就是一帮不知好歹的玩意儿，恳请殿下允许老奴与许将军、徐先生出手拿下这拨北晋贼子。剑修又如何，不过是多出一两把飞剑的废物而已。”

姚九娘正要开口说话，钟魁已经抢先安慰道：“九娘，事已至此，反正已经不可能更加糟糕，还不如静观其变。这会儿你说什么都毫无意义了。”

躲在灶房门口帘子那边的小瘸子使劲点头：“这个姓钟的这辈子就这句话还有些道理。”

驼背老人转头怒道：“已经是个瘸子了，还想要再变成哑巴？！”

小瘸子噤若寒蝉，立即闭嘴。

客栈之内，包括陈平安在内五人都是纯粹武夫，本就擅长近身厮杀。而对方除了武将许轻舟，蟒服宦官和徐桐都是练气士，又有两桌属于他们自己人的年轻扈从，只会束手束脚。

姚岭之突然对着陈平安喊道：“你不要再杀人了！不然我们姚家会被你害死的！”

二楼房门打开，裴钱死死盯住她，愤愤道：“臭丫头，闭上你的臭嘴，再敢对我爹指手画脚，我就用爹教我的绝世剑术戳死你！”

然后裴钱转向一楼：“爹，书读完一遍了，咋办？”

陈平安背对二楼：“再读一遍。”

然后补了一句：“再敢瞎喊，以后就不是让你读书，而是吃书了。”

裴钱使劲点头：“好嘞，爹！我都听你的。”

在裴钱关上门的一瞬间，敌我双方所有人几乎同时出手。

二楼隋右边驾驭那柄法宝品相的长剑痴心，以弧月式抹向徐桐的脖子。

徐桐脚踩罡步，令人眼花缭乱，不但一次次躲过了痴心，而且双指掐诀，双袖灵气充盈，一身法袍之上浮现出五彩云篆的雾霭画面。与此同时，他身边出现了一尊尊黑甲武将，它们空有盔甲，里边却无身躯，但是灵活异常。痴心虽然能够轻易刺穿那些铠甲，却仿佛完全无损这些符箓甲士的战力。有一次长剑穿透一尊甲士的“面门”，它竟然双臂抬起，十指攥紧剑刃，滋滋作响，溅出一大串火光。

以兵家甲丸护身的许轻舟与手持狭刀停雪的卢白象在电光石火之间同时前踏，刀锋相敲，双方刀尖像是都流淌出一条银色丝线，刹那之间互换了位置。

客栈门外，练气士手中七八件仙家灵器齐齐朝着堵在门口的魏羡劈头盖脸砸来，在夜幕中格外璀璨光彩。

魏羡手心猛然握紧那颗神人承露甲的甲丸，将真气灌注其中，瞬间身披甲胄，与许轻舟如出一辙。

出拳如龙，快若奔雷。一身凝如瀑布倾泻的浑厚拳罡，加上一件上品甘露甲的庇护，魏羡却不是硬撼那些仙师兵器，只是将其纷纷打偏，双方之间，那些法宝牵扯出来的一条条流萤在魏羡身前七歪八斜，铿锵作响。转瞬过后，魏羡就被那些光彩包裹其中，但他反而愈战愈勇，气势暴涨。

客栈内，隋右边神色淡漠，一手双指并拢竖立于胸前，驾驭痴心主攻徐桐，白皙如羊脂的另外一只纤手轻轻拧转手腕，一楼酒桌上那些筷子如得军令，半数变成了一把把"飞剑"，见缝插针，越过那些甲士刺杀徐桐，剩余半数飞掠到二楼她身侧，悬停四方，应对徐桐双掌之下神出鬼没的雷法，每一次交锋，就会有一支筷子化作齑粉。

武疯子朱敛始终默默蹲在栏杆上，不言不语，无声无息。他眼中，只有陈平安和那个蟒服宦官。

真正能够决定结局的这两个人极有默契，一出手就倾力而为。

以方寸符缩地而至，陈平安第一拳就是神人擂鼓式。那位大泉王朝的守宫槐则是阴神与阳神同时出窍神游，两尊法相虚无缥缈，却有神人威严。

陈平安不但一拳被阻，心口处还被宦官其中一尊阴神探臂而入，所幸身穿法袍金醴，虽然心口处传来痛彻心扉的撕裂感觉，仍是不动如山。一跺脚后，魂魄分离，也出现了三个陈平安，其余两个再度分别以神人擂鼓式笔直而去。

神人擂鼓式的精髓就在于两拳之间的罡气牵引，如天空上的日落月升、世人的生老病死，规矩极大，必然而至。

跻身第五境的陈平安，经过藕花福地的牯牛山一战，已经能够做到魂魄分离，一分为三，可惜只能坚持一口气的光阴。不过配合很不讲道理的神人擂鼓式，只要递出一拳就足够，就显得绰绰有余。

一拳击中宦官后，如沙场擂鼓声，瞬间就是十数拳，拳拳到肉，沉闷声响起。

陈平安的魂魄重新归位。毕竟不是正统练气士，魂魄离体时间太久会伤及本元。

反观蟒服宦官的第一次出手，姚九娘和姚岭之这些人震撼于这位大宦官的修为之高，竟然能够同时阴神出窍、阳神远游，这分明是地仙修为，但也品出了一层匪夷所思的意味：不是说这位大泉守宫槐是武学大宗师吗，怎么变成了修道长生的山上神仙？

宦官错算了一招，就是没想到陈平安身上那件袍子品相如此之高，竟然硬生生挡住了自己那尊阴神伸臂剐心的杀手锏。大泉江湖有数位大宗师就死在这一手上，不会真正出现鲜血淋漓的画面，但是会使得一个人的"心田"干裂，瞬间扯断心脉与所有窍穴的联系，毙命之后，人死如腐朽枯木，有点类似一拳打断长生桥的手段。

宦官被视为武道大宗师，并非什么拙劣的障眼法故意蒙蔽对手，而是此人拥有一具名副其实的宗师身躯，气血强壮，筋骨坚韧，足以媲美纯粹武夫的六境巅峰。所以无论是近身搏杀还是以山上术法对峙、法宝远攻，他两者兼备，故而最不怕与人换命。

但是挨中第二拳后，宦官就意识到不对劲。不是对手的拳罡如何了不得，而是不该躲不掉。五拳之后，宦官心中了然，大致梳理出了此人这一拳的拳理脉络。十拳之后，宦官似乎完全放弃了躲避的念头，而是选择了以伤换伤。

在这期间，飞剑初一和十五各自盯上了宦官的阴神和阳神。

一个貌似纯粹武夫、实则练气士的蟒服宦官，一个貌似剑修、其实是纯粹武夫的陈平安。两人在方寸之地、两臂之间，把一场架打得十分粗鄙，相较于二楼隋右边的驭剑迎敌、卢白象和许轻舟之间的刀光森森、客栈门外魏羡的气象万千，陈平安和大泉宦官的厮杀除了一个“快”字就没有其他，枯燥乏味，却凶险万分。

两桌扈从已经躲到了楼梯口，他们深知客栈内这场乱战他们连插手的资格都没有。对此，唯一闲着的朱敛没有出手阻拦，连正眼都没有看一下。

钟魁斜靠柜台，望向陈平安。

他云游四方，从未见过能够把一种拳架打得这么……行云流水的纯粹武夫。既然年纪不大，那么就得走过很远的路，看过很多高山大川才行吧？

杀气、戾气、凶悍之气全无，甚至连争胜之气都不重，但气势偏偏还很足，钟魁有些好奇这个年轻人的拳法宗旨到底是什么。

不过人力有穷尽时，自身体魄所能承载的拳意反扑本就是杀敌一千自损八百的路数，对上这个大名鼎鼎的大泉守宫槐李礼，年轻人如果拳法止步于此，哪怕拼着受伤，最后一拳成功“打杀”了李礼，还是不够，远远不够。

纯粹武夫不为世人所重，不被庙堂敬畏，反而是那些修道之人受人顶礼膜拜，是有理由的。“万千术法，一剑破之。”这句话在山上流传很广，很多人都觉得是在忌惮剑修的杀力，其实不全对。“万千”二字，早就说出了修行之人的厉害之处。

陈平安最后一拳神人擂鼓式，果真将李礼的一拳打得粉碎，甚至就连那一袭大红蟒衣都像是虚无之物了。但是当陈平安发现李礼身上并无半点鲜血溅射时就心知不妙，立即以《剑术正经》中化用为拳的镇神头式采取防御姿态，一退再退。所幸一刺莫名其妙落空的初一已经出现在身前，加上身上的法袍金醴，应该可以争取到一口崭新的纯粹真气。

浩然天下不是藕花福地，在这里，同辈武夫，以及所有练气士都会死死盯住一名纯粹武夫的换气瞬间。宦官李礼此举，与飞鹰堡外那名阵师的替死符异曲同工，只不过李礼是以一尊阳神的毁弃消散替换了真正身躯，转移去了飞剑初一对峙的位置上。

陈平安这一通毫无留力的神人擂鼓式已经是强弩之末，而阳神消散不过是让李礼那颗尚不完整的湛然金丹的光彩稍稍暗淡几分。

那尊阴神再次以挖心手段，五指如钩一探而入，如拳砸纸，法袍金醴就像韧性极佳的宣纸，使得陈平安的魂魄不至于被一下打得溃散，护住了心田，可是金醴也因此被牵制住。不但如此，挡在陈平安身前的飞剑初一也深陷泥泞，被禁锢在阴神体内。

李礼已经出现在陈平安身侧，一掌拍散镇神头的拳意，一步向前，双指并拢，戳中陈平安太阳穴，陈平安整个人横滑出去。

李礼的强大，不在于踩在金丹境界门槛上的半个地仙，而是他不倚仗外物的攻防兼备。至于他到底有没有压箱底的法宝，更是难说。

李礼没有趁胜追击，站在原地，先前打散镇神头的手掌早已握拳，再迅速松开，上边的掌心纹路开始蜿蜒灵动，丝线鲜红，最终就像是变成一张朱红符箓。戳中陈平安太阳穴的并拢双指在手心一抹而过，李礼心中默念“开符”二字。刚要竭力换气的陈平安只觉得山岳压顶，那件法袍金醴之上，双袖和肩头各处出现一张张灵光绽放的符箓，陈平安太阳穴处鲜血直流。

“我也有一拳，就当是我大泉王朝的待客礼数了。”李礼微笑前行，在说这句话期间，蟒袍大袖飘荡不已的他脑袋歪斜，躲过刺向后脑勺的初一，以手指夹住轻轻丢出，恰好砸中不远处的十五。

他一步就来到陈平安身前，那只掌心有符箓的左手看似轻描淡写般放在了陈平安心口，右手一拳砸在自己手背上，如重锤砸钉，死死钉入法袍金醴之中，势大力沉。

陈平安倒退数步，李礼如影随形，依旧是以拳打掌，又一拳砸下。陈平安身上那件法袍金醴剧烈飘荡，袖内山水灵气与武夫罡气一同崩碎四溅。

陈平安一退再退，李礼这一次没有跟上，只是伸出手指拈住脖子上一条凭空出现的金色绳索使劲一扯，带起脖颈间一道血槽。李礼对这些伤势浑然不觉，任由那条应该是缚妖索的金色绳索缠绕手腕，蟒服袖口已经被撕扯破碎，在手臂上勒出一道道铁青色印痕。李礼啧啧道：“身上好东西倒是多，又是一件法宝吧，只可惜你既不是剑修也不是练气士，用得差了，不然我第三拳是没有机会这么快送你的。”

原来李礼右手被金色缚妖索缠住后，画有符箓的左手重新握拳，对着陈平安额头遥遥指了指，陈平安眉心处就如遭重击，皮肤崩裂，渗出鲜血，脑袋向后倒去，只是陈平安一步步重重踩踏在地上，硬是没有让自己后仰倒地。

李礼眼神深处闪过一道阴霾，身后就是初一和十五两把飞剑与自己那尊出窍阴神纠缠不休。他冷笑道：“两个小东西倒是跟姚氏一般忠心，可惜你们貌似不是本命之物，威力大减，若是能够抹掉你们的灵性，说不定可以为我所用，可谓意外之喜。”

阴神竟是刹那之间生出三头六臂来，面目全非，也不再是李礼“中年宦官”的模样，而是三位大泉王朝武庙神灵的脸庞，分别是大髯壮汉、文雅儒将和一名木讷老者，三双手臂分别持有香火弥漫而成的一对铁锏、双斧和一杆铁枪。

李礼虽然稍稍分心去关注阴神与两把飞剑的“磕碰”，却不妨碍他对陈平安的戒备。这位享誉桐叶洲中部诸国的大泉守宫槐虽然失了先手,之后却稳占上风。但是他没有想到那小子挨了这么多拳,太阳穴那边现在还在流血不已,仍像个没事人一样,比一身拳意更玄妙的那股精气神不但没有跌入谷底,反而还在上涨?

不过没关系,李礼还是可以钝刀子割肉,慢慢耗去这个年轻人的底子就行了,哪怕年轻人再来一通乱拳,大不了就是暂时失去阴神,可是年轻人的身躯和魂魄都绝对支撑不住。李礼不是不想速战速决,实在是没有办法一锤定音,寻常七境武夫或是龙门境修士早就可以被他宰掉两回了。

卢白象在与许轻舟的交手中处于劣势。一来卢白象不比魏羡,是刚刚走出画卷,尚未适应浩然天下的灵气倒灌;二来许轻舟身披金乌经纬甲,若非卢白象手中那把狭刀停雪是太平山已逝元婴地仙的遗物,恐怕他就会毫无还手之力。只是卢白象胸口和肩头处都有可见白骨的刀伤,这位藕花福地魔教的开山鼻祖依旧神色自若,好像对于许轻舟刀法的兴趣远远多于战胜此人。

隋右边虽然是武人出身,与徐桐的捉对厮杀却更像是两名练气士之间的较量。徐桐显然将她当成了剑师,即便棘手,可只要不是温养出本命飞剑的剑修,那就无妨。

门外魏羡有一身源源不断的雄浑罡气,加上陈平安赠予的甘露甲,把这场架打得酣畅淋漓。至于漏网之鱼带来的一点点小伤,不痛不痒。

这几人厮杀的同时,其实都在时刻留心李礼与陈平安的胜负。

隋右边率先开口问道:“公子?”

伤痕累累的陈平安摇摇头,并未说话。一口纯粹真气只能始终吊着,不敢转换。

李礼笑问:“怎么,就这么点伎俩?”

陈平安如果不是身穿金醴,一身血腥气早就让整间客栈都闻得到了。

李礼将手心符箓狠狠“钉入”陈平安心口,金醴只挡住大半,仍有小半渗入。

这无异于剖心之痛。陈平安额头冷汗和脸上的血水混在一起,沿着脸庞点点滴滴落在地上。

李礼心中杀机更浓,只等陈平安真气竭尽之时。若说身躯伤势的疼痛,眼前年轻人还可以靠着毅力强行压下,但只要真气涣散,他的机会可就来了。

李礼等得起,可陈平安等不起。所以李礼没有得寸进尺,继续跟陈平安近身厮杀。何况驾驭阴神阳神一同离开气府并不轻松,如果不是半颗金丹使得李礼灵气底蕴远超同境修士,身后那尊阴神别说是维持住三头六臂的武圣人姿态掣肘初一、十五两把飞剑,可能早就自行消失,重返李礼真身。

李礼眼角余光瞥了眼蹲在二楼栏杆上的朱敛,有些纳闷为何此人从头到尾都要袖手旁观。

正在此时,陈平安好似抓住稍纵即逝的机会,开始要强行换气。

李礼心中冷笑不已：垂死挣扎，你这次可要赌输了。

阴神一闪而逝，来到陈平安身前，六条胳膊持有五件兵器，朝着他当头落下。李礼则亲自对付两把飞剑，从大红蟒衣上流泻出无数条雪白灵气，像是张开了一张巨大蛛网，彻底挡住初一、十五救援主人的路线。虽然这些雪白蛛丝困不住飞剑，可只要稍稍滞缓速度，李礼就能够出现在飞剑附近，或屈指轻弹，或一挥袖子，击飞两把飞剑。

李礼觉得有些好笑。这个年轻人不知死活，原来根本就没有换气，应该是诱骗自己靠近而已。可是有何意义？今夜冒冒失失为姚氏出头是如此，当下抖搂的小机灵还是如此。大概是年轻人出身太高，又有高手扈从，这辈子一直顺风顺水，所以不知天高地厚。不过这种背景肯定惊人的对手，既然已经结仇，就应该斩草除根，一旦放虎归山，说不定整个大泉王朝都要有天大麻烦。

比起先前陈平安和李礼的拳拳到肉，现在与阴神的互相捶打更加惊心动魄，好在陈平安对此并不陌生。当初在牯牛山对峙丁婴金身法相，不也是这般山崩地裂的气象？只是上次他只能硬扛，并无还手之力，一座牯牛山被丁婴金身打得山头炸碎。现在他却是在与这“小小”阴神互捶，双方皆是绝不躲避，法袍金醴已经被打出了原形金色。

陈平安十拳神人擂鼓式之后，李礼眼神有些晦暗，不过仍是没有理睬，任由那个年轻人拳拳累加。

三头六臂、武圣人姿态的阴神烟消云散，灵气流溢四方。而金醴法袍也出现一条条破碎划痕，暂时无法复原，亦是有紊乱灵气散乱开来。

李礼一把扯掉破碎不堪的大红蟒衣，看着那个胸口剧烈起伏的年轻人，双手的手心手背都已经血肉模糊，竭力睁开双眼，一张鲜血流淌的脸庞像是只剩下那双清澈的眼眸了。

李礼笑道：“只可惜你是纯粹武夫，这意味着与桐叶宗、玉圭宗没什么关系，不然我还真不敢杀你。”

陈平安闭上一只眼睛，沙哑说道：“你这两具分身不经打，才十七八拳就碎了，比不得丁婴。”

李礼微笑道：“然后？”

陈平安含糊不清道：“然后我只要第三次出拳，就可以跟你换命了。你怕不怕？”

李礼报以冷笑，显然不信。再者，他身为大泉守宫槐，金丹半结，怎么可能没有后手，只是代价太大罢了。

两两沉默，片刻之后，李礼突然皱眉，厉色道：“你一个纯粹武夫，为何反其道行之，偷偷摸摸汲取灵气？！”他后退数步，认为此人是故意打开一座座气府大门，任由灵气倒灌，是这小子想要为自己赢得玉石俱焚的机会。真是失心疯了！

钟魁轻轻点头，又摇头。纯粹武夫以灵气淬炼魂魄，胆识很大，但是危险也大。那第三拳，是有机会递出去的。如果李礼掉以轻心，还要再吃个大亏。

年轻人这场架没白打，五境武夫，正是苦苦寻觅一颗英雄胆的时候，这位大泉守宫槐的古怪阴神刚好是观想三位武庙圣人而成，不过此等观想是旁门左道，有亵渎神祇之嫌，而且有损武运，是李礼公器私用了，相信大泉朝堂未必有人知晓真相。年轻人与阴神一战，胜而碎之，冥冥之中，三位刘氏王朝的武圣人便会有感应，将来年轻人如果有机会去往大泉京师，进了那座武庙，相信必有厚报。但一切的前提是，年轻人和他的古怪扈从们能够活着离开这间客栈。自己答应可以帮他收拾残局，却不是说要袒护他。

李礼环顾四周，走了十数步路走到一张酒桌旁，拿起酒杯喝了口酒，然后轻轻放下，看了眼楼梯口那些年轻扈从，其中有一位小侯爷，有一位龙骧将军子弟，其余也算是前程似锦的禁军精锐。

许轻舟这个废物，不但没有拿下那个用刀的，甚至沦为喂招之人还不自知。草木庵的徐桐还沉浸在一手旁门雷法的狗屁威势之中，自以为胜券在握，却不知那个根本不是剑师的娘儿们心中剑意生发如春草勃勃，对方资质之好，简直就是个剑仙坯子。至于门外，那边打得倒是热闹，双方你来我往，可也就只是热闹而已。

李礼最后望向姚九娘和驼背老人，没有半点兴趣，倒是钟魁让李礼有些吃不准，不过无所谓。客栈之内，无论敌我，所有人都要死。

李礼一挥手，客栈大门砰然关上。

朱敛缓缓道："小心。"

李礼伸手覆在丹田外的腹部，开始大口呼吸。每一次吐纳，都会有猩红气息喷吐而出。

陈平安默然前冲，第三次神人擂鼓式，砸在李礼贴在腹部的手背上，李礼一拳砸在陈平安心口。

简简单单的第二拳已至，李礼烦躁不已，好似心性再不是那个深居宫内看护京城的御马监地仙，脸色变得狰狞，双眸通红，一巴掌横拍在陈平安太阳穴上。

陈平安上半身飘来荡去，唯有双脚扎根，为的就是递出下一拳。

一拳比一拳更快，李礼更是一拳比一拳声势如雷。飞剑初一和十五在穿入此人身躯后，竟然好似身陷迷宫，在那些气府之间乱撞，始终不得其门而出。

陈平安体内传出一阵阵骨头碎裂声，李礼保养如中年男子的脸上，不过浮现出一条条丝线，有的地方高高鼓胀，有的地方凹陷下去，仿佛这张脸皮是假的。

那颗半结金丹砰然碎裂，不过只是碎裂了外边一层，就像李礼先前随手扯掉披在外边的大红蟒衣。

朱敛心中叹息一声，脚下栏杆粉碎，地板亦是跟着破开，整个人落在一楼，速度之快，可谓风驰电掣，看似随随便便跨出两三步就已经来到李礼身侧，脚尖一点，身形跃起，一肘击在那名八十岁高龄的老宦官脑袋上，另外一只手闪电抽出，以手刀姿势从李礼脖子插入，一穿而过。

本该必死无疑的李礼依旧对着陈平安出拳，一拳过后，陈平安双耳淌血如泉涌，而朱敛轰然倒飞出去，直接撞破远处的墙壁。

半截脖子的李礼神色漠然，一心想要先杀死眼前的年轻人，其余人等，在他现出真身后，都算不上一合之敌。

朱敛摔入外边一队精骑之中，吓得那些人心头一颤，正要围杀，朱敛已经吐出一口血水，向后翻滚起身，如猿猴在山林间辗转腾挪，武疯子的暴戾开始展露无遗。

客栈内，不约而同地，徐桐和许轻舟、隋右边和卢白象双方各自停手，因为李礼的变化实在太匪夷所思了。他们在隐约之间，凭借敏锐直觉，都将李礼视为了最大敌人。

就在此时，姚九娘、驼背老人、小瘸子及二楼的姚岭之莫名其妙瘫软在地。

钟魁不知何时出现在了李礼身后，一手负后，一手双指夹住一颗猩红丹丸，低头凝视，自言自语道："怪不得。"他微微加重力道，将这颗货真价实的金丹捏碎。

听到身后陈平安一拳砸在已死宦官的胸口，而陈平安自己的手骨也碎得一塌糊涂，钟魁转过头，由于还隔着尚未倒下的李礼，他只好身体歪斜，对陈平安龇牙咧嘴，眼中满是佩服："这位小兄弟，你不知道疼吗？"

陈平安全然沉浸在拳意之中，最后一拳，其实已经谈不上杀伤力，轻飘飘的。要知道，这神人擂鼓式可是站在武夫十境巅峰的崔姓老人想要凭此向那道祖问高低的最得意拳法。

陈平安身形摇摇欲坠，视线模糊，依稀看到那个脖子稀烂的宦官耷拉着脑袋，扑通一声跪在了地上。

陈平安站在原地，还保持着一拳递出的姿态，没有收回。这一刻，他脑子里只有一个念头，这最后一拳，幸好没有落在崔姓老人眼中，不然肯定会被老人骂得狗血淋头。

钟魁看着徐桐和许轻舟，眨眨眼，问道："君子动口不动手，这种鬼话，你们真信啊？"

徐桐和许轻舟咽了咽口水。

陈平安双臂颓然下垂，一屁股坐在地上，盘着双腿，使出最后的气力，双手握拳，轻轻撑在膝盖上，只能睁开一只眼。

法袍金醴损坏严重，灵气稀薄近无，暂时已经失去功效。

一身的血，比先前李礼身上穿的大红蟒衣还要扎眼。

钟魁对他说道："你知不知道自己的对手是什么？"

不过因为客栈还有许多人，钟魁倒是没有说更多。眼前年轻人在自己出手前的气机变化，大概是深藏不露的自保之术，或是杀力最大之招，他只能猜出一点端倪。

陈平安缓缓抬起头，仍然是只能睁着一只眼，微笑道：“身前无人。”

钟魁蹲下身，笑问道：“你叫什么名字？”

陈平安闭上眼睛。钟魁翻了个白眼。

犹豫了一下，陈平安伸出一根手指，如稚童涂鸦，在空中圈圈画画。

客栈内，李礼身躯和金丹崩溃后的天地灵气缓缓流向陈平安，而且聚拢汇聚之地刚好是陈平安剑气十八停所经过的那些气府外。

除此之外，陈平安一招手，李礼的尸体便消逝不见，但是初一和十五从中蹦出，飞快悬停在陈平安肩头两侧，剑尖指向钟魁。

钟魁对此视而不见，抬起头，对二楼喊道：“小丫头，别读书了，快来看你爹。”

早就没力气读书的裴钱跑出房间，先看了眼钟魁，然后故意装傻：“啥，看你爹？”

钟魁啧啧道：“哎哟，还挺会拣软柿子捏啊。”

裴钱一溜烟跑下楼，踩得楼梯嘎吱作响。

蹲在钟魁旁边，裴钱看着陈平安，轻声询问：“该不会死了吧？”

钟魁点点头：“英年早逝，令人扼腕痛惜啊。”

裴钱左看右看，欲言又止。陈平安睁开眼睛。

裴钱转头怒视钟魁：“你干吗咒我爹死？你爹才死了呢！”

钟魁一脸无辜：“我爹是早早死了啊，每年清明节都要去上坟的。”

陈平安摘下腰间酒葫芦，小口喝起了青梅酒，抬手的时候，那只手凄惨至极，看得裴钱冷汗直冒，想法跟身边书生如出一辙：天底下还有这么不怕疼的人？

钟魁笑问道：“为了姚家差点死在这里，不后怕？”

陈平安说道：“不是为了姚家。”

钟魁坏笑道：“姚家遭此大祸，其实有一部分原因是红颜祸水，相信你很快就会知道了，连我这般心如磐石的痴情男子也差点见异思迁，那女子的好看程度可想而知。”

卢白象和隋右边，一个双手拄刀，一个负剑身后，站在陈平安身边。

一个两枚谷雨钱，另一个竟然只需要一枚谷雨钱。四人加在一起，刚好用光陈平安所有谷雨钱的积蓄。老道人真是坑人。

钟魁突然疑惑问道：“你该不会是知道我的存在，才把一场生死厮杀当作砥砺武道的修行吧？”

陈平安抹了抹脸上的血污，没有回答这个问题，而是笑问道：“你是？”

钟魁摆摆手：“不值一提。”陈平安便不再问什么。

钟魁转头看了眼瞪大眼睛的裴钱。她的一双眼睛如日出东海，如月挂西山，真是漂亮。就是这性子，实在不讨喜。

钟魁望向大门：“姚镇和另外一位皇子殿下的人马也快到了。”

他最后笑道："你安心养伤便是，接下来交给我处理。"

陈平安挣扎着起身，先对钟魁拱手抱拳，那双手，看得钟魁又是一阵头皮发麻。

陈平安最后对卢白象说道："谢了，早知道如此，你应该第一个出来。"

卢白象淡然一笑。

陈平安瞥了眼隋右边，后者与他对视，神色坦然。

陈平安走上二楼，裴钱跟在他身后。

那些年轻扈从，一个个面无人色。

钟魁看着一大一小两个背影，挠挠头，想不出一个所以然来，便干脆不去费神了。他一想到今夜过后就没办法在这边蹭吃蹭喝了，便有些恼火。于是接下来，一个书生坐下来开始喝闷酒，一个腰间悬挂玉佩的书生出门而去，客栈大门对他而言好似并不存在，他一巴掌把刘茂打得在空中翻滚好几圈；一个仗剑书生直接化作白虹远远离去，找到了另外一位大泉皇子殿下，一脚踹翻在地，对着那张脸就是一顿猛踩。

在书生的阴神、阳神各自出窍神游后，方圆千里之内，只要是阴物鬼魅，哪怕是那些淫祠神祇，皆不由自主地匍匐在地，战战兢兢。

世间万鬼，见我钟魁，便要磕头。

走到二楼屋门前，裴钱已经快步跑过陈平安，率先打开门，很是狗腿。

陈平安大步走入其中，裴钱正犹豫要不要跟进去，陈平安已经转头吩咐道："你去跟客栈再要三间屋子，钱让九娘先记在账上，同时和魏羡说一声，我会闭关几天，在这期间谁都不见，你们五个最好不要离开客栈太远。"

裴钱看着陈平安："你没事吧？"

陈平安哭笑不得。自己这副模样，像是没事的样子吗？随口道："死不了。"

裴钱小心翼翼关上房门，最后说了一句："有事就喊我，就在隔壁呢。"

陈平安点点头。

初一和十五两把飞剑悬停在屋中，陈平安先取出了一摞涤尘符张贴在屋内各处，然后取出两只瓷瓶，一只丹红瓷瓶是陆抬赠送，可生白骨，飞鹰堡外山林一役，陈平安就亲身领教过这瓶丹药的妙用；另外一只则是杨家铺子的独有秘药，任你有天大的疼痛都可以止住，两次出门游历，遇到那么多山水神怪和魑魅魍魉，陈平安都没有机会用到，不承想在一座边陲小镇给拿了出来。

陈平安脱去身上那件受损严重的法袍金醴，牵扯到许多血肉筋骨，疼得他满头冷汗。他坐在桌旁，伸手颤颤抖抖打开杨家药铺的素白瓷瓶，倒出一粒漆黑丹药，丢入嘴中强行咽下，还摘下酒葫芦灌了一口青梅酒，然后才开始涂抹丹红瓷瓶里的浓稠药膏，双手、胳膊、肩头，又是一场折磨。

李礼的强大大大出乎陈平安的意料，为了应付这场风波，他已经足够谨慎，除了武疯子朱敛，还接连请出了画卷中余下两人。可是没有想到李礼如此不讲理，练气士境界之外，体魄竟然足以媲美一位六境纯粹武夫。

之前陈平安手边只剩下三枚谷雨钱，顺着老道人和背着金黄养剑葫的道童他们的想法，陈平安小赌了一把，往隋右边那幅最不会去动的画卷丢了一枚谷雨钱。果不其然，只需要一枚谷雨钱，藕花福地的女剑仙就姗姗走出了画卷，来到此处人间。

显然，那道童是掐死算准了陈平安会最后请出隋右边。若非莲花小人儿"指点迷津"，按照陈平安自己的选择顺序，会是先请出败给丁婴的武疯子朱敛，之后才是开国皇帝魏羡、魔教卢白象、隋右边。那么需要足足十五枚谷雨钱的朱敛就是一个天大的下马威，说不定陈平安真有可能将其余三幅画卷束之高阁。

陈平安坐在桌旁，闭上眼睛，双手自然下垂，却观想自己在以剑炉立桩姿态而坐，呼吸逐渐平稳下来，如老僧入定，道人坐忘。

两天后的正午时分，陈平安换上一身洁净衣衫，终于走出房门。他站在栏杆旁，发现一楼大堂有些古怪，古怪之处恰恰在于客栈过于风平浪静了：驼背老人坐在帘子边的长凳上吞云吐雾，小癞子在擦拭桌凳，姚九娘在照顾一桌豪饮呼喝的客人，钟魁则坐在门槛边，眼神哀怨。

如果不是陈平安敏锐察觉到两边屋内包括朱敛在内那四股绵长细微的呼吸，都要误以为什么都没有发生过，没有遇到什么申国公之子，什么蟒服太监。

陈平安只觉得恍若隔世。这回生死一线间的武道砥砺，虽然比与丁婴一战收益要小，但感慨更多，大概与心境和胜负都有关系。

率先走出屋子的"画中人"是朱敛，他依然身形佝偻，以笑脸示人，对陈平安抱拳晃了两下，说道："少爷因祸得福，可喜可贺。"

陈平安点头后，问道："当时屋外那些骑军和姚家人？"

朱敛凑到陈平安身边，低声笑道："那个落魄书生是大伏书院的君子，一出手就镇住了三方人马，门外那位皇子殿下马上就带人离开了，只带走了小国公爷高树毅的尸体，至于御马监掌印太监的那具尸体提都没敢提一嘴。另外那位年长一些的皇子殿下跟匆忙赶来客栈的姚家边军根本就没敢来，掉头走了。等到客栈老板娘那些人醒来，这位君子就编了个理由，说公子你大杀四方，以拳服人，又有另外那位皇子插手其中，便大事化了。那位君子继续留在这蹭吃蹭喝，如果浩然天下都是这样的读书人，那也太有趣了。"他随后又聊了一些那场风波的细节。

陈平安走向楼梯，疑惑道："九娘他们至今还被蒙在鼓里？这也行？"

朱敛笑道："这位书院君子肯定跟三方打了招呼，不许泄露他的身份。"

陈平安问道："裴钱人呢？"

朱敛指了指狐儿镇方向，道："跟人借了些铜钱，在狐儿镇快活着呢。"

陈平安皱了皱眉头，走到一楼后，径直走向门口书生。朱敛没跟上，挺像是个小门小户里的老管家，留在最靠近门槛的桌子旁边坐下。

陈平安坐在门槛上，摘下酒葫芦，递过去。钟魁摇摇头，直愣愣盯着姚九娘："不喝，不是九娘亲手递给我的酒水，没个滋味。"

陈平安收回手，自顾自喝了一口，问："当时高树毅他们押送的犯人是南边北晋国什么人？"

钟魁随口道："好像是松针湖水神庙的余孽，以及正统山神金璜府君和他的妻子、门客。反正是鹬蚌相争，渔翁得利，给那位大泉王朝的三皇子殿下一网打尽了，如果不是你横插一脚，囚车里头恐怕还要加上好些个姚家人。不过你放心，我答应过你，烂摊子我来收拾，不用担心大泉王朝视你为敌。不过三皇子殿下也好，申国公府也罢，对你心怀恨意，我可拦不住，你要是连这些都应付不了……"

陈平安笑道："应付这些还好，相信大泉王朝不太可能出现第二位守宫槐了。"

这个大泉刘氏王朝确实比起东宝瓶洲中部的梳水国、彩衣国，国势要强出一大截。至于那位印象不错的金璜府君为何突然从一国山神沦为别国阶下囚，陈平安并不感兴趣，更不会刨根问底，去管上一管。

当陈平安说到御马监李礼，钟魁也有些脸色晦暗，似乎是一件挺大的烦心事。

陈平安见他沉默，就转头望向客栈外边，犹不放心，站起身，来到官道旁，望向狐儿镇，担心裴钱在那边闹出幺蛾子。

等到陈平安回到客栈，跟姚九娘要了一桌子饭菜，让朱敛去喊卢白象三人下楼。刚吃完饭，裴钱就晃晃荡荡返回客栈，很是开心的模样，见着了陈平安，便有些心虚，眼神游移不定。陈平安也没有细问什么，只问她吃过没有。肚子滚圆的小女孩摇头，便吃上了桌上的残羹冷炙。陈平安独自走出客栈，散步也散心。等到他走回客栈，就发现客栈给人堵住了大门，对着客栈里边骂骂咧咧，很是热闹。

这群男女得有二十号人之多，青壮汉子满脸怒容，妇人叉腰骂人，一拨孩子倒是没心没肺，要么歪头舔着糖葫芦，要么偷偷拿弹弓打那酒招子。

陈平安在人堆里待了会儿，愣是没听明白缘由，因为说的是狐儿镇方言。不过瞅着二楼裴钱见到自己后的慌张，陈平安心里有数了。

裴钱原本蹲在二楼栏杆边，不是挖鼻屎就是掏耳屎，很不当回事，还故意拿捏姿态恶心人，外边骂得越凶，她笑得越乐呵。

好在那些狐儿镇男女到底没敢进客栈。小癞子嫌吵吵闹闹太烦人，闷头闷脑收拾着酒桌上的残羹冷炙；驼背老人坐在远处抽旱烟；姚九娘坐在柜台后边嗑瓜子，不嫌事情大；半吊子账房先生钟魁原本想要当个和事佬，结果给一个汉子使劲推了把，踉跄退回客栈，悻悻然走到柜台，装模作样拿起了雪白茫茫的账本，挨了姚九娘一记白眼。

等到陈平安板着脸跨过门槛，裴钱就想要溜回屋子，结果被陈平安喊住，要她下楼。她畏畏缩缩下了楼梯，不等陈平安问话，就竹筒倒豆子，不打自招了。

按照她的说法，是自己去了狐儿镇，想要找药铺给陈平安买些药材，结果那边的同龄人就合伙欺负她一个外乡人，一开始是抢了她那串原本打算留给陈平安的糖葫芦，她忍了，说是读书读了好些道理，懂得了以和为贵。那些人还喜欢跟在她屁股后头说难听的话，成群结队，还用石子砸她，她没搭理。后来她买了只蜻蜓纸鸢，又有人眼红，拽了她一把，害她放开了纸鸢，纸鸢就那么嗖一下飘出了狐儿镇，彻底没影儿了。她气不过，就跟人打了一架，五六个人都没能打过她，还要哭着回家喊爹娘长辈来打她，她又不傻，就赶紧跑了。再说了，那蜻蜓纸鸢要二十文钱呢，就这么没了，她快心疼死了，害得她在狐儿镇外边找了大半天……

虽然裴钱自己都没什么底气，扯谎的时候一直留意着陈平安的脸色，随时准备挨揍，到时候护住脑袋就行，肚子或是胳膊给陈平安踹几脚、掐几把又不打紧，吃顿饱饭就又是一条好汉了。可陈平安只是安安静静听完了裴钱的解释后才说道："撒完了谎，再跟我说一遍真相，不说也可以，以后你就留在客栈，总饿不死你。"

裴钱不说话了。

陈平安去了柜台，姚九娘瞥了眼楼梯口的枯瘦小丫头，轻声笑道："陈公子，你怎么教出这么个混世小魔头，差点把狐儿镇一条巷子闹了个底朝天，先是坑骗人家孩子的吃食，把那些玩泥巴的小家伙吓得不行，都信以为真，觉得她是咱们大泉京城来的公主殿下，只不过流落民间，迟早有一天要回去住在皇宫里头的。混熟了之后，她带着那些孩子整天一起疯玩，倒是成了那边的孩子王，后来为了只纸鸢闹翻了，打得不可开交，好像最后她给一个赶过去的大人打了两下。若是寻常人，吃过亏就该收心回来，你家这位倒好，自称是我的远房亲戚，靠这个，花钱请了狐儿镇的几个地痞，趁天黑去打了那男人的闷棍。之后更加无法无天，孩子们多是一条巷子的街坊邻居，大晚上闹鬼，莫说是孩子，就算是大人都给一个个吓得不敢熄灯。陈公子你也知道，如今狐儿镇还真闹鬼，为了这个，几个捕快守了整整一宿才将这个装神弄鬼的小丫头揪出来，结果你猜怎么着，愣是给你家丫头镇住了，不知道说了些啥，客客气气把她给送了回来。你还真别说，一帮披着官皮的捕快护着个小闺女走进客栈，确实挺像公主殿下的。"

陈平安一阵头大，转头看了眼裴钱，没能瞧见她人，只看到一双腿，应该是坐楼梯口上去了。

姚九娘掩嘴而笑："花钱消灾，多大的事！小钱，撑死了十两银子。这事儿你可千万别掺和，交给我就行了，就公子你这好脾气，那些人更来劲，屁大点事，能给他们说成捅破天的惨事。"

陈平安无奈道："记账上，回头跟房账一起结。"

姚九娘收敛笑意，正色道："陈公子于我们姚氏有全族续姓之恩，还要计较这些鸡毛蒜皮的小事，我九娘岂不是要无地自容？"

陈平安摇头道："不是一回事。"

姚九娘还要说什么，只是陈平安已经说道："今儿的事情，就劳烦夫人了。"

姚九娘应承下来，姗姗走出柜台，一肘子顶开钟魁，从抽屉摸出了些碎银子，去往客栈门口摆平风波。

位于边陲的狐儿镇鱼龙混杂，本事未必人人都高，但是眼光肯定不窄，人来人往的，什么新鲜事没听过，心气还是有一些的，而且说不定就有隐姓埋名的世外高人，比如姚家九娘、驼背三爷这样的。先前客栈闹出那么大动静，尤其是魏羡跟那拨练气士的你来我往很是惹眼，真正是神仙打架的气象，从狐儿镇遥遥看来，热闹之外，当然就是敬畏了。后来又有彪悍骑队绕行北上，便有种种传闻流出，有说是客栈九娘这个喜欢勾搭汉子的狐狸精真是狐狸精，持有此种说法的，多是狐儿镇的婆姨妇人；还有人说得更晦暗些，说狐儿镇这些年如此不太平，是因为有妖魔盘踞，这次有真龙过境，妖气龙气犯冲，便有了那场斩妖除魔。

姚九娘摇晃着腰肢往门口一站，外边的气焰便骤降。

钟魁在柜台边笑问陈平安："什么时候桐叶洲有你们这么大的江湖门派了？相当于'宗'字头仙家豪阀的江湖门派。"说到这里，他自顾自笑起来，似乎觉得自己这个说法很是新颖有趣。

一夫当关的精悍汉子、嗜血暴戾的佝偻老人、拿大泉武将许轻舟喂招的用刀男子、以一手驭剑之术压制仙师徐桐的绝色女子。最关键的是，这四人在大战之中，无论是气势还是修为都在增长。当然，还要加上一个不是练气士却能御剑的年轻公子哥，就是俊俏了一点，抢了自己在九娘这边的风头，不然一定要跟他把臂言欢，称兄道弟。

陈平安犹豫了一下，还是选择坦诚以待："我们不是桐叶洲人氏。"

钟魁嗯了一声："南婆娑洲那边来的？"

南婆娑洲极为出名，哪怕桐叶洲是个眼高于顶的地方，小觑天下豪杰，可是对于离倒悬山最近的南婆娑洲还是服气的，因为那边有个颍阴陈氏，有个几乎一人独霸"醇儒"称号的陈淳安。

钟魁对南婆娑洲那是仰慕已久，只是碍于身份，以及恩师教诲，才久久没能动身游历。南婆娑洲除了颍阴陈氏，还有众多青史留名的形胜之地，钟魁都想要走一遭。桐叶洲太闷了，无论是山下百姓，还是山上修士，都不爱走动。

陈平安指了指北边，钟魁眼前一亮："可曾认识山崖书院的齐先生？"

陈平安给噎到了，一时间不知如何作答。

钟魁笑道："多半是你认得齐先生，齐先生不认得你吧？没事没事，咱俩一样。"

至于最近的北边邻居东宝瓶洲，钟魁瞧得上眼的大概就只有山崖书院齐静春的学问以及大骊国师崔瀺的棋术了。只不过听说骊珠洞天破碎下坠，那位齐先生也身死道消了，就连钟魁的恩师都颇为遗憾，私底下对钟魁说齐静春若是在桐叶洲，绝不至于如此受辱，最不济也不会落得个孑然一身，举世皆敌。

陈平安笑道："边喝酒边聊？"

就为了钟魁口中"齐先生"三字，他愿意陪此人喝上一壶。

钟魁看了眼正在门口指点江山的妇人，低声道："喝酒可以，可若是九娘埋怨起来，你要帮我说话。"

陈平安点头道："自然。"

钟魁拎两壶青梅酒，以账房先生的身份使唤小瘸子给他们端了几碟子佐酒小菜，他则盘腿坐在长凳上，没个正行。

陈平安问道："听说先生来自大伏书院？"

钟魁没当回事，随口笑道："可不是，还是个君子呢，厉害吧？"

陈平安敬了一碗酒。敬"君子"二字。

钟魁赶紧伸手阻拦，只是陈平安已经一饮而尽。这位浪荡江湖的书院君子叹气道："这也值得喝一杯？我看你就是想要喝酒吧。"

陈平安记起了在梳水国遇上的那位书院贤人周矩，跟眼前这位君子大不相同。周矩当时在宋老前辈的剑水山庄口诵诗篇就能定人生死，好一个口含天宪。

读书人，读了不同的书，大概就会有不同的风采。

钟魁突然想起一事："那夜挡住门外练气士的汉子身上所穿的甘露甲，如果我没有看错，应该是兵家古籍上记载的'西岳'，是甘露甲的八副祖宗甲之一，是你家祖上传下来的？"

陈平安心头微震，摇头道："是在倒悬山灵芝斋购买而来。"

钟魁问道："花了多少谷雨钱？"

陈平安摇头道："只是花了些小暑钱，不贵，打算以后送人的。"

钟魁笑道："灵芝斋不识货，让你捡了个大漏。不过也正常，西岳给高人设置了禁制，我如果不是因为刚好书院有那部快要破成碎片的秘典，凑巧熟悉这些甲丸传承的兵家内幕，当时又使劲瞧了半天，也会认不得。我劝你还是留着它，这么值钱的东西，何况它还有好多故事呢，随便送人太可惜了。"

陈平安不置可否，好奇问道："八副祖宗甲？"

钟魁拈起一粒花生米丢入嘴中："甘露甲全名'神人承露甲'，我问你，什么神人，承什么露?”

陈平安摇头表示不知,钟魁笑了笑:“除了西岳,其余七副最早的甘露甲分别是佛国、花苞、山鬼、水仙、霞光、彩衣、云海,大多数在战事中毁坏,彻底没了,留下来的不多,有据可查的,就只有山鬼和彩衣两件。别看你手上这副西岳很破烂了,相比那两副好不容易遗留人间的,已经算好的了,碰上识货懂行的,你只管往死里开价,保证赚个钵满盆盈。不过这些祖宗甲到底是失了根本,庇护主人的神通十不存一,实在是令人扼腕。为了这个,得喝一杯酒。”

钟魁提起酒碗,率先仰头喝光,陈平安只得跟着喝了一碗。

钟魁自己主动说起了那场风波:“那两个皇子都不是什么好鸟,接下来你如果还留在大泉,自己悠着点。山下自有山下的规矩,而且山下高人多了去,比如那位三皇子遇上你,就是山外有山,所以才被淋了一头狗血。”

陈平安点头道:“是这个理。”

钟魁突然笑道:“想一想那晚你跟大泉守宫槐的厮杀,再看看你今儿在酒桌上这么附和我,有些不适应。怎么,在家乡吃过书院的苦头,所以忌惮我这么个君子头衔?”

陈平安哑然失笑,钟魁又道:“你那天说谁的道理都是道理,我觉得说得很好。至于要那小国公爷扪心自问,虽然听着更霸气一些,也合情合理,挑不出毛病,可其实有些……不讲礼了。”

陈平安喝了一口酒:“没办法的事情。”

钟魁点点头:“确实,世道就是这样,身处粪坑,就觉得吃屎是天经地义的事情,有人端上一盘菜,人家还不乐意吃。”

陈平安听得咂舌。这是一位儒家君子会说的“道理”吗?

钟魁感慨道:“可就算这个世道烂成了一个粪坑,也不是我们吃屎的理由。”

这会儿陈平安一手拈着下酒菜,一手端着酒碗,总觉得有些别扭。

钟魁发现陈平安的异样,连忙安慰道:“咱们吃喝的可不是屎尿,是好酒好菜,你放心吃吧。”

陈平安默默吃喝起来。跟这个家伙聊天,有点跟不上对方的想法。一时间,陈平安有些想念小宝瓶了。

门口有姚九娘出马,麻烦很快得到了解决。

如今客栈在狐儿镇百姓眼中玄乎又邪乎,所以连进门嚷嚷的胆气都没有。

陈平安谢过了姚九娘,就去了楼梯口。裴钱还坐在那儿圈圈画画,陈平安说了句“跟我来”,她就乖乖跟在后头,臊眉耷眼的,看上去像是犯错且知错的模样,可陈平安用膝盖想都知道后边的小女孩心里正偷着乐,他甚至完全可以想象,下一次裴钱去狐儿镇的那份趾高气扬。到了屋子，陈平安落座，裴钱没敢坐下，关了房门站在桌对面。

陈平安开门见山道："以后你就留在这里，我会给客栈一笔钱。"

裴钱猛然抬头，怒气冲冲，正要说话，看到陈平安的冷淡脸色后，便又低下头："我知道错了，下次不敢了。回头我就去狐儿镇，还给小梅一只屁帘儿，给她买个四十文钱的大蝴蝶，花花绿绿的，比蜻蜓好看多了。小梅他们已经眼馋很久了，那么一帮吃串糖葫芦就跟过年似的穷崽儿可买不起，这次便宜她了。"

陈平安问道："你哪来的钱？"

裴钱抬起头，眨眨眼："跟九娘借的，不多，加一块儿，就二两银子。"

陈平安问道："那你怎么还？"

裴钱怯生生道："先一起记账上，以后我给你做牛做马，一点点还给你。"

陈平安说道："你以后就留在这里吧，这笔钱，你可以给客栈打杂，慢慢还给九娘。"

裴钱皱着一张小脸，泫然欲泣。

陈平安指了指房门，平静道："出去。"

裴钱狠狠抹了把眼睛，大声道："我知道！你一直就只喜欢那个叫曹晴朗的小书呆子，你一直在担心他！如果可以的话，你一定不会要我，只会把曹晴朗带在身边！他犯了错，你不会这样的，你只会好好跟他讲道理，还会跟他说，以后不要做像我这样的人！陈平安，你一天到晚就想要撇开我！"她转身跑着离开，使劲摔门，回到自己屋子。

陈平安开始思量此后的桐叶洲北行之路，毕竟那座去往东宝瓶洲老龙城的仙家渡口就在大泉北境，如果绕路，就要多走上两三千里。如今与之交恶，自己一行人大摇大摆径直往北边走，换作自己是那三皇子也不能忍耐，即便这次被自己和钟魁打怕了，一个能够率军长途跋涉，深入敌国腹地，打杀别国府君和水神庙的皇子殿下即便不会铁了心玉石俱焚，多半也要给自己制造许多麻烦。实在不行，那就只能绕道而行了。

同一层楼，不提"闭关"的裴钱，魏羡正在屋内翻看一本购自狐儿镇的杂书。这位开国皇帝没亏待自己，还有酒有肉，桌上搁放着那枚兵家甲丸。大战之后，琢磨了半天，魏羡不得不惊叹浩然天下练气士的神仙手段，以及这方天地的天材地宝，匪夷所思。

再过去，就是武疯子朱敛的房间，他正双手负后，弯着腰，绕着桌子一圈圈散步。

卢白象站在自己屋子窗口处举目远眺，腰间悬挂着那柄暂放在他这边的狭刀停雪，据说是一位元婴地仙的遗物，确实不是家乡那些所谓神兵利器能够媲美的。

隋右边盘腿坐在床榻上，呼吸吐纳，那把痴心剑放在桌上。

陈平安拿出一幅已经空白的画卷，想起那夜一闪而逝的杀机，不由得苦笑起来。害人之心不可有，防人之心不可无。

这天暮色里，陈平安下楼吃过了晚饭，楼上四位画中人，只有朱敛踩着点与陈平安一同就座，还帮着倒酒，卢白象三人都未出门。至于裴钱，始终待在屋子里，没有动静。

陈平安独自出门，沿着去往狐儿镇的官道缓缓而行。他走在坑洼不平的黄泥路上，转头望向西边，然后转身走回客栈。

他和一拨人差不多同时到达客栈门外，竟是有伤在身的姚氏家主，征南大将军姚镇，带着那个当初一起身陷险境的少年。除此之外，还有亲身经历过客栈风波的武学天才姚岭之及一个头顶帷幕的年轻女子。这些人身后五六骑不再是姚家边骑，而是无须刻意披挂甲胄的随军修士，这些投军入伍的山上人，在大骊，应该会被称为武秘书郎。

见到了一袭青衫长袍的陈平安后，神色萎靡仍然执意亲自赶赴客栈的老将军立即翻身下马，快步走到陈平安身前，拱手道："义士两次相救，我姚氏感激涕零！今夜拜访恩人，请受我姚镇一拜！"

他说完就要对着陈平安一揖到底，陈平安赶忙拦下，免了这份大礼。只是拦住了姚镇，其余姚家子弟和与姚氏同气连枝的随军修士已经整整齐齐拜了一拜。

姚镇脸色苍白。他是沙场磨砺出来的豪爽性子，直截了当问道："不知我姚家应当如何报答？"

见陈平安沉默不语，他笑道："并非是看轻了公子的侠义心肠，而是这等大恩大德，若是姚氏上下视而不见，姚家边军大纛上的那个'姚'字就没脸面挂出去了。"

陈平安也不客气，问道："老将军可有办法让我避开朝廷耳目去到北方边境上的天阙峰？"

姚镇问道："恩公总计几人？"

陈平安本想回答六人，话到嘴边，立即改口道："五人。"

姚镇略作思量，点头道："可以！若是恩公信得过姚氏，就在此地稍等数日，事后定然让恩公一行五人安然到达北境天阙峰。"

陈平安问道："会不会给你们添麻烦？"

姚镇爽朗笑道："天大的麻烦都熬过去了，这会儿已经没什么事情当得起'麻烦'二字。"他说这句话的时候一身轻松，虽然伤势不轻，一路骑马颠簸又雪上加霜，但是言语之间如释重负。只是他身后众人却一个个心情凝重，带着浓浓的不甘神色。

姚镇似乎不太想走入客栈，提议与陈平安走一趟官道，陈平安自无不可。两人与众人拉开十数步距离，姚镇泄露天机，轻声道："不敢欺骗恩公，我打打杀杀了一辈子，这次陛下开恩，允许我入京养老，就任兵部尚书一职，可以携带家眷、扈从百余人，所以恩公可以身处其中，我需要耗费几天，在军中先帮你们安置一个合适身份。实不相瞒，这百余人，朝廷肯定会仔细勘察，所以还需要恩公你们受些委屈。"他有些愧疚。

陈平安想过之后，点头答应下来。

能够护着姚氏老人去往京城，陈平安也能够安心一些。

姚镇第一句话其实说得不合官场规矩。入京赴任兵部尚书是平调，甚至绝不是什么贬谪。大泉王朝的兵部尚书是实打实的朝堂要津，许多大将军梦寐以求的一把座椅，只是对于姚镇而言，这辈子哪天卸甲下马了，那就是养老。

再者，离开姚家世世代代扎根的南方边境去往京师蜃景城，也算背井离乡，以姚镇这个岁数，以及大泉南边定海神针的身份，大泉皇帝刘臻此举让朝野上下很是咀嚼了一番。

但是有一点可以确认，朝廷是准备保下姚氏了，或者说陛下已经下定决心，要将姚氏甩出旋涡，赏了姚镇一个明哲保身、颐养天年的不错结局。

大泉刘氏虽然到了这一代，皇子之争的激烈程度有些超乎寻常，可是当今三位皇子，哪怕是那位年纪轻轻就坐镇北边的大皇子，对于朝野声望都很看重。说句难听的，姚镇在边关老死病榻、战死沙场或是莫名暴毙都不出奇，唯独不可能死在天子脚下的蜃景城。因为传闻有一位大伏书院资历深厚的君子离开书院后，在蜃景城教书多年。

姚镇不希望陈平安以为双方一同前往蜃景城是要陈平安一行人护着姚家北上，便为陈平安梳理了一遍大泉朝堂的脉络，详细解释了如今姚家的处境为何已经算是脱离险境，这其中既有京师那位书院君子的功劳，更是客栈那位年轻君子的无形威慑。

陈平安几乎没有说话，多是倾听老将军阐述。唯独一次询问，是关于三皇子押送囚犯一事。

姚镇本是刻板之辈，比腐儒还要讲究君臣、父子那一套，只是被这次劫难彻底伤了心，行事风格变了许多，许多以前打死都不会与人坦言的大泉内幕如今云淡风轻便说出了口，想来除了伤心，老人其实还有些放心——放下心来安心养老了。

此次北晋金璜府君和松针湖水神之争两败俱伤，坏了北晋国运根本，当初十数辆囚车当中就关着北晋五岳神祇之下的第一山神。三皇子为此密谋了七八年之久，动用了大量大泉王朝的秘密势力，只要成功押送那位山神府君返回，在蜃景城眼中，这就是立下了不世之功，无异于武将开拓边疆千里，只可惜功亏一篑，坏在了边陲小镇客栈里头，御马监李礼死了，申国公独子也死了，一来一回，十年辛苦经营，不过是得了面子，伤了里子。

夜色中，两人走在官道上，姚镇聊得很随意，将陈平安视为恩人，并未因为陈平安的年纪而感到别扭。

在陈平安与姚镇在外闲聊的时候，客栈里边气氛诡异。

姚九娘斜靠在门口，驼背老人破天荒喝起了小酒，钟魁坐在门槛上，抬头看着九娘的侧脸。整个客栈就一桌客人，隋右边、卢白象和魏羡都不喝酒，随便跟客栈点了三样菜。小瘸子也饿得慌，见还剩下个空位，就与三人坐在一桌吃饭，也不夹菜，只是扒着碗里的白米饭，还时不时偷瞄几眼对面那个女子。

她长得真是比老板娘好看多了，世上怎么会有如此美的女子？她背着剑，这就是江湖女侠吧。不知道以后她还会不会路过客栈，那会儿他应该可以当个掌勺师傅了，不用再扫地擦桌端茶送酒。

一想到这个，少年便觉得碗里米饭不比钟魁所谓的山珍海味差了。

陈平安返回客栈的时候已经打烊，一楼只剩下钟魁。等关了门，钟魁主动邀请陈平安喝酒，却也不怎么聊天，各喝各的，喝完了钟魁就在柜台边打地铺，陈平安去二楼休息。末了，钟魁笑呵呵说酒钱就一块记在账上了，陈平安有些无奈，不明白一位修为通天的儒家君子为何偏偏要寄人篱下，活得这般窝囊。陈平安一路所见所闻，所谓高人认识了不少，可没谁这么不讲究的。深藏不露的桂夫人、倒悬山看门的捧剑汉子、当时给他和范二担任马夫的金丹老剑修其实都不算太平易近人。结果钟魁最后撂下一句："行走江湖，钱难挣，屎难吃，只要不是花钱买屎吃，就是好日子了。"

官道上，姚家人与客栈愈行愈远。

那名头戴帷帽的女子与姚镇并驾齐驱。此时她掀开了帷帽，露出一张天生狐媚的绝色容颜，应该就是钟魁所说的姚家祸水了。虽然她相貌妩媚，可是气质清冷，一双桃花眸子一年到头都是天生风流的春意。

姚镇因为有伤，并未策马驰骋。这位戎马一生的老将越来越服老了。

年轻女子轻声问道："爷爷，怎么不进去看看九姨？已经过去这么多年了，这次还要去往京城，难道都不见一次面？"

姚镇摇头道："算了吧。"

年轻女子扭头看了眼挎刀少女和沉默少年："岭之和仙之如今心里都不太好受。"

姚镇笑道："省得每天都觉得自己是老子天下第一，好事情。等他们到了蜃景城，还要吃瘪。"

年轻女子欲言又止，姚镇沉默片刻："这样挺好了。"

年轻女子忍不住问道："爷爷，你心里头半点不怪小姨和小姨夫吗？"

姚镇没有回答，夜色中，他突然笑道："以前听你说过一次，说那深沉厚重，聪明才辩，磊落豪杰，分别是几等资质来着？"

年轻女子虽然疑惑不解，不知爷爷为何要提及此事，仍是回答道："分别是第一、三、二等。"

姚镇笑问道："那你觉得那个恩人是第几等？"

年轻女子摇头道："不敢妄言有恩之人。"

姚镇点了点头，转头道："近之，你不该跟着去蜃景城的，不再考虑考虑？现在后悔还来得及。"

名为姚近之的年轻女子笑道："既然算命先生说了……"

不等她说完，姚镇瞪眼道："说不得！以后到了京城，更说不得！"

姚近之娇憨一笑，重新放下了帷帽薄纱，遮掩住那张容颜。

之后两天，客栈与狐儿镇都太平无事。

裴钱极少出门，就算出门觅食，也都故意错开陈平安。

这期间，陈平安陪着钟魁坐在门槛上喝酒，钟魁说他要盯着狐儿镇，不过这不是最重要的，最重要的是，他希望每天都能看着九娘。

陈平安问他为什么那么喜欢九娘，钟魁想了半天，只能用鬼迷心窍这个说法来解释。陈平安又开玩笑问他到底有多喜欢她，钟魁唉声叹气，说也就那样了，喜欢得不多，所以他心里总觉得对不住九娘。

陈平安算是没辙了。怪人一个。

在姚家入京队伍来到客栈之前，隋右边敲开了陈平安房门，说要捎带几句话。

两人相对而坐，隋右边缓缓道："长生桥重建之后，如果想要跻身上五境，就需要炼化五件法宝，分别对应五行之属，补足五行。炼化之物，品相越高，修道成就自然越高。"

陈平安问道："比如？"

隋右边似乎早有预料，或者说是让她捎话之人算无遗策，她几乎是以原话回答陈平安："比如五行之金，可以是那袋子金精铜钱，那颗金身文胆。再比如五行之木，可以是骊珠洞天的槐木，也可以是青神山竹子。五行之水，可以是那枚'水'字印。五行之土，可以是斩龙台，或是大骊王朝的五岳之壤。五行之火，可以是某些蛇胆石，甚至是一条腕上火龙。"

最后，她补充："这只是'比如'。具体炼化何物，以及如何炼化，何时炼化，还需要公子自行定夺。"

陈平安把隋右边送出房间后，便开始练习剑炉立桩。

这天晚上，他以千秋睡桩沉沉入睡，做了一个怪梦。梦中有人挡在他身前，双臂已断，鲜血淋漓。这人弓着腰，背对着他，以嘴咬住刀柄，一种令人无法想象的横刀式。

陈平安清醒过来，睁开眼睛，使劲去回忆那个梦境，却只记得那个模模糊糊的背影。

而在陈平安躺在床上犯迷糊的时候，客栈外边远处有一大一小在堆一个小土包，钟魁就蹲在那儿看，裴钱负责堆，还专门找了一块宽薄石片往"坟前"一插，大功告成之后，满脸泥污的小女孩转头对钟魁郑重其事道："这就是陈平安的坟墓，以后每年的今天，我们俩都要来祭拜一下！"

钟魁纳闷道："这算哪门子事？"

裴钱一屁股坐在地上，双臂环胸，咬牙切齿道："在我心里，陈平安已经死了啊！"

钟魁哦了一声："如此说来，这个小坟包可以称之为衣冠冢了。"

裴钱皱眉道："啥意思？"

钟魁下巴搁在胳膊上，愣愣盯着小坟头和小墓碑，其实眼角余光在看着裴钱的那双明亮眼眸。他若有所思，似有所悟。

图书在版编目(CIP)数据

剑来8：误入藕花渡 / 烽火戏诸侯著 . —杭州：浙江文艺出版社，2020. 9(2025.3 重印)
ISBN 978-7-5339-6180-0

Ⅰ. ①剑… Ⅱ. ①烽… Ⅲ. ①长篇小说 - 中国 - 当代 Ⅳ. ①I247.5

中国版本图书馆 CIP 数据核字（2020）第 138020 号

选题策划　柳明晔
责任编辑　徐　旼
营销编辑　俞姝辰　徐轶暄
封面绘图　里　夏
责任印制　吴春娟

剑来8：误入藕花渡
烽火戏诸侯　著

出版　浙江文艺出版社
地址　杭州市环城北路177号
邮编　310003
网址　www.zjwycbs.cn
经销　浙江省新华书店集团有限公司
印刷　杭州杭新印务有限公司
开本　710毫米×1000毫米　1/16
字数　304千字
印张　15.5
插页　2
版次　2020年9月第1版
印次　2025年3月第17次印刷
书号　ISBN 978-7-5339-6180-0
定价　41.00元